Scarlet
스칼렛

Scarlet
스칼렛

암행어사 출두야?

암행어사 출두야?

SCARLET ROMANCE STORY

김서현 장편 소설

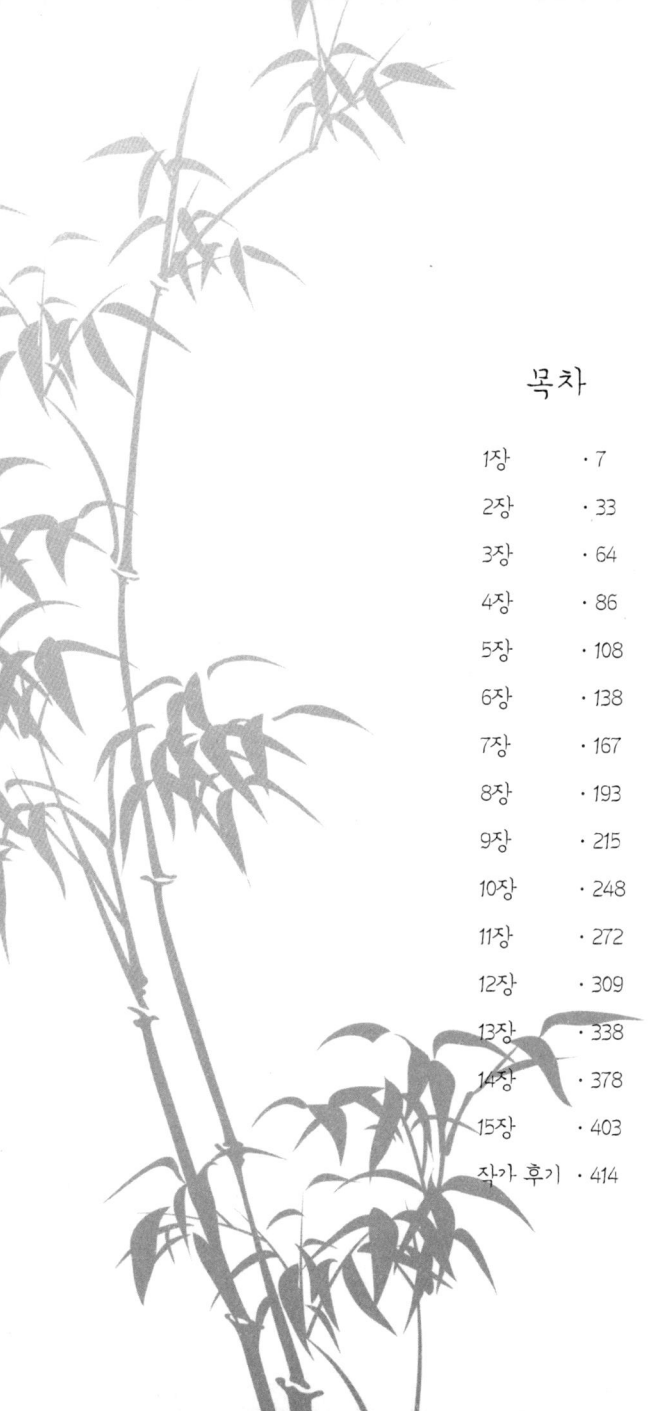

목차

1장	· 7
2장	· 33
3장	· 64
4장	· 86
5장	· 108
6장	· 138
7장	· 167
8장	· 193
9장	· 215
10장	· 248
11장	· 272
12장	· 309
13장	· 338
14장	· 378
15장	· 403
작가 후기	· 414

1장

 해가 점점 머리 위로 이동하자 한낮의 뜨거움은 점차 심해졌다. 몸을 숙이고 시권을 작성하던 선비들의 이마에 구슬땀이 맺히기 시작했다. 초봄이니 날이 덥다기보다는 글월을 생각하는 선비들의 머릿속이 어지럽기 때문일 것이다. 시간이 흐를수록 손에 든 붓은 점점 느려졌다.

 진성은 마지막 글자를 막 완성하고 시험지에서 붓을 뗐다. 시권을 눈으로 죽 훑어 내리는 그의 입가에 잔잔한 미소가 그려졌다. 이만하면 되었다. 최선을 다했으니 이제 결과만 기다리면 된다.

 먹이 마르길 기다렸다가 일어서는 그의 마음은 한없이 가벼웠다. 부모님과의 약조를 지켰으니 이제 그가 원하는 것을 얻을 수 있을 것이란 생각에 절로 웃음이 나왔다. 답안을 내러 시험관 앞으로 가는 그를 몇몇 과유들이 부러운 눈으로 쳐다보고 있었다.

 금상이 왕위에 오른 지 어느덧 10년, 갑자기 열린 별시에는 예전보다 많은 선비가 참여를 했다. 아직 약관도 되지 않은 듯한 앳된 선비가 있는가 하면 낼모레 오십 줄에 드는 듯한 늙수그레한 선비도 있었다. 어찌 됐든 다들 각오를 다지며 과거에 응시했지만 왕이 낸 시제는 만만한 것이 아니었다. 그러니 과제를 마치고 시험관 앞으로 가는 진성이 당연히 부러울 수밖에 없었다.

진성을 비롯해 답안을 낸 과유들은 채 다섯 명이 못 되었다. 그러나 진성보다 어린 과유는 없었다. 이제 막 열여덟 번째 생일이 지난 그는 또래보다 앳된 얼굴이었다. 또래보다 작은 키였지만 하얗고 깨끗한 얼굴, 그린 듯 고운 눈썹과 긴 속눈썹은 같은 남자가 보아도 설렐 정도로 고왔다.

얼핏 보면 여인이 아닐까 착각할 정도로 고운 모습이었지만 당당한 걸음걸이와 넓어지기 시작하는 어깨는 그가 남자임을 보여 주고 있었다. 답안을 낸 진성은 아직 뜨거운 하늘을 쳐다보았다.

"이제 끝났구나. 아아, 보고 싶구나. 연이야."

진성은 손을 들어 얼굴에 그늘을 만들었다.

경사, 경사 해도 이만한 경사가 어디 있으랴. 체통도 잊은 채 좌의정 김정근은 연신 싱글벙글 입가의 미소를 지우지 못하고 있었다.

"그리 좋으십니까?"

"좋다마다요. 좋다마다요. 아직도 철이 안 들어 걱정인 진성이 떡하니 소과에 합격을 했으니 아니 기쁘겠습니까?"

"아무리 그래도 체통을 좀 챙기세요."

"하하하, 이렇게 좋은데 어쩝니까?"

연씨 부인의 나무람에도 정근은 여전히 좋은지 큰 웃음을 터트렸다.

"대감도 참……. 호호호."

나무라는 말투였지만 연씨 부인 역시 아들이 자랑스러운 것을 감추지 못하고 있었다. 어릴 때는 신동이라 칭찬이 자자했지만 나이가 들면서 책보다는 다른 것을, 뭐 굳이 입에 담자면 여색을 가까이하니 부모의 마음에 늘 그늘을 만들었다. 그런데 그 그늘이 오늘은 싹 걷힌 기분이었다. 이제야 내 아들이 정신을 차렸구나, 하는 안도감에 연씨 부인의 마음도 흐뭇하기 그지없었다.

한편 좌의정 김정근은 다른 이유로 입가에 웃음을 지우지 못하고 있었다.

'흥, 감히 남의 아들 갖고 왈가왈부했겠다! 우상과 영상의 코를 단번에 눌렀으니 어찌 아니 기쁠쏘냐. 장원이 아니라 차석인 것이 좀 그렇지만 열여덟에 급제한 것이 어디냐.'

"음하하하."

"아이고, 놀라라. 무슨 웃음소리가 그리 크십니까?"

정근이 갑자기 큰 소리로 웃음을 터트리자 연씨 부인은 깜짝 놀라 가슴을 쓸어내렸다. 하지만 그에 아랑곳하지 않고 정근은 발까지 쾅쾅 구르며 웃음을 멈추지 못하고 있었다.

왕의 명령을 받잡은 도승지는 추려 온 명단을 비단두루마리에 곱게 싸 두 손에 받쳐 들고 왕의 침전으로 향하고 있었다. 늦은 밤, 갑자기 이번 소과에 합격한 자들의 시권과 명단을 들고 오라는 임금의 명에 도승지는 부랴부랴 다시 입궐을 한 참이었다.

늦은 시간에도 불구하고 왕은 아직 곤룡포 차림이었다. 잠도 없는지 아직도 초롱초롱한 왕의 눈을 보고 도승지의 허연 수염이 가볍게 떨렸다.

'오늘은 언제쯤 퇴궐할 수 있으려나.'

머릿속에서 꼬물거리는 손자가 아른거렸으나 도승지는 얼른 고개를 흔들었다. 반색하는 왕의 용안을 보니 오늘 퇴궐은 고사하고 내일 아침이나, 아니면 낮것(점심)을 먹고 난 후가 될 수도 있었다.

"신 도승지, 명 받자와 늦은 밤에 무례를 범하옵니다."

"시권은 가져왔는가?"

왕은 시권을 읽기 시작했다. 불혹이 가까워지는 나이이지만 글과 인재를 가까이하는 왕은 신하들과 글을 논하느라 밤을 새우는 일도 종종 있는지라 도승지는 오늘 퇴궐을 아예 단념하고 있었다. 그것이 마음 편한 일이라 생각하니 시권을 넘기는 왕의 손길이 더디다 느껴도 묵묵하게 옆에 앉아 있을 수 있었다.

"이번에 차석한 좌상의 아들은 어떤 것 같소?"

"좌상의 아들이라면······."

도승지는 말을 늘이며 잠시 생각에 잠긴 척했다. 좌상의 아들, 즉 김진성이 여색을 밝힌다는 부분을 말해야 할지, 아니면 이번 시권에서 놀랄 만한 글을 지은 것을 말해야 할지 잠시 고민이 되었다.

"열여덟이라······. 어린 나이에 이리 글이 뛰어나니 과연 인재로다."

왕은 도승지의 대답은 기다리지도 않고 결론을 내어 버렸다. 도승지는 눈을 질끈 감았다. 후에 여색을 밝힌다 책을 잡혀도 자신은 드린 말이 없으니 발뺌하면 그만인 것이다.

"이번 소과에는 인재들이 많아 흡족하군."

왕의 마른 뺨에 희미하게 나타난 알 듯 모를 듯 한 야릇한 표정을 보며 도승지는 고개를 숙였다. 무슨 일로 좌상의 아들을 거론한 건지는 모르지만 우의정과 영의정이 알면 별로 좋아하지 않을 듯했다. 왕

또한 그런 생각을 했는지 올라간 입꼬리를 손으로 문지르며 한마디를 보탰다.

"영상과 우상이 배가 좀 아프겠군."

신하들 쌈 붙이는 게 취미신가요. 뭐가 좋다고 입꼬리가 올리시는 건지……. 도승지는 왕이 눈치채지 못하게 고개를 살짝 흔들었다.

다른 선비들과 다름없이 옥색 도포에 갓을 반듯하게 쓴 진성은 애틋한 눈으로 집이 있는 쪽을 돌아보았다.

"이제 언제 다시 한양 땅을 밟을 수 있을까. 불초소자 돌아오기 전까지 부디 만수무강하시옵소서."

고개를 조아리며 중얼거리는 진성의 모은 손끝이 가늘게 떨리고 있었다. 그러나 그도 잠시, 고개를 든 진성의 입꼬리가 살짝 올라가 있었다. 지그시 갓을 내려 쓰는 그의 손가락에는 가늘지만 섬세하게 세공된 금가락지가 끼어져 있었고, 상투를 고정시키는 동곳 또한 금으로 되어 있었다. 평범하다 생각했던 옥색 도포가 바람에 펄럭이자 안에 입어 보이지 않던 저고리와 바지가 보였다. 그것들은 최고급 비단으로, 청에서 특별히 들여온 것이었다. 진성이 쥐고 있던 부채를 펴 살랑살랑 바람을 일으키자 장식으로 달린 옥선추가 그에 따라 흔들리고 있었다.

"소자도 열심히 잘 살 터이니 부디 무탈하시길 바랍니다."

언제 애틋했냐는 듯 가벼운 흥분에 싸인 진성이 막 걸음을 옮기려던 찰나, 누군가 그의 앞을 슥 막아섰다. 6척에 가까운 큰 키에 떡 벌어진 어깨, 범상치 않게 꽉 다문 결연한 입술. 눈가의 주름은 그가 적지 않은 나이임을 짐작할 수 있게 해 주었지만, 턱은 수염 하나 없이 매끈했다. 그것을 본 진성의 눈이 날카롭게 변했다. 내시인가?

"잠시 따르시지요."

생각보다 남자다운 목소리였다. 진성보다 머리 하나가 더 큰 남자의 음성은 큰 키만큼이나 자못 위엄이 서려 있었다. 진성은 침을 꿀꺽 삼키며 그 뒤를 따랐다.

작은 길을 따라, 긴 담의 어딘가에 붙은 작은 문으로 들어갔지만 진성은 알 수 있었다. 이곳은 지엄하신 임금이 계신 궁이었다. 이제 남자답게 넓어지려는 어깨가 저절로 움츠러들었다. 용과 같다는 임금이 사신다는 궁이다. 아직 임금의 곤룡포 자락 하나 보지 못했지만 평복을 입은 내시의 위엄도 저럴진대 임금의 위용은 과연 얼마나 대단할까. 왕에게 간다는 말은 아니하였지만 내시의 뒤를 따라가는 진성은 임금의 눈이 자신을 내려다보고 있는 것 같아 다시 어깨가 움츠러들었다.

"잠시 기다리시오."

어딘지도 모를 뜰이었다. 한창 절정을 이룬 봄을 증명하기라도 하듯 화려한 꽃들이 활짝 피어 있었고, 나무에 잎들이 무성했다. 진성은 허리를 폈다. 무슨 일로 자신을 이곳에 불렀는지 짐작은 아니 되지만, 이미 마음에 결심한 바가 있으니 어떠한 일이 닥쳐도 흔들리지 않으리라 마음을 굳게 먹었다. 연이를 위해서라도…….

진성이 주먹을 꼭 쥐며 다짐을 하고 있을 때 발소리가 들렸다. 하나가 아니라 여럿의 발소리였다. 아까와 다르게 진성은 차분하게 손을 모았다. 그때 묵직한 무언가가 그의 앞에 버티고 선 것이 느껴졌다. 왕이 앞에 섰구나.

"시권은 힘이 넘치는데 외모는 섬세하니 조화롭기 그지없구나."

"화, 황공하옵니다."

별다른 말도 아니었는데 목소리에서 퍼지는 위엄이 어깨를 사정없이 눌러 진성은 차분하게 모았던 손을 꽉 잡으며 허리를 깊숙하게 숙였다.

"성균관도 마다하고 홀로 공부하기를 청하였다는데, 그만큼 자신 있다는 말이냐?"

"아직 성균관에 들어갈 자격이 없다 여겨 한 말이옵니다. 아직 배울 것이 많사옵니다."

"더 넓은 곳으로 가 배우는 것도 좋지."

"……."

무슨 말인지 알아듣지 못해 얼른 대답이 나오지 않아 진성은 고개만 더 깊숙하게 숙였다. 그러자 왕이 직접 그에게 무언가를 건네주었다. 진성은 떨리는 손을 추슬러 눈앞에 보따리를 잡았다.

"부디 넓은 세상에 나아가 내 뜻을 전하고 오라."

"서, 성은이 망극하옵니다."

보따리를 가슴에 품은 채 진성은 땅바닥에 엎드려 넙죽 절을 올렸다.

무슨 정신으로 궁을 빠져나왔는지 알 수 없었다. 정신을 차리고 보니 아까 내시를 만난 그 자리였다. 잠깐 꿈을 꾼 것인가?

멍한 것도 잠시, 손에 든 베 보자기는 꿈이 아님을 알려 주고 있었다. 그리고 따로 손에 들려준 봉서. 순간 진성의 머리에 번개같이 스치는 것이 있었다. 설마……. 보따리를 손으로 더듬거리니 딱딱하고 둥근 것이 손에 잡혔다.

"하필 오늘……."

진성의 낯빛이 어두워졌다. 이미 마음에 결심한 바가 뚜렷하건만 임금의 명이 떨어졌으니 이를 어찌할꼬. 눈치 없는 임금 같으니. 하필 오늘, 하필 오늘일 게 뭐란 말인가. 어찌해야 할지 쉽게 결정을 내리지 못한 진성의 갈등은 점점 깊어 갔다.

진성이 임금 앞에서 덜덜 떨리는 손으로 베 보자기를 받고 있을 때, 집에 있는 서현은 몸종 분이의 재촉을 받고 있었다.

"아가씨, 어서요. 이러다 늦겠어요?"

"다 되었다. 어때? 감쪽같지?"

"흠……."

재촉하던 분이의 미간이 살짝 구겨졌다. 뭔가 약간 다른 느낌이 흡족하지 않았다. 분이는 서현이 입은 옥색 도포와 갓을 꼼꼼히 점검했다. 섬세한 얼굴선, 쌍꺼풀 없이 부드러운 눈, 오똑한 콧날, 날렵한 턱선. 진성과 똑같은 얼굴인데…… 뭔가가 달랐다. 분이가 아무 말 없이 요리조리 바라보기만 하자 서현은 답답했다.

"어떠냐니까?"

그랬다. 진성과 서현은 간발의 차이로 태어난 쌍둥이였다. 남자와 여자라는 점만 빼면 두 개의 낟알처럼 아기 때부터 똑같이 생긴 둘은, 옷을 바꿔 입으면 어머니인 연씨 부인을 빼고는 집안 누구도 잘 구별하지 못할 정도였다. 그러나 올해 열여덟, 한창 피어나는 나이이니 분이의 생각대로 분위기가 확연하게 달라졌다.

진성이가 올해 들어 키가 한 뼘이나 갑자기 자랐고, 남자다운 어깨에 거뭇하니 수염자국이 생기기 시작했다면, 서현은 더욱 고와진 하얀 얼굴에 가슴과 허리의 굴곡이 생기기 시작해 도포를 입어도 부드러워진 여인의 곡선은 감추지 못했다.

"왜? 뭐가 달라?"

"분명히 똑같은데 뭔가가 다른데……. 아! 어깨다, 어깨."

"어깨?"

분이가 손뼉을 딱 치며 고개를 끄덕이자 서현은 자신의 어깨를 이리저리 보았다. 뭐가 다르다는 것인지 이해가 가지 않았다. 분이가 덥석 서현의 어깨를 잡았다.

"분명 지난 가을까지는 아가씨랑 도련님이랑 거의 비슷했는데 올해 들어 진성 도련님의 어깨가 딱 벌어지지 않으셨습니까? 그게 다르네요. 달라요."

"뭐가 딱 벌어져. 좀 넓어지긴 했지만 오라버니 어깨나 내 어깨나……."

"본인이 보는 거랑 다른 사람이 나란히 보는 거랑 다르니까요."

"그래? 어쩌지?"

서현은 울상이 되었다. 반가의 여식이, 그것도 과년한 처녀가 마음대로 집 밖을 출입하는 건 쉽지 않은 일이었다. 하지만 쌍둥이인 덕분에 가끔 진성의 옷을 훔쳐 입고 나가곤 했는데, 이러다 들키는 건 아닐까? 걱정이 되었다. 걱정되는 건 분이도 마찬가지였지만, 지금 나가지 않으면 소리패의 소리를 놓칠까 봐 그냥 두 눈을 질끈 감았다.

"얼핏 보면 모를 겁니다. 이러다 동방신기의 소리가 시작되겠네요. 그냥 가요. 아가씨."

머슴 덕쇠의 옷을 훔쳐 입은 분이는 조바심이 나 소매를 둘둘 말아 올리고는 서현의 손을 덥석 잡았다. 둘은 마당의 동태를 살피며 몸을 낮추고 이동했다. 이동하며 서현이 나직하게 물었다.

"그런데 동방신기가 그렇게 소리를 잘해? 조선팔도 안 가 본 곳이 없다며?"

"아가씨!"

"깜짝이야."

"동방신기를 몰라요? 세상에, 세상에! 어떻게 우리 동방신기 오라버니를 모를 수가 있으세요. 동. 방. 신. 기. 같을 동(同), 방 방(房),

믿을 신(信), 일어날 기(起). 같은 방에서 살던 동기들이 신의를 일으키다. 원래 같은 방에서 지내던 동갑내기들이 서로의 믿음을 끝까지 지키자는 의미로 지은 말입니다. 그런데 또 이들이 소리를 어찌나 잘하는지 소리로 이름을 알리기 시작해 조선팔도에 모르는 처자들이 없을 정도로 인기가 생겨서 이들을 따라다니는 여인들도 있다 합니다."

"그래?"

분이의 신난 설명에 서현의 눈동자도 반짝반짝 빛을 내기 시작했다. 진성과 다르게 늘 집에만 갇혀 지내야 하는 서현으로서는 바깥세상의 어떤 이야기도 다 흥미로웠다. 알고 싶은 것도 너무 많고, 보고 싶은 것도 너무 많았다. 그래서 진성이 보는 책을 훔쳐보기도 하고, 분이에게 시켜 세책방에서 언문으로 된 책을 빌려 보기도 했다. 그러나 세상에 대한 목마름은 조금도 줄어들지 않았다. 아니, 오히려 호기심은 더욱 커져 갔다. 가끔 분이와 도둑질하듯 외출하는 한양에도 볼 것이 너무나 많았다. 그런데 동방신기라는 소리패는 조선팔도를 유람한다니…… 부러움에 시샘이 날 정도였다.

조심한다고 했는데 살금살금 마당을 나서던 둘은 마침 비를 들고 나오던 덕쇠와 마당쇠에게 딱 걸리고 말았다. 덕쇠의 옷을 훔쳐 입은 분이는 얼른 서현이의 뒤로 가 몸을 감추었고, 서현도 괜히 갓을 아래로 내리며 얼굴을 감추려고 했다. 그런 사정을 모르는 덕쇠와 마당쇠는 남장을 한 서현을 보자마자 허리를 굽혀 인사를 했다.

"도련님 출타하십니까?"

"그, 그래. 덕쇠랑 마당쇠로구나."

"네, 다녀오세요. 도련님."

"오냐."

얼굴을 비스듬하게 돌린 서현과 분이는 발을 재게 놀려 문으로 달음박질하듯 나갔다. 둘이 나가자 덕쇠와 마당쇠는 마당을 쓸기 시작했다. 비질을 하던 덕쇠는 문득 비질을 멈추고 고개를 갸우뚱거리며 문을 바라보았다.

"이상하다. 도련님, 아까 오전에 출타하지 않으셨나? 아닌가?"

덕쇠의 말에 마당쇠도 고개를 들어 문 쪽을 보았다. 이미 서현과 분이의 모습은 보이지 않았다. 마당쇠는 다시 비질을 하며 대수롭지 않게 입을 열었다.

"뭐 들어오셨다가 다시 나가시나 보지. 진성 도련님 맞잖아."

"그런가?"

글쎄, 키도 조금 작은 거 같고, 띠를 맨 허리도 좀 가는 것 같지만 얼굴은 분명히 도련님이었으니까……. 좀 거시한 부분이 없지 않았지만 덕쇠는 비질을 계속했다.

"맞겠지."

"빨리요, 빨리."

"간다. 어디야?"

사람들이 구름같이 모인 것을 보니 소리패가 있는 곳이 분명했다. 아직 소리는 시작도 하지 않았는데 모인 여인들이 지르는 소리에 주변은 시끌시끌했다. 보통 여자들보다 덩치가 큰 분이가 사람들을 비집고 겨우 틈을 만들자 서현은 힘겹게 앞으로 나아갔다. 광대패들이 재주를 부려 흥을 돋우고 있던 참이었다.

앞으로, 뒤로 땅재주 넘기를 하고 한쪽에서는 덩치 큰 사내 둘이 힘겨루기를 하고 있었다. 모처럼 보는 광대패들의 묘기에 사람들은 모두 입을 벌리고 넋을 놓고 있었다. 대여섯 살 먹은 어린아이들이 알록달록한 옷을 입고 까불까불 사람들 사이를 누비며 돈을 걷고 있었다.
 공연이 마무리가 될 즈음 꼭두쇠가 나오더니 사람들을 쫙 훑어보며 목소리를 높였다.
 "자, 이제 맛보기는 이걸로 끝내고 진짜배기가 등장합니다."
 "와아! 동방신기! 동방신기!"
 말이 끝나기도 전에 여인들의 환호가 시작됐다.
 "전국팔도 공연을 막 마치고 이제 한양으로 입성한……."
 "오라버니!"
 "동! 방! 신! 기!"
 "와아!"
 "꺄악!"
 소개가 끝나자 여인들의 환호성 속에 다섯 남정네가 주르륵 앞으로 나섰다. 두 명은 양옆에 앉아 북을 잡고, 세 명은 가운데에 섰다.
 깨끗한 하얀 도포에 갓을 쓴 두 고수와 달리 세 명은 각각 옷차림도 달랐다. 광대들처럼 울긋불긋 치장을 한 것도 아니고, 상투 없이 길게 늘어뜨린 머리에 색이 다른 건을 맨 것뿐인데, 그리 눈길이 가는 이유를 알 수 없었다. 부채도 수수하고, 좋은 옷도 아니었다. 양반의 옷차림과 상민의 옷을 절묘하게 섞어 놓은 듯한 옷차림에서 눈을 뗄 수 없었다.
 "하루만 네 방에 보료가 되고 싶어."
 "어화둥둥 내 사랑."
 "군밤처럼 따뜻하게 내 품에 안아 자장자장하고 싶네."
 "전전반측 뒤척임도 그대 작은 귓속말에 몽(夢) 중의 괴수도 한 방에 때려눕히네."

"어화둥둥 내 사랑."

세 명의 소리꾼과 두 명의 고수가 서로 주거니 받거니 하며 소리를 하는 모습에 분이는 완전히 빠져들고 있었다.

하지만 서현은 금방 주변 좌판으로 눈길을 돌렸다. 동방신기의 소리보다 좌판에 주르륵 벌려져 있는 각양각색의 특산물이 더 신기했기 때문이다. 이런 것들을 만든 곳을 직접 가 볼 수 있다면 얼마나 좋을까? 하는 상상만으로도 행복했다.

구름처럼 몰려든 사람들 뒤로 손에 서안과 비단 보자기를 든 한 남자가 바쁘게 지나가고 있었다.

온종일 싱글벙글 웃던 정근이 갑자기 낯빛을 바꾸었다. 사람이 갑자기 변하면 안 좋다던데…….

세 살에 천자문을 떼고, 이어 소학에 논어, 맹자까지 줄줄 뗀 아들은 일찌감치 신동이라는 소리를 들었다. 그러나 그도 잠시, 열두어 살이 넘어가자 책보다는 여인들 치맛자락을 더 찾아다니니…… 아이고, 두야! 그때부터 크고 작은 추문이 끊이질 않았다. 급기야 웬 과부와 혼례를 올리겠다고 졸라 대기 시작하는데, 하는 수 없이 정근은 최후의 결단을 내렸다.

마침 금상이 별시를 연다고 하니 옳다구나! 정근은 진성에게 아주 진지하게 조건을 걸었다.

"네가 이번 별시에 붙는다면 네 청을 들어주마."

진성이 별시에 붙을 거라고는 상상도 하지 못했다. 비록 신동이라 불렸지만 그건 6년 전의 일이다. 자고로 선비란 하루 글을 읽지 않으면 본인이 알고, 일주일 동안 글을 읽지 않으면 가족이 알고, 한 달 동안 글을 읽지 않으면 그가 쓴 글을 읽는 이 모두가 안다고 했다. 그런데 6년이다. 진성이 손에서 책을 놓은 지 6년이 흘렀다. 신동이 아니라 신동 할아비라도 단 몇 달 사이에 글을 읽고 별시에 붙을 수는 없을 것이다, 라는 것이 정근의 생각이었다.

별시에 붙지 못하면 약속한 것이 있으니 집에 눌러앉아 과거에 붙을 때까지 얌전하게 있을 것이고, 혹시, 호옥시라도 이변이 생겨 별시에 붙는다면 성균관에 확 밀어 넣어 빼도 박도 못하고 꼼짝없이 공부만 하게 만들 예정이었으니 손해 볼 일 없다고 생각했다.

그러나 예상과 다르게 별시에 차석으로 떡하니 붙어 그를 놀라게 했다. 그리고 그 놀라움이 가시기도 전에 성균관은 들어가지 않겠다는 말에 또다시 떼를 쓸 작정이구나, 다시 성이 나려 했다. 헌데 그의 예상과는 다르게 겸양 어린 자세로 지방 서원에 가서 공부하겠다 하니 정근은 살짝 헷갈렸다.

한양에는 유혹도 많고, 무엇보다 맘에 둔 여인이 있으니 멀리 떨어져 마음을 다잡겠다 하는 진성의 말에 이제야 정신을 차렸는가? 기쁨과 동시에 뭔가 꿍꿍이가 있나 싶어 미덥지가 못했다.

정근이 골똘한 생각에 잠겨 있을 때 연씨 부인이 차를 들고 들어왔다.

"무슨 생각을 그리하십니까?"

"아, 부인."

"사람이 들어오는 것도 모를 정도로 깊은 생각에 잠기셨습니다. 무슨 걱정이라도 있으십니까?"

"걱정이라기보다는……. 진성이 때문이지요."

"진성이가 왜요? 별시에도 붙고, 제 스스로 서원에 내려가 공부하겠다는 아이가 왜요?"

"너무 순순히 나오니 오히려 겁이 납니다."

"철이 든 게지요. 어려서 신동이라 불리던 아이입니다. 늦게 철이 난 겝니다."

"그렇겠지요? 그리 믿어야지요."

연씨 부인의 말에 고개를 끄덕이면서도 마음 한쪽에 스멀스멀 자리 잡고 있는 불안감은 다 가시지 않았다. 그때 밖에서 그를 부르는 소리가 들렸다.

"대감마님, 청지기입니다."

"무슨 일이냐?"

"도련님께서 인편에 편지를 보내셨습니다."

"편지?"

서원으로 내려가기 전에 잠시 정리할 것이 있다며 나간 아이가 편지라니. 도통 짐작이 안 되어 정근은 고개를 갸우뚱거렸다.

잠시 후, 연씨 부인과 마주앉은 정근은 불안한 마음으로 편지와 비단 보따리를 번갈아 바라보았다. 편지는 그렇다 쳐도 저 두툼한 비단 보따리는 무엇인가?

"이게 대체 뭐랍니까?"

"열어 보면 알겠지요. 편지를 열어 보면. 내 읽어 보리다."

눈이 동그래진 연씨 부인을 안심시키며 정근은 편지를 펼쳤다. 손이 가늘게 떨리는 것은 그저 전날 과음한 탓일 것이다. 애써 불안한 마음을 누르며 편지를 보니, 날렵한 서체로 쓴 장문의 글이 눈에 들어왔다.

─불초소자 김진성, 아버님, 어머님께 큰 불효를 저지르옵니다.

심상치 않은 첫 문장에 정근도, 연씨 부인도 바짝 긴장을 했다. 그 뒤의 글도 소자가 못나 부모님의 속만 썩여 죄송하다, 앞으로도 계속 불효를 저지를 것 같아서 몸 둘 바를 모르겠다, 못난 소자는 잊고 부디 건강하길 바란다는 등의 내용이 구구절절 길게 쓰여 있었다.

긴 편지를 읽고 난 정근은 망연자실한 표정을 지었다. 겉으로는 미안하다, 죄송하다, 구구절절 사과의 글처럼 보이지만 별시에 붙어 약속을 지켰으니 저 좋아하는 여인이랑 혼약 맺어 청나라로 튀겠다는 소리 아닌가!

"네 이놈을 당장……. 아이고, 뒷골이야."

"대감 괜찮으십니까?"

버럭 화를 내던 정근은 뒷목을 잡고 비틀거렸다.

"대체 누굴 닮아 저 모양이랍니까? 번듯한 외모에 특출한 머리를 타고났으면 응당 나라를 위해 써야 하거늘, 허구한 날 계집질에 미쳐 있으니……. 아이고, 두야."

"그러게요. 과연 그 아이가 누굴 닮았을까요?"

진성의 편지를 본 연씨 부인은 남편을 지그시 바라보았다. 부인의 눈길을 느낀 정근은 잔뜩 찡그렸던 미간을 슬그머니 폈다. 뭔가 찔리는 것이 있음이라.

"그 씨가 어디 간답니까? 콩 심은 데 콩 나고, 팥 심은 데 팥 나는 법입니다. 아니 그렇습니까, 대감?"

"난 적어도 과부는 안 건드렸소."

조그마한 목소리로 변명하던 정근은 눈을 부릅뜬 연씨 부인의 얼굴에 눈을 맞추지 못하고 고개를 돌렸다.

"그것이 자랑할 것은 못 되지요."

"거참, 다 지난 일을 왜 또 들추고 그러시오. 부인도 다 용서한 일 아니오. 그리고 지금 내 과거가 무에 그리 중요하답니까. 진성이 일이 더 급하지."

정근은 얼버무리며 진성에게로 화살을 돌렸다. 발끈하려던 연씨 부인은 한숨을 쉬었다. 남편이야 나중에 잡아도 되지만 아들놈의 일은 어쩌란 말인가. 부부가 연달아 한숨을 내쉬니 방 안에 근심이 가득하였다.

"그런데 이건 또 뭐랍니까?"

연씨 부인은 편지와 함께 온 비단 보따리를 끌어당겼다. 이미 편지를 보고 충격을 받은지라 선뜻 펼치기가 두려웠다.

"부인이 열어 보시오."

"제가요?"

"편지는 내가 열어 보지 않았소."

또 가슴이 철렁할까 싶어 정근은 은근히 부인에게 책임을 미루었다. 한 나라의 좌의정이 할 말은 아니지만 정근의 말에 연씨 부인은 떨리는 손으로 보따리를 끌렀다.

"이것이 무엇입니까?"

비단 보자기를 풀어 보니 그 안에 하얀 종이가 나왔고, 다시 베 보자기로 싼 것이 보였다. 정근은 종이를 꺼내 들었다.

"봉서(封書)라⋯⋯. 봉서!"

아이쿠! 이게 웬 날벼락이냐! 봉서라니! 암행어사에 제수된 자에게 내리는 것이 아닌가! 정근의 덜덜 떨리던 손이 그대로 굳어 버렸다. 허나 봉서가 무엇인지 모르는 연씨 부인은 남편의 반응을 보고 의아해하며 베 보따리를 끌렀다. 책이 한 권 나오고, 긴 놋쇠로 만든 자가 나왔다. 그리고 작은 금색 비단 주머니가 보여 안의 내용물을 꺼내어 보았다.

"아이고!"

놀란 연씨 부인도 슬금슬금 엉덩이걸음으로 물러났다. 마패였다. 그것도 힘차게 달리는 말이 세 마리나 그려져 있는 마패였다. 연씨 부인은 떨리는 눈으로 남편을 바라보았다. 망연자실하기는 남편도 마찬가지였다. 먼저 입을 연 것은 부인이었다.

"이, 이것은 암행……."

"조용하시오, 부인. 봉서를 받고 그대로 생읍(生邑—암행어사 감찰지역)으로 향하는 것이 법도이거늘, 이것은 집으로 보냈으니……. 벌써 죄를 진 게요. 더구나 암행어사에 제수된 자가 토꼈으니……."

말 그대로 임금의 지엄하신 분부를 동네 개 무시하듯 무시해 버렸으니 멸문지화를 당한다 해도 변명할 말이 없었다. 정근의 말에 하얗게 질린 부인의 얼굴이 파랗게 변해 버렸다.

여색으로 그렇게나 속을 뒤집어 놓더니, 이젠 하다하다 여자 때문에 암행어사에 제수되고도 청나라로 토낄 생각을 한단 말인가. 그것도 벌건 대낮에.

하긴 벌건 대낮이었기 때문에 아들이 어디론가 갈 것이라는 생각은 꿈에도 하지 못했다. 뉘 집 자식인지 담대하기도 하지. 친구들 만난다 하기에 몇 달 동안 조신하게 글만 읽었으니 친구 생각도 나겠다 싶어 허락한 것이 화근이었다.

진성이 사라진 것을 얼마 후면 알게 될 터인즉, 우리 가문을 아들놈이 말아먹는구나. 정근은 눈을 질끈 감았다. 정신을 수습한 연씨 부인은 남편의 곁으로 바짝 다가앉았다.

"어찌하면 좋겠습니까?"

"……."

하지만 대답이 없었다. 무슨 대답을 하랴. 암행어사에 제수된 아들은 바다 건너 청국으로 향한다 하고, 임금께서는 진성이 올려 보낼 서계[1](書啓)와 별단[2](別單)을 기다릴 터, 아들의 부재가 드러남은 시간문제였다.

---

1) 감찰한 읍에 관한 사항과 기타 봉서와 자목에서 지시된 사항을 탐방한 후 기재한 편지글의 문서

"왕명의 지엄함을 아는 녀석이 암행어사 임무보다 계집의 치맛자락이 더 중하였더냐. 정녕 가문을 말아먹으려고 작정을 하였구나. 아이고."

남편이 이렇다 할 말이 없자 연씨 부인은 한탄을 늘어놓기 시작했다. 여색 때문에 큰일을 치를 줄은 미리 알고 있었지만 그것이 멸문지화에 이를 것이라는 생각은 하지 못했다.

"조상님 뵐 면목이 없습니다. 자식의 허물은 곧 어미의 책임입니다. 소첩이 목숨으로 그 죄를 갚겠습니다."

갑자기 자리에서 벌떡 일어난 부인은 품에서 은장도를 꺼냈다. 해결 방법을 생각 중이던 정근은 은장도를 보고 연씨의 손을 덥석 잡았다.

"이 무슨 짓이오? 그것 내려놓으시오."

"놓으십시오. 아들을 잘못 가르친 죄. 죽어 마땅하옵니다."

"부인!"

엎치락뒤치락 정근과 연씨의 몸싸움이 시작되었다. 그때, 방문이 벌컥 열렸다. 놀란 부부가 고개를 돌리니, 옥색 도포를 입고 반듯하게 갓을 쓴 진성이 서 있었다.

"네 이놈…… 감히……."

안심과 놀라움에 역정이 벌컥 났다. 허나 정근과 다르게 연씨는 들어온 이를 유심히 살펴보고 있었다. 정근이 자리에서 벌떡 일어서 호통을 치려는 순간, 연씨가 입을 열었다.

"너, 서현이 아니냐?"

역시 자식을 알아보는 데는 어미의 눈이 최고라. 방으로 들어온 이는 청으로 튄 진성이 아니라 그의 옷을 훔쳐 입고 소리패의 공연을 보고 온 서현이었다.

---

2) 서계에 첨부된 부속서류, 감찰 외 군현의 곳에서 보고 들은 민생의 고통 등에 관한 정보를 적은 글

"서현이라고? 네 어찌 그런 행색인 것이야?"

놀란 정근은 반문했지만 연씨는 알고 있었다. 세상에 목마른 딸이 가끔 아들의 옷을 입고 바깥구경을 한다는 것을 말이다. 알고 있었지만 모르는 척했다.

같은 날, 같은 시에 태어난 두 아이들이다. 하지만 한 명은 여자라는 이유로 아무것도 하지 못하고 늘 집 안에만 갇혀 지내야 했다. 진성이 서당을 다니며 맘껏 학문을 취하고 있을 때, 친구들과 어울려 한양이 좁다 하고 돌아다닐 때, 서현은 방에 틀어박혀 바느질과 부녀자의 덕목만을 배워야 했다.

음전함과 정숙함. 서현이 갖춰야 할 덕목이었다. 보고도 못 본 척, 들어도 못 들은 척, 입이 있어도 그저 네, 네, 하는 순종적인 여인. 서현에게 허락된 것은 오직 여인의 길뿐이었다. 어차피 지아비를 맞아서 집을 떠나면 더욱 갇혀 지내야 하는 신세. 잠시라도 자유를 누리라고 알면서도 모르는 척했다.

그런데 이렇게 남장을 하고 그들의 앞에 나타날 줄은 몰랐다. 진성에게서 받은 충격이 가시지도 않았는데, 그 위에 충격을 더해 주니 정근은 다리의 힘이 풀렸다.

"어찌, 어찌 그런 복장을 한 것이냐?"

"지금 그것이 중요한 것이 아니지 않습니까?"

"계집이 사내 옷을 입고 다니다니! 그것이 양반가의 여식이 할 일이란 말이냐?"

"오라비가 한 일보다는 나은 일이라 생각됩니다."

서현이 입을 삐쭉 내밀자 정근의 가슴이 또 한 번 덜컥 내려앉았다. 이 일이 바깥에서도 다 들렸단 말인가? 놀란 마음에 목소리가 저절로 작아졌다.

"다 들렸느냐?"

"예, 밖에서도 아주 똑똑하게 들렸습니다."

"이런……."

정근의 얼굴이 사색이 되자 서현은 목소리를 더욱 낮추었다.

"걱정 마십시오, 아버님. 밖에 아무도 얼씬 말라고 제가 다른 이들은 멀리 물리쳤습니다."

"그, 그래? 잘했다."

가슴을 쓸어내리는 정근을 보며 서현은 빙긋이 웃음 지었다. 사실 부모님의 목소리가 그리 크지는 않았다. 단지 그녀가 부모님들이 뭐 하나 싶어 방문에 귀를 바짝 대고 있었기에 내용을 들었던 것뿐이지만 내막을 모르는 정근은 잘했다며 고개를 끄덕거렸다.

갑자기 서현이 부부의 곁으로 바짝 다가앉았다.

"아버님, 어머님. 제가 가겠습니다."

"가다니? 어딜 간단 말이냐?"

"암행이요. 오라버니 대신 제가 암행어사의 임무를 마치겠습니다."

"뭐라?"

오늘이 가문의 마지막 날이 맞구나. 딸마저 이상한 소리를 해 대니 정근은 이제 머리가 빠개질 지경이었다. 전생에 나라라도 팔아먹었는지 이런 시련이 웬 말이냐. 아무래도 연씨 부인이 죽으면 그도 뒤를 따라야 할 것 같았다.

끙끙거리는 정근에게 서현이 넙죽 절을 올렸다.

"아버님도 저랑 오라버니를 구별 못 하시잖아요. 그러니 한양과 멀리 떨어진 곳으로 가면 누가 저를 알아보겠어요? 오라버니가 없는 지금, 만약 이 사실을 주상 전하께서 아시면 큰일 아니옵니까? 그러니 제가 다녀오겠습니다. 무탈하게 임무 수행하고 돌아올 테니 허락해 주세요. 아버님."

딸의 말이 아주 틀린 것은 아니지만 안 될 말이다. 다 큰 여식을 어디로 보낸단 말인가. 철없이 졸라 대는 딸을 보고 정근은 고개를 돌려 버렸다.

간다, 안 된다, 딸과 남편의 실랑이를 보던 연씨 부인은 곰곰이 생각에 잠겼다. 활달하고 영리한 딸이었다. 집 안에만 갇혀 지내는 것이 늘 안타까웠다. 안 되는 줄 알지만, 어차피 어명은 벌써 어겼고, 진성이 사라진 것이 발각되면 큰 화를 면하기 어려운 일이었다. 기왕 이렇게 된 거 이 기회에 딸이 넓은 세상을 보고 오는 건 어떨까. 연씨 부인은 생각하고 또 생각했다.

잠시 후 진지해진 눈으로 남편을 바라보며 연씨가 입을 열었다.

"대감."

"네, 부인. 애 좀 말려 주시오."

이마에 손을 댄 정근이 힘없이 연씨를 향해 고개를 돌렸다.

"서현아, 잠시 나가 있거라."

"어머니."

"어허, 잠시 나가 있으라 했다."

"네."

풀 죽은 서현이 나가자 연씨 부인이 말을 꺼냈다.

"보냅시다."

"어딜 보냅니까?"

"진성이 대신 보내자고요."

"진성이 대신 어디를요? 진성이 대신이요!"

서현에게 시달리던 정근은 부인의 말에 정신이 번쩍 났다. 보내다니, 어딜 보낸단 말인가? 지금 상황으로도 충분히 죄를 짓고 있는데,

또 죄를 보태자는 부인의 말에 정근은 입을 딱 벌렸다.

"외모로 둘을 구별하기는 힘들지요. 가다 혹 아는 자를 만난다 하여도 진성이와 서현이를 구별할 자는 많지 않을 것입니다. 있어 봤자면 친척이나 스치듯 얼굴만 본 자일 테니 들키지는 않을 겝니다."

"하지만 부인, 그 험한 곳엘 어찌 보낸답니까? 지금 시비 딸려 절에 불공드리러 가는 거나 단옷날 창포물에 머리 감으러 가는 게 아니지 않습니까?"

"보내 주고 싶습니다."

"부인."

"기억하시는지요. 첩도 어릴 적 넓은 세상을 둘러보고 싶었습니다. 그래서 대감이 같이 도망치자 제 손을 잡으실 때 뿌리치고 싶지 않았습니다. 사실 그때 대감과 같이 도망가고 싶었습니다. 이 좁은 곳을 벗어나 다른 곳을 알고 싶었으니까요."

"부인."

정근은 연씨의 손을 잡았다. 그때 일이 생각나는 듯 그의 눈도 아련한 회상에 잠겨 있었다. 활달하고 영리한 연씨. 서현이는 그런 어머니를 쏙 빼닮았다. 핏줄은 못 속인다고 서현은 연씨보다 호기심이 많았다.

"서현이의 나이, 벌써 열여덟입니다. 이제 곧 저희 품을 떠나 지아비를 맞이하면 평생을 여인의 덕목 안에 갇혀 지내야 하는 아이입니다. 잠시나마 세상을 보여 주고 싶습니다."

그건 연씨의 소망이기도 했다. 본인이 넓은 세상을 보지 못한 것, 그것이 늘 아쉬웠다. 그것을 서현이가 그대로 겪을 것을 생각하면 딸이 가여웠다. 아들로 낳아 주지 못한 것이 늘 미안했다.

그런 부인의 맘을 모르는 것은 아니었지만 한양도 아니고 먼 지방으로 딸을 보내야 한다니, 정근은 내키지 않았다. 아무리 당차고 영리하다 하더라도 계집은 계집이다. 만에 하나 서현이에게 나쁜 일이 생긴다면……. 정근은 고개를 저었다. 쥐면 꺼질세라, 불면 날아갈세라 애지중지 기른 딸이다.

"아니 될 말이오."

"대감."

연씨 부인의 은근한 눈빛과 애절한 속삭임에 정근은 울상을 지었다. 이러면 안 되는데. 주상 전하께서 아시면 우린 죽는데. 하지만 애처가와 공처가의 경계에 서 있는 정근이 연씨의 부탁을 거절하기란 토끼 머리에서 뿔나는 것보다 어려운 일이었다. 결국 정근은 고개를 끄덕이고 말았다.

한시도 지체할 수 없는 일이었다. 일단 결정이 되고 나니 모든 것이 일사천리로 진행되었다. 서현은 일단 치마, 저고리에 장옷을 깊숙하게 눌러썼다. 봉서가 집으로 왔다가 나가는 것을 누구도 눈치채서는 안 되기에 일단 여인의 복장으로 한양을 빠져나간 뒤 남장을 하기로 했다.

연씨 부인은 단출한 옷 보통이만 든 서현을 안쓰러운 눈으로 바라보았다. 생각 같아선 바리바리 싸 보내고 싶으나, 진성이 대신 가는 암행길이니 진성이가 보내 온 베 보자기에 있는 것 외에는 보낼 수가 없었다. 하지만 연씨는 다른 사람 몰래 서현이의 손에 패물 몇 가지를 쥐여 주었다.

"정말 필요할 때 쓰거라."

"네. 어머니 걱정 마세요."

장옷 사이로 눈만 빠끔 내민 서현은 밝게 웃었으나 낯선 곳에 홀로 나아간다는 생각에 호기심과 두려움으로 가슴이 두근두근거렸다. 연씨 부인은 의연하게 웃으며 서현이와 분이가 집을 나서는 것을 보았다. 그 뒤로 하인들이 줄줄이 물건을 들고 갔다. 서현이는 경기도에 있는 외가에 가는 것으로 했기 때문이었다.

의연한 연씨와 다르게 정근은 안절부절못하고 있었다. 금이야 옥이야 귀하게 키운 딸이었다. 시집보내는 것이 아까워 열여덟이 되도록 약혼도 시키지 않은 아이인데, 먼 길 가는 게 어찌 불안하지 않으랴. 몸종 분이가 약간의 무술을 익혔다고 하나 그거야 집 근처의 왈짜패들에 한에서였다. 서현의 앞에서 표현하지 않았지만 뒷마당에 선 그는 뒷짐 진 손에 땀이 날 정도로 불안해하고 있었다. 그리고 연신 주위를 두리번거리고 있었다.

"어찌 안 오는 것이야. 기별이 늦게 간 것인가."

중얼거리는 모습에 누구를 기다리는 기색이 역력했다. 그때 굵은 대추나무그늘에서 누군가 모습을 드러냈다.

"명 받들고 왔습니다."

"아이고, 놀라라. 인기척 좀 하거라."

"송구합니다."

갑자기 등장한 남자 때문에 놀란 정근은 무안해서 헛기침을 했다.

"흠흠. 이번에 우리 진성이 암행어사로 충청도에 가게 되었다. 넌 진성이가 눈치채지 않도록 호위를 하도록 해라."

"알겠습니다."

"하긴 암행 길에 호위무사쯤 하나 달고 다니는 게 큰일은 아니니 들키면 그냥 대놓고 호위해도 된다. 그리고 혹 이상한 점을 발견하더라도 넌 묻지도, 따지지도 말고 그냥 호위만 잘하면 된다. 알겠느냐?"

"명 받습니다."

정근이 마지막으로 한 말은 이해할 수 없었으나 남자는 고개를 숙였다. 상투를 틀지 않은 긴 머리카락 사이로 언뜻 보이는 눈빛에 하얀 날이 서 있었다. 그는 인사가 끝나자마자 몸을 훌쩍 날려 높은 담을 넘었다. 바람처럼 가벼운 그 동작에 정근의 불안했던 마음이 다소 가라앉았다.

"그래, 저놈이 따라가니 큰 탈은 없겠지."

그가 키우는 사병 중에서도 최고로 손꼽는 녀석이니 호위하는 데 무리는 없을 것이다. 서현이가 무사히 다녀오기를 바라는 마음은 연씨 부인이나 그나 같았다.

2장

 일행과 헤어진 서현은 가짜 가마가 경기도로 향하자 남장을 하고 길을 나섰다. 가슴을 꽁꽁 묶어 최대한 납작하게 했고, 걸음걸이도 활달하게 걸어 여자임을 눈치채지 못하게 했다. 그동안 집안사람 모르게 종종 남장을 하고 한양 거리를 누비던 것이 많은 도움이 되었다. 분이 역시 남자 옷이 자연스러워 보였다. 일반 여자들보다 한 뼘은 큰 키에 어깨도 넓어 오히려 치마저고리보다 바지가 훨씬 더 잘 어울렸다.
 "자, 준비됐지?"
 "네, 아가씨. 아니. 도련님, 준비됐습니다."
 "아까 세책방에서 사 오라고 한 책은 사 왔고?"
 "그러믄요."
 "좋다. 그럼 가자. 충청도로."
 서현은 두려움은 접고 설레는 마음을 앞세웠다. 큰 세상에 나가 많은 것을 보겠다. 남자들처럼 보고, 남자들처럼 듣고, 남자들처럼 처리하겠다. 그냥 유유자적하니 떠나는 여행길이 아니기에 서현은 마음을 다부지게 먹었다. 하지만 겸사겸사 세상 구경도 빼놓지 않을 것이다, 라는 다짐도 잊지 않았다.

양재역에 도착한 서현은 찰방에게 마패를 내보였다. 혹시 여자인 것을 눈치챌까 한 손으로 갓을 내리며 눈을 피했다. 목소리도 낮고 굵게 내려고 목을 살짝 움츠렸다. 그러나 아무리 굵게 내려 해도 익숙하지 않은 목소리라 어색함이 묻어났다. 한양 거리를 남장으로 돌아다녔어도 말은 거의 하지 않은 편이라 남자 목소리가 나오지 않는 것은 어쩔 수 없었다. 서현은 목에 힘을 주며 남자처럼 목소리를 내려고 애를 썼다.

"말 좀 내주시오."

"네, 나리. 재빠른 놈으로 드리지요."

"아니. 얌전한 놈으로 주시오."

"얌전한 놈으로요? 네, 그러지요."

찰방은 고개를 갸웃거렸으나 순한 말을 골라 내왔다. 말을 거의 타 본 적이 없는 서현이기에 걸어갔으면 하는 마음이었지만 충청도까지 걸어가기에는 너무 먼 거리였다. 그리고 말을 탈 수 있는 이런 기회를 그냥 버리기에 너무 아까웠다. 지금이 아니면 언제 또 말을 타 보겠는가.

어찌어찌 말을 타긴 했지만 아슬아슬 영 불안한 품새에 서현은 이마에 식은땀이 흘렀다. 곁을 보니 분이 역시 말 위에서 곡예를 하듯 아슬아슬하기는 마찬가지였다. 고삐를 어설프게 잡고 휘청거리며 가는 두 사람을 보며 찰방은 다시 고개를 갸웃거렸다.

"멀쩡하게 생긴 양반이 말 타는 품새가 왜 저러누. 생긴 것도 비리 비리한 것이 말에서 떨어질까 영 불안하네."

찰방의 걱정을 알지 못하는 서현은 말 위에서 떨어지지 않으려고 비틀비틀 중심을 잡고 있었다.

생읍까지 가려면 족히 한 달은 넘게 가야 했다. 태어나 이렇게 멀리 여행을 하기는 처음이었다. 더구나 수행하는 하인들도 없이 분이와 달랑 떠나는 길이라……. 서현은 설레는 마음에 걸음이 저절로 빨라졌다.

그러나 말은 다음 역에 다다르자마자 일찌감치 버려 버렸다. 익숙지 않은 말을 타니 엉덩이가 짓무를 지경이라 그냥 걸어가는 편이 낫겠다 싶은 생각이 들었다. 분이와 두런두런 이야기를 나누며 주변 경관을 보니 말 위에서 보는 경치보다 훨씬 더 운치 있었다.

"덕쇠야."

"네, 도련님."

"기분이 상쾌하구나. 너도 그러지 않느냐?"

"네, 쇤네도 기분이 아주 째집니다요."

그럴듯하게 말을 주고받던 둘은 갑자기 두 손을 맞잡더니 펄쩍펄쩍 뛰며 웃음을 터트렸다.

"호호호, 너무 좋다. 안 그래?"

"네, 아가씨 완전 도련님 같아요. 호호호."

누군가 보았다면 점잖은 도포에 반듯한 갓 쓴 양반과 머슴이 함께 손을 잡고 방방거리는 모습이었으니 괴이하다 여길 수 있는 장면이었다.

어찌어찌 경기도에 들어서긴 했으나, 지도 보기에 서툰 서현과 분이는 길을 잃어 가까스로 날이 저물기 전에 마을을 발견했다. 안도의 숨을 내쉬며 주막으로 들어간 서현은 제법 위엄 있게 소리를 쳤다.

"주모! 주모 있는가?"

"예에, 나갑니다요."

"하루 머무를 방 있는가?"

"네, 있습죠. 이리 오십시오."

"저녁도 좀 내오고, 거 탁주 있으면 한 병 주게."

"네, 네, 알겠습니다."

서현과 분이가 주문을 하고 돈을 셈한 뒤 방으로 들어가자 주모의 가는 눈에 야시시한 웃음이 맺혔다.

"요즘엔 분한 남정네가 많다더니 딱 그 짝일세. 사내가 어찌 저리 고운가. 돈 주는 손도 곱기가 계집 같구먼."

"주모! 여기 술 안 줄 건가?"

"네, 가요!"

주모의 짧은 감상은 다른 손님들의 주문에 이내 끊어졌다. 술을 들고 나오던 주모는 푸른 무사 복장의 사내가 주막 안으로 들어오는 것을 보며 살가운 표정으로 다가갔다.

"어서 오세요. 저녁이라도 내 드릴깝쇼?"

"국밥 한 그릇 주게."

"네, 술은 어떻게……."

"됐네."

"바로 준비해 드리겠습니다."

부엌으로 가던 주모는 다시 한 번 뒤를 돌아보았다. 상투를 틀지 않은 긴 머리에 건을 두른 남자의 몸에서 강한 기운이 흘러나왔다. 오며 가며 많은 남정네들을 봐온 그녀였지만 저 남자처럼 강한 기운은 보기 드문 것이라 호기심에 상을 내오며 남자를 힐끔힐끔 살펴보

앉다.

 남자는 상 위에 돈을 올려놓고 묵묵히 밥을 먹기 시작했다. 긴 머리가 얼굴은 덮고 있어 자세히 보이지는 않았지만 미남임에는 틀림없었다. 짙은 눈썹에 쌍꺼풀이 없는 눈은 날카로웠으며 곧게 뻗은 코 또한 수려함이 느껴졌다. 전체적으로 귀한 인상이기에 어디 귀한 집의 도련님인가 생각했던 주모는 남자의 손을 본 순간 흠칫 놀랐다. 무복을 입고 있었기 때문에 칼은 좀 쓰겠구나 생각은 했지만 손등에 난 상처와 굳은살들을 보아하니 하루 이틀 칼을 잡은 손이 아니었다.

 주모의 눈길을 느낀 남자가 그녀에게 잠깐 시선을 주었다. 무서운 눈빛이 날아들 거라는 예상과 다르게 남자의 눈빛은 온화했다.

 "무슨 볼일이라도 있소?"

 "예? 아닙니다요. 맛있게 드세요. 호홍."

 눈웃음을 친 주모는 자리를 떴다. 봄바람 같은 남자를 둘씩이나 보다니 주모 인생 20년에 오늘만큼 횡재한 날도 없다고 생각한 그녀였다.

 주모가 자리를 뜨자 은검(闇劍)의 눈이 순식간에 날카로워지며 서현이 들어간 방 쪽으로 날아들었다.

 한편 저녁상을 받은 서현은 침을 꼴깍 삼켰다. 지나오는 동안 길을 잘못 들어 점심도 거르고 오늘 처음 받는 밥상이었다. 거친 잡곡밥에 시래기가 대부분인 국과 짠지가 전부였지만 서현이에게는 처음 먹는 음식이라 신기했고, 배가 고픈 터라 꿀맛이 따로 없었다.

 "이거 생각보다 맛있네. 안 그래, 분이야?"

 "뭐 먹을 만은 하네요. 맛있어요. 아가씨?"

 "그럼 완전 꿀맛인데. 그리고 도련님이라고 하라니까."

 "저도 분이가 아니고 덕쇠입니다요."

"맞다. 입에 붙질 않아서."

하루 종일 피곤했던 둘은 게 눈 감추듯 국밥 한 그릇을 싹싹 비웠다. 그러나 걸쭉한 탁주는 입에 넣자마자 퉤 하고 뱉어 버렸다. 서현은 인상을 찡그렸다.

"에퉷퉷, 무슨 맛이 이래?"

"왜요? 맛있기만 하구만."

집에서 담은 순한 술만, 그것도 일 년에 몇 번 먹어 본 적 없는 서현이에게 시큼하고 텁텁한 탁주가 입에 맞을 리가 없었다. 결국 분이 혼자 탁주를 반이나 홀짝홀짝 마시고 발그레한 얼굴로 뻗어 버렸다.

분이가 자는 동안 서현이는 보퉁이에서 책을 꺼내 들었다. 분이를 시켜 세책방에서 사 온 것들이었다.

"힘든 암행길, 깔맞춤으로 산뜻하게. 지은이 여림. 여인의 숲? 여자는 아닐 텐데……."

서현이는 책을 한 장 한 장 넘기며 신중하게 읽어 내려갔다. 하지만 이내 눈살을 찌푸리고 다시 앞장을 보았다.

"이거 뭐 이래? 암행어사가 쓴 거라더니 순 어디에 색향이 많다. 어디 기생이 명기다, 라는 얘기밖에 없잖아. 성균관 출신 암행어사라더니……. 쯧쯧쯧. 성균관도 옛날의 성균관이 아니구나."

혀를 쯧쯧 차던 그녀는 다른 책을 펼쳤다.

"일주야면 당신도 암행어사가 될 수 있다. 지은이 박문수. 박문수라……. 들어 본 적이 있는 이름인데, 어쨌든 저 책보다는 낫겠지."

그러나 책장을 넘긴 서현은 제대로 된 책 내용에 이내 깊숙이 빠져들었다. 비록 서현이의 생음과 다른 곳이라 가는 길은 달랐지만 가는 곳마다 활약한 내용과 관리들의 비리 유형, 어떤 수령이 좋은 수령인지에 대한 예시 글에 서현은 고개를 끄덕거렸다.

"그렇구나. 아주 자세히 잘 쓰셨는데……. 봉고파직은 함부로 하는 게 아니었구나. 난 암행어사 출두야! 하면 다 봉고파직하는 줄 알았더니만……."

글 읽기에 몰두하던 서현은 목이 말라 옆에 놓인 탁주를 마셨다. 여전히 시큼털털했지만 두 번째에는 마실 만했다. 책 한 권을 읽으며 남은 술을 거의 마신 서현은 혼자서 히죽히죽 웃음을 지었다.

"흐흐. 이 맛에 사내들이 술을 마시나 보다. 뭐 먹을 만했어."

주섬주섬 옷을 벗은 서현은 따뜻한 구들장에 허리를 대고 누웠다. 굳어 있던 허리가 뜨끈한 바닥에 닿자 온몸의 여독이 스르르 풀어지는 느낌이었다.

"조오타."

그녀는 눈을 감자마자 잠이 들었다. 가볍게 코까지 골며 잠이 든 서현은 다음 날 해가 높이 떠서야 겨우 눈을 떴다.

너무 늦게 일어난 서현은 아직도 자고 있는 분이를 깨워 부랴부랴 길을 재촉했다. 머리도 아프고 몸도 무거웠다. 어제 마신 탁주 때문이리라. 서현은 졸린 눈을 비비며 주막을 나섰.

언제 길을 떠날까 싶어 새벽부터 눈을 뜬 은검도 그 뒤를 따르기 시작했다. 암행어사라 했는데 해가 중천이 돼서야 움직이다니……. 듣던 대로 한량다운 행동이었고 한술 더 떠 장터에 들어선 저 둘의 행동은 완전 마실 나온 계집의 행동이었다.

해가 높이 솟아오른 시간이었기 때문에 저잣거리에는 사람들이 북적거렸다. 한양의 육의전에 비할 바는 아니었지만 제법 사람들이 많았다. 은검이 따르는 줄 꿈에도 눈치채지 못한 서현은 휘둥글해진 눈으로 이 가게, 저 가게를 다니며 구경하기에 여념이 없었다.

"이건 무엇이오?"

"멀쩡하게 생긴 양반이 생선도 모르시오?"
"생선인지는 아오. 이름이 무어냔 말이오."
"이쪽은 건어물로 북어, 관목(말린 청어), 새끼줄에 매달린 건 노가리이고, 이쪽 건 생물로 민어, 석어(조기), 광어올시다."
"여기 이 세모꼴인 것도 생선이오?"
"가오리라는 놈입니다. 양반님네는 분어(鱝魚)나 가불어(加不魚)라고도 합죠."
"이것이 분어로구나. 요리되어 나온 것을 먹어 본 적은 있지만 실제로 본 적은 처음이라 무척 신기하구려."
"그런데……. 사실 거요, 안 사실 거요?"
"아, 사진 않을 거요."

서현이 생선을 사지 않겠다고 하자 친절하게 이것저것 알려 주던 어물전 주인의 얼굴이 단번에 쌩하게 변했다. 약간 머쓱한 표정을 지었지만 서현은 다시 다른 가게로 눈을 돌렸다. 붓과 종이가 즐비하게 늘어진 곳이었다.

다양한 모양의 연적을 본 서현은 탐이 났는지 눈을 반짝거렸다. 그러자 분이가 가까이 다가와 조그마한 목소리로 말을 했다.

"어째 저쪽에 있는 장신구보다 이곳에 더 관심을 가지십니까?"
"장신구야 집에 달포에 한 번씩 오는 방물장수한테서 실컷 보지 않아? 연적이나 붓은 이곳에 와야만 볼 수 있는 거 아니냐."

건성으로 대답한 서현이는 여전히 연적에서 눈을 떼지 못하고 있었다. 지난번 정근이 청에서 건너온 것이라며 연적 하나를 진성이에게 선물한 적이 있었다. 하얀색의 용이 꿈틀거리는 모양을 보고 호기심이 인 서현이 잠시 구경시켜 달라 했더니, 귀한 것이라며 진성이 뒤로 슬그머니 감춘 일이 있었다.

그 일이 못내 서운했던 서현이는 이번엔 제 마음에 드는 연적을 가지겠노라 눈에 불을 켜고 연적들을 살펴보고 있었다. 그중에서 연꽃 모양의 청자연적이 눈에 쏙 들어왔다.

"이것 하나 주시오?"

"이것 말입니까? 역시 글 읽는 선비님이라 보는 눈이 보통이 넘으십니다. 이것이 무엇이냐 하면, 저 청나라에서도 유명한 장인이 연꽃 잎 한 잎, 한 잎 심혈을 기울여 만든 작품으로 우리 조선에 딱 세 개밖에 없는 귀한 연적입니다."

"그렇게 좋은 연적이오?"

"그렇다마다요. 그래서 값이 좀……."

자랑을 한껏 늘어놓던 주인이 슬며시 말꼬리를 늘였다. 그러나 이미 연적에 마음을 홀딱 빼앗긴 서현에게 주인의 음흉한 눈빛은 보이지도 않았다.

"그러니까 얼마란 말이요?"

"적어도 닷 냥은 받아야 하는데, 고운 선비님이고 하니 넉 냥만 내십시오."

주인은 큰 인심이라도 쓰는 듯 말을 하자 서현은 선뜻 주머니를 끌렀다. 그러자 분이가 놀라 서현의 손목을 잡았다.

"사시게요?"

"정말 멋진 연적이 아니냐? 꼭 사고 싶다."

"어쩐지 바가지 쓰는 기분인데……."

세상 물정 모르는 서현이가 자그마치 쌀 다섯 말이 넘는 가격에 해당하는 연적을 산다 하니 분이는 놀랄 수밖에 없었다. 하지만 세상 물정에 어두운 서현이는 한 냥을 깎아 준다는 말에 냉큼 돈을 꺼내어 주인의 손에 쥐여 주고는 소중한 보물이라도 얻은 듯 연적을 봇짐에 넣었다.
"다음엔 어디를 구경하나······."
서현이 눈길을 다른 곳으로 돌리려는데, 어디선가 고소한 냄새가 풍겨 왔다. 냄새를 따라가니 자글거리는 기름 솥에서 타래과가 튀겨지고 있었다. 달콤한 조청에 고소한 잣가루까지 듬뿍 묻힌 타래과는 보기만 해도 군침이 돌았다.
"덕쇠야, 우리 저거 먹자꾸나."
"아가, 아니 도련님!"
서현은 분이의 손을 끌어당겼다.
"어서 오세요. 뭐 드릴까요?"
"타래과랑 이 떡도 좀 싸 주시오."
"예, 예, 조청 듬뿍 묻혀 드릴게요."
푸짐한 인상의 여인은 인심 좋게 웃으며 타래과를 새로 튀기고 조청을 발랐다. 늦게 일어나 아침도 거른 터라 아까부터 배 속에서 요란한 소리가 나고 있었다. 한양에서도 간간이 장 구경을 가곤 했지만 남들 눈이 무서워 간단한 주전부리조차 잘 사 먹지 못했었다. 타래과 정도야 물론 집에서 만들어 먹을 수도 있었지만 밖에서 사 먹는 것은 어쩐지 맛이 다른 듯했다.
서현은 손가락에 조청이 묻는 줄도 모르고 타래과를 꺼내어 입에 넣었다. 살살 녹는 단맛에 절로 미소가 그려졌다.
"음, 이 맛이야."
"도련님, 주위에 눈도 있는데······."
약간 구겨지긴 했지만 도포에 갓까지 멀쩡하게 쓴 양반이 행복한 표정으로 타래과를 먹는 모습이 과히 이상하긴 했다. 지나가는 여인네들은 곱상한 서현이의 얼굴을 보고 힐끔거리다 타래과를 먹는 모습에 입으로 손을 가리고 살짝 웃기까지 했다.

그제야 서현은 얼른 얼굴빛을 고치고 손가락에 남은 조청을 혀로 핥은 뒤, 아무 일도 없었다는 듯 헛기침을 했다.

"으흠. 덕쇠야, 갈 길이 멀다. 어서 서두르자."

"예, 도련님."

둘이 막 길을 떠나려는 찰나, 뒤에서 아까 타래과를 챙겨주던 여인의 큰 목소리가 들렸다.

"이 도둑놈의 새끼! 또 여기서 기웃거리고 있느냐! 어서 가지 못해!"

무슨 일인가 싶어 둘은 뒤를 돌아보았다. 예닐곱쯤 되었을까? 더러운 땟국이 흐르는 얼굴에 넝마나 다름없는 옷을 입은 아이가 여자의 손에 잡혀 혼이 나고 있었다. 배가 고픈 듯 여자의 우악스러운 손에 잡혀 있으면서도 아이의 눈은 타래과와 떡에 고정되어 있었다.

"어서 꺼지지 못해! 아니, 이놈이……."

아이는 여자가 잠깐 한눈판 사이 앞에 놓인 타래과를 한 움큼 집어 입에 넣었다. 기름에 막 튀겨 내어 몹시 뜨거울 텐데 아이는 입에 있는 것을 뱉지 않고 열심히 씹고 있었다.

"이, 이 후레자식 같으니……."

철썩! 여인의 두툼한 손이 아이의 작은 뺨을 내리치자 여인의 손에 잡혀 넘어지지도 못한 채 여린 몸이 휘청거렸다. 강가에 흔들리는 버들강아지마냥 가냘프게 꺾이는 아이의 몸을 본 서현은 앞뒤 잴 겨를도 없이 여인의 앞으로 나섰다.

"작은 아이에게 이 무슨 짓인가?"

"나리, 이 아이가 물건을 도둑질해서……."

"보아하니 배가 고픈 모양인데 그리 야박하게 굴어서 되겠나."

"아유, 저희도 살기가 팍팍합니다. 세금은 나날이 오르지, 자릿세라고 받아 가는 돈도 수월찮은데 저런 도둑놈들까지 설쳐 대니 아주 죽겠습니다."

"아무리 그래도 저리 어린아이에게 손찌검이라니 너무하잖은가."

서현의 말에 여인은 구시렁대면서도 양반이라 감히 대거리를 하진 않았다. 서현은 여인의 손에 잡혀 있는 아이를 빼내었다. 그리고 눈높이를 맞추며 다정하게 말을 걸었다.

"배가 많이 고프니?"

눈에 눈물을 방울방울 달고 있던 아이는 입에 있는 타래과를 다 삼켰는지 군침을 꼴깍 삼키며 고개를 끄덕였다. 서현은 아까 샀던 타래과를 아이의 손에 쥐여 주었다.

"이거 먹고 다음에도 먹고 싶으면 또 와서 먹어도 되느니라. 알겠지?"

서현의 말에 아이는 눈만 끔뻑거릴 뿐 대답을 하진 않았다. 서현은 패물이 든 줌치에서 비녀를 하나 꺼내어 여인에게 건넸다.

"아이가 오면 언제든 먹을 것을 내주시오."

"예? 예, 그리합죠."

여인은 얼떨떨한 얼굴로 서현을 바라보았다. 서현은 아이의 머리를 한 번 쓰다듬은 후 걸음을 옮겼다. 의연하게 걸음을 옮기던 서현은 곁에 선 분이에게 곁눈질을 하며 어깨를 으쓱거렸다.

"어때? 좀 암행어사 같았어?"

"네, 아가씨. 장(壯:장할 장)입니다요."

분이가 엄지손가락을 치켜들며 말을 하자 우쭐한 서현이는 보무도 당당하게 길을 재촉했다. 하지만 그녀가 패물 중 일부를 떼어 여인에게 건네주는 것을 유심히 보는 눈이 있다는 것을 미처 눈치채지 못하고 있었다.

둘은 가파른 산길로 들어섰다. 그리 높은 산길은 아니지만 가끔 불공을 드리러 절에 올라갈 때를 제외하고 거의 산에 오른 적이 없는 둘인지라 헉헉거리는 숨소리에 비해 올라가는 속도는 더뎠다.

"아이구. 도련님, 좀만 쉬다 가면 안 될까요? 헉헉, 숨넘어가겠다고요."

징징거리는 분이의 소매를 잡은 서현은 분이를 달랬다.

"벌써 날이 저물고 있잖아. 이러다 산에서 날을 지새울까 무섭구나. 조금만 더 힘을 내자꾸나."

서현이라고 힘이 남아도는 것은 아니었다. 그 자리에 앉아 쉬고 싶은 마음이야 굴뚝같지만 벌써 어둑어둑해지는 주변을 보니 걱정이 먼저 들었다. 그녀의 격려에도 불구하고 분이는 자리에 털썩 주저앉아 버렸다.

"더 이상 못 갑니다. 헉헉. 소인을 죽이고 가십시오."

뒤로 벌렁 누워 버린 분이를 본 서현의 얼굴에 낭패의 기색이 어렸다. 그녀는 주변을 휘휘 둘러보았다. 금방이라도 산짐승이나 산적들이 튀어나올 것 같아 마음이 조마조마했다. 그래서 길바닥에 누워 버린 분이의 손을 잡아끌며 간절히 속삭였다.

"일어나. 여기서 이러다 큰일 나겠다. 어서!"

두 눈을 꼭 감고 버티는 분이 대신 걸걸한 목소리가 들려왔다.

"아이고, 그렇게 힘들어하시니 우리가 무거운 짐이나 좀 덜어 드릴깝쇼?"

갑자기 느릿하게 들려오는 거친 말소리에 서현은 휙 고개를 돌렸다. 건장한 사내들이었다. 보부상 차림의 사내가 둘, 동네 왈짜 같은 차림의 사내가 또 둘이었다. 분이는 얼른 몸을 일으켜 서현의 앞을 막아섰다.

"누, 누구냐? 어디서 수작들이야?"

"아이고, 제법 호기롭다만, 머슴 주제에 어딜 나서십니까. 그냥 뒤에 물러나 계세요."

비아냥거리던 왈짜패 한 명이 한 걸음 나서자 흠칫 놀란 분이와 서현이는 뒤로 한 걸음 물러났다. 그러자 더욱 기고만장해진 사내들이 어깨에 몽둥이를 턱 올리더니 슬슬 서현과 분이를 에워싸기 시작했다.

"그 메고 계신 봇짐이 무거워 보이십니다. 어떻게 저희들이 좀 들어 드리고 싶으니 사양하지 마십시오."

"써, 썩 물렀거라. 감히 양반의 길을 막다니 국법이 무섭지도 않느냐?"

"국법이라……. 아이고, 무섭지요. 하지만 이곳에는 상감마마도 안 계시고, 관찰사 나으리도 안 계시고, 하다못해 포졸 하나 보이지 않으니 그 무서운 국법을 누가 거행할까 싶네. 아니 그런가? 히히히."

있는 힘을 다 짜내어 호통을 친 서현은 주변을 살펴보았다. 주변은 이미 어둑해졌고, 사내들의 말대로 지나는 개미새끼 한 마리 없으니 그 둘이 목숨을 잃는다 해도 아는 이 하나 없을 것 같았다. 죽은 목숨이다. 비로소 둘은 사태의 심각성을 깨달았다. 갑자기 서현이 분이를 뒤로 감추며 앞으로 나섰다.

"그래. 어디 해 보아라. 내 죽어서도 네놈들을 가만두지 않을 테이니. 자신 있으면 내 몸에 손 하나 대 보아라!"

그리고 뒤에 선 분이에게 작게 속삭였다. 목소리도, 분이를 감싸고 있는 팔도 떨리고 있었다. 하지만 그녀는 침을 꿀꺽 삼키고는 단호하게 말을 이었다.

"넌 어서 도망가라."

"아가씨."

"나야 내가 좋아서 나선 길이지만 넌 아니잖아. 그러니까 너라도 도망가라고. 가서 내 시신이나마 부모님께 전할 수 있도록 해 줘."

"아가씨."

비장한 서현이의 말에 분이는 눈물이 찔끔 나왔다. 서현이의 마음이 고운 것은 알고 있었지만 자기처럼 천한 종년을 위해 목숨까지 바칠 줄은 몰랐다. 분이는 이를 악물더니 서현의 앞에 섰다.

"이놈들아, 이분이 누군 줄 아느냐? 손끝 하나라도 대어 보아라. 이 분이, 아니 덕쇠가 가만히 있지 않을 것이다!"

분이의 말에 서현이는 감동의 눈물을 글썽이는데 사내들은 낄낄거리며 가소롭다는 듯 저희들끼리 말을 주고받았다. 그중 가장 덩치가 큰 한 사내가 몽둥이를 위로 치켜들며 앞으로 확 나섰.

"이것이 확! 죽고 잡냐? 오냐. 소원이면 죽여 주마."

"오마나!"

사내의 위협에 분이가 서현의 뒤로 숨으며 비명을 질렀다. 서현의 눈앞에 커다란 몽둥이가 막 날아드는 찰나, 갑자기 옆에서 뭔가가 휙 날아와 사내의 손목을 때리자 몽둥이가 서현의 발 앞으로 뚝 떨어졌다. 발 앞에 아슬아슬하게 떨어진 묵직한 몽둥이를 보며 서현은 헉 하고 숨을 멈추었다.

"누, 누구냐?"

"그냥 지나가려고 했는데 영 마음에 안 들어서 말이야."

어두운 숲에서 누군가 걸어 나오고 있었다.

길이 아닌 숲 쪽에서 한 남자가 걸어 나오자 혹시나 하는 희망에 서현이와 분이의 눈에서 빛이 났다. 그러나! 한순간 빛은 꺼지고 두려움이 다시 몰려왔다. 그러거나 말거나 남자는 거들먹거리는 태도로 사내들 앞에 나섰다.

"똥개도 자기 구역에서는 반은 먹고 들어간다는데, 왜 남의 구역에서 설치시나."

갑자기 나타난 남자 때문에 놀랐던 사내들은 그 행색을 보더니 코웃음을 쳤다. 갓은 어디로 갔는지 꼴에 양반이라고 맨 상투에 무명천을 감아 놓았고, 바지저고리는 멀쩡했으나 질이 한참 떨어지는 것이었고, 도포라고 입은 것은 어디서 주워 입은 것인지 여기저기 기운 데가 있고 팔목이 훤히 드러나는 짧은 것이었다. 시중드는 종자도 하나 없는 것이 필경 몰락한 가문의 한빈한 양반이리라. 그나마 볼 것이라고는 훤칠한 얼굴 생김뿐이지만, 번듯한 얼굴과 어울리지 않은 옷차림은 오히려 그를 한량으로 보이게 했다.

힘쓰는 장정이든지, 아니면 종자들을 주렁주렁 달고 다니는 돈 많은 상인이 낫지 오히려 불에 섶을 더하는 꼴이라 서현이는 이 위기에 나타난 남자가 하나도 반갑지 않았다.

사내들은 눈을 험악하게 굴리며 남자에게 호통을 쳤다.

"떽, 어디 양반 나부랭이 따위가 나서시는가! 험한 꼴 당하지 않으시려거든 그냥 가던 길 가십쇼."

"귀가 막혔나. 분명 여긴 남의 구역이라고 했잖아."

남자 역시 지지 않고 맞받아쳤다. 그러자 사내들 중 덩치가 제일 큰 놈이 나섰다.

"그럼 여기가 댁의 구역이란 말이오?"

"아니. 내 구역은 아니고, 내 친구 구역."

"이 양반이 쉰밥을 쳐 드셨나? 어디서 쉰 소리를 해."

험악한 사내들의 기세에도 그는 여유로운 웃음을 잃지 않았다.

"네놈들은 몇 가지 선택을 할 수 있다. 첫째, 곱게 물러간다. 둘째,

죽도록 맞고 물러간다. 셋째, 그냥 죽는다. 자, 무엇을 선택할 테냐?"

"흥! 더 들을 것 없다. 아주 자근자근 밟아 드리지. 에잇!"

사내의 말이 끝나기가 무섭게 넷이 한꺼번에 남자에게 달려들었다. 사내들이 달려들자 남자의 거들먹거리던 표정이 매섭게 변했다. 땅에 발을 구른 그는 몸을 위로 솟구쳐 달려드는 사내의 등을 팔꿈치로 내리찍었다.

"이얏!"

이어 굵직한 몽둥이를 휘두르며 다른 사내가 덤벼들었지만, 가볍게 몸을 돌린 남자는 몽둥이를 잡은 사내의 손목을 당수로 내리치더니 긴 다리를 뻗어 사내의 복부를 가격했다. 사내의 거대한 몸이 쿵 소리를 내며 길 옆으로 나자빠졌다.

남은 두 사내가 흠칫 놀라 뒷걸음질을 치자 순식간에 두 사람을 해치운 남자의 한쪽 입술이 삐딱해지며 비웃음을 머금었다.

"더 할 테냐? 아니면 이만 물러갈 테냐?"

사내들이 서로 눈짓을 했다. 그러더니 둘 중 제법 날렵하게 생긴 사내가 물미장(보부상들이 들고 다니는 길 막대)을 앞으로 내밀었다. 몸집이 다부진 것이 어느 정도 무술을 익힌 듯 여유 있는 표정이었다.

"상관도 없는 일에 끼어들어 화를 자초하시는구려. 오늘이 양반님의 제삿날입니다요."

"사내 주제에 말이 많군."

여유 있던 표정이 과장이 아니었던 듯 긴 물미장을 창처럼 휘두르며 남자를 공격하는 보부상의 몸놀림은 재빠르고 정확했다. 다행히 남자 역시 무술을 익혔는지 무차별로 날아오는 물미장을 모두 막아내고 있었다.

두 손에 땀을 쥐고 싸움을 지켜보던 서현은 속으로 남자를 응원하기 시작했다. 그냥 지나갈 수도 있는 상황에서 저희들을 위해 나서 준 그가 고마워서 꼭 이기기를 바랐다.

허나 상대는 두 사람이었다. 앞뒤에서 긴 막대를 번갈아 찔러 오니, 아무리 날랜 자라 해도 그 공격을 모두 피할 수는 없었다. 더구나 두 사람의 공격에 체력도 점점 달리는지 남자의 매끈한 이마에 땀방울이 맺히고 있었다.

"에잇!"

"하얏!"

머리를 쪼갤 듯이 세차게 내리친 막대를 두 손으로 막은 남자의 등으로 다른 사내의 물미장이 날아들었다.

탁! 하는 둔탁한 소리에 이어 윽! 하는 짧은 비명이 들리자 길 옆으로 멀찌감치 떨어져 있던 서현은 저도 모르게 같이 비명을 질렀다.

이어 사내들의 거친 발이 남자의 준수한 얼굴을 강타했다.

"아쭈, 양반을 쳐! 내 손에 아주 아작을 내……."

입가의 피를 슥 닦은 남자는 연타로 날아오는 몽둥이와 주먹질을 막아 내느라 다음 말을 잇지 못했다.

상황은 점점 남자에게 불리해지고 있었다.

그런데,

"악!"

사내가 내지르는 주먹을 한 팔로 막았을 뿐인데, 오히려 주먹을 내지른 사내가 느닷없이 악 소리를 내며 옆으로 쓰러졌다. 무슨 일인지 생각할 겨를도 없이 다른 사내의 다리가 옆구리를 가격했다. 간신히 몸을 옆으로 틀었는데, 그놈 역시 비명을 지르며 바닥에 나자빠졌. 그저 피하기만 했는데 쓰러지다니 남자는 뭔가 이상한 것을 느꼈다.

"뒤! 뒤요! 뒤요!"

서현이가 소리를 지르자 다시 정신을 차린 남자는 얼른 허리를 숙였다. 아니나 다를까 피하기만 했는데 긴 물미장을 휘두른 사내는 무엇에라도 맞은 듯 휘청거리며 바닥으로 쓰러졌다. 마지막에 남은 놈의 다리를 쳐 넘어뜨린 남자는 허리를 폈다.

"이제 곱게 갈 테냐?"

"밤길 조심하는 게 좋을 거요. 가자."

사내들은 서로를 의지하며 허둥지둥 자리를 떴다.

"와아! 선비님 대단하십니다."

"대단하시네요."

한쪽에서 무서워 떨고 있던 서현이와 분이는 남장을 한 것도 잊은 채 다가와 박수까지 치며 넋을 잃고 남자를 쳐다보았다. 남루한 행색과는 다르게 사내들을 모두 해치운 솜씨에 감탄한 서현은 얼굴이 붉게 달아오를 정도로 흥분해 있었다.

"뭐 이런 것을 가지고, 하하하."

"선비님 무술이 대단하시네요. 어떻게 허리를 숙이면서 저 치를 그렇게 해치울 수가 있었답니까? 그렇지 않아요. 아가! 도련님?"

남장을 한 것을 잊은 분이는 너스레를 떨다 서현이의 옷차림을 본 순간 정신이 들었다. 본분을 잊지 않은 충실한 하인이라 아가씨란 말 대신 냉큼 도련님이란 말이 나왔다.

"안 그러냐고요. 도련님."

"응? 응, 그렇구나. 참으로 훌륭한 솜씨입니다. 감사합니다."

서현이도 낯빛을 바로 하고는 인사를 했다. 다행히 남자는 서현이와 분이가 여자 목소리를 낸 것을 못 들은 모양이었다. 서현이는 두 손을 모아 공손히 고개를 숙였다. 그러자 남자도 서현이를 마주 보았다.

"뉘신지 모르나 구명해 주셨으니 감사합니다."

"그냥 지나가던 길이었소. 앞서 말했듯이 내 친구 구역에서 이런 불미스러운 일이 일어나는 것이 꺼림칙하여 나선 것이니 너무 괘념치 마십시오."

남자가 그냥 가려고 하자 서현이는 부랴부랴 그의 곁에 섰다.

"혹 실례가 안 된다면 재 너머까지만 동행해도 되는지요?"

"뭐 어차피 저도 재를 넘어야 하니 그럽시다."

"감사합니다."

거친 사내들에게 큰일을 당할 뻔한 직후라 그런지 분이와 둘이 하는 여행이 갑자기 무서워졌다. 같이 동행하면 여자인 것을 들킬 수도 있겠지만 지금은 그것보다 다른 사내들이 무서웠다. 남자는 잠시 생각하는 듯하더니 고개를 끄덕였다.

"저는 김가 성을 가진 진성이라고 합니다. 더 깊이는 알려 드릴 수 없음을 용서하십시오."

"뭐 각자의 사정이란 것이 있으니까요. 전 이가 성을 가진 헌재라고 합니다. 저도 그냥 그 정도만 알아 두십시오."

"네."

"아! 그리고 보아하니 내가 손위 같으니 말을 놓겠습니다. 괜찮지?"

"네? 네."

냉큼 말을 놓아 버리는 것을 보니 몰락한 지 한참 되는 양반인 것 같았다. 그리 미덥지는 않으나 동행이 있다는 것 하나만으로도 서현이는 한시름을 놓았다.

"그럼 날이 더 어두워지기 전에 재를 넘어 볼까."

헌재가 걸음을 서두르자 서현이와 분이도 그 뒤를 따랐다. 설마 누가 또 나타나는 건 아니겠지? 불안한 마음은 걸음을 더욱 빠르게 만들었다.

쾌활하게 앞서 가던 헌재는 서현이 눈치채지 못하게 주변을 빠르게 살펴보았다. 보부상들을 처리한 것은 그가 아니었다. 누군가 그를 도와준 것이 틀림없었다. 누군지는 모르지만 무공이 대단한 것만은 틀림없었다. 그 멀리서 작은 돌을 날려 사내들을 처리하다니.

싸우는 도중 귓가에 작은 바람 소리가 연거푸 들렸었다. 하지만 사내들이 죽거나 상처를 입지 않았으니 암기는 아니었다. 이 산속에서 구할 수 있는 작은 물건은, 돌멩이밖에 더 있을까. 하지만 아무리 주변을 살펴보아도 인기척이 느껴지지 않자 헌재는 가던 길을 서둘렀다.

서현이 헌재와 함께 길을 떠나자 나무 뒤에서 은검의 모습이 나타났다. 그는 손에 들고 있던 작은 돌멩이들을 바닥에 떨어뜨렸다. 헌재의 추측대로 사내들을 처리한 것은 은검의 돌들이었다.

서현을 뒤쫓던 다른 자들을 처리하고 오느라 다른 보부상 패거리들이 서현과 분이를 위협하고 있는 것을 뒤늦게 발견했다. 막 나서려는 순간 헌재가 먼저 나섰고, 남루한 그의 옷차림에 직접 나설까도 생각했지만 첫 번째 보부상을 받아 내는 모습이 예사롭지 않아 일단 지켜보았다. 아직 서현에게 득이 될지 해가 될지 알 수 없으니, 헌재의 모습을 살피는 은검의 눈은 날카롭게 빛나고 있었다.

해가 꼴딱 넘어가기 직전, 서현 일행은 아랫마을에 도착할 수 있었다. 간신히 주막에 들른 서현이와 분이는 숨을 골랐다. 생전 처음 겪은 일에 다리마저 후들거려 어떻게 재를 넘어왔는지 생각도 나지 않았다.

"후아, 아직도 다리가 떨립니다요. 도련님."

"그렇구나. 어찌 형……님께서는 괜찮으십니까?"

처음 해 보는 형님이란 소리가 어색했지만 서너 번 하다 보니 그런대로 할 만했다. 서현의 말에 헌재는 아무렇지도 않은 듯 고개를 끄덕였다.

"한두 번 겪는 일도 아닌데 뭐. 주모! 여기 손님 안 받나!"

"예에, 나갑니다."

"여기 국밥 세 그릇만 주게."

"아닙니다. 제가 내겠으니 먹고 싶은 만큼 시키십시오. 주모, 푸짐하게 한 상 차려 내오게."

헌재의 말에 서현은 패물 주머니에서 가락지를 하나 꺼내어 주모에게 내주었다. 그저 그런 옷차림의 사내 셋이 들어오는 것을 보고 밥술이나 팔리겠지, 기대하지 않았던 주모는 서현이 건네주는 가락지를 보며 살찐 얼굴에 함박웃음을 지었다.

"네, 네. 곧 한 상 거하게 올립죠."

주모가 신이 나서 뚱뚱한 엉덩이를 흔들며 부엌으로 사라지자 배고픈 서현은 입맛을 다셨다. 그런데 얼굴에 따끔한 시선이 느껴졌다. 고개를 들자 어이없어하는 헌재의 얼굴에 의아한 표정을 지었다.

"왜 그러십니까?"

"혹시 어제도 그렇게 패물 주머니를 홀랑 까뒤집었나?"

"홀랑 까뒤집다니요. 물건을 꺼내기 위해 잠깐 입구를 벌린 것뿐입니다."

서현이 그의 말투를 꾸짖자 헌재가 혀를 끌끌 찼다.

"쯧쯧쯧, 저러니 왈패들이 안 붙고 배기나. 아예 재물 여기 있소! 하고 갖다 바치지 그래."

"무슨 소리입니까?"

"먼 여행길에 그런 귀한 패물을 홀랑 뒤집어 보이니 당연히 도둑들이 따라붙는 거 아니냔 소리다. 보기만큼 멍청한 서생이구만."

"네?"

마지막 말은 중얼거리는 것처럼 들렸지만 이미 서현의 귀에 쏙 들어온 후였다. 이 양반이! 은근히 사람을 낮춰 보는 경향이 있었다. 하지만 틀린 말은 아니기에 반박도 못 하고 씩씩거리는 서현에게 헌재가 다시 말을 툭 던졌다.

"어디까지 가냐?"

"왜 묻습니까?"

"형님이 묻는데 대답이나 해라!"

"공주까지 갑니다."

"네 하는 꼴을 보니 아까 같은 일을 열두 번은 더 겪고도 남겠다. 온양까지는 내가 데리고 가 주마."

"누가 동행해 달라 그랬습니까?"

말을 높이며 눈을 부라리는 서현을 보며 헌재는 피식 웃었다.

"자고로 군자는 어려움에 처한 사람을 못 본 척하는 게 아니니, 조금 귀찮지만 할 수 없지 않느냐. 아! 군자의 길은 멀고도 험하구나."

아쭈, 꼴에 양반이라고 군자 운운하는 것이 같잖았지만 아까 같은 일을 또 겪을 수도 있다는 말에 서현은 일단 분을 삭이고 입을 다물었다. 그러나 여전히 식식거리는 숨은 참기 어려웠다. 멍청하다니! 태어나서 처음 듣는 말에 기가 찼다.

진성 오라버니만큼은 아니지만 몰래 익힌 사서삼경의 글줄이 얼마큼이며, 어머니에게도 곧잘 영리하다 칭찬받던 그녀이다. 멍청하다니! 무늬만 양반인 자에게 듣는 말이니만큼 분노가 더 크게 느껴졌다.

한편 헌재는 식식거리며 닭다리를 뜯는 서현을 가만히 바라보았다.

계집처럼 곱상하게 생긴 놈이 멍청하다는 말에 여간 분한 게 아니었나 보다. 하지만 저런 큰 패물을 겁도 없이 마구 뿌려 대는 놈을 혼자 공주까지 보내기에 그는 마음이 너무나 좋았다.

 귀찮아도 어쩌랴. 너도 내가 돌봐 줘야 할 백성인 것을……. 비록 구역은 다르지만 말이다. 크크크.

 다음 날. 새벽닭이 울기도 전에 헌재는 자고 있는 서현을 깨워 길을 재촉했다. 재를 넘고, 산적을 만나 정신이 쏙 빠졌던 서현은 헌재의 닦달에 눈을 간신히 떴다. 방금 눈을 붙인 것 같은데 벌써 새벽인가. 서현은 떠지지 않는 눈을 비비며 잠에서 깨려고 애를 썼다.
 "이 마을만 지나면 수원이다. 그렇게 느린 걸음으로 공주까지 언제 갈 테냐?"
 "걱정 마십시오. 공주까지 데려다 달라고 안 할 터이니……."
 입을 삐죽거리며 구겨진 도포 자락을 펴는 서현을 보는 헌재의 입가에 슬며시 미소가 맺혔다. 건드리는 족족 튕겨져 나오는 저 말대꾸와 흘겨 대는 눈매가 여간 재미있지 않았다. 만난 지 하루도 되지 않았지만 오랫동안 알고 지낸 사람처럼 익숙했고, 또 즐거웠다.
 "온양까지 심심하지 않게 갈 수 있겠군."
 하지만 속마음은 숨긴 채 또 타박을 놓았다.
 "거 계집처럼 옷 치장에 열을 올리긴……. 어차피 구겨진 거 그냥 몇 번 툭툭 털면 될 것을 웬 유난을 그리 떨어?"
 "소학에 이르길, 옷차림이란 그 사람의 됨됨이라 했습니다. 형님이야말로 양반 맞습니까?"
 "옷차림이 중요한 것이 아니라 마음가짐이 양반다워야 양반이다."
 "잘난 척은……."

오라비인 진성이보다 더 잘난 척이다. 헌재가 뭐라 하던 서현은 구겨진 곳을 있는 힘껏 편 뒤 봇짐을 멨다. 아침을 든든하게 먹은 셋은 마을을 가로질러 수원으로 향했다. 수원이 가까운 곳이라 그런지 마을은 제법 컸다. 한양과 또 다른 마을 모습에 서현과 분이는 눈이 동그래져서 구경하기에 여념이 없었다. 서현이 지나는 여인에게 눈을 떼지 못하고 있자 그 모습을 본 헌재는 혀를 끌끌거렸다.

"양반 운운하더니 어째 기생들을 그리 보는 거냐?"

"양반은 사내 아닙니까? 아름다운 것을 보는 것은 인지상정입니다."

헌재의 말에 톡 쏘아붙인 서현은 다시 기생들에게 눈을 돌렸다. 아직 여름 전이지만 더운 날씨 탓인지 얇은 깨끼로 만든 치마도 아름다웠고, 짧은 저고리와 통이 좁은 소매는 그녀들이 전모에 손을 올릴 때마다 겨드랑이가 살짝살짝 드러나니, 그때마다 길 가던 사내들의 눈이 저절로 그녀들을 좇았다. 더구나 하얗게 분칠한 얼굴과 도톰한 붉은 입술은 같은 여자가 보아도 매혹적이었다.

무엇보다도 도발적이면서 당당한 눈매와 자신 있는 걸음걸이가 마음에 들었다. 저는 외출 한 번 하려면 장옷으로 온몸을 꽁꽁 싸매고 눈만 빠끔히 내밀고 다녀야 했다. 걸음걸이는 조신하게, 고개를 살짝 숙이고, 사내들과 절대 눈을 맞추면 안 되었다.

대체 외출 한 번에 지켜야 할 것이 서너 가지나 되었다. 그때를 생각하니 울분이 치밀어 서현은 저도 모르게 주먹을 쥐고 바르르 떨었다.

서현이 분노에 싸여 몸을 바르르 떠는 동안 헌재는 뒤를 따르는 기척에 신경을 곤두세웠다. 아직까지 이렇다 할 악의는 느껴지지 않으나 따르는 자에게서 뿜어져 나오는 기운은 남다른 것이었다. 이른 새벽 주막을 나설 때부터 따라나선 것이니 미행을 당하는 것이 분명하였다.

헌재는 여전히 기생들에게서 눈을 떼지 못하는 서현에게 가까이 다가가 속삭였다.

"너 무슨 죄 지었냐?"

"네?"

남장하고 오라비 대신 암행어사로 나섰으니 죄가 없다 할 수 없었다. 하지만 어제 처음 만난 이자가 알 턱이 없다. 그럼에도 불구하고 괜히 찔린 양심에 서현은 말을 더듬었다.

"무, 무슨 죄를 지었다 하십니까?"

"그래? 그럼 나를 쫓는 것인가? 그럴 일은 없는데……."

헌재는 고개를 갸우뚱하더니 넋을 잃고 주변 구경에 빠진 분이에게 넌지시 일렀다.

"이 길을 쭉 가로지르면 마을에서 빠지는 길을 발견할 수 있을 거다. 그곳에서 서쪽으로 방향을 틀면 버려진 서낭당이 보일 테니 지금부터 반 시진(약 1시간) 후에 거기서 만나자."

"네? 무슨……."

헌재는 분이의 대답이 채 끝나기도 전에 서현이의 손을 덥석 잡았다. 어어어, 반항할 틈도 없이 헌재에게 손을 잡힌 서현은 그가 뛰는 대로 같이 뛸 수밖에 없었다. 그 둘이 바람처럼 사라지자 멍하니 섰던 분이는 그제야 비명을 질렀다.

"에구, 도련님!"

새벽 일찍부터 나서는 서현이를 따라나선 은검은 계속해서 헌재를 주시했다. 서현이에게 위해를 가할 것처럼 보이진 않으나 신원이 확실하지 않은 인물이니 빨리 서현에게서 떼어 내는 것이 좋겠다는 생각이 들었다.

그런데 분이에게 뭐라 속닥거린 헌재가 갑자기 서현의 손을 잡고 냅다 뛰기 시작하자 은검의 미간에 주름이 살짝 잡혔다. 역시 보통 인물이 아니었다.

헌재가 열심히 뛰긴 하나 어기적거리는 서현이 덕분에 그리 빨리 도망가지는 못하였다. 은검은 지붕 위로 몸을 날려 둘이 도망가는 길을 미리 파악하여 앞질러 가기 시작했다.

마을가에 대나무 숲이 우거진 곳까지 다다른 헌재는 은검이 미리 길을 질러간 것을 눈치채지 못하고 따르던 기척이 사라지자 달리던 걸음을 멈추었다. 그러나 여전히 서현의 손은 붙들고 있는 상태였다.

"헉, 헉. 이, 이 손 좀……. 손 좀 놔주시오. 헉, 헉."

대롱대롱 매달리다시피 끌려온 서현은 숨이 넘어가기 직전이라 숨을 헐떡거리며 헌재에게 애원하다시피 했다. 그제야 헌재는 잡고 있는 서현의 손을 보았다. 거칠고 커다란 제 손에 비해 아이처럼 작고 하얀 손이었다. 게다가 이 말랑말랑하고 보드라운 감촉은 뭐람. 여인의 것처럼 야들야들한 손마디가 손안에 착 감겨 있었다. 야릇한 느낌이 드는 것 같아서 그는 화다닥 서현의 손을 놓았다.

"헉, 헉, 헉."

바닥에 주저앉은 서현은 가슴에 손을 얹고 쿵쾅거리는 심장을 진정시켰다. 벌겋게 달아오른 얼굴 때문에 일부러 헌재를 등지고 앉았다. 심장이 터질 듯이 쿵쾅거리는 것은 너무 심하게 달렸기 때문만은 아니었다. 처음 사내에게 잡힌 손이 제 손이 아닌 것만 같아서 서현은 헌재에게 잡혔던 손을 쥐었다 폈다를 반복했다.

헌재는 헛기침을 하며 바닥에 앉아 있는 서현을 내려다보았다.

"으흠, 언제까지 그렇게 퍼질러 있을 셈이냐?"

"대, 대체 무슨 일이기에 무, 무작정 사람을 끌고 달리십니까? 수,

숨넘어가는 줄 알았습니다."

"생긴 것도 백면서생처럼 보이더니 하는 짓도 딱 그 짝이구나. 굼벵이도 너보다는 빠르겠다."

"뭐라고요?"

발끈한 서현이 자리에서 벌떡 일어서자 헌재는 기다렸다는 듯 몸을 빙글 돌렸다. 그러자 서현이 그의 앞을 가로막았다.

"사과하십시오."

"뭐?"

"글을 읽는 선비가 그런 말을 하다니요! 어서 사과하시란 말입니다!"

"고집도……. 그래, 미안하다."

"진정성이 없지 않습니까? 더구나 덕쇠를 그리 팽개치고 오시다니 어찌 그러셨습니까?"

"팽개치고 온 건 아니다. 반 시진 후에 서낭당에서 만나기로 했으니 잠시 후에 그리 가면 된다."

헌재의 말에 서현은 입을 다물었다. 난생처음 느껴 본 사내의 손길에 너무 흥분을 한 모양이었다. 숨을 고른 그녀는 손등으로 이마에 맺힌 땀을 닦아 내었다. 그 하얗고 긴 손가락을 본 헌재는 다시 얼굴이 뜨거워졌다. 사내의 손가락을 보고 뛰는 가슴이라니……. 그래서 일부러 퉁명스럽게 말을 이었다.

"쳇, 위기에서 구해 준 은공도 모르고 바락질이라니……. 물에서 건져 놓으니 보따리 내놓으라는 격이군."

"위기라니요?"

"누군가 미행을 하고 있었다. 나는 죄가 없으니 너를 따라온 것이 틀림없다. 그러니 위기에서 구해 준 게 아니고 뭐겠느냐?"

"저를 미행해요? 누가요?"

서현이 눈을 동그랗게 뜨고 반문하자 헌재는 어이없는 얼굴로 되물었다.

"그걸 내가 어떻게 아냐?"

날 따라온 자라고? 누구지? 아무리 생각을 해도 알 수가 없었다. 설마……. 내가 남장을 하고 진성 오라버니 대신 암행어사로 나선 것을 누가 눈치챈 것인가? 서현의 얼굴이 하얗게 변해 버리자 헌재는 걱정스러운 얼굴로 허리를 굽혀 눈높이를 맞췄다.

"어이, 너 진짜 무슨 죄를 지은 거야?"

"죄, 죄라뇨! 안 지었……습니다."

지나치게 크게 소리를 지른 서현은 무안하여 말을 얼버무렸다. 헌재는 귀를 후비며 눈을 찡그렸다.

"아니면 아니지 소리는……."

여전히 심각한 표정의 서현을 보던 헌재는 돌연 긴장했다. 미행하던 이를 따돌렸다고 생각했는데 어느새 기척이 가까이 있었다. 그리고 이번엔 그 기척을 숨기려고 하지 않았다. 헌재는 다시 서현의 손을 덥석 잡아 대나무가 우거져 있는 곳으로 몸을 숨겼다.

"이게 뭐 하는……."

"쉿! 조용해라."

서현이 항의를 하려 하자 헌재는 서현의 입을 막고 머리를 찍어 눌러 자리에 앉혔다. 서현이 다시 일어서려 하자 이번엔 아예 어깨를 끌어안고 귓가에 속삭였다. 그리고 그녀의 입을 손으로 꼭 막았다.

뜨거운 입김이 귓가에 닿자 소름이 오소소 돋았다.

"이게 무슨……! 읍!"

"아직 미행을 떨어내지 못했다."

"읍, 읍."

"가만히 좀 있어라. 노, 놈을 따돌리고 올 테니."

헌재는 제 품에 쏙 들어오는 작은 몸을 보며 이상한 기분에 사로잡혔다. 그저 작은 녀석이라고 생각했는데, 안고 보니 간질거리는 느낌에 야릇한 향기까지 나는 것 같아 머리를 꾹 눌러 다시 앉히고는 말을 더듬었다.

"여, 여기 꼼짝 말고 있어."

헌재가 나가자 서현이 역시 숨을 몰아쉬었다. 미행이 붙었다는 말보다 그 넓은 가슴이 더 심장을 뛰게 만들었다.

"남녀가 유별한데……. 어디서 감히…… 함부로 손을 대고……."

말을 더듬던 서현은 얼굴에서 비 오듯 흐르는 땀을 닦느라 손을 분주하게 움직였다.

바삭바삭. 마파람(남동풍)에 댓잎이 소리를 내며 흔들렸다. 가만히 그곳을 응시하던 헌재는 보이지 않는 상대를 향해 나직하게 입을 열었다.

"이제 그만 나오지? 숨어 있지 말고……."

사락, 댓잎이 바람에 나부끼더니 숨어 있던 사람의 모습이 드러났다. 푸른색 무복을 입은 젊은 남자였다. 한 손에 칼을 들었으나 두 손을 자연스럽게 늘인 상태여서 얼핏 보면 무방비 상태로 보였다. 하지만 그 어디에도 틈은 없었다. 흐르는 바람이 남자의 곁에서 멈추었고, 나부끼던 댓잎 또한 잦아든 바람에 같이 고개를 숙인 것 같았다. 헌재는 긴장감 때문에 저도 모르게 침을 삼켰다. 이렇듯 숨 막히는 기운을 지닌 자는 일찍이 만난 적이 없었다. 오랜만에 적수를 만난 것 같아 가벼운 흥분마저 느껴졌다.

두 눈빛이 마주쳤다. 살의가 보이지는 않으나 경계의 눈빛임에는 확실했다. 헌재는 저를 쫓아온 이가 아님을 확신하고 살짝 경계를 늦추었다. 하지만 상대방은 여전히 기(氣)를 거두지 않고 있었다. 헌재의 말투가 느물느물해졌다.

"왜 따르는지 이유나 좀 알지?"

"알 필요 없다. 그대는 그저 홀로 갈 길만 가면 된다."

"홀로? 그 말은 저 녀석에게서 떨어지라는 소리?"

헌재는 서현이가 숨어 있는 뒤를 가리켰다. 은검이 미동도 하지 않자 헌재는 피식 웃음을 흘렸다.

"내가 왜 그래야 하지?"

"너와는 상관없는 일이다."

"이제 일행이 됐으니 상관이 없진 않지."

은검의 발이 한 발 앞으로 나왔다. 그와 함께 압도적인 기가 느껴졌다. 이놈 봐라. 은근히 공력을 과시하는 은검의 기에 괜히 오기가 났다.

"괜한 피를 보고 싶지 않다."

"말이 통하지 않는 놈일세그려."

헌재가 다시 칼에 손을 대는 순간, 대나무 뒤에 숨어 있던 서현이 고개를 빠끔히 내밀었다.

"은검?"

3장

 편전에 앉은 왕은 표정 관리를 하느라 안간힘을 쓰고 있었다. 당파가 다르다는 이유로 서로 못 물어뜯어 안달인 대신들이 한목소리를 내는 것이 영 마음에 들지 않았다. 평소 아옹다옹하던 양반들이 이런 사안에는 왜 이렇게 마음이 맞는지…….

 이제 여름에 들어서니 장마가 지기 전에 상습적으로 범람하는 하천의 둑과 다리를 보수해 달라는 상소문을 읽자, 마치 약속이라도 한 듯 모두들 한목소리를 내는 것에 역정이 벌컥 났다. 끓어오르는 화는 간신히 진정시켜 보지만 잇단 대신들의 반대에 용안은 점점 찌푸려지고 있었다.

 왕의 용안에 못마땅함이 서리고 있었지만 우의정 이상덕은 못 본 척 말을 이었다.

 "지당하신 말씀이오나 봄에 구휼을 푼 지 얼마 되지도 않았는데, 보수공사를 하기에는 국고가 그리 넉넉하지 않사옵니다."

이상덕의 말에 왕이 이렇다 할 반응을 보이지 않자 좌의정 김정근이 두 손을 앞으로 모아 아뢰었다.

"신 좌의정 김정근 아룁니다. 보수공사가 필요하긴 하나, 먼저 왕실의 국고가 든든해야 백성들도 안심할 것입니다. 미리 방비하는 것도 중요하나 아직 시작되지 않은 장마를 걱정하기보다는 국고를 보존하시어 후를 대비하시는 것이 좋다고 사료되옵니다."

왕의 입가가 실룩거리더니 한쪽 입꼬리가 보일 듯 말 듯 올라갔다. 국고를 걱정해 주는 양 말은 하지만 결국 제 곳간에서 쌀 한 톨, 피륙 한 자 내놓기 싫다는 얘기를 빙빙 돌려하고 있는 게 아니고 뭐겠느냐.

그렇게 왕실의 안위가 걱정되고 백성을 사랑하는 마음이 지극한데, 어찌하여 그것이 마음뿐인지. 왕의 마음에 언짢음이 가득했다.

왕의 심기야 어찌 되었든 오랜만에 마음이 맞은 이상덕과 김정근은 눈빛을 교환하였다.

'오랜만에 옳은 소리를 하시었소.'

'나라와 백성을 사랑하는 마음은 같은데 어찌 당파를 논하겠소.'

신하들의 소리 없는 대화를 가만히 지켜보던 왕은 비위가 뒤틀렸다. 오냐, 그렇게 나오겠단 말이지. 그대들은 아웅다웅해야 어울린다오. 정말 한목소리를 내고 싶다면 좀 더 중요한 사안에서 한목소리를 내기 바라오. 왕의 입가에 슬며시 비틀린 미소가 맺혔다.

고개를 끄덕인 왕은 갑자기 생각난 듯 정근을 내려다봤다.

"참! 아들은 잘 지내고 있소? 듣자 하니 어디 지방에 있는 서원으로 공부를 하러 갔다고 하던데……."

평소 칼 같은 말버릇과 다르게 말끝을 흐린 왕은 다른 상소문을 뒤적이며 지나가는 말처럼 무심히 말했다. 갑자기 진성의 일을 왜 묻는 것일까? 지레 찔린 양심에 정근의 심장이 철렁 내려앉았다.

"예? 예, 열심히 공부에 정진하고 있다 들었사옵니다."

정근은 허리를 숙이며 왕의 눈을 피했다. 혹시 진성의 일을 알아차리신 건 아닐까? 의연한 척하려 해도 목소리의 떨림을 모두 감출 수 없었다.

"그냥 갑자기 생각이 나서……. 잘 있다니 다행이오."

말은 정근에게 하면서 눈길은 상덕을 향했다. 상덕의 눈썹이 미세하게 흔들렸다. 갑자기 좌상의 아들 이야기를 꺼낸 이유가 뭐란 말인가? 모처럼 맞았던 마음에 균열이 가며 정근을 노려보는 눈길이 매섭기 그지없었.

아침 조회가 끝나자 정근은 후들거리는 다리를 이끌고 서둘러 퇴궐하였다. 허둥지둥하는 모양새가 마치 누가 말이라도 걸까 무서워 도망가는 것처럼 보였다. 그 모습을 보던 상덕의 미간에 주름이 잡혔다. 이번 별시에 정근의 아들이 합격한 것은 알고 있었다. 어찌나 좋아하던지 눈꼴이 시릴 정도였다. 하지만 성균관도 마다하고 서원으로 가서 공부를 한다 들었는데 왕이 그 안부를 묻는 이유가 뭐냔 말이냐.

노론의 세력을 업고 왕위에 오른 지 벌써 십 년. 눈에 띄게 저희를 견제하는 모습에 불편함이 가득하였는데, 소론의 영수인 좌상의 아들에게 관심을 보인다는 것은 노론과 맞서겠다는 성심(聖心)이신가?

같은 당파인 형조판서가 그의 곁에 다가오며 입을 열었다.

"어찌 금상께서 좌상의 아들을 입에 올리신 겝니까?"

불쾌한 기색을 감추지 않은 형조판서의 말에도 상덕은 그저 정근의 뒷모습만 노려보았다. 뭔가 찜찜했다.

한달음에 집에 도착한 정근은 부리나케 연씨를 찾았다.

"부인! 부인, 어디에 계시오?"

"여기 있습니다. 무슨 일이 났습니까?"

"내게 온 서찰 없소? 아주 중요한 일이오."

"서찰이라면 조금 전에 도착한 것이 있어 대감의 서안 위에 놓았습니다."

연씨 부인의 말에 대답도 하지 않은 정근은 방에 들어가 서안 위에 놓인 두 통의 서찰 중에 하나를 열어 보았다.

— 귀인 내일 수원 도착.

짧은 글이었지만 서현이의 안위를 확인한 정근은 가슴을 쓸어내렸다.

"뭐 하십니까?"

"아이고, 놀래라. 부인! 기척 좀 하고 나타나십시오."

"뭐기에 그리 놀라십니까? 연서(戀書)라도 된답니까?"

"농이라도 그런 말 마시오. 서현이의 행적을 보내온 서찰입니다."

"서현이요?"

정근의 말에 반색한 연씨는 남편의 손에서 서찰을 건네받았다. 다소 딱딱한 문체의 간결한 문장이었지만 서현의 행적을 알 수 있는 것이기에 눈물이 절로 났다. 눈물을 글썽이던 연씨는 옷고름으로 눈가를 찍어 내고 남편을 보았다. 의아함이 생겼던 것이었다.

"그런데 대감께서 어찌 이런 서찰을 받으신 겝니까? 서현이 보낸 것은 아닌 듯합니다."

"사실 은밀히 서현이를 호위하라 무사를 딸려 보냈소."

"호위요?"

"아비 된 사람으로 여식이 험난한 길을 가는데 어찌 홀로 보낼 수 있단 말이요. 내 조치를 다 취해 놓았으니 부인은 걱정하지 않아도 되오."

은근히 자랑스러운 말투에 연씨 부인은 발끈했다.

"그러다 서현이와 진성이가 바뀐 것을 들키기라도 하면 어쩌려고 그러셨습니까?"

칭찬을 받을 거라는 생각과 다르게 질타를 들은 정근은 억울하다는 표정을 지었다.

"내가 그 정도도 생각 않고 보냈겠소! 입이 무거운 자이니 설혹 비밀을 알아차려도 뒤탈은 없을 것이오."

"믿어도 되는 것입니까?"

"그렇다니까요."

눈빛을 빛내는 정근을 본 연씨는 그제야 안도의 숨을 내쉬었다. 그리고 남편의 손을 잡으며 미소를 지었다.

"잘하시었습니다. 정말 잘하시었습니다."

연씨의 칭찬에 정근의 얼굴에는 뿌듯함이 가득했다. 노심초사하던 연씨의 마음이 좀 풀어졌으니 오늘밤은 어찌 옷고름이라도 풀 수 있으려나? 기대에 찬 정근이 말을 꺼내려는 찰나, 연씨는 서안 위에 놓인 다른 서찰에 눈길을 돌렸다.

"저건 무엇입니까?"

"이것 말이오?"

안의 내용을 보던 정근의 입가에서 뿌듯한 미소가 사라졌다. 덩달아 안색이 어두워진 연씨 부인이 서찰을 당겨 읽었다.

"이것이 무슨 소리입니까?"

"다른 인편으로 진성이의 행방을 은밀하게 찾는 중이었소. 청으로 가려면 제물포항을 거칠 거라 생각해서 그쪽부터 뒤진 건데, 그곳에는 오지 않았다고 하오."

"그러면 어디서 그 아이를 찾는단 말입니까?"

"말을 타고 갔으면 역참을 들렀을 터이니 황해도를 따라 쭉 올라가는 수밖에요."

"아이고, 산 넘어 산이군요."

쓸쓸히 한마디를 남긴 부인이 밖으로 나가자 정근은 주먹을 불끈 쥐었다.

"하나밖에 없는 아들놈이 얼마 남지 않은 아비의 밤 생활을 망치려 드니……. 이놈의 자식, 잡히면 최소한 사망이다."

"은검 맞지? 어떻게 여기에 있는 거야?"

서현이는 입가에 함박웃음을 머금고는 재빨리 은검의 곁으로 다가왔다. 그러자 헌재가 어이없는 표정을 짓더니 서현과 은검을 번갈아 보았다.

"아는 놈이냐?"

"하하하, 제 친구입니다. 한동안 무술 수련을 한다고 지방을 돈다 하더니, 여기서 보게 될 줄이야."

서현은 크게 웃으며 은검에게 다가가 엉거주춤 그를 안고 등을 두드렸다. 하지만 조금 떨어진 곳에 서 있던 헌재의 눈에는 아주 반갑게 덥석 그를 안는 것처럼 보였다. 어색하게 은검의 등을 두드리던 서현이 작게 속삭였다.

"어찌 여기 있는 거야? 아버님이 보내신 거야?"

"네."

"나 지금 호위무사 딸려서 다닌 정도로 부유한 양반 행세하는 거 아니거든. 그러니까 그냥 친구라고 해 줘. 알았지?"

"……."

은검에게서 떨어진 서현은 여전히 과장된 몸짓으로 은검의 어깨를 과도하게 치고 있었다. 그런 모습이 오히려 의심을 사는 줄도 모르고 서현은 어깨까지 들썩이며 웃고 있었다.

서현이 다가와 팔을 벌렸을 때, 은검은 저도 모르게 몸을 뒤로 뺐다. 누군가와 몸을 맞댄 적도 없거니와 서현의 몸이 닿았을 때 코끝을 감도는 향긋한 향은 그로 하여금 몸을 빼게 만들었다. 여인의 뒤꽁무니만 쫓는 한량이라더니 저리 후줄근한 차림이 되어서도 여인의 향은 지워지지 않는 것일까? 더구나 살갑게 구는 그녀의 반응에 의아함도 생겼다.

좌의정의 사가에는 언제나 은밀히 다녀갔었는데 어떻게 진성이 자신의 이름을 아는 것인지, 한 번도 개인적으로 진성을 만난 적이 없었는데 친근하게 이름을 부르는 것인지, 그것이 그로 하여금 날을 세우게 했다.

한편 서현이 은검을 안고 무척 반가워하자 헌재는 은근히 기분이 나빴다. 왈짜들이 무서워 동행해 달라 부탁하던 것이 바로 어제인데, 친구를 만났다고 그새 낯을 펴는 서현이 못마땅했다. 어쩌면 저 반반한 얼굴이 싫은 것일 수도 있었다.

"이런 곳에서 친구를 만나다니……. 정말 조선은 좁은 곳입니다. 안 그렇습니까?"

"친구라더니 왜 뒤를 쫓는 것인가? 게다가 은근히 살기까지 뿜었는데 누굴 죽일 생각인 건가?"

정색을 한 헌재의 차가운 말에 서현은 웃음을 서서히 거두었다. 그리고 힐끔 은검을 보았다. 무표정인 은검의 눈동자가 날카롭게 빛났다.

"길을 가다 우연히 친구를 보게 된 것이오. 그런데 낯모르는 자가 붙어 있으니 경계를 하는 것은 당연한 것이 아니요."

"우연히 봤다."

헌재의 말꼬리가 심술궂게 올라갔다. 뭔가 트집을 잡을 요량이었다.

"헌데 어째서 직접 몸을 드러내 왈짜들을 처리하지 않고 숨어서 암기만 날린 거지? 친구라면서 왜 숨어서 따라온 거냔 말이야."

"……."

"어라? 왜 대답을 못 하시나. 뭐 켕기는 거라도 있으신가?"

"아이, 왜들 이러십니까? 은검은 뭐냐, 원래 성격이 진중하여 함부로 나서지 않습니다. 아마 그래서……."

두 사람 사이에 묘한 기 싸움이 벌어지자 서현은 안절부절못하며 얼른 중재에 나섰다. 헌재가 왜 트집을 잡으려는지 모르지만, 괜한 의심을 살 필요는 없었다. 어쨌든 암행 중이 아닌가?

그런데 은검이 입을 열었다.

"혼자서 그 왈짜들은 처리할 능력은 없어 보였으나 나서기 좋아하는 성격인 듯하여 잠시 면(面)을 세워 주려 한 것뿐입니다. 보아하니 차림은 한빈(寒貧)하여도 양반인 것 같은데, 저 같은 무인의 도움을 받으면 고고한 자존심이 상할 것 같아 그리한 것입니다. 그런데…… 마음까지 한빈한 줄 알았다면 그냥 제가 나설 것을 그랬습니다."

낯빛 하나 바꾸지 않은 은검의 말에 헌재의 눈가가 씰룩거렸다. 이놈 봐라. 은근히 뒤끝 있는 놈이 아닌가. 또박또박 낮은 음성으로 하는 말은 분명 존대이지만 의도적으로 뼈가 박혀 있었다. 발끈하여 입을 벌렸지만 한 마디, 한 마디 어디 틀린 곳이 없으니 대꾸할 말이 없었다. 헌재는 괜히 발 앞에 놓인 돌멩이를 걷어찼다.

"흥, 칼 찬 무사라더니 입에도 칼날이 박혔군. 쳇."

헌재는 툴툴거렸지만 정작 놀란 사람은 서현이었다. 은검이 저렇게 말이 많은 사내였던가? 늦은 밤이나 이른 새벽, 간혹 아버지를 찾아오던 그는 말이 없는 사내였다. 어린 눈에도 그런 은검이 얼마나 멋지던지. 입만 살아 뺀질거리는 진성 오라버니와는 아주 많이 다른, 듬직한 사내였다.

말없고, 듬직하고, 묵묵한 그 모습에 존경심마저 느끼고 있었는데, 오늘 본 은검은 진성 오라버니에 못지않은 말발을 자랑하고 있었다. 서현이 멍한 얼굴로 은검을 쳐다보자 헌재가 버럭 소리를 질렀다.

"안 오냐? 공주까지 가긴 갈 거야?"

"예? 예, 갑니다."

서현이 움직이자 은검도 그녀를 따라 움직였다. 그리고 입술만 움직여 그녀에게 말을 건넸다.

"저자와 함께하실 겁니까?"

"일단 온양까지는 같이 가기로 했어."

"별로 좋은 생각은 아닙니다."

"은검이 따르는 줄 알았으면 같이 가잔 말을 안 했지. 어제는 진짜 놀랐거든."

둘이 속닥거리며 뒤에서 따라오자 헌재는 무지하게 기분이 나빴다. 사내놈들끼리 왜 계집처럼 속닥거리냔 말이다. 혹시 저놈이 내 흉을 보나? 만난 지 일각(15분)도 되지 않았지만 은검에 대한 나쁜 감정이 무럭무럭 자라고 있었다.

은검 역시 헌재와 함께라는 사실이 여전히 불편했지만 서현이 결정한 일에 대해 토를 달 순 없기에 그저 묵묵히 옆을 따르고 있었다.

가만히 걷던 서현이 갑자기 손뼉을 딱 치더니 헌재의 곁으로 급하게 달려왔다.

"참! 아까 형님이 하신 말이 무슨 소리입니까?"

"무슨 말?"

"은검이 암기를 날려 왈짜들을 해치웠다는 얘기요. 그 사내들, 형님이 해치운 거 아닙니까?"

"……시끄러! 빨리 걷기나 해!"

얼굴이 벌게진 헌재가 소리를 버럭 지르자 놀란 서현은 뒤로 한 발자국 물러났다. 그것이 그리 화낼 일인가. 어깨를 움츠린 서현은 다시 은검의 옆에 섰다.

헌재는 화르르 오르는 화를 가라앉히느라 숨을 식식거렸다. 사나이 자존심을 뭉개는 질문이었다. 저놈이 도와주지 않아도 그런 보부상 패거리쯤은 가뿐하게 해치울 수 있었다. 괜히 네놈이 끼어든 것이다. 무사라 하면서 무도(武道)도 없는 것인가? 허어! 조선의 앞날이 걱정이로고!

같은 사내로서 지기 싫은 마음이 은검을 성격은 재수 없고, 얼굴만 반반한 치사한 놈이라는 결론에 다다르게 했다.

툴툴거리는 헌재를 따라가다 보니 저 앞에서 서성이고 있는 분이가 보였다. 제 상전이 걱정되어 안절부절못하는 분이를 보자 서현은 눈물이 핑 돌았다. 잠시 동안 떨어져 있던 것뿐인데 오랜만에 만난 것처럼 반가웠다.

"덕쇠야!"

"에구, 도련님!"

무슨 정인들의 재회처럼 양쪽에서 다다다 달려온 둘은 서로를 얼싸안고 눈물까지 글썽거렸다.

"어디 다치신 곳은 없으시구요?"

"그래, 무사하다. 넌 괜찮으냐?"

"소인이야 멀쩡하죠. 다행입니다. 얼마나 마음을 졸였게요. 비록 반 시진이었지만 마치 하루같이 너무 길게 느껴졌습니다."

"이렇게 만났으니까 됐어. 이젠 헤어지지 말자."

얼씨구, 얼싸안고 주저리주저리 말도 많더니 이제 손을 꼭 잡고 다정하게 걸어가는 것이 아닌가! 헌재의 눈이 커다랗게 떠졌다. 은검도 덥석 안더니, 몸종인 천것과도 스스럼없이 얼싸안고 사내끼리 손을 잡다니……. 헌재의 안색이 약간 창백하게 변하였다.

혹시 남색(男色)인가? 하긴, 녀석의 얼굴은 웬만한 계집보다 고왔다. 길게 뺀 눈초리는 웃을 때마다 곱게 접혀 눈웃음을 쳤고, 분을 바른 듯 하얀 얼굴에 앵두 같은 작고 도톰한 입술과 부드러운 코끝은 오밀조밀 예쁘게도 생겼다. 더구나 한 줌도 안 돼 보이는 가냘픈 목이나, 안겼을 때 맡았던 향긋한 향과 부드럽게 착 감겼던 작은 손. 아직도 그 감촉이 느껴지는 듯하여 헌재는 저도 모르게 눈을 감고 손을 살며시 쥐었다.

그러다 놀라 얼른 도리질을 쳤다. 이 무슨 망측한 상상이란 말인가? 사내를 보고 이상한 기분이 들려 하다니. 헌재는 주먹을 꽉 쥐고 서현이의 뒤통수를 노려보았다. 머리통도 어쩌면 저리 작은지……. 그러니 생각하는 것도 작을 거야. 멍청한 녀석.

"어째 걸음이 그리 느리냐? 다리도 짧다."

괜히 통박을 놓은 헌재는 둘을 지나쳐 앞질러 갔다. 서현이는 영문을 몰라 앞서 가는 헌재를 쫓아갔다.

"형님, 왜 그러십니까?"

"가까이 붙지 마!"

"제가 뭘 잘못했습니까?"

"더워 그런다. 떨어져!"

"아직 여름도 아닌데 뭐가 덥다고……."

"난 더워! 더위를 많이 탄다고! 그러니까 네 몸종이나 저 무사 놈 옆에서 걸어가란 말이야!"

헌재의 구박에 서현이는 구시렁거리며 분이의 곁에 섰다. 그러자 분이가 귓속말을 했다.

"왜 저럽니까?"

"나도 몰라. 갑자기 화를 낸다."

"좋은 양반이라고 생각했는데, 아닌가 봐요."

"그러게……. 혹시 속이 안 좋은가? 너 저번에 뒷간에 며칠 못 갔을 때 막 화냈잖아."

"그! 얘기가 지금 왜 나옵니까?"

"저번에 그랬잖아."

"그거야……. 도련님은 안 그랬어요?"

"내가 뭘?"

"생각 안 나세요? 지난 설에 맛있다고 차가운 감주를 서너 대접이나 드시고 밑으로 쫙……."

"조용해!"

서현은 분이의 입을 막았다. 얼굴이 빨개진 그녀는 헌재나 은검이 들었을까 봐 눈치를 살폈지만, 한 걸음 앞선 헌재의 걸음은 변함이 없었고 뒤에 한 발 물러나 있는 은검 역시 아무런 변화가 없었다. 안심한 서현은 분이의 입을 막았던 손을 놓으며 다짐을 했다.

"그 얘기 한 번만 더 하면 너 버리고 간다."

"누가 먼저 시작했는데……."

분이가 입을 삐죽거리자 앞선 헌재가 귀를 후볐다. 젠장, 귓속말이면 둘만 알아듣게 할 것이지 아예 동네방네 다 떠들고 다녀라. 멀쩡한 사람을 변비에 설사 환자로 만들더니 둘은 사이좋게 화해를 한 것 같았다. 헌재는 친해 보이는 둘이 자꾸만 신경이 쓰였다.

"젠장, 빨리 온양으로 가야지. 머리가 돌겠군."

헌재가 걸음을 재촉할 때 뒤에 선 은검 역시 두 사람을 보며 뭔가 이상하다는 생각을 하고 있었다.

고을을 나와 반나절을 걸으니 수원이 보였다. 정조 대왕 때에 수원으로 천도(遷都)를 생각했을 만큼 웅장한 곳이었다. 오고 가는 백성들의 수도 한양만큼 많아 보였고, 저잣거리의 활발함 또한 육의전 못지않았다. 눈이 휘둥글해진 서현은 두리번거리며 그런 모습들을 구경하기에 여념이 없었다.

"한양 못지않게 거대한 곳이군요."

"정조 대왕께서 괜히 이곳에 화성을 짓게 하셨겠느냐? 이곳은 한양만큼 풍수적으로도 좋은 위치이니라."

헌재의 잘난 척에 서현은 살풋 웃음을 짓더니 갓을 파는 곳으로 다가갔다. 그 뒤를 헌재와 분이도 따라갔다. 은검만 한 걸음 물러서 주위를 경계하였다. 서현이 다가가자 주판을 튕기던 주인이 반색을 하며 그들을 반겼다.

"어서 오시오. 갓 보시려구?"

"어디 괜찮은 것 있으면 하나 보여 주시오."

"이것 어떠시오. 저 탐라에서 기른 말의 말총으로 촘촘히 만든 상급이외다."

주인이 고른 것은 그의 말대로 고급스러워 보였다. 가늘고 윤기 나는 말총으로 촘촘히 짠 갓은 보기에도 매끄러웠고, 투명하여 시원해 보였다.

"좋은 갓입니다. 값이 어떻게 되나요?"

"뭐야, 너 갓 사려고?"

"저 말고 형님 말입니다."

"내 꺼? 왜……. 아, 갓이 없지."

맨 상투를 만지작거리던 헌재는 멋쩍어하며 말을 흐렸다.

"양반이 맨 상투를 드러내고 다니니, 보는 제 얼굴이 다 화끈거립니다. 대체 갓은 어디에 팔아먹은 것입니까?"

"다 백성을 위하는 나의 마음 때문이 아니겠느냐? 갓은 필요 없으니 그냥 가자. 네놈 씀씀이를 보아하니 공주까지 가기도 전에 노잣돈이 바닥날 것이 뻔한데, 벼룩의 간을 빼먹지……. 게다가 너처럼 어린놈에게 신세질 마음은 없다."

"고마워서 그렇습니다."

"고마워? 뭐가 고마워?"

서현의 말에 헌재가 반문하자 귓불을 붉힌 서현이 줌치에서 돈을 꺼내어 갓 장수에게 건네었다. 어찌 됐든 산기슭에서 저를 구명해 준 것도 고맙고, 지금까지 동행해 준 것도 고마웠다. 괜히 트집 잡는 이상한 양반이라 분이와 속닥거린 것도 미안했다. 맨 상투인 것이 마음에 걸렸는데, 이 기회에 보은한다 생각한 그녀는 싫다는 헌재에게 갓을 떠넘겼다.

"일단 샀으니 쓰든 말든 형님이 알아서 하십시오."

"허 참……. 똥고집은……."

억지로 넘겨준 갓이 왜 이리 가벼운지. 입으로는 툴툴거리면서 얼른 머리에 올려 보았다. 머리에 잘 맞춰 쓰니 남루한 복색에 갓만 호사스러웠다.

"어찌 됐든 잘 쓰겠다."

뜻하지 않는 선물 덕에 헌재의 입꼬리가 올라갔다. 그 모습을 보던 서현도 마주 보며 입꼬리를 올렸다. 지금까지 함께한 정도 있고, 겉으로 퉁명스러워도 늘 도움을 주는 그이니 뭔가 보답을 하고 싶었다.

웃던 둘 사이에 순간 야릇한 공기가 흘렀다. 그저 서로를 보며 웃은 것이 전부인데 반짝이는 눈망울을 보니 녀석의 머리라도 쓰다듬고 싶은 충동이 일었다. 느닷없이 든 생각에 혼자 머쓱해진 헌재가 갑자기 웃음을 거두더니 눈을 옆으로 피했다.

헌재가 머쓱해하며 고개를 돌리자 서현 역시 어색함이 몰려왔다. 이유는 모르겠지만 그의 눈을 보는 것이 갑자기 쑥스러워 괜히 얼굴을 만지작거리며 몸을 돌리자 분이가 둘 사이에 툭 끼어들었다.

"두 분 뭐 하십니까?"

"하, 하긴 뭘 해? 어서 가."

서현은 어리둥절해하는 분이의 팔을 당겨 앞서 걸었다. 뒤따르던 헌재는 어쩐지 가슴이 두근거리는 거 같아 숨을 몰아쉬었다. 이상한 일이다. 저놈과 눈을 맞추고 웃고 있자니 명치께가 간질거리는 것 같았다. 아침을 잘못 먹었나. 가슴을 문지르며 고개를 갸웃거리는데 뒤쪽에 서 있던 은검이 어깨를 툭 치고 지나갔다.

"저, 저…… 되었다."

다분히 의도적인 행동에 화를 내려던 헌재는 너그럽게 넘어가기로 했다. 저만 선물 못 받아 심통이 났나? 속 좁은 인사 같으니……. 헌재는 혀까지 차며 은검을 보고 고개를 흔들었다.

은검은 낄낄거리며 웃는 헌재가 도통 마음에 들지 않았다. 진성 도련님도 마찬가지였다. 같이 다니다 암행어사라는 것을 들키면 어쩌려고 갓까지 선물한단 말이냐. 생전 처음 느껴보는 짜증스러움을 해소할 길이 없어 괜히 애꿎은 칼만 이 손, 저 손으로 옮겨 잡았다.

허나 기분 좋음도 잠시, 성을 나온 서현은 기막힌 광경에 입을 벌렸다. 깨끗하게 잘 정비된 성 안과 달리 성 밖은 다른 세상이었다. 곳곳에 거지로 보이는 패거리가 있는가 하면 어린아이를 껴안고 맨바닥에서 누워 자는 아낙도 보였다. 병자도 끼어 있는지 이상한 악취와 함께 신음 소리가 여기저기서 들려왔다.

 서현은 처음 보는 광경에 벌린 입을 다물지 못했다. 한양에서도 거지를 못 본 것은 아니었다. 한강의 수많은 다리 밑과 외진 곳에도 거지들은 있었다. 봄철 보릿고개가 시작되거나 가을에 흉작이 들면 어머니와 함께 그들에게 양식과 옷가지를 나눠 주기도 했었다. 허나 이 정도는 아니었다.

 놀란 서현의 곁은 누더기를 걸친 한 사내가 툭 치며 지나갔다. 넋을 놓고 있던 서현이 휘청거리자 분이가 얼른 그녀를 잡았다.

 "미안하오."

 건성으로 고개를 까딱거린 사내가 다시 걸음을 옮기려는 찰나, 헌재의 손이 그의 팔을 잡아챘다. 무슨 짓이냐며 사내가 눈을 부라리자 헌재가 귀찮다는 표정을 지으며 손을 내밀었다.

 "뭐, 뭐요?"

 "그 슬쩍한 줌치 내놓으시라고."

 헌재의 말에 눈치를 보던 사내가 냅다 주먹을 날렸지만 가볍게 그 주먹을 피한 헌재의 손에 다시 팔이 꺾였다.

 "아! 아! 이것 놔!"

 사내의 품에서 줌치를 빼앗은 헌재가 팔을 놓아주자 고개를 좌우로 꺾은 사내의 기세가 험악해졌다. 언제 몰려들었는지 비슷한 기색의 사내 서넛이 그들 주위를 에워쌌다.

 "좋게 말할 때 내놓으시지. 그럼 다치게 하진 않을 테니."

사내의 말에 헌재의 얼굴에서 웃음기가 사라졌다.

"거지가 아니라 도적들이었는가?"

사내들의 위협에 은검이 서현을 보호하자, 그녀는 오히려 헌재를 나무랐다.

"그냥 주십시오. 저는 괜찮습니다."

"돈만 주면 그게 다가 아니다. 저들의 눈빛을 봐라. 몇 푼 가지고 해결이 될 것 같아? 이들은 언제 도적으로 변할지 모르는 자들이다."

그의 말대로 사내들의 눈은 분노로 번득였다. 처음엔 돈이 목적일지는 모르지만 세상을 향한 참을 수 없는 분노와 울분으로 가득 찬 사람들은 누구에게라도 그 분통을 터트릴 태세였다. 그리고 지금 그 대상은 서현의 일행이었다.

사람들이 서서히 다가오자 은검은 서현의 앞을 보호하며 막아섰다. 챙! 칼집에서 나온 칼이 오후로 넘어가는 햇살에 눈부시게 빛나고 있었다. 그는 다가오는 사람들을 향해 칼을 내밀며 경고라도 하듯 한 발을 앞으로 내디뎠다. 은검의 기세에 사람들은 주춤거렸지만 눈빛에 담긴 적개심은 여전했다.

험악해지는 분위기에 은검이 칼을 앞으로 내밀려 하자 서현이 그의 팔을 잡았다. 은검과 눈이 마주친 서현은 안타까움이 담긴 눈으로 고개를 저었다.

"사람들 다치게 하지는 마."

눈에서 금방이라도 눈물이 떨어질 것 같았다. 그건 공포에 질려 고인 눈물이라기보다는 그들에게 위해를 가하려는 사람들이 안타까워 고인 눈물이었다.

"이놈들! 어서 흩어지지 못해!"

"빨리 흩어져! 어서!"

기세가 점점 험악해져 일촉즉발의 순간, 어떻게 알았는지 관군들이 그들의 곁으로 왔다. 포졸들이 육모방망이를 휘두르며 위협을 하자 사람들은 어물어물 흩어졌다. 하지만 여전히 서현의 줌치에 미련이 남는지 바닥에 침을 뱉으며 무섭게 노려보았다. 서현은 은검의 팔을 꽉 잡았다. 포졸 한 명이 다가와 건성으로 그들의 안위를 물었다.

"괜찮으십니까?"

"괜찮다. 어찌 알고 온 것인가?"

"원님의 명으로 하루에 서너 번 이곳을 순찰하는 것이 저희 임무입니다. 다치신 곳이 없으면 됐습니다. 가자."

오늘 같은 일이 처음 있는 일은 아니었나 보다. 헌재의 물음에 대답을 한 포졸 서너 명이 육모방망이를 휘두르며 앞서 걸었다. 하지만 늘 있는 일이라는 말처럼 거지 떼들은 포졸의 방망이에 잠시 몸을 돌렸을 뿐 눈빛은 여전히 살벌하게 빛나고 있었다.

"우리도 어서 여기를 빠져나가자."

헌재가 앞장서자 서현과 분이도 뒤를 따랐다. 분이는 사람들의 험악한 기세에 몸을 바들바들 떨고 있었다. 재를 넘을 때 만났던 도둑들도 그랬고, 그저 순박한 백성들이라 생각한 저들 역시 한순간 강도로 변할 수 있다는 생각이 들자 머리카락이 쭈뼛 일어섰다.

수원을 벗어나 다시 한적한 산길로 들어섰다. 화가 난 사람처럼 서현이 말없이 걷자 분이는 그녀의 눈치를 보느라 안절부절못하고 있었다. 갑자기 왜 저리 입을 꽉 다물었는지, 간간이 헌재를 쏘아보는 원망의 눈빛이 무엇인지 알 길이 없었다.

그런 서현의 분노를 알고 있었지만 은검은 나서지 않았다. 말주변도 없을 뿐더러 지시하지 않은 일에 끼어드는 것은 그가 할 일이 아니었다. 꼭 다문 입술이, 파르르 떨리는 작은 주먹이 신경 쓰였지만 그는 그저 혹시 있을지 모를 산적들을 대비에 한 걸음 먼저 길을 가고 있었다.

무거운 공기가 그들을 감싸고 있자 한숨을 푹 내쉰 헌재가 먼저 입을 열었다.

"무엇이 불만인 게냐?"

"……."

"나에게 할 말이 있는 거 아니야?"

"없습니다."

억누르는 듯 목 죄인 소리로 대답한 서현은 걸음을 좀 더 빠르게 옮겼다. 그러자 헌재가 알 바 아니라는 듯 어깨를 으쓱거렸다. 그때 갑자기 걸음을 멈춘 서현이 헌재를 향해 몸을 홱 돌려 그를 노려보았다. 그 기세에 헌재가 무섭다는 듯 몸을 떠는 척했다.

"한 대 칠 것 같다?"

"어째서! 돌봐 주어야 할 백성에게 그런 위해를 가하는 겁니까?"

"위해?"

"그들은 지치고 병든 자들입니다! 육모방망이로 때려서 겁을 주는 것이 아니라 따뜻한 음식과 약을 주어야 했다고요! 한 고을의 원이라는 자가 그런 가엾은 백성들에게 겁을 줘 쫓으라고 했답니다! 그것이 말이 된다고 보십니까?"

"……그럼 넌 어찌하길 바랐느냐?"

"도움을 줘야죠. 음식이 필요한 자에게는 음식을 주고, 약을 필요로 하는 자에게는 치료를 해 줘야 합니다. 모두 이 나라 조선의 백성들입니다. 그런데 어찌하여 저렇게 함부로 대한다는 말입니까?"

"건방진 생각을 가지고 있구나?"

"네?"

헌재에게 울분을 토하던 서현은 뜻밖의 말에 입을 벌렸다. 늘 장난스럽게 빛나던 눈이 무겁게 가라앉아 있었다. 눈빛이 너무 무거워 서현은 옴짝달싹할 수 없었다. 그는 서현을 향해 냉소적인 말들을 쏟아냈다.

"너 집을 나선 것이 이번이 처음이지? 저런 걸인들과 병자들을 가까이서 본 것도 처음일 테고……."

"그것이 어쨌단 말입니까?"

"처음엔 그리 분노하지. 왜 아무것도 하지 않느냐고. 어째서 저들을 보고만 있느냐고. 저 불쌍한 백성들을 위해 뭔가를 해야 하지 않느냐고……. 하지만 한순간의 분노는 곧 잊힌다. 네 행색이 비록 지금은 남루하나 네 집안까지 그렇게 남루한 집안이라고는 생각하지 않는다. 따르는 종복에 칼 쓰는 무사를 호위로 둘 정도라면 그리 녹록한 집안은 아닐 테니까 말이다."

헌재가 은검을 거론하자 서현은 뜨끔했다. 그저 친구라 했는데 호위무사라는 것을 이미 알고 있었단 말이다. 은검 역시 헌재를 노려보았다. 몰락한 가문의 한량처럼 행동하지만 뭔가 숨기고 있음이 분명하였다.

"어쭙잖은 동정이나 한순간의 연민으로 무엇을 할 수 있을 것 같으냐. 돈 몇 푼 쥐여 주면 그것으로 저들의 삶이 달라지리라 생각하느냐? 네 줌치의 것을 몽땅 퍼 주면 세상이 달라질 것 같으냐? 세상을 바꾸고 싶냐?"

헌재의 음성이 격해졌다. 늘 반쯤 농을 달고 장난스럽던 때와는 사뭇 다른 모습에 흥분하던 서현은 마음을 진정시켰다. 헌재의 얼굴은 굳어 있었다. 하얗게 마디가 드러나도록 꽉 쥔 주먹이 가늘게 떨리고 있었다. 서현을 보며 낮게 호통치고 있었지만, 그의 시선은 그녀에게 있지 않았다. 그녀 너머, 아무것도 못 하고 손놓고 있는 무기력한 자신을 향해 토해 내는 울분일 수도 있었다.

"가난은 나라님도 구제할 수 없다고 한다. 일개 양반인 네가 뭘 할 수 있을 것 같아. 마음만으로 백성을 구제할 수 있다면 벌써 했다. 제 배 속만 챙기느라 백성은 안중에도 없는 벼슬아치들에게 한 방 먹였을 거란 말이다."

마지막 말은 쓸쓸하게 잦아들고 있었다. 그의 눈가에 얼핏 비친 것은 눈물이었을까? 아니면 그저 눈동자의 반짝거림일까……. 힘없이 풀어져 버린 그의 주먹이 왠지 슬퍼 보였다. 서현은 한 풀 꺾인 목소리로 웅얼거렸다.

"뭘 어쩌자는 건 아닙니다. 그저 저들이 가여워서……. 아무것도 못 하고 물러난 제가 한심스러워서 그랬습니다."

그녀를 물끄러미 바라보던 헌재의 굳은 입가가 풀어졌다. 어둡게 가라앉았던 눈동자에서도 슬픔이 흐려지고 있었다.

"넌 꼭 벼슬 해라. 그래서 백성들을 위해 꼭 뭔가를 해라."

그가 천천히 손을 들더니 서현의 이마에 딱밤을 먹였다. 딱! 하는 경쾌한 소리와 함께 서현이의 아얏! 하는 비명이 들렸다. 동시에 은검이 칼을 반쯤 빼어 들고 서현의 곁에 섰다. 은검의 행동에 헌재는 찔끔 뒤로 물러났다. 병아리를 감싸는 어미 닭마냥 서현의 곁을 저리 지키는데 호위무사 티가 안 나고 배기겠는가. 친구는 무슨…….

느닷없이 이마를 맞은 서현은 맞은 곳을 감싸 쥐고 헌재를 노려보았다.

"무슨 짓입니까?"

"증표다. 앞으로 좋은 관리가 될 수 있다는 증표이니 잘 간직하거라."

"이게 무슨 증표입니까? 거참, 손도 맵습니다."

"내가 됨됨이가 워낙 꽉 차서 뭐든지 좀 매워."

"형님도 꼭 벼슬 하십시오!"

"……?"

"형님처럼 매운 사람이 조정에 있어야 좋은 정치가 나올 것 같아서 그럽니다."

"뭘 아는 놈처럼 말하는구나."

싱긋 웃은 헌재가 몸을 돌리자 서현의 입가에 슬며시 미소가 걸렸다. 이마는 여전히 아팠지만, 아파 보였던 그의 마음이 다소 풀어진 듯하여 그녀의 마음도 가벼워졌다. 서현은 이마를 문지르며 헌재의 뒤를 따라 걸었다.

둘의 아옹다옹을 숨죽이며 지켜보던 분이는 그제야 숨을 내쉬며 서현의 곁에서 걷기 시작했다. 무슨 의미인지 확실하게는 모르나 두 양반이 살벌하게 말을 주고받는 것을 보고 찔끔 죽이고 있던 숨을 크게 쉬었다.

그러나 은검의 얼굴은 한없이 어두워졌다. 그가 친구가 아닌 것도 이미 눈치챘고, 서현과 아무런 연관도 없는데 굳이 동행하는 저의가 궁금했다. 혹시 노론의 누군가가 사주한 자일 수도 있었다. 하지만 산채에서 줄곧 훈련만 하던 그였기에 헌재가 누구와 연관되어 있는지 쉽게 짐작할 수 없었다. 그저 그가 수상한 행동은 하지 않는지 경계하는 수밖에 도리가 없었다.

4장

24절기 중 소만(小滿)에 들어선 시기라 물을 가득 댄 논에서 농부들이 모내기에 한창이었다. 찰랑찰랑 가득 찬 논물에 야트막한 산들이 거울처럼 비치니 어디가 논이고 어디가 산인지 모를 정도로 푸르름이 가득했다.

서현이가 흐뭇한 미소를 가득 머금고 모내기에 한창인 농부들을 바라보자 분이는 그런 서현이를 이상하다는 듯 쳐다보았다.

"무얼 그리 흐뭇한 얼굴로 보십니까?"

"조상님들이 말씀하시길, 이 세상에 가장 듣기 좋은 세 가지 소리가 있다고 하더라. 아이 목에 젖 넘어가는 소리, 자식이 글 읽는 소리. 마지막 하나는 마른 논에 물 대는 소리란다. 모내기철에 저리 논에 물이 찰랑거리니 보는 농부의 마음이 얼마나 든든하겠느냐. 이 농사를 지어 내 자식의 입에 들어갈 생각을 하면 저 논물을 보기만 해도 행복하지 않겠어?"

서현의 말에 분이도 고개를 끄덕이며 같이 미소를 지었다. 제법 넓은 논에는 서너 명의 농부들이 바지를 둘둘 걷고 모를 심고 있었다. 아직은 한 뼘밖에 되지 않은 모이지만 뜨거운 여름을 지내고 선선한 가을이 되면 황금낟알을 주렁주렁 매달아 모든 이를 풍요롭게 할 것이다. 서현의 말대로라면 그들은 분명 행복할 것이다.

"네 눈엔 저들이 그저 행복해 보이느냐?"

곁에 선 헌재의 말에 서현은 고개를 삐뚜름하게 돌려 그를 보았다. 무슨 트집을 잡고 싶은 건가, 그런데 그의 낯빛에 처음 본 진지함이 있는 것을 보고 서현의 눈이 동그래졌다.

"조상님들 말이 다 맞는 건 아니니까."

씁쓸하게 웃는 그의 얼굴은 어두워 보여 어쩐지 그녀도 가슴이 아려 왔다. 짠한 눈으로 바라보는 그녀의 눈길을 느꼈는지 헌재의 고개가 서현에게로 돌아가자, 그녀는 얼른 고개를 농부에게 돌렸다.

그때였다. 떠꺼머리를 한 총각 하나가 갑자기 들고 있던 모를 논바닥에 패대기쳤다. 농부에게 있어 목숨과도 같은 모를 패대기치다니, 그 행동에 분이는 물론 서현이도 깜짝 놀랐다. 아니나 다를까 곁에 선 노인이 총각에게 호통을 쳤다.

"이놈! 어찌 귀한 모를 바닥에 패대기치는 것이야!"

"젠장, 뼈 빠지게 농사지면 뭐해요? 가을 되면 다 빼앗아 갈 것을……. 빌어먹을 양반들 같으니……."

"제발 그 입 좀 다물어라. 우리에게 일자리를 주신 고마운 분들에게 그 무슨 소리야?"

"고생은 우리가 하고, 소작이라고 농사지은 것에 7할이나 가져가는데 고맙긴 뭐가 고마워요!"

"입 다물어, 이놈아!"

노인은 누가 들을까 주위를 살피며 낮게 호통을 쳤다. 하지만 총각은 분이 안 풀리는지 여전히 불퉁하게 입을 내밀고 있었다. 총각의 등을 연신 때리던 노인의 눈이 서현과 마주쳤다. 순간 소스라치게 놀란 노인은 얼른 고개를 숙이더니 총각의 손을 끌었고, 그런 노인에게 끌려가는 총각은 서현을 매섭게 노려봤다.

총각의 핏발 선 눈빛에 서현은 입술을 꼭 깨물었다. 그리고 혼잣말 하듯 입을 열었다.

"내가 잘못 생각했나 보다."

"네?"

같이 선 은검의 눈길이 맞은편의 야트막한 야산을 향했다. 가는 봄이 아쉬운 듯 군데군데 분홍빛과 노란빛의 꽃들이 아름다웠다. 허나 자세히 보니 분홍빛과 노란빛은 꽃의 색이 아니었다. 헌재가 한숨을 쉬듯 중얼거렸다.

"논의 물은 가득한데 눈가에 그늘은 누가 만든 것인지. 내가 양반인 것이 부끄럽구나."

헌재의 중얼거린 소리에 서현은 건너편 야산을 다시 눈여겨보았다. 울긋불긋 꽃처럼 보인 것은 기생들의 치맛자락이었다. 뜨거운 태양 아래서 농부들이 비지땀을 흘리고 있을 때, 팔자 좋은 양반들은 기생들을 데리고 꽃놀음 중이었다.

산을 바라보던 서현의 얼굴에도 그늘이 생겼다. 단순히 논에 물이 가득한 것을 보고 저 늙은 농부가 행복할 것이라고 생각한 자신이 바보 같았다. 그러다 고개를 갸우뚱거렸다. 7할이라. 일반적으로 소작농들은 수확물의 반을 내는 것으로 알고 있었다. 그런데 7할이라니······. 서현은 잠시 망설였다. 비록 그녀의 생읍지는 아니었으나 알아볼 필요가 있어 보였다. 헌재의 눈치를 살피며 조심스럽게 입을 열었다.

"저……. 잠깐 볼일이 생겼는데 저기 좀 다녀오면 안 될까요?"
"저기? 어디?"
"그러니까……. 저기에……."

헌재의 질문에 서현은 손으로 제 어깨너머를 가리키며 말을 얼버무렸다. 헌재의 눈이 그녀의 어깨너머를 향했다. 민망하게도 그녀의 어깨너머는 그들이 지나온 길이 있을 뿐이었다.

"오다가 뭐 흘렸냐?"
"그게 아니고, 그러니까 제 말은……."
"이 근처에 제 부모님의 묘가 있습니다."

갑자기 은검이 나서며 대신 대답을 했다. 동그래진 서현과 눈이 마주친 은검은 그녀의 눈을 지그시 보더니 다시 헌재를 보았다.

"이 근처를 지날 때마다 늘 묘에 들러 인사를 드리곤 했습니다. 그 말을 하고 싶으셨던 겁니다."
"네, 맞아요. 은검 부모님 묘. 인사를 드려야 하니까. 그걸 깜빡할 뻔했어요. 하하하."

서현과 눈빛을 주고받으며 말을 잇는 은검을 보며 헌재의 한쪽 눈썹이 휘익 올라갔다. 저 무사 놈이야 표정 변화가 없으니 거짓인지 참인지 알 길이 없지만, 과장되게 웃는 서현을 보니 거짓이라는 것이 딱 티가 났다. 저에게 거짓을 고하며 갈 곳이 어디일까? 궁금하기도 했지만 이내 고개를 저었다. 저놈이 무사 놈과 어딜 다니든 말든, 거짓을 말하든 말든 저와는 상관없는 일이다. 그래서 쌩하니 고개를 돌렸다.

"가든 말든 네 맘이다. 잘되었다. 이참에 아예 따로 가자. 산적들이 무서워서 동행한 것이었는데 저 무사 놈이 있으니 굳이 나와 갈 필요는 없지 않아? 잘 가라."

"네?"

말을 마친 헌재는 서현이 미처 대답을 하기도 전에 걸음을 옮겼다. 서현이 머뭇거릴 때 은검이 대신 대답한 것이 기분 나빴다. 저가 무슨 보호자라도 되는 건가? 아니, 저 조그마한 놈이 자꾸 신경 쓰이는 것 같아 영 거슬렸다. 그래서 괜히 오래 비워 둔 자신의 자리에 대해 걱정하는 척했다.

"그래, 너무 오래 비워 두었다. 오늘 안에 간다고 했으니 약속은 지켜야지."

혼자 중얼거린 헌재는 서둘러 걸음을 옮겼다. 마치 서현이 그를 따라오기라도 할까 봐 뒤도 돌아보지 않고 달음박질이라도 할 기세로 앞만 보고 걸었다.

갑자기 돌변하여 가 버리는 헌재를 보며 서현은 기가 막혔다. 제가 무얼 어찌했다고 역정을 내며 가는지 알 도리가 없었다. 또 한편으로 서운하기도 했다. 옷깃만 스쳐도 인연이라 했다. 그동안 같이 먹은 밥이 몇 끼인데 인사도 제대로 하지 않고 가 버리는 그의 뒷모습이 그녀의 마음에 서운함이 들게 했다.

"참 괴팍스런 양반입니다. 인사도 없이 가다니, 분명 몰락한 지 오래된 양반일 겁니다."

분이의 투덜거리는 말에 서현은 마주 보며 힘없이 웃음을 지었다. 어차피 온양까지만 동행할 예정이었다. 조금 먼저 헤어진다고 해도 이제 은검이 있으니 헌재에게 기댈 필요는 없었다. 오히려 정체가 들킬 염려가 없으니 잘된 일이었다. 헌데…… 잠시였지만 정이 들었나 보다. 이렇게 가슴이 헛헛한 걸 보면 말이다.

"어딜 가실 예정이셨습니까?"

은검의 깍듯한 말에 서현은 헌재의 뒷모습에서 눈을 떼었다.

"아! 이 고을 사정을 좀 알아야겠어. 원래 소작은 반만 내는 걸로 되어 있는데 7할이라니 과한 것 같아서. 저 논 임자가 누구인지, 고을 현감은 이 사정을 아는지. 다른 것도 덤으로 알 수 있으면 더 좋고."

"다녀오겠습니다."

서현의 말이 끝나자마자 고개를 까딱 숙여 보인 은검이 순식간에 그녀의 앞을 질러 나갔다. 빠른 그의 행동에 서현과 분이는 입을 딱 벌렸다.

"바람과 함께 사라졌네요."

"그러게. 역시 은검은 대단해."

분이의 감탄 어린 말에 서현도 고개를 끄덕거리며 동의했다.

은검이 홀로 상황을 알아보러 간 뒤, 분이와 서현도 각자 헤어져 마을로 들어갔다. 서현은 어슬렁거리며 마을의 동태를 살피다 한 허름한 집으로 들어갔다.

"주인장 계시오?"

"뉘시오?"

"지나가던 과객이온데 물 한 잔 얻어먹을까 하여 들렀습니다."

"들어오시오."

과히 인심이 박한 집이 아니었다. 이 고을 백성들의 삶이 그리 팍팍하지 않은 것 같아 마음 한구석이 낙낙해지는 것 같았다. 머리가 허연 노인은 이 빠진 사기그릇에 시원한 물을 가득 떠 겉에 묻은 물을 행주치마로 닦아 내밀었다.

"천천히 자시오."

"감사합니다."

시원한 우물물은 노인의 마음 씀씀이만큼 시원했다. 벌컥거리며 한 사발을 모두 비운 서현은 그릇을 돌려주며 은근슬쩍 입을 열었다.

"헌데 말입니다. 마을 어귀로 들어올 때 보니 무척 큰 논이 있던데, 누구네 땅입니까?"

"그건 왜 물어보슈?"

노인의 눈이 가늘어졌다.

"그게……. 이번 별시에 낙방하여 낙향하는 중인데 노잣돈이 떨어져서요. 저만한 땅을 가진 자이면 인심도 넉넉할 터이니 노잣돈쯤은 빌려 주지 않을까 싶어서 그럽니다."

"인심은 개뿔……. 괜한 경치지 말고 그냥 가시오."

노인은 말도 하기 싫다는 듯 몸을 돌려 버렸지만 그것이 서현이의 호기심을 더욱 자극했다. 서현은 냉큼 노인의 곁에 섰다.

"대체 무슨 소리입니까?"

"이 근방 땅은 죄다 저 박 좌수네 것이오."

"좌수라면 덕망 있는 양반을 말하는 것이 아닙니까?"

"헹, 덕망? 카악! 퉤! 그 덕망이라는 것도 돈으로 살 수 있는 것이외다!"

단박에 역정이 난 노인의 얼굴이 벌겋게 달아올랐다.

노인의 집을 나선 서현은 곰곰이 생각에 잠겼다. 노인의 말인즉, 고리(高利)로 이자놀음을 하던 박천식이라는 자가 재물 푼이나 모으고 난 뒤 거액의 뇌물을 먹여 좌수 자리를 돈으로 샀고, 그 횡포가 심해 백성들의 원성이 자자해졌다. 그래도 인근 땅이 모두 다 그자의 것이라 소작 받는 양이 어마어마하니 고을의 원도 감히 어찌하지 못한다는 것이었다. 아니, 한술 더 떠 뇌물을 받은 고을 원도 그의 악행을 눈감아주고 있다는 것이었다. 현감이 바뀌면 나아지려나 했지만 고을 원이 바뀔 때마다 그 원통함을 고해도 그 양반이 그 양반이라 박가 놈의 횡포는 나날이 심해지기만 한다고 했다.

그 떠꺼머리총각의 울분이 이해가 되고도 남음이었다. 서현이 생각에 잠겨 있는데 분이와 은검이 다가왔다. 그들이 알아온 내용도 서현이가 알아본 바와 일치했다.

"아유, 그 박 좌수인지 뭔지 천벌을 받을 놈입니다요."

얘기를 마친 분이가 가슴을 치며 분해하였다. 여전히 생각에 잠겨 있는 서현을 은검은 물끄러미 바라보았다. 입술을 오므리고 생각에 잠긴 얼굴은 짐짓 심각했다. 그 동그란 눈망울을 보고 있자니 문득 옛 기억이 떠올랐다.

그가 예닐곱 살 적, 진성의 쌍둥이 여동생인 서현을 만난 적이 있었다. 소풍이라도 나왔다 길을 잃은 건지 주변에 몸종은 하나도 보이지 않았고 저보다 어린 아씨는 풀밭에 넘어져 울고 있었다. 진달래처럼 분홍색의 치맛자락을 걷어 올린 어린 아씨의 동그란 하얀 무릎에 작은 생채기가 나 핏방울이 맺혀 있었다.

그때 그는 수련을 마치고 산채로 가는 길이라 온몸이 먼지투성이였고, 얼굴엔 작은 상처까지 나 있었다. 때문에 커다란 눈에 눈물방울을 매달고 있는 어여쁜 어린 아씨를 그저 바라보기만 했다.

"나 아파."

"네?"

"아프다고! 엉엉엉."

조막만 한 손으로 눈을 비비며 울음을 터트린 서현을 보고 은검은 뭘 어떻게 해 줘야 할지 몰랐다. 안절부절하지 못하던 그는 먼지 묻은 손을 바지에 문지른 뒤, 주변에 피어 있는 들꽃을 꺾어 꽃다발을 만들었다. 예쁘고 고운 아기씨이니 어린 마음에도 서현이 고운 꽃을 좋아할 거라고 생각했었다.

"나, 훌쩍, 주는 거야?"

"……."

대답 대신 고개를 끄덕인 어린 은검이 내민 꽃을 더 어린 서현이 받아 들었다. 애기똥풀이 저의 저고리처럼 노랗게 빛나고 있었다. 눈물을 닦은 그녀가 환하게 웃음을 지었다.

그때의 커다란 눈처럼 지금 진성의 눈도 웃음을 짓고 있었다. 어린 아씨의 동그랗고 맑은 눈과 신통하게 닮은 눈이었다.

"있잖아. 우리 연극을 좀 해야겠어."

너무 똑같은 환한 눈동자에 잠시 옛 생각에 빠진 은검은 서현의 말에 정신을 차렸다. 그를 보는 서현의 눈동자가 어린 날의 그 눈동자처럼 반짝거렸다.

앞만 보고 꿋꿋하게 걸어가던 헌재는 자꾸만 뒤가 당겨 가던 걸음을 멈추었다. 머리는 가던 길을 가라 계속 이르는데 방자한 걸음이 제 주인을 배신하고 걸어온 길로 돌아가려 하고 있었다.

헌재는 눈을 질끈 감고는 다시 앞을 보았다. 어서 가야 한다. 오늘까지 돌아간다 약조하지 않았느냐. 그러나 뒤통수에 끈이라도 달렸는지 걸음이 쉬이 떨어지지 않았다. 뒤를 돌아본 헌재는 인상을 있는 대로 구겼다. 짙은 눈썹이 찡그려지고 곧은 콧잔등에 주름이 잡혔다.

"젠장……. 군자란 자고로 위기에 처한 사람을 못 본 척하면 안 되는 것이다. 그놈은 지금 위기에 처한 것이야. 그 무사가 붙어 있다고는 하나 우연히 만난 친구이니 금방 헤어질 수도 있는 일이니까. 그러니까 내가 군자라서 그 녀석을 걱정하는 거라고. 절대 다른 이유는 없는 거라고."

괜히 주먹을 불끈 쥔 헌재는 지나온 길을 다시 달음박질하여 달려갔다.

한편 분이는 서현이의 말에 의아해하면서도 일단 그녀가 가져오란 것을 가져왔다. 하지만 고을에 있는 외딴 물레방앗간에서 분이는 서현이 가져오라 한 것을 보며 눈을 찡그리고 있다.

"대체 이건 왜 가져오라 하신 겁니까?"

"연극한다고 하지 않았어? 마침 오늘 박 좌수네에서 잔치가 있다고 하더라. 예쁜 여자만 보면 사족을 못 쓴다지 않느냐. 여긴 내 생읍이 아니니 직접 개입할 수는 없고, 그냥 가자니 그 박가 놈이 괘씸하니 기생처럼 차리고 들어가서 혼을 빼놓은 다음에 한 방 먹여 줘야겠다."

서현의 신난 말투에 분이는 불안했다. 저러다 사고 치지 않을까? 괜히 따라나선 길인가 잠시 고민이 되는 분이었다.

"어찌할 요량이십니까? 위험해질 수도 있습니다."

은검의 걱정스러운 말에 서현의 눈이 장난스럽게 빛났다.

"은검도 준비해."

"네?"

"은검의 역할이 중요하거든. 호호, 아, 흐흐흐."

서현이의 의뭉스런 웃음에 분이와 은검은 서로의 얼굴만 쳐다보았다.

과연 고을 제일가는 부자의 잔치다웠다. 기름진 음식 냄새가 문밖까지 진동하였고, 들고나는 손님들이 줄을 이루고 있었다. 따르는 몸종의 손에 선물 보따리가 바리바리 들려 있는 것을 보니, 박가 놈의 위세를 짐작할 수 있었다.

그 문 앞에서 청지기로 보이는 자그마한 몸집의 남자가 우글우글 몰려 있는 거지들에게 선심이라도 쓰듯 거들먹거리는 것이 보였다.

"오늘은 박 좌수 나리의 생신일이다. 하해(河海)와 같이 넓으신 아량으로 네놈들에게도 먹을 것을 거하게 내리시니 모두들 감사한 마음으로 먹거라."

허나 청지기의 말과 다르게 거지들에게 내린 음식은 그다지 좋은 것이 아니었다. 그저 먹다 남은 음식 찌꺼기를 모두 모아 커다란 함지박에 담아 준 것이 고작이었다. 하지만 배가 고팠던 거지들은 앞을 다투어 그 쓰레기 같은 음식을 먹었다.

그 모습을 보던 서현은 인상을 썼다.

"저 박가 놈 진짜 몹쓸 놈이네."

이를 앙다무는 서현을 보며 분이가 울상을 지었다. 우리 아씨 고운 입에서 저리 험한 말이 나오다니……. 서현의 입에서 거친 말이 나오게 한 박가 놈에게 본때를 보여 주겠다고 다짐하는 분이었다.

서현은 분이와 은검에게 다시 한 번 주의를 주었다.

"아까 말한 대로 움직여야 해. 알았지? 후우, 가자."

숨을 크게 들이쉰 서현은 무지기치마처럼 겹겹이 두른 붉은 치마의 한쪽 자락을 잡았다. 그녀가 팔을 움직이자 송화색 깨끼로 만든 저고리가 살짝 올라가 겨드랑이의 하얀 살결이 보였다.

투명하게 비치는 옷감 덕에 폭이 좁은 저고리로 훤히 보이는 얇은 팔뚝만으로도 어쩐지 숨이 막혔던 은검은 속살이 비치자 저도 모르게 고개를 돌려 버렸다. 허름한 도포를 입었을 때도 은은한 향기가 감도는 것 같은 몸에 이제는 대놓고 향내가 나고 있었다. 여인의 분 냄새와 함께 알 수 없는 향기가 서현의 온몸에서 진동하고 있었다.

대체 이 향기는 어디서 나는 것이며, 사내이면서 여인의 옷이 저리 잘 어울리는 이유를 모르겠다. 은검은 눈을 어디에 둘지 몰라 괜스레 주변만 두리번거렸다.

"뭐해?"

"네?"

"가서 준비하라고."

"네."

멍하니 딴 곳을 보며 멀뚱하게 서 있던 은검을 향해 서현이 말을 걸자 그는 눈도 맞추지 못하고 서둘러 자리를 떠나 버렸다. 서현은 고개를 갸웃거렸다. 차분하고 냉정하던 은검인데 똥마려운 강아지마냥 저리 행동하는 이유를 모르겠다. 어깨를 으쓱한 서현은 전모 위로 걷어 올린 너울을 내리고 분이와 함께 박가의 대문을 향했다.

다행히 드나드는 손들이 많은 관계로 서현은 아무 제지 없이 문을 통과할 수 있었다. 너른 마당에는 여러 개의 차양이 있었고, 많은 손님들이 있었다. 마당의 차양에 있는 손들은 제법 많았지만 양반들은 아닌 것 같았다. 그들 앞에 놓인 음식들 또한 그리 고급스러워 보이진 않았다.

큰 마루 위에는 비단옷을 입고 고급스러운 갓을 쓴 양반 차림의 사내들이 곁에 기생을 끼고 앉아 있었다. 상다리가 부러져라 놓인 즐비한 안주들과 술병들이 대문 앞에서 보았던 거지들의 함지박과 비교가 되어 서현은 쓴웃음이 나왔다. 그동안 책에서 읽었던 성현들의 말씀과는 많이 다른 광경에 약간의 당황함을 느끼기도 했다.

"저자가 박가 놈인가 보다."

양쪽에 기생을 끼고 앉은 요란하게 차려입은 자그마한 몸집의 남자는 주변을 향해 웃음을 짓고 있었다. 하지만 뱁새처럼 작은 눈에 염소꼬리처럼 난 보잘것없는 수염은 덕망과는 거리가 멀어 보였다. 부러져라 차려진 음식들과 고급 비단으로 친친 싸맨 기생들을 보고도 박가의 쫙 찢어진 눈에는 불만이 가득했다.

잠시 후, 박가 놈이 자리를 뜨는 것을 본 서현은 그를 따라 안채로 향했다. 곁을 따르던 분이는 적당한 나무 뒤에 몸을 숨겼다.

박천식은 시끌벅적한 앞마당을 보고는 못마땅한 듯 고개를 흔들었다. 그러자 옆에선 청지기의 고개가 아래로 숙여졌다.

"뭐가 못마땅하십니까?"

"내가 뭐라 그랬는가? 이번 생일은 특별하니까 뭐든지 최고로 하라고 하지 않았나?"

"분부대로 모든 최고로 했는데……."

"헹! 이것이 최고? 음식은 그렇다 쳐도 저 기생 년들 좀 봐라."

"고을 최고의 기루에서 특별히 뽑아 올린 년들입니다."

"그년이 그년이지. 매일 보던 얼굴이 아니냔 말이다. 뭔가 새로운……."

박천식의 호통에 얼굴을 찌푸리고 있던 청지기는 갑자기 호통이 잦아들자 의아하여 고개를 살며시 들었다. 화가 나 있던 박천식의 얼굴에 흐뭇한 웃음기가 감돌고 있었다. 무슨 일인가? 천식의 눈길을 따라가니 그곳에는 기생이 하나 서 있었다. 비뚤게 쓴 전모에 고운 살결이 보이는 노란 저고리, 산들산들 치마가 흔들릴 때마다 은은히 배어 나오는 향기까지. 저절로 입이 벌어지는 미모였다. 하지만 얼굴이 낯설어 청지기는 눈을 가늘게 떴다.

"나비의 팔랑거리는 날갯짓에 소녀의 걸음이 절로 이리 향하였습니다."

전모에 드리운 너울을 살짝 걷으며 새초롬히 눈웃음을 치는 여인을 본 박가의 입이 헤 하고 벌어졌다. 처음 보는 미모의 여인이었다. 기생의 차림을 하고 있지만 행동거지에 기품이 있었고, 짓고 있는 미소 또한 고고한 것이 여느 기생들과는 달랐다. 눈부신 햇살 아래에서 보는 여인의 얼굴은 백옥같이 매끈했고, 살며시 내리깐 속눈썹은 윤기가 흘렀다. 벌린 붉은 입술 사이로 진주같이 가지런한 치아가 살짝 드러나자 박가는 침을 꿀꺽 삼켰다.

"요 깜찍한 것을 숨겨 두고 있었군."

박가는 청지기에게 잘했다는 듯 웃음을 짓고는 미모의 여인에게 다가갔다. 하지만 청지기는 고개를 갸웃거렸다. 처음 보는 얼굴이었다. 이 근방 기루의 내로라하는 기생들은 모두 알고 있지만 저 얼굴은 처음이었다. 청한 적도 없는 기생의 등장에 잠시 긴장했지만 박천식의 지랄 같은 호통을 면할 수 있다는 안도감에 슬쩍 몸을 돌려 버렸다.

박천식은 서현의 손을 잡으려 팔을 뻗었다. 하지만 우연인 듯 전모로 손을 올린 서현은 가볍게 그 손을 피했다. 입맛을 다신 박가가 서현에게 은근히 말을 건넸다.

"어디서 나타난 보물인지는 모르지만 오늘 같은 날 내 면(面)이 서겠구나. 자, 같이 나가자꾸나."

박가가 서현의 어깨를 감쌀 듯 다가와 마당으로 나가려 하자 이번에는 그의 손을 가볍게 쳐 낸 서현이 콧소리를 내었다.

"정말 절 저곳으로 데리고 가시렵니까?"

"무슨 소리냐? 오늘 같은 날 이런 보물을 자랑하지 않으면 언제 자랑한단 말이냐?"

"아까 보니 고을 현감님도 계시던데, 그분에게 절 보이시려고?"

"현감?"

서현의 말에 박가는 곰곰이 생각에 잠겼다. 여인을 탐하는 것으로 치면 박가 못지않은 현감이었다. 그 앞에 이 기생을 데리고 나타나면? 뻔할 뻔 자였다. 분명 거들먹거리며 가로채려 하겠지. 박가가 인상을 험하게 구기며 고개를 흔들었다.

옳지. 걸렸구나. 역겨움을 참으며 서현은 다시 미소를 지었다.

"좀 더 은밀한 곳. 누구의 방해도 받지 않는 박 좌수님의 가장 소중한 곳으로 가면 어떨까요?"

"은밀한…… 곳?"

서현이 박가의 옷고름을 쓰윽 잡아당기며 속삭이자 박가의 입가에서 침이 뚜욱 떨어졌다. 은밀한 곳. 누구의 방해도 받지 않는 가장 소중한 곳? 박가는 좁은 어깨를 쫙 펴며 서현에게 바짝 다가섰다.

"그래, 가자. 누구의 방해도 받지 않는 은밀한 곳으로."

자신의 손을 덥석 잡은 박가가 앞장서자 서현은 욕지기가 치밀 것 같아 볼을 부풀렸다. 하지만 박가의 눈과 마주치자 다시 생긋 웃음을 지었다. 아, 광대 짓은 아무나 하는 게 아니구나. 새삼 그들의 끼에 놀라움을 느끼는 순간이었다. 그의 뒤를 따라가며 담장 근처의 나무 쪽을 보았다. 저쯤 어딘가에 분이와 은검이 숨어 있을 것이다.

박가의 걸음은 뒷마당을 지나 좁은 문을 통과해서야 멈추어 섰다. 그곳에는 커다란 자물쇠가 달린 작은 집이 한 채 있었다. 광도 아닌 방에 달린 자물쇠를 보고 서현은 고개를 갸웃거렸다.

"이곳엔 무엇이 있어서 이리 자물쇠를 달아 놓으셨나요?"

"여기엔 내 보물이 몽땅 다 들어 있지. 어디 구경해 볼 테냐?"

"보여 주실 거예요?"

서현의 말에 박가의 좁은 어깨에 힘이 들어갔다. 그동안 긁어모은 온갖 보물이 몽땅 들어 있는 방이다. 금두꺼비에, 청에서 들여온 패물과 은전들, 고리로 뜯어 모은 땅문서와 노비문서가 모두 보관되어 있는 곳이었다. 서현은 이것저것 보면서 이를 갈았다. 많이도 모았구나. 이 천벌을 받을 놈 같으니……. 하지만 겉으론 감탄을 연발했다.

"어머나, 이런 노리개는 처음 봅니다. 너무 어여쁘네요. 이건 진짜 금으로 만든 궤인가요? 세상에 이건 무슨 보석이죠?"

서현이 이것저것 들추자 자랑하고픈 마음에 온갖 패물을 몽땅 꺼낸 박가는 불안한 마음에 주섬주섬 패물과 금괴를 다시 상자에 담았다.

"이건 그만 보고……. 이것보다 네 모습이 더 어여쁘구나. 이리로 오렴."

"아이, 참……."

박가가 다가오자 서현은 소름이 쫙 끼쳤다. 그리고 흘깃 바깥을 살폈다. 이쯤에 등장해 줘야 되는데…….

"이리 오래도……."

서현이 전모를 벗자 커다란 화초머리에 싸인 조그마한 얼굴이 드러났다. 하얗고 작은 얼굴에 새치름한 눈매와 붉고 도톰한 입술. 과실 같은 저 맛난 입술을 쪽쪽 빨면 달큰하기가 그지없겠구나.

박가의 얼굴이 점점 다가오자 서현의 얼굴은 새파랗게 질려 갔다. 은검! 소리 없이 외치는 그녀의 절규가 마음속에 메아리쳤다.

벌컥! 그녀의 절규가 전해졌는지 갑자기 방문이 덜컥 열리며 복면을 한 은검이 들어왔다.

"누, 누구냐?"

"입 다물라."

은검이 긴 칼을 빼내어 박가의 목을 겨누자 그의 몸이 사시나무 떨 듯 떨렸다. 연극을 하느라 은검의 목소리가 어색했으나 갑자기 당한 일에 박가는 전혀 눈치를 채지 못하고 있었다. 서현은 놀란 척 박가의 뒤로 몸을 숨겼다.

"아이고, 무서워라."

"소리 지르면 목이 달아날 것이다."

여전히 어색한 말투였지만 은검의 위협적인 말에 박가는 손으로 입을 막고 고개를 끄덕거렸다. 그러자 서현이 기다렸다는 듯 앞으로 나섰다.

"목숨만 살려 주세요. 여기 이 패물 몽땅 다 드릴 터이니 제발, 제발 목숨만 살려 주세요."

서현은 호들갑을 떨며 방 안에 차곡차곡 쌓여 있던 상자들을 바닥에 내려놓았다.

"그……. 뭐하는, 헉!"

놀란 박가가 그런 서현을 만류하려고 하자 은검의 칼이 그런 박가의 목에 닿았다. 차가운 칼의 섬뜩한 느낌에 박가는 저도 모르게 숨을 멈추었다.

"움직이지 마라."

"아이고, 박 좌수 나리의 목숨만 살려 주세요. 이거 다 드릴 터이니……."

서현이 박 좌수의 허리춤에서 노비문서가 든 상자의 열쇠까지 빼내서 은검의 앞에 내놓았다. 그러자 역시 복면을 한 분이가 방 안으로 들어오더니 서현이 내놓은 보물과 노비문서를 보따리에 허겁지겁 담아 묶었다.

눈앞에서 그동안 모은 재물이 사라지는데도 박가는 꼼짝도 할 수 없었다. 아까워라. 에고, 아까워라. 목에 닿은 칼이 당장이라 목을 꿰뚫을 것 같아 옴짝달싹하지 못하고 피눈물만 흘리고 있었다.

"다 가져가시어요."

서현이 내놓은 많은 패물과 노비문서를 챙긴 은검은 그제야 박가의 목에 겨누었던 칼을 치웠다. 박가가 안도의 숨을 내쉬는데 다시 칼이 들어왔다.

"헉! 다 가져가십시오. 다 드릴 테니 목숨만은 어떻게……."

손까지 싹싹 빌며 비굴하게 몸을 굽실거리는 박가를 향해 은검이 으름장을 놓았다.

"만약 오늘 잃어버린 패물과 문서를 되찾으려고 하는 날에는 다시 찾아와 네놈의 목을 딸 것이다. 그리고 저 기생……도 내가 데려가겠다."

"어머나! 저를요? 박 좌수 나리 살려 주세요."

서현이 엄살을 부리며 당황한 표정을 짓자 박가는 슬그머니 고개를 돌리고 고개를 끄덕거렸다. 이미 예상했던지라 은검은 냉큼 서현의 팔을 잡아 일으켰다.

"나리, 저 좀 살려 주세요."

서현의 간절한 외침에도 박가는 여전히 외면하고 있었다. 박가의 눈이 다른 쪽을 향하자 서현은 옆에 개어 둔 이불을 꺼내 그에게 뒤집어 씌웠다. 그러자 은검이 어색한 말투로 협박을 했다.

"앞으로 백을 센 뒤 밖으로 나와라. 만약 이를 어길 시에는 다시 돌아와 네놈의 목을 따 버리겠다."

"예, 예."

이불 속에서 어눌한 목소리가 들렸다. 서현은 은검에게 눈짓을 한 후 남은 패물을 들고 밖으로 나왔다. 은검의 도움을 받아 담을 넘어 마을 어귀까지 달려온 서현은 패물을 내려놓고 챙겨 온 전모도 내려놓았다.

낑낑거리며 훔쳐 온 보따리를 내려놓은 분이도 복면을 벗고 숨을 골랐다. 처음 해 보는 도둑질에 연극이라 다리가 후들거려 서 있을 수도 없어 바닥에 털썩 주저앉았다.

"하하하, 와하하하."

"에고, 깜짝이야."

갑자기 서현이 웃음을 터트리자 분이는 그런 서현을 놀란 눈으로 쳐다보았고, 주변을 경계하던 은검 역시 서현에게 눈을 돌렸다. 그도 처음 해 보는 이상한 연극에 생전 흘린 적 없는 식은땀을 흘리고 있는 참이었다. 그런데 박장대소라니…….

서현은 발을 동동 구르며 웃음을 참지 못하고 있었다.

"아까 그 박가 놈 얼굴 봤어. 파랗게 질려서 말도 못 하고……. 아이고, 고소해라. 속이 시원하다. 하하하."

"그게 그렇게 재미있습니까? 소인은 가슴이 떨려 죽는 줄 알았다구요."

"너무 신나잖아. 권선징악. 나쁜 짓을 하면 벌을 받게 된다는 옛말대로 된 거라고. 나 암행어사가 체질인가 봐. 안 그래?"

웃음을 멈춘 서현이 근엄하게 말을 하자 분이도 벌렁거리는 가슴을 진정시키며 웃음 지었다. 어리바리한 인사라고 생각했는데 기특한 생각에 어찌 되었든 작전도 성공한 것이 다행이다 싶어 은검의 입가에도 옅은 미소가 잡혔다.

"잘하시었습니다."

은검의 칭찬에 그녀는 괜히 헛기침을 하며 자리에서 일어서 엉덩이를 털었다.

"뭐 이 정도를 가지고……. 자, 가져온 패물은 집집마다 골고루 나누어 주고 노비문서는 이리 주어. 내가 태우고 있을 터이니. 그리고 은검은 노비로 있던 자들에겐 노비의 신분에서 벗어났음을 알려 줘야겠다. 할 일이 많아 서 움직이자고."

목소리를 가다듬은 서현은 은검과 분이에게 지시하고 자신도 노비문서를 들고 서낭당 근처로 향했다. 그곳에는 향도 피우고 하니 불씨를 얻을 수 있을 것이다.

셋이 헤어진 뒤 서현은 다시 전모를 쓰고 서낭당을 향해 갔다. 그때, 앞에서 누군가 급한 걸음으로 걸어오는 것이 보였다. 무엇이 저리 급한지 곁눈도 주지 않고 앞만 보고 걸어오는 이를 본 서현은 반가움에 입을 벌렸다. 헌재였다. 인사도 없이 그렇게 가 버려 서운했는데 다시 얼굴을 보니 반가웠다. 서현은 다짜고짜 한달음에 그의 앞으로 달려갔다.
"혀……."
"무슨 일이요?"
반갑게 다가간 서현이 입을 떼기도 전에 헌재가 뒤로 물러서며 그녀의 행보를 막았다. 헌재는 의아하다는 듯 그녀를 빤히 보았다. 이곳에 그를 아는 기생이 있었던가? 그는 반색을 하며 다가온 여인을 유심히 바라보았다.

속살이 훤하게 비치는 노란 빛깔의 저고리는 입으나 마나였고, 겹겹이 입은 치마 역시 걸을 때마다 산들산들 흔들리는 것이 사내들을 홀리기에 충분했다. 더구나 지분 냄새와 함께 나는 야릇한 향은 곁에 다가만 가도 정신이 혼미해지니 기생 중에서도 일패기생다운 여인이었다. 그러나 그런 여인을 그가 알 리가 없었다. 더구나 이런 낯선 고을에서…….

헌재가 의심스러운 눈초리로 여인의 얼굴을 보려 고개를 숙이자, 그제야 아차! 한 서현은 재빨리 전모에 두른 너울을 내려 얼굴을 감쳤다. 반가운 마음에 여장을 하고 있다는 것도 잊고 그에게 다가가려 했다. 사정이 생겨 여장을 했다고 둘러댈 수도 있지만 의심 살 행동은 하지 않는 것이 상책이다. 서현은 몸을 옆으로 돌리며 조신하게 입을 열었다.

"송구합니다. 아는 선비님인 줄 알고 그만……. 결례를 용서하십시오."
"흠. 내가 그리 흔한 얼굴은 아닌데. 이만큼 잘난 얼굴이 그리 흔치는 않으니 닮은 선비가 꽤 잘난 사내인가 보오."

넉살스런 헌재의 말에 서현은 풋 하고 웃음을 터트렸다. 저 근거 없는 자신감은 대체 어디서 나오는 걸까. 어쨌든 그를 다시 보니 반가왔다. 그런데 왜 다시 돌아온 것일까? 그리 냉정하게 가더니 이 고을에 무슨 다른 볼일이 생긴 것인가?

궁금함에 서현은 몸을 돌렸지만 귀는 쫑긋 그에게 열었다. 그런 줄도 모르고 서현 앞에서 잔뜩 잰 체하던 그가 고을 쪽으로 걸어가며 중얼거렸다.

"이 조그마한 녀석이 아직 고을에 있나 모르겠네. 에잇! 왜 이렇게 신경이 쓰이는 것이야."

헌재의 중얼거림을 들은 서현은 은근히 기분이 좋았다. 인사도 없이 가 버려서 서운함이 많았는데 실은 그것이 아니었구나. 그녀를 걱정하는 말에 가슴까지 두근거렸다. 고을 안쪽으로 걸어가는 헌재의 뒷모습을 본 서현은 빙긋 웃음을 지었다.

한편 제 할 일을 하고 다시 물레방아로 들어서려던 은검은 주변을 서성거리는 헌재를 보고 눈을 찌푸렸다. 기분 나쁘다는 것을 감추지도 않는 그 모습을 보고 헌재 역시 눈살을 찌푸렸다. 이제 예의도 차리지 않겠다는 것인지 대놓고 낯빛을 바꾸는 그를 보며 어금니를 지그시 깨물었다.

"그리 쌩하고 가더니 무슨 심경의 변화가 있어 왔는지 궁금하군요."

눈은 다른 곳에 둔 채 마치 혼잣말하듯 하는 은검의 말에 헌재 역시 다른 곳을 보며 대답했다.

"옛말에 이르기를, 하다가 그만두면 아니한 만 못하다라는 말이 있다. 온양까지 동행하기로 약조했으니 그리하는 것이 도리 아닌가? 사내가 되어서 한 입으로 두말을 하면 안 되지."

"정말 한 입으로 두말하지 않으실 겁니까?"

언제 왔는지 다시 남장을 한 서현이 다가오며 헌재를 보았다. 조막만 한 하얀 얼굴에 까만 눈을 초승달처럼 휘며 웃음 짓는 서현을 본 헌재는 괜히 헛기침을 했다. 자꾸 그의 뒤통수를 잡아당기던 얼굴을 눈앞에서 보니 비로소 안심이 되었다. 그러나 겉으로는 귀찮은 양 눈을 찡그렸다. 그런 헌재의 마음을 놀리기라도 하듯 서현은 자꾸 말꼬리를 잡았다.

"정말 한 입으로 두말하지 않으실 거냐구요?"

"대체 무슨 볼일을 보기에 이리 꾸물거리는 거냐? 공주까지 언제 가려고……. 빨리 서둘러라. 나도 내일까지는 무슨 일이 있어도 온양에 도착해야 하니까."

괜히 호통을 친 헌재는 앞서 걸었지만 은검 마땅치 않은 낯빛으로 헌재와 서현이를 번갈아 보았다. 저 오지랖 넓은 양반이 자꾸 서현과 엮이는 것이 마음에 거슬렸다. 온양까지라 했으니 이, 삼 일 안이면 더 이상 얼굴을 마주 대할 일이 없을 것이다. 은검은 손에 쥔 칼을 꽉 잡았다.

"아직 덕쇠가 오지 않았습니다. 잠시만 더 기다리죠."

서현이 웃으며 입을 열자 헌재는 머쓱하니 자리에 멈추었다. 잠깐 눈에 안 보일 때는 그리도 마음이 초조하더니, 얼굴을 마주한 이제는 심통이 나니 이상한 조화 속이었다.

시간이 꽤 흘렀음에도 불구하고 분이는 나타나지 않았다. 서현의 안색이 점점 어두워지자 은검이 자청해서 분이를 찾아 나섰다. 그리고 잠시 후 피투성이가 된 분이를 업고 나타난 그를 본 서현의 안색은 새하얗게 변해 버렸다.

5장

 은검과 따로 사람들에게 패물을 나누어 주던 분이는 박가의 명에 따라 주변을 살피던 그 집 하인들에게 붙들렸다.

 "처음 보는 얼굴인데 어디서 온 누구냐?"

 서슬 퍼런 박가의 하인들이 윽박지르자 잔뜩 얼어 버린 분이는 대답도 제대로 하지 못하였다. 더구나 분이가 가지고 있던 패물을 본 하인들은 더욱 기세가 등등해졌다.

 "이놈 봐라. 보아하니 종놈 같은데 이런 귀한 패물을 가지고 있다니……. 필시 도둑질한 물건이렷다!"

 "아, 아니요. 이건 우리 나리 것이요."

 분이가 큰 소리로 대답을 하자 우락부락하게 생긴 하인들은 서로의 얼굴을 바라보았다. 어차피 이 고을에서 박 좌수 나리에게 대항할 사람은 아무도 없었다. 고을 현감까지도 박 좌수 앞에서는 비위를 맞추는 형편이니 이런 떠돌이 종놈쯤 하나 두들겨 패 패물을 빼앗는다고 해도 문제가 생기지는 않으리라.

더구나 생신날 도둑을 맞은 박가는 지금 제정신이 아니었다. 당장 현감을 닦달하여 포졸을 풀어 수상한 자를 잡아 문초하라 이른 것도 모자라, 제 수하들 중 힘깨나 쓰는 놈들에게 마을을 다니며 이상한 낌새가 없나 알아보라 시켰다. 이럴 때 슬쩍 제 몫을 챙겨도 박가는 모를 것이고, 만약 저 종놈이 항의를 해 오면 수상한 사람이라 경계했을 뿐인데 반항하여 그리되었다 발뺌하면 그만인 것이다.

서로 눈짓을 주고받은 하인들이 냅다 분이를 잡고는 으슥한 곳을 끌고 갔다.

"무슨 짓이요? 놔라!"

항의를 해 보았지만 저쪽은 우락부락한 사내 셋이고, 이쪽은 남자로 위장한 여인일 뿐이었다. 매타작이 날아든 것은 물론이고 아직 나누어 주지 못한 패물 보따리까지 빼앗겨 버렸다. 불행 중 다행이라면 여인이라는 것을 들키지 않았다는 것이다. 허나 그런 것에 신경 쓸 겨를도 없이 만신창이가 된 분이는 몸을 웅크린 채 기절을 해 버렸다. 그리고 분이를 찾아온 마을을 다니던 은검이 그녀를 발견했을 땐 사경을 헤매고 있었다.

은검에게 업힌 분이를 본 서현은 사색이 되어 피투성이가 된 분이의 얼굴을 어루만졌다.

"이, 이게 무슨 일이야? 눈 좀 떠 보아. 응? 덕쇠야?"

"어서 의원에게 가야 합니다."

"응? 응."

서현은 울먹이며 바람처럼 달리는 은검의 뒤를 쫓았다. 기절해 버린 분이의 몸이 은검의 등에서 떨어질 듯 위태롭게 흔들렸다. 우르르릉. 갑자기 주변이 어두워지며 붉은 노을빛 속에 빗방울이 하나, 둘씩 떨어지기 시작했다.

분이의 상처를 치료하던 의원은 지독히도 눈이 나쁜 자였다. 눈을 가늘게 뜨고 살점이 떨어져 나간 몸을 살피던 의원은 딱하다는 듯 서현을 보았다.

"무슨 일이 있었기에 이리 매타작을 당했누. 대체 누가 이런 건가?"

"치료할 수 있겠소?"

눈물범벅이 된 서현을 대신해 헌재가 물었다. 간헐적으로 발작을 하는 분이를 살피던 의원은 피를 닦아 내면서 또 물었다.

"보아하니 이 마을 사람들이 아닌 것 같은데, 치료비는 있소?"

"여기 돈 있으니 걱정 말고 환자나 살려 주시오."

의원의 말에 서현이 작은 줌치를 내밀며 애원하듯 매달리자 의원은 입맛을 다시며 탐욕스런 눈으로 돈주머니를 보았다.

"나쁜 짓을 하다 맞은 거라면 응당 원에 고해야 할 것인데……. 개똥아, 물부터 끓여라."

의원이 부엌 쪽에 소리를 지르자 얼굴이 온통 곰보 자국으로 얽은 아이 하나가 쪼르르 나오더니 대답을 했다. 헌데 들어가던 아이가 죽은 듯 누워 있는 분이를 보더니 고개를 갸웃거리다가 냉큼 의원의 귀에 대고는 중얼거렸다.

"아까 박 좌수 나리댁 하인들이 끌고 간 사내입니다."

"박 좌수 나리?"

아이의 말에 분이의 상처를 보던 의원은 갑자기 자리를 털고 일어섰다. 그의 행동에 의아함을 느낄 틈도 없이 의원이 서현의 등을 밀어냈다.

"환자를 봐 줄 수 없으니 그만 나가시오."

"무슨 말이오! 환자를 봐 줄 수가 없다니?"

"약도 없고, 지금 일손이 달려서 이 환자까지 볼 수가 없소이다. 어서 나가시오."

"의원이 아니오! 환자를 보고 고칠 생각을 해야지 어찌 그냥 나가라고 하시오."

서현은 방을 나가려는 의원의 소맷자락을 잡고 늘어졌다. 조금 전에는 치료를 할 듯하더니 갑자기 변해 버린 의원을 보며 애원의 눈빛을 보냈다. 그러나 의원의 작은 눈에는 일말의 동정심도 보이지 않았다. 그는 서현의 손을 냉정하게 쳐 냈다.

"괜히 어영부영하다 댁들까지 경치지 말고 이 마을에서 빨리 나가는 게 좋을 거요."

"이보시오."

의원이 안으로 들어가 버리자 서현은 망연자실해졌다. 갑자기 환자를 봐 줄 수 없다니 무슨 소리인가. 아이가 한 말을 얼핏 알아들은 헌재가 서현에게 물었다.

"박 좌수가 누구냐?"

"네?"

놀란 서현의 얼굴을 뒤로하고 헌재가 은검을 보았다. 그도 눈치를 챘는지 낭패 어린 표정이었다. 은검과 눈을 마주친 서현도 그제야 감이 오는지 입술을 꼭 깨물었다.

다시 밖으로 나온 의원이 딱하다는 듯 혀를 찼다.

"쯧쯧. 보아하니 부리는 종복 같은데, 엄한 애쓰지 말고 그냥 고을 바깥에다 버리고 가는 것이 나을 거요. 박 좌수 나리댁 하인들이 그리했다면 치료를 해 주겠다는 의원이 없을 테니……."

서현은 망연자실한 눈으로 누워 있는 분이를 보았다. 한낱 종복이 아니다. 친동기간처럼 자란 동무이다. 언니이고 동생이고 마음의 벗이었다. 입술에 피가 나도록 꽉 깨문 서현은 의원을 향해 입을 열었다. 목까지 끓어오르는 울음 때문에 목소리가 잘 나지 않아 있는 힘을 끌어 모았다.

"정말 치료를 해 줄 의원이 없소?"

"없대도. 이 고을에서 현감보다 박 좌수 나리가 더 웃전인데 누가 감히 그 댁 하인들에게 맞은 자를 치료하겠소."

이것도 많이 얘기해 준 거다, 거들먹거리는 의원을 보고 서현은 두말없이 일어섰다. 그리고 은검을 보았다.

"다른 곳으로 가자."

"쯧쯧쯧. 괜한 고생이지."

의원의 혀 차는 소리가 들렸다. 밖으로 나왔지만 어디로 가야 할지 막막했다. 박 좌수가 무서워 아무도 치료를 해 주지 않는다면 어찌해야 할지. 심장이 멈출 것만 같아 서현은 입술을 더욱 세게 물었다. 그들보다 조금 늦게 나온 헌재가 앞장서 걸었다.

"의원이 있다. 가자."

"의원이 있다고요? 누구입니까?"

헌재의 말에 서현이 반색을 했다. 물에 빠진 사람이 지푸라기라도 잡은 심정이었다. 그런 서현의 눈에 물기가 촉촉이 맺힌 것을 보니 마음이 안쓰러웠다.

"진짜 의원은 아니지만 저쪽 산언저리에 치료를 해 줄 수 있는 자가 있다고 한다."

"어서, 은검 빨리 가."

그자가 어떤 자인지 궁금하지 않았다. 분이만 살릴 수 있다면 그것으로 족했다.

그들이 도착한 집은 집이란 말이 민망할 정도로 다 쓰러져 가는 초가집이었다. 과연 사람이 살기나 할까 싶을 정도로 허름한 모양새였지만 서현의 눈에 그런 것들은 보이지 않았다. 다행히 의원이 있다는 헌재의 말을 증명하기라도 하듯 비좁은 마당에는 몇 가지 흔한 약재들이 널려 있었다.

마당으로 들어서기도 전에 서현은 안을 향해 다급하게 외쳤다.

"계십니까? 안에 아무도 없으십니까?"

잠시 후 기우뚱한 문이 열리더니 서현의 다급한 외침과는 달리 느릿한 동작의 한 남자가 나왔다. 중년의 사내는 밤송이처럼 까칠한 얼굴을 한 번 쓱 쓰다듬고는 서현 일행을 보았다.

"남의 집에서 왜 소리를 지르고 난리야?"

"의원을 찾습니다. 사람이 다쳐서요. 의원 계십니까?"

저 산적처럼 생긴 남자는 절대 의원이 아닐 거라는 생각에 마음을 급했지만 서현은 공손하게 말을 했다. 그런데 사내는 은검의 등에 업힌 분이를 보더니 턱으로 평상을 가리켰다.

"눕히게. 어디 보자. 오뉴월에 개 맞듯이 맞았군."

"댁이 의원이십니까?"

"여기에 의원은 없다. 그냥 상처나 닦아 주고 곪지 말라고 약초나 붙여 주는 게 고작이지. 박 좌수 짓인가?"

그의 말에 서현은 눈이 동그래졌다. 아무 말도 안 했는데 그들의 사정을 단박에 알아맞히는 게 신기했다. 그런 서현의 마음을 눈치챘는지 사내가 덧붙였다.

"이리 심한 상처를 입고 의원도 아닌 이곳을 찾은 거라면 말 안 해도 뻔하지. 이런 심하게 맞았군. 뼈까지 상한 것 같고……."

느긋하게 상처를 살피던 사내의 미간에 주름이 잡혔다. 그 작은 주름이 분이의 상태가 심각하다는 것을 말하는 것 같아서 서현은 더욱 애가 탔다. 분이를 이리저리 진찰하던 사내가 방으로 들어가더니 약초를 한 아름 안고 왔다.

"어떻습니까?"

"상처가 심하다. 이 약초 가지고는 지혈이나 겨우 할까……. 약재가 턱없이 모자라는구나."

마지막 말은 거의 읊조림에 가까웠고 탄식 어린 말투였다. 그래서 서현은 더욱 가슴이 졸아붙었다. 약이 모자란다는 것은 치료가 어렵다는 말이 아닌가. 서현은 목소리의 떨림은 감추고 애써 태연한 척 물었다.

"고칠 수 있겠지요? 목숨은 살릴 수 있겠지요?"

"인명은 제천이라……. 이놈의 명줄이 길면 살고 짧으면 죽겠지."

툭 던지는 사내의 말에 울컥 화가 치밀었다.

"살리십시오! 의원이 아니오!"

"화타라 하더라도 맨손으로 환자를 살릴 수는 없는 법이다. 그저 상처나 곪지 않게 닦아 내는 것밖에 무슨 도리가 있겠느냐."

벌써 체념한 듯한 사내의 말에 서현의 입술이 다시 달싹거렸다. 그러나 헌재가 먼저 입을 열었다.

"약재를 구하면 치료가 가능합니까?"

"약재를 구하면……. 허나 이 근방에는 약재도 부족하고, 설령 있다 해도 박 좌수에게 맞은 이놈을 치료하라고 약재를 내어 줄 의원도 없을 거다. 더구나 유향이나 몰약은 다른 나라에서 가져오는 것이라, 이런 작은 고을에는 구하기가 쉽지 않아. 온양 현에 약재가 있다고 들었지만 이 밤에 다녀오기는 무리일 듯하고……."

이런 일을 여러 번 겪은 듯 사내의 말은 체념에 가까웠고, 그의 말에 동의라도 하듯 하늘에서 빗방울이 떨어지기 시작했다.

주변이 어두워지고 있었다. 하늘을 올려다본 헌재의 표정도 하늘만큼 어두웠다. 사내의 말대로 온양 현에 약재가 있다고 해도 한, 두 시진 안으로 다녀오기란 무리였다. 그냥 이대로 저놈이 죽어 가는 것을 보고만 있어야 하는가? 헌재는 지그시 입술을 물었다.

그때 서현이 자리에서 벌떡 일어섰다.

"꼭 살리시오. 약은 내가 구해 오겠소."

서현의 말에 자리를 뜨려던 의원의 발이 멈추었다. 그의 뒤에서 서현이 악다문 잇새로 말을 덧붙였다.

"내 목숨을 걸고라도 약을 구해 올 테니 그때까지 덕쇠를 돌봐 주시오."

"다른 의원이라도 털어 올 참이냐? 아니면 온양 현에까지 이 밤에 다녀올 테냐?"

"꼭 구해 오리다. 만약 덕쇠에게 무슨 일이 생기면 당신도 무사하지 못할 것이오."

곱게 생긴 작은 양반의 나직한 말이 이토록 무서우리라고는 생각지 못했다. 결국 이글거리는 서현의 눈동자에 사내는 고개를 끄덕였다. 빗줄기가 거세지자 분이를 방 안으로 옮긴 서현이 밖으로 나섰다.

"열은 다스리고 있겠다. 인시(새벽 3~5시)가 넘어가면 늦으니 그 전에 와야 한다."

다짐이라도 하듯 사내가 다시 힘주어 말했고, 대답이라도 하듯 서현은 입술을 앙다물었다.

한시도 지체할 수 없었다. 우르르릉. 천둥소리가 비를 몰고 왔다. 서현이 빗속을 나서자 은검이 재빨리 서현의 팔을 잡았다. 무례인 줄은 알지만 다급한 상황이었다.

"어찌하실 생각입니까?"

"약을 구해 올게. 덕쇠를 지켜 줘."

"위험합니다. 쉬이 그칠 비가 아닙니다. 더구나 이렇게 밤이 깊어 가는데 어찌 온양까지 가실 생각이십니까?"

"갈 거야. 가야 해. 덕쇠를 꼭 살려야 해."

눈물인지 빗물인지 서현의 얼굴은 온통 물로 범벅이 되어 있었다. 은검은 잡은 팔을 놓지 않았다. 팔을 놓으면 금방이라도 쓰러질 것 같은 서현의 창백한 얼굴 때문에, 가늘게 떨고 있는 팔 때문에 더욱 놓을 수가 없었다.

"제가……!"

제가 가겠다고 말을 꺼내려는 순간, 서현의 몸이 옆으로 휙 돌아갔다.

무서운 얼굴이 된 헌재는 서현의 어깨를 꽉 잡아 눈을 맞추었다. 그의 얼굴을 타고 빗물이 흐르고 있었다.

"정말 갈 것이냐?"

"갈 것입니다."

"네 마음은 안다. 하지만 이 비 오는 어두운 밤에 온양까지, 그것도 인시까지 다녀온다는 것은 무리야. 그냥 저놈 편하게 해 주자. 아무리 친하다 한들 한낱 종복이다."

"그리 배웠습니다."

"뭐?"

"제 종복이기 이전에 동무입니다. 태어나면서부터 의지하고 지낸 벗입니다. 가족입니다. 가족을 버리는 사람은 없습니다. 금수(禽獸)도 제 가족은 버리지 않습니다."

꽈과광! 번개가 번쩍이며 천둥이 쳤다. 퍼붓는 비로 인해 서현의 얼굴이 잘 보이지 않았다. 하지만 슬픔을 악물고 결연함에 빛나는 눈빛은 똑똑히 볼 수 있었다. 서현은 천둥소리에 지지 않으려는 듯 은검을 돌아보고 소리를 질렀다.

"덕쇠를 부탁해! 꼭 지켜 줘!"

그리고 헌재의 손을 뿌리치고 빗속을 뛰쳐나갔다. 은검이 채 따르기 전에 서현의 작은 몸은 빗줄기 속으로 사라졌다. 주먹을 꽉 쥐고 서 있던 헌재가 작게 욕설을 내뱉더니 그녀의 뒤를 쫓았다.

서현은 무작정 앞으로 뛰었다. 빗물과 함께 눈물이 흘러 눈을 뜨고 있어도 앞이 보이지 않았다. 서현은 남쪽이라고 짐작되는 방향을 향해 달리고 또 달렸다.

그런데,

히히힝! 갑자기 달려온 말이 그녀의 앞을 가로막았다.

"허억!"

놀란 서현이 걸음을 멈추고 말을 몰고 있는 자를 쳐다보았다. 헌재였다. 어디서 구했는지 윤기가 자르르 흐르는 밤색 말이 차가운 빗속에서 뜨거운 콧김을 내뿜고 있었다.

"타라!"

"……."

"온양까지 걸어갈 셈이냐! 인시 안에 돌아오려면 서둘러야 한다!"

서현은 헌재가 내민 손을 잠시 바라보았다. 크고 듬직한 손이었다. 퍼붓는 빗줄기 속에서도 헌재의 큰 손이 똑똑하게 보였다. 서현은 그 손을 잡았다. 휙! 헌재가 팔을 접자 서현의 작은 몸이 말 위로 딸려 올라갔다.

"몸을 낮춰라! 이럇!"

서현은 몸을 납작 엎드렸다. 헌재의 가슴이 그녀의 등을 포근하게 지켜 줬고, 든든한 두 팔이 그녀의 팔을 감싸 고삐를 바짝 쥐었다. 서현의 머리에는 오직 한 가지 생각만 있을 뿐이었다. 분이야, 제발 견뎌 줘. 내가 다녀올 동안 제발 살아 있어 줘. 넌 강하잖아. 내가 울고 있을 때, 무서워서 떨고 있을 때, 날 지켜 준 건 너였잖아. 넌 할 수 있어. 내가 올 때까지 버틸 수 있어. 하지만 의연한 척해도 몸의 떨림은 멈추지 않았다.

품 안에 쏙 들어오는 작은 몸의 떨림이 그의 가슴까지 울리고 있었다. 두려움 때문에 작은 몸은 떨리고 있지만 그와 다르게 안장을 쥔 손은 굳은 결의로 하얗게 빛을 발하고 있었다.

헌재는 말고삐를 더욱 세게 쥐었다. 할 수 없다고 생각했다. 저 혼자의 힘으로는 이 세상을 바꿀 수 없다고 생각했다. 몇 번 부딪쳐 보니 세상이라는 벽이 만만치 않았다. 그래서 반쯤 포기했는지도 몰랐다. 혼자서는 어찌할 수 없으니 이리 사는 것은 내 탓이 아니다. 자조하듯, 살아가려 했다. 그나마 이리 한직으로 떠도는 것만이 아버님에 대한 미약한 반항이었으니까.

그런데 이 조그마한 녀석이 그의 생각을 송두리째 흔들고 있었다. 세상에 대해 아무것도 아는 것이 없으면서……. 처음 나온 세상에서 이 조그마한 녀석은 자신이 할 수 있는 모든 것을 하려 하고 있었다. 용감한 것인가? 무모한 것인가?

아무래도 좋았다. 녀석을 안고 있는 이 순간 제멋대로 흐트러진 마음들이 정리되는 것 같았다. 어쩔 수 없다는 비겁한 마음, 아버님에 대한 미약한 반항, 그가 져야 할 책임 등. 비릿한 비내음과 함께 알 수 없는 향기가 그의 코끝에 감돌고 있었다.

한편 서현의 뒤를 바로 따라오던 은검은 거센 빗줄기 때문에 그녀의 행보를 놓쳤다. 낭패 어린 기색으로 여기저기를 살피던 그의 곁을 말을 탄 자가 지나갔고, 이어 서현이 그 말에 타는 것을 보았다. 말을 몰고 가던 자가 헌재였나 보다. 제아무리 재빠르고 날랜 자라 해도 말을 따라잡을 수는 없었다. 은검은 헌재와 서현이 탄 말이 퍼붓는 빗줄기 사이로 사라지는 것을 지켜볼 수밖에 없었다.

 서현의 다급한 마음을 안 것인지 한 치 앞도 보이지 않게 퍼붓던 빗줄기가 다소 가늘어졌다. 원래 알고 있던 길인지 헌재는 어둡고 질척한 길을 잘도 찾아갔다.
 잠시도 쉬지 않고 한참을 달린 헌재가 무성한 나무 밑에 말을 멈추자 서현도 낮추고 있던 몸을 폈다. 온몸이 굳은 것처럼 잘 펴지지 않았다. 늦봄의 비라도 밤에 내리는 것인지라 손이 곱아들 정도로 차가웠다. 몰아치는 비바람은 헌재가 다 막아 주었건만 어찌 이리 몸이 얼음장인지. 숨을 쉴 때마다 허연 입김이 쉴 새 없이 나왔다.
 숨을 몰아쉬던 헌재는 잔뜩 웅크린 서현의 뒷모습을 보았다. 차가운 비에 녀석은 온통 젖은 채 오들오들 떨고 있었다. 그 모습이 너무 가여워 덜컥 녀석을 안아 버리고 싶은 충동이 일었다.
 미쳤구나. 차가운 비와 피곤한 몸 때문에 머리가 오락가락하는 거야. 눈에 잔뜩 힘을 준 헌재는 입술을 깨물고는 말에서 내려 서현을 보았다. 추위 때문에 입술은 파랗게 질리고 덕쇠가 걱정되어서인지 눈빛이 한없이 흔들리고 있었다. 금방이라도 눈물이 후드득 떨어질 것 같은 눈을 보니 저절로 손이 올라갔다.
 헌재가 손을 올리자 서현은 자신을 말에서 내려 주려는 줄 알고 선선히 그가 내민 손을 잡았다. 차갑고 곱아진 그녀의 손에 따뜻한 손이 닿았다. 말에서 내리던 서현은 차가운 비에 머리가 띵해져 중심을 잃고 헌재의 품으로 툭 하니 떨어졌다.

얼결에 팔을 벌린 헌재의 품으로 말캉한 몸이 쏙 들어왔다. 그녀의 뜨거운 입김이 헌재의 가슴 언저리에 닿았고, 차갑게 식은 서현의 몸이 열기에 휩싸인 헌재의 몸에 닿았다. 짜르르. 몸과 몸이 닿은 부분에 번개가 흐르는 듯 전율이 일었다.

낯설고 당황스런 느낌에 헌재는 숨을 멈추었다. 머릿속이 아득해지며 시간이 멈춘 듯 빗소리마저 귓가에 들리지 않았다. 대체 이 느낌은 뭐란 말인가? 제 품에 안긴 것이 사람인가? 아니면 귀신인가? 정신마저 혼미해지는 듯했다. 그의 눈동자가 흔들렸다.

서현 역시 현기증 때문에 헌재의 가슴에 쓰러지는 순간 숨이 멎는 듯했다. 단단한 그의 품은 넓고 포근했다. 추위가 한순간 가시는 듯했지만, 가슴 밑바닥에서 올라오는 또 다른 두근거림 때문에 심장이 미칠 듯이 뛰었다.

놀란 듯 잠시 멈춰졌던 시간이 움직였다. 헌재는 귓가를 때리는 거대한 빗소리에 정신을 차렸다. 그리고 천천히 서현의 어깨를 잡아 그녀를 세웠다. 빗물이 서현의 얼굴을 따라 흘러내리자 커다란 손이 빗물을 가만히 닦아 내었다. 그 따스한 손길에 열기가 피어오르는 것 같았다. 혼란스러워하던 헌재의 눈빛이 서현에게 고정되었다. 이 낯선 감정은 밤이 너무 깊어서이다. 거센 비 때문에 잠시 정신이 나간 것이다. 이 비가 저의 마음을 가려 줄 것이다. 지금의 나는…… 내가 아니다.

뜨거운 헌재의 눈빛에, 거미줄에 칭칭 감긴 나비처럼 서현은 온몸이 결박당한 듯 옴짝달싹할 수 없었다. 이런 감정은 처음이었다. 두근거리는 심장이 몸 밖으로 튀어나올 것 같고, 그가 잡은 어깨에는 불이 붙는 것 같았다. 어디선가 거세게 불어오는 비바람 때문에 몸도,

마음도 흔들리고 있었다.

무엇을 하려는 것인가? 헌재의 얼굴이 점점 가까이 다가왔다. 어깨를 파고드는 손은 점점 힘이 더해졌고, 온갖 감정들로 범벅이 된 눈빛은 그녀의 눈과 입술에 고정되어 있었다.

"무슨……."

놀란 서현의 얼굴로 헌재의 얼굴이 조금 더 다가갔을 때였다. 탁! 서현의 갓이 헌재의 이마에 닿았다. 순간 벼락에 맞은 것처럼 정신이 번쩍 돌아왔다. 여전히 서현은 토끼처럼 눈을 동그랗게 뜨고 헌재를 보고 있었다. 헌재의 얼굴이 벌겋게 변하며 아궁이에 올린 가마솥마냥 뜨거워졌다. 대체 무슨 짓을 하려고 했던 것이냐?

스스로에 대한 환멸이 밀려왔다. 사내에게 느끼는 욕정이라니……. 더구나 제가 무슨 생각을 한 것인지 짐작조차 못 하는 저 순진한 녀석이 말간 눈으로 쳐다보고 있으니, 고개를 바로 돌릴 수도 없었다. 비록 입술이 닿지 않았지만 생각으로는 벌써 녀석의 입술을 훔치고도 남았다. 부끄러움에 헌재는 서현의 어깨를 놓고 황급히 말을 나무에 매었다.

글을 읽는 선비라는 자가 금수보다 못한 생각을 하고 말았다. 말고삐를 매던 그는 하얗게 마디가 보일 정도로 주먹에 힘을 주었다. 후두두두. 거센 빗소리가 귓전을 때렸다. 한순간의 꿈이었으면, 그저 이 모든 것이 상상에 불과한 일이라면…….

"왜 그러십니까? 형님?"

그의 머릿속 생각을 모르는 서현은 헌재가 갑자기 왜 저를 밀어냈는지, 왜 고개를 돌리지 못하는지 궁금해 자꾸 헌재의 어깨를 잡아당겼다.

"약을 구해 올 것이다. 이곳에 있어라."

차가워진 헌재에 목소리에 당황한 서현이 말을 더듬었다. 결국 그에게 폐를 끼치고 만 것일까? 어쩐지 미움을 받는 것 같아 설움이 울컥 밀려왔다.

"가, 같이 가겠습니다!"

"담을 넘어야 한다. 숨어서 들어가야 한단 말이다. 넌 방해만 될 뿐이다."

"망, 망이라도 보겠습니다. 덕쇠는 제 종복입니다. 제 일을 남에게 맡길 수 없습니다."

더 이상 형님에게 폐를 끼치고 싶지 않습니다. 고집을 세우는 말에 헌재는 몸을 돌렸다. 서현이 입술을 깨물자 가라앉았던 헌재의 눈빛이 다시 흔들렸다. 다시 고개를 돌린 그는 말을 더듬었다.

"제길······. 마, 마음대로 해라. 거치적거리면 그냥 버리고 갈 테니 알아서 따라와!"

그가 성큼성큼 걸음을 옮기자 그 뒤를 서현이 쪼르르 따라나섰다. 칠흑같이 어두운 밤이다 보니 앞을 분간할 수가 없었다. 하지만 헌재는 눈에 등불이라도 달았는지 그 길을 서슴없이 걸어갔다. 눈가로 흐르는 물을 닦으며 거의 뛰다시피 그를 쫓던 서현은 질척한 땅에 발이 박혀 결국 철퍽 하고 바닥에 넘어졌다.

"아앗!"

서현이 넘어지는 소리에 헌재는 허둥지둥 그녀의 곁으로 다가왔다. 개구쟁이마냥 진흙범벅이 된 모습을 보니 웃음이 절로 나왔다. 그녀에게 돌아온 헌재가 진흙에서 발을 빼 주며 혀를 찼다.

"쯧쯧쯧, 두 눈 멀쩡히 뜨고 앞도 못 보고 걷느냐?"

"비 때문에 그렇습니다! 평소에는 넘어지지 않는다고요."

"역시 군자의 길은 멀고도 험하다."

말은 그렇게 하면서 슬그머니 손을 내민 헌재 때문에 서현은 살짝 입술을 깨물었다. 웃으면 안 되는데 입꼬리가 살포시 올라갔다. 저를 싫어하는 건 아니구나. 다행이다. 헌재의 손을 잡자 그가 앞으로 걸어갔다. 여전히 칠흑처럼 어두운 건 마찬가지인데 마음속이 환하게 느껴지는 것은 순전히 착각일 것이다.

빗줄기가 현저히 가늘어졌다. 빗줄기를 헤치고 헌재와 서현은 담벼락에 기대었다. 담 안쪽 동정을 살피던 헌재에게 서현이 조그맣게 속삭였다.

"이곳이 어디입니까?"

"약이 있는 곳이다. 담을 넘을 터이니 엎드려……. 아니다. 내가 그냥 넘고 말지."

서현을 아래위로 훑어본 헌재는 침을 꿀꺽 삼켰다. 아직도 가슴이 벌렁거리는 것 같아 담을 넘으려 몸을 일으키는데, 서현이 따라 일어나는 게 아닌가.

"저부터 올려 주세요."

"뭐?"

"저 혼자는 담을 못 넘습니다. 빨리 올려 주세요. 어서 약을 구해야 할 것 아닙니까?"

"나 혼자 다녀오는 것이 빠르다."

"형님!"

"제발! 이번만 내 말을 좀 들어라."

"형님……."

헌재는 서현의 어깨를 꾹 눌러 앉히고는 발을 굴러 담을 넘었다. 멋지게 담 위로 올라간 헌재를 보며 서현은 입을 헤 벌렸다. 바람처럼 날래고 멋진 동작이었다.

누군가 착지하는 소리를 들었을까 담장 밖의 동태를 살폈으나 빗소리에 가려 아무것도 들리지 않았다. 헌재는 얼굴로 흐르는 빗물을 닦아 낸 뒤, 주변을 기웃거렸다. 쏟아지는 비 덕분에 번을 서는 포졸도 없는 모양인지 들키지는 않았다. 주변을 보던 헌재가 중얼거렸다.

"이것들이 정신이 빠졌군. 보초도 빼먹고……. 내 이 일에 대한 벌은 확실하게 내리도록 하지."

살금살금 동헌 안쪽으로 걸어가던 헌재는 사람이 없는 것을 확인하고 닫혀 있는 문을 향해 냅다 뛰었다. 삐거덕, 나무로 만든 문이 소리를 내며 열렸다. 빗소리 때문에 들리지도 않을 텐데 괜히 가슴이 철렁 내려앉은 헌재는 빠끔히 문 안으로 고개를 내밀었다.

아뿔싸! 아무도 없을 것이라 생각했는데 문 밖으로 고개를 내민 그를 바로 옆에서, 그것도 두 놈이나 내려다보는 것이 아닌가?

눈이 마주친 포졸 두 놈이 눈을 끔뻑거리더니 뒤늦게 뒤로 화들짝 물러나며 삼지창을 앞으로 내밀었다.

"누, 누구냐?"

"소, 손들어!"

너무 급한 나머지 두 놈의 말이 섞여 나왔다. 헌재는 재빨리 앞으로 손을 내밀어 둘을 저지했다. 몰래 들어갔다 나가려고 했는데 들켜 버렸으니 도리가 없었다.

"나다."

"나, 나, 라니? 네놈이 누구란 말이냐?"

삼지창을 꼭 쥔 채 포졸들도 말을 더듬었다. 칠흑같이 어둡고 비마저 내리는 밤이다. 이 밤에 누가 관아로 몰래 들어오다니, 사또 나리가 아시면 경을 치실 거다라는 생각에 두 놈은 무서움을 참고 필사적으로 헌재를 몰아붙였다.

"며칠 자리를 비웠다고 상전의 얼굴도 잊었느냐? 나다. 온양현감 이헌재."

"네? 아이고, 사또 나리!"

"나리!"

얼굴을 들이밀고 헌재의 얼굴을 확인한 포졸 둘은 소스라치게 놀라며 바닥에 넙죽 엎드렸다. 진창에 얼굴과 손이 엉망이 된 헌재가 먼저 몸을 일으켰다.

"별일 없지?"

"별일이 왜 없습니까? 이방 나리께서 사또 나리 오면 가만두지 않겠다고……. 아! 약속도 안 지키는 위인이니 이제는 밧줄로 꽁꽁 묶어……. 힙!"

뭐가 그리 신이 나는지 신명 나게 입을 놀리던 포졸 한 놈이 옆구리를 쿡 찔리고서야 입을 다물었다. 더 입을 놀려 보라는 듯한 헌재의 눈빛이 무척 따가웠다. 두 놈이 고개를 숙이자 헌재는 힐끔 안채를 보더니 두 놈에게 물었다.

"약방 관리는 잘하고 있지?"

"약방이라니……."

"소인들은 잘 모르지요."

포졸들의 대답에 헌재는 한 놈을 보며 제가 넘어온 담장 쪽으로 턱짓을 했다.

"저쪽에 가면 자그마한 몸집에 어리바리한 녀석이 있을 거다."

"무슨 짓을 했습니까? 당장 잡아 올까요?"

"그게 아니고! 가서 들키지 않게 호위하고 있어."

"호위요?"

"그래, 호위. 냉큼 다녀올 테니 잘 지키고 있어."

포졸이 고개를 갸우뚱거리며 헌재가 가리킨 담장 쪽으로 가자, 남은 한 포졸에게 다른 지시를 내렸다.

"넌 가서 의원을 깨워서 와라."

"네?"

"일직 서는 의원이 있을 것 아니냐. 어서 다녀와."

포졸의 등을 떠민 헌재는 연신 주위를 두리번거리며 약방 쪽으로 향했다. 잠겨 있는 문을 열고 들어가니 뒤따라 눈을 비비며 일직 의원이 들어오는 것이었다. 잠이 덜 깬 의원은 어리둥절한 표정으로 약방을 들어서다 헌재를 보고는 얼른 허리를 숙였다.

"사또, 언제 돌아오셨습니까요?"

"인사는 나중에 하고 여기 적혀 있는 약들 좀 내주게."

"약이요? 이건……. 장독에 쓰는 약재가 아닙니까?"

"그러니까 빨리 내주라고."

"무엇을 내주라는 말씀이십니까?"

"헉!"

헌재는 뒤에서 들리는 나직한 목소리에 화들짝 놀라 저도 모르게 뒷걸음질을 쳤다. 하지만 곧 헛기침을 하며 아무렇지도 않은 척했다. 한밤임에도 불구하고 의관을 정제한 이방이 무심한 표정으로 헌재를 바라보았다. 저놈, 미안하라고 일부러 의관을 정제하고 있던 게야. 독한 것. 헌재가 속으로 욕하고 있을 때 이방이 또 무심한 표정으로 입을 열었다.

"오신다고 하신 날짜가 어제였습니다."

"인생사 내 마음대로 되는 것이 몇 개 있더냐."

"도포는 어찌 그렇습니까?"

"벗은 것은 아니니 되었지 않은가?"

"또 누군가에게 벗어 주고 오신 겁니까? 어쩐 일로 갓은 멀쩡하십니까?"

"선물 받았다."

"뇌물은 아니고요?"

"내가 뇌물 받을 만큼 궁한 건 아니라……. 아! 진짜! 일단 왔으니 되었지 않느냐?"

꼬장꼬장 캐묻는 이방의 질문에 발끈한 헌재가 소리를 버럭 질렀다. 그사이 의원이 약재를 챙겨 헌재에게 내밀었다. 약첩을 받아 품에 챙긴 헌재가 약방을 나서려 하자 이방이 그 앞을 가로막았다.

"어디를 가십니까?"

"잠시 다녀올 곳이 있다."

"관아를 비운 것이 며칠인 줄 아십니까? 밀린 송사가 여럿입니다."

"날이 밝기 전에 꼭 오마."

"사또."

협박이 안 통하자 애원조로 말을 꺼냈으나 헌재의 표정은 확고했다. 헌재를 잠시 노려보던 이방은 어쩔 수 없다는 듯 한숨을 푹 쉬더니 몸을 옆으로 돌려 길을 텄다.

"날이 밝기 전까지입니다."

"속고만 살았나."

"사또에게 속은 건 여러 번이지요."

"귀도 밝아요."

헌재가 구시렁대며 약방을 나서자 이방은 그런 헌재의 뒷모습을 유심히 바라보았다. 그를 모신 지 벌써 두 해가 되어 가지만 여전히 그가 어떤 양반인지 모르겠다. 뇌물을 챙기던 다른 사또와는 다른 양반이었다. 얼렁뚱땅 송사들을 처리하고 기생을 끼고 사는 것도 아니었다. 온양으로 부임하자마자 몇 날 며칠 밤잠도 설쳐 가며 올라온 모든 송사를 공정하게 처리하려 노력한 양반이었다.

이방 생활 10년 만에 처음 겪는 일이라 무슨 꿍꿍이가 있는 것이 아닐까 한때 의심도 했었다. 한 맺힌 사람처럼 모든 송사를 처리한 헌재는 한동안 멍하니 정신을 놓고 지내다 사냥에 몰두하기도 했다. 그러나 짐승을 잡은 것은 아니었다. 화살의 촉을 뽑은 뒤 헝겊으로 감싸 짐승들이 다치지 않게 하여 활쏘기만을 즐긴 것이었다. 그러다 마을 곳곳을 다니며 길을 닦고, 논의 물길을 내었으며, 관아에 구빈청(救貧廳)을 설치하여 백성들에게 1할도 안 되는 이자로 빌려 주었고, 두세 달 후쯤에 장부를 소실했다 하여 이자는커녕 빌려 준 곡식도 받지 않았다.

사또가 이러하니 고을의 살림이 윤택해지지 않을 수가 없었다. 게다가 아직 혼인하지 않은 젊은 사또라 그의 인기는 나날이 높아져만 갔다. 허나 늘 농을 달고 다니며 유쾌할 것만 같은 사또는 때때로 쓸쓸하고 공허한 표정을 짓곤 했다. 물론 혼자 있을 때 짓는 표정이어서 관아에 항상 상주해 있는 자신 외에는 본 이가 없으리라.

그래서 그가 가끔씩 관아를 비우고 나다니는 것을 눈감아주는 것일 수도 있다. 무기력해 보이는 눈빛이 왠지 마음에 걸려서…….

한동안 잠잠하다 했었는데 불쑥 경기도에 있는 친구의 생일에 간다 해 고개를 끄덕였다. 늘 오겠다던 약속을 어긴 터라 제 날짜에 오리란 건 생각지도 않았다. 그러던 약속한 날짜를 넘겨 온 것은 그렇다 쳐도 도둑고양이마냥 몰래 관아에 들어와 약재를 훔쳐 나가다니…….

올곧은 양반인지, 그저 사는 것이 심심하여 지방 현에서 놀다 가려는 한량인지……. 물론 한량치고는 일처리가 너무 확실하긴 하지만.

새벽까지 온다고 했으나 그냥 믿기에는 헌재가 그동안 한 거짓말이 너무 많았다. 그러나 이번에도 역시 이방은 아무 말 없이 그가 관아를 나서는 것을 보고만 있었다.

그동안 빗줄기는 거의 그쳐 가고 있었다. 다행히 지나가는 비였나 보다. 관아 밖으로 나오자 제가 보낸 포졸의 모습이 보였고, 몇 발자국 앞에 서현의 모습이 보였다. 담장 아래에 다리를 모아 쪼그려 앉아 있는 것을 보니 몸집이 더욱 작아 보였다.

비가 개이고, 구름 사이로 모습을 드러낸 달이 두 손을 모아 뜨거운 입김을 호 불고 있는 서현의 옆얼굴을 비추었다. 가뜩이나 작고 하얀 얼굴이 비를 맞아서인가 창백하게 보였다. 곧게 뻗은 고운 눈썹과 오똑한 작은 코, 말간 눈망울과 붉고 도톰한 입술까지…….

헌재는 눈을 감고 고개를 저었다. 비도 그쳤는데 왜 저 녀석이 이렇게 보이는 것이냐. 어찌하여 저리 고운 것이냐.

헌재는 곁에 선 포졸의 어깨를 툭툭 쳤다.

"수고했다. 가라."

"사또 나리는 안 들어가십니까?"

"돌아올 테니 걱정 말아라. 내가 올 곳이 여기밖에 더 있겠느냐."

체념한 듯한 말투에 포졸은 말똥말똥 그를 보다 허리를 굽히고는 관아 안으로 들어갔다. 포졸이 들어가자 헌재는 입을 크게 벌리고 고개를 좌우로 흔들더니, 마치 숨이 찬 것처럼 헐레벌떡 서현에게로 달려갔다.

추워서 몸을 웅크리고 있던 서현은 달려오는 헌재를 보고는 반갑게 몸을 일으켰다. 차가운 비를 맞으며 너무 오래 앉아 있던 덕에 서현은 일어서다 몸을 휘청거렸다. 그러자 놀란 헌재가 재빨리 다가와 그런 서현의 팔을 잡았다.

"괜찮으냐?"

"괜찮습니다. 오래 앉아 있어 다리가 저린 것뿐입니다."

괜찮은 척 서현은 웃음을 지었지만 그 웃음을 보는 헌재는 왜 가슴이 죄어 오는지 알 수가 없었다. 그런 헌재의 속도 모르고 서현은 그에게 바짝 다가갔다.

"약은 구하셨습니까?"

"구했다."

"대단하십니다. 그런데 저곳은 어디이기에 귀하다는 그 약초가 있었던 것입니까?"

"온양 관아다."

"관아요?"

서현의 눈이 똥그래졌다. 뭐하는 양반이기에 관아를 마음대로 드나든단 말인가? 더구나 그곳에 약재가 있는 건 어찌 알았을까?

"대체 형님 정체가 무엇입니까?"

"나? 나도 모르겠다. 내가 누군지……."

"네? 뭐라고요?"

헌재의 말소리는 입속에서만 맴돌았다.

인시가 다가오고 있었다. 열이 펄펄 끓던 분이는 사지를 달달달 떨더니 까무러치기를 몇 번이나 했다. 있는 힘을 다해 열을 내리려고 했으나 장독에 의한 열이라 다스리기가 쉽지 않았다. 분이를 돌보는 사내의 콧잔등에 땀방울이 송골송골 맺혔다.

비를 맞으며 마당을 서성이던 은검은 피가 나도록 입술을 깨물었다. 진성을 지키라 좌의정의 명을 받고 나섰음에도 불구하고 그를 놓쳐 버렸다. 헌재라는 자가 진성을 태우고 가는 것을 두 눈 뜨고 보기만 했다. 스스로도 무공에는 자신 있었다. 하지만 그자가 진성을 데리고 갈 때 그 무공은 하나도 소용없는 것이었다. 어찌하여 그를 그냥 보냈단 말인가. 스스로의 무능력이 한심하기가 짝이 없었다.

비가 그친 새벽하늘이 조금씩 빛을 내고 있었다. 인시(3시~5시)가 지나가고 있었다. 의원은 발작을 멈춘 분이를 보며 이마에 땀을 닦아내었다. 밤새 병자를 간호한 사내는 조금씩 피로를 느꼈으나 꼭 약은 구해 오겠다는 맹랑한 녀석의 결연한 눈빛을 생각하니 제가 느끼는 피로쯤은 아무것도 아닌 것 같았다. 허나 걱정은 되었다.

걱정이 되는 것은 은검도 마찬가지였다. 진성의 행방도 모른 채 고작 이곳이나 지켜야 하다니……. 만약 그에게 무슨 일이 생긴다면……. 자리에서 벌떡 일어선 그는 칼자루를 꽉 쥐었다. 더 이상 기다릴 수 없었다.

그때였다. 의원의 중얼거린 말소리가 마당까지 들려왔다.

"어찌하여 계집이 사내의 옷을 입고 다니는가."

의아함이 담긴 그 목소리에 은검은 분이가 누워 있는 방으로 들어갔다. 분이의 맥을 잡은 은검의 눈동자가 떨렸다. 그러나 의아해하는 사내와 마주친 은검의 눈빛은 냉정하기 그지없었다.

"사정이 있어 이런 복색을 한 것이니 입단속을 해야 할 것이오."

"뭐 그리하든가."

눈치 빠른 사내는 은검의 말뜻을 알아듣고 아무것도 모른다는 표정을 지으며 다른 약을 가지러 밖으로 나갔다. 다시 분이에게 눈을 돌린 은검은 입술을 지그시 깨물었다. 어인 일로 계집을 남장하여 종복으로 데리고 다닌단 말인가? 그동안 서현과 분이의 이상한 행동이 머릿속을 스쳐 지나갔다. 도련님과 무슨 관계인가? 계집을 데리고 다닐 정도라니. 은검의 생각은 말발굽 소리에 끊어졌다. 말발굽 소리가 요란하게 울리더니 서현이 문으로 들어오는 것이 보였다.

"덕쇠는? 괜찮지?"

은검에게 눈길을 주는 둥 마는 둥 다급하게 방으로 들어간 서현은 사내에게 약재를 내놓았다.

"괜찮은 겁니까? 여기 약 가져왔습니다."

"허어, 진짜 가져왔네."

놀란 듯 사내의 눈이 동그래졌다. 사내가 약을 달이러 간 사이 서현은 분이의 얼굴에 맺힌 땀을 닦아 주었다. 분이를 보는 서현의 눈동자에 눈물이 그렁그렁 맺혔다.

"괜찮아. 약을 구해 왔으니 이젠 괜찮을 거야. 조금만, 조금만 더 힘내."

열에 휩싸인 분이는 그저 뜨거운 입김만 색색 내뿜고 있었다.

한편 말을 토닥이며 진정시키고 있던 헌재는 은검의 살의 섞인 눈빛에 괜한 너스레를 떨었다.

"소라도 때려잡을 기세로군."

"위험한 일인 줄 뻔히 알면서 어찌 도련님을 그곳으로 데려간 것입니까?"

이를 물고 최대한 분노를 자제하는 은검을 보며 헌재의 고개가 삐딱해졌다. 도대체 누굴 향해 뿜는 분노인가? 저인가, 아니면 은검 자신인가? 제가 모시는 주인을 위험하게 했으니 화를 내는 것은 이해하나, 과도하게 찌르는 듯한 적의는 무엇이란 말이냐. 더구나 그 적의의 상대가 불분명하니 헌재의 고개가 갸웃거릴 수밖에 없었다.

"화를 내고 싶으면 상대를 분명하게 해라. 괜한 분노로 힘만 낭비하지 말고. 그리고 이 말은 내가 하루 세를 낼 터이니 의원에게 내일 낮에 돌려주겠다고 전해라."

헌재가 다시 말에 오르자 은검은 의아한 낯빛을 했다. 방금 돌아왔는데 어디를 간다는 말인가?

"온양까지 같이 간다고 약조해 놓고 또 말을 번복하니 양반 체면이 서지는 않다만 온양이 코앞이니 날이 밝으면 바로 지나갈 수 있을 것이다. 온양에 도착하면 관아 옆에 큰 은행나무가 있을 것이다. 그곳으로 오너라. 공주까지 갈 여비를 마련해 줄 테니."

"상관할 바가 아닙니다."

"까칠하기는……. 단 며칠이라도 함께한 의리가 있는데 그냥 보낼 수는 없지. 내가 또 군자의 길을 걷는 양반이 아니냐. 인연이 있다면 또 볼 터이니 잘 가라."

실없이 웃는 헌재를 보며 은검은 웃지 않았다. 이미 그 웃음이 거짓임을 알기에 조금도 즐거워 보이지 않았다. 허허, 웃던 헌재는 은검의 얼굴을 보며 멋쩍게 웃음을 멈추었다.

"귀염성 없는 놈."

"다시는 볼 일이 없으면 좋겠습니다."

나직한 은검의 말에 헌재가 피식 웃음을 흘렸다. 나도 바라는 바다. 어지러운 마음의 원인은 나에게 있으니 내가 녀석을 보지 않으면 그만인 것이다. 헌재는 말의 목을 어루만졌다.

"또 한 번 수고해 줘야겠다. 온양에 도착하면 네가 좋아하는 것을 듬뿍 줄 테니 조금만 더 힘을 내주렴."

헌재의 속삭임에 말은 푸르르 고갯짓을 하더니 천천히 다리를 움직였다.

"네 주인 잘 모시어라."

은검을 향해 하는 말이 어쩐지 서글펐다. 인사를 마친 그는 허리를 숙이고 말의 배를 걷어찼다. 히이힝, 울음을 토해 낸 말이 네 발굽으로 땅을 차며 앞으로 달려 나갔다.

분이에게 약을 먹인 서현은 이마의 땀을 닦아 내다 말 울음소리에 밖으로 나왔다. 그녀는 마당에 서 있는 은검을 보고는 무슨 일인지 물었다.

"웬 말울음 소리야?"
"떠났습니다."
"떠나다니? 누가 떠나?"
"……."

대답이 없자 멍하니 섰던 서현의 눈이 커다래졌다. 불안했다. 그래서 마당을 두리번거리며 현재를 찾았다.

"형님은 어디 계셔?"
"……."
"어디 계시냐고?"

소리를 지른 서현이 앞을 향해 걸어가자 은검의 낮은 말소리가 들렸다.

"떠났습니다."
"왜 떠나? 누가 떠나? 온양까지 같이 가기로 했는데 왜?"
"……."

서현의 말소리에 물기가 묻어났다. 함께 말을 타고 온양까지 다녀온 것이 조금 전인데 갑자기 가 버리다니……. 온양까지 동행한다 해 놓고 또다시 말을 번복하다니……. 참 실없는 양반이로다.

"군자라더니, 한 입으로 두말 안 한다 약조해 놓고는 얼마나 됐다고 또 말을 번복하는구나. 정말 실없는 양반이다."

혼자서 중얼거리던 서현의 몸이 휘청거렸다. 가냘픈 몸이 재빨리 다가간 은검의 팔로 쓰러졌다. 온몸이 불덩이였다. 억수같이 쏟아지는 그 비를 다 맞고 몇 시진 동안 말을 타고 달렸으니 탈이 날 수밖에 없었다. 분이를 구하고자 버티고 버텼던 신경이 분이의 무사함을 확인하는 순간 풀어졌고 헌재의 부재를 안 순간 툭 끊어졌다.

"도련님! 도련님!"

기진하여 축 늘어진 서현을 안고 의원을 부르려던 은검은 무슨 생각인지 방으로 들어갔다. 갓을 벗기고 바닥에 눕힌 은검은 잠시도 지체하지 않고 그녀의 가느다란 손목을 잡아 맥을 짚었다. 발딱, 발딱. 제 손 끝에 선명하게 잡히는 맥은 여인의 맥이었다. 은검은 정신을 잃고 누워 있는 서현을 내려다보았다.

고운 얼굴선과 그린 듯 부드러운 눈썹, 열 때문에 더욱 붉은 입술이 자그맣게 벌어져 하얀 치아 사이에서 뜨거운 김이 솟고 있었다. 서현을 보는 은검의 입에서 낮은 신음이 흘렀다.

"으음……. 헉!"

괴롭게 신음하던 서현이 소스라치게 놀라며 자리에서 벌떡 일어났다. 깜빡 정신을 놓은 것인가? 아직도 머리가 아파 손으로 이마를 짚자 미지근해져 버린 젖은 천이 손에 잡혔다. 누가 간호를 해 준 것이지? 서현은 콕콕 찌르는 관자놀이를 손으로 눌렀다. 비 때문인지 다른 일 때문인지 머릿속이 복잡하고 아팠다.

이마를 부여잡고 신음하던 서현은 문득 제 옷차림을 살폈다. 아직 눅눅하긴 했지만 뜨겁게 군불을 지핀 방에서 잔 덕에 옷은 거의 말라 있었고, 무엇보다도 중요한 것은 어젯밤 입은 그대로의 차림이라는 것이었다. 안도의 숨을 내쉬자 이번엔 분이가 걱정되었다.

황급히 밖으로 나간 서현의 눈에 은검이 뜨였다. 밤새도록 밖에 있었는지 그의 옷은 아직도 흠뻑 젖은 상태였다. 마루 끝에 앉아 있던 은검은 서현이 밖으로 나오자 몸을 일으켰다. 추웠나 보다. 약간 파리하게 변한 입술이 안쓰러웠다. 입술 탓일까? 하늘은 말갛게 개었는데 은검의 낯빛은 어두웠다. 혹시 분이에게 무슨 일이 생긴 것인가 순식간에 파랗게 질린 서현은 차마 입을 떼지도 못하고 머뭇거렸다.

"더, 덕쇠는······."

"한 식경(약 30분) 전에 깨어 미음을 약간 먹고 다시 잠들었습니다."

"그래? 휴우, 다행이다. 정말 다행이야."

긴장이 풀렸는지 바닥에 털썩 주저앉은 서현은 다행이다, 라는 말을 반복했다. 그러다 문득 생각났는지 마당과 주변을 휘휘 둘러보았다. 그리고는 은검에게 물었다.

"형님은 어디 가셨나?"

"······."

"형님! 형······님."

헌재를 찾아 마당을 나서던 서현의 얼굴이 돌연 어두워졌다. 생각났다. 어젯밤 분이의 약을 가져온 뒤 바로 떠났다 했다. 마지막 인사도 못 했는데 그리 가 버렸다. 눈가에 눈물이 차오를 것 같아 일부러 입 밖으로 중얼거렸다.

"맞다. 가셨지. 어차피 헤어져야 할 것인데 오래 동행했다. 고마운 양반이다. 그렇지 않느냐? 여러 번 도움을 받았는데 인사도 제대로 하지 못하고······. 선비가 그러면 안 되는데, 꼭 인사를 드려야 하는데······."

횡설수설한 서현이 은검을 보고 공허하게 미소를 지었다. 헌데 마주 보는 은검의 눈빛이 편치 않았다. 왜 저런 눈빛으로 보는 것인가? 서현이 의문을 가지기도 전에 은검이 입을 열었다.

"위험한 고비는 넘겼다 합니다. 하지만 이대로 공주까지 동행하기는 무리라 생각됩니다."

"누구? 덕쇠 말이야?"

"네, 한양으로 올려 보내야 할 것 같습니다."

"그……래?"

답하는 서현의 목소리가 떨렸다. 분이를 올려 보내면 혼자 다녀야 한다. 물론 은검이 있긴 하지만 저를 진성 오라버니로 아니 같이 다니는 것이 오히려 해(害)가 될 수도 있다. 서현을 입술을 물어뜯었다. 어찌해야 할지 선뜻 결정을 내릴 수가 없었다. 하지만 분이의 생명이 달린 문제였다. 서현은 은검을 보며 고개를 끄덕였다.

아직 정신을 차리지 못하는 분이를 한양으로 보내자 서현은 마음 한구석이 허했다. 산기슭에서 왈짜패들에게 변을 당할 뻔한 일, 저잣거리에서 함께 주전부리를 사 먹던 일, 주거니 받거니 투덕거린 일이 생각나자 눈시울이 뜨거워졌다.

이제는 오롯이 혼자의 힘으로 암행을 마쳐야 했다. 참 많이 든든한 길동무였는데……. 뜨거워지는 눈가를 재빨리 닦아 낸 서현은 봇짐을 멨다. 그리고 은검을 향해 밝게 입을 열었다.

"가자."

6장

 방문을 연 이방은 서안에 엎드려 있는 헌재를 보고 고개를 절레절레 흔들었다. 어쩐 일로 약속한 새벽에 관아로 돌아왔나 싶어 기특한 생각이 든 것도 잠시, 자라에게 간이라도 빼어 주고 온 것인지 뭔가 하나가 빠진 사람처럼 멍하니 서안에 엎드려 있는 것이 밤새도록이었다.

 옷을 갈아입고 뜨거운 숭늉을 한 잔 청해 마시기에 잠이라도 자려나 보다 했더니 새벽 내내 멍한 얼굴로 저리 엎드려 있는 것이었다. 늘 상상 이상의 행동을 하는 사또인지라 이젠 놀랍지도 않았다. 앞에 앉은 이방은 먼 곳을 응시하며 입을 열었다.

 "어찌 잠을 못 이루십니까?"

 "어차피 죽으면 쭉 잠만 잘 것을 하루쯤 안 잔다고 어찌 되지 않는다."

 "워낙 단순한 분이라 그럴 일은 없다 여기지만 고민이라도 있으신 겝니까?"

"봉황의 뜻을 참새가 어찌 알리오."

"조반도 마다하시다니, 먹는 것이 가장 중요하다 하지 않으셨습니까?"

"밥? 중요하지. 먹어야지."

"밀린 송사는 어찌하실 요량이십니까?"

"하루 더 늦는다고 큰일 날 것은 없더라. 급한 건 저기 처리했으니 나머지는 조금 더 기다리라 이르게. 휴우."

여전히 엎드린 채 한숨과 섞어 내뱉는 대답은 청산유수로다. 밀린 송사는 언제 훑어보았는지 급하다 여겼던 몇 건의 문서에 친필로 결재를 하고, 다소 중요함이 덜한 것들은 옆에 차곡차곡 쌓여 있었다. 이방은 곁눈으로 그 문서들을 힐끗 보고는 헌재에게 눈을 고정했다. 여전히 넋이 빠진 얼굴이었다. 대체 무슨 일인가? 수많은 의문을 속으로 누른 이방은 지나가는 말투로 툭 던졌다.

"어명이 내려왔습니다."

"그래, 어명……. 그것도 좀 기다리라고 그래."

손을 저으며 심드렁하게 대꾸하던 헌재의 몸이 움찔거렸다. 제아무리 근무태만이라 해도 어명이 무섭긴 무서운 모양이었다. 헌재는 몸을 엎드린 채 고개만 빼쭉 올렸다. 놀라긴 했는지 눈이 동그래졌다.

"어명?"

의관을 정제한 헌재는 탐탁지 않은 표정이었다. 특별한 날도 아닌데 왕이 온양행궁으로 행차를 하셨다. 게다가 주상께서 하실 말이 무엇인지 뻔히 알고 있는 상황인지라 행궁으로 가는 발걸음이 가볍지만은 않았다.

행궁에 들어서자 기다렸다는 듯이 내관 하나가 나와 그를 영괴대[3](靈槐臺)로 안내했다. 오랜만에 의관을 갖춰 입어 허리에 맨 광대(廣帶)도 답답했고, 머리에 쓴 전립도 답답했다. 불편함을 참으며 내관을 따라가자 활쏘기를 하고 있는 왕이 보였다. 낼모레면 불혹의 나이임에도 불구하고 활시위를 당기는 팔은 굳건했다. 항시 활쏘기를 즐겨 하는 양반인지라 오른손 엄지에 낀 깍지(시위를 거는 엄지에 끼는 기구)가 반들반들했다. 늘 살짝 미소를 머금고 활시위를 당기던 왕의 얼굴에 오늘은 어쩐지 비장함이 엿보여 헌재는 숨을 죽이고 왕이 활을 쏘는 모습을 지켜보았다.

휘익~ 팍!

"관중이오!"

전에 없이 진지한 왕의 모습에 같이 긴장이 되어 헌재는 주먹을 살짝 말아 쥐었다. 그리고 상선에게 넌지시 귀엣말을 건넸다.

"몇 순째신가?"

"이번이 8순의 마지막 화살이었습니다."

8순이라……. 1순이 다섯 발이니 벌써 마흔 발을 쏘셨다는 소리였다.

"관중이오!"

헌재는 왕이 10순을 다 쏠 때까지 묵묵히 곁을 지키고 있었다. 한 발, 한 발 신중을 기해 활을 당기던 왕은 마지막 화살을 시위에 메기고는 헌재를 힐끔 보았다. 헌재는 그런 왕을 향해 공손히 고개를 숙였다.

휘익~ 팍!

마지막 발은 화살이 고슴도치처럼 가득 박혀 있는 과녁을 빗나가 뒤에 있는 느티나무의 굵은 줄기에 박혔다. 화살대가 바르르 떨며 박

---

[3] 온양행궁 안에 있는 활쏘기 터

힌 것을 본 왕은 다시 헌재에게 눈길을 돌렸다.

"무엇이든 가득 차면 못 쓰는 법이지."

왕의 웃음 섞인 농에 상선이 다가가 명주수건을 건네주었다. 함박웃음을 머금은 상선의 눈가에 굵은 주름이 잡혔다.

"옳으신 말씀이십니다."

"내가 헛말한 적이 있는가?"

그리고 헌재에게 눈을 돌렸다.

"그대도 쏴 보겠느냐?"

왕의 말에 헌재는 말없이 활을 잡았다. 물소 뿔로 만든 활은 단단했으며 유연했다. 활줄을 잡아당겨 탄성을 시험해 본 헌재는 단숨에 1순(다섯 발)을 쏘았다. 다섯 대의 화살은 바람을 가르며 연거푸 홍심에 가 박혔다. 감탄이 절로 나오는 솜씨였다.

공손하게 활을 내려놓은 헌재가 두 손을 모아 왕을 향해 섰다. 그를 바라보는 용안에는 흡족한 미소가 어렸다.

"여전한 솜씨로군."

"과찬이십니다."

"거리를 두는 것도 여전하고……."

"……."

뼈 있는 농에 헌재는 고개만 숙였다. 헌재에게서 눈길을 거둔 왕이 걸음을 옮기자 그 뒤를 헌재가 따르고, 상선을 선두로 하여 내시들과 궁녀들이 일사불란하게 그 뒤를 따랐다.

"아직도 짐의 곁으로 올 생각은 없는 것인가?"

"송구합니다."

"고얀 놈. 제 아비가 못마땅하다면 마땅히 그 아들이 바로잡아야 할 것을 철부지 어린애처럼 반항만 할 참인가?"

"……."

"우상을 갈아 치우랴?"

"……."

"네 아비를 갈아 치우지 못하면, 그럼 좌상을 갈아 치우면 되겠구나."

"하시지도 않을 일로 괜히 떠보지 마십시오."

헌재의 대거리에 왕의 입가에 슬며시 미소가 맺혔다. 고분고분한 것은 그의 성미에 맞지 않는다. 저리 나와야 말을 섞는 재미가 있지. 하지만 짐짓 노한 척 눈을 부릅떠 봤다.

"감히 왕에게 말대꾸를 하느냐?"

"바라고 하문하신 것 아니옵니까?"

"내 속을 그리 잘 아는 놈이 어찌하여 곁에 올 생각은 안 하는 것이냐?"

"……."

대답을 회피한 헌재의 속도 답답하기는 마찬가지였다. 조정에 출사하여 관직에 앉는다 한들 제가 뜻하고자 하는 일을 펼치기에 그는 힘이 없었다. 과거를 위해 공부를 시작하면서부터, 아니 아주 어린 시절 집에 드나드는 자들에게서 이미 알아 버렸다. 그곳에 인재(人才)는 없었다. 그저 당파(黨派)만 있을 뿐이었다. 제 스스로의 능력과 공정함으로 조정에 나아가는 것이 아니라 제 당의 사람들, 뇌물을 주는 자, 아니면 이용 가치가 있는 자에 한해 관직에 나아갈 수 있는 것이다.

당저(當宁:지금 왕)에 이르러 그 극성이 다소 가라앉았다고 하나, 그저 수면이 잠잠해진 것뿐이었다. 수면 아래에서는 여전히 진흙탕 싸움이 일고 있었다. 그 진흙탕이 더러워서 피하는 것은 아니었다. 다만 그 진흙탕 물을 맑게 할 자신이 없었다. 그래서 비겁하게 도망치고 있는 것이다. 제 자신의 비겁함을 알기에 더욱 왕에게 고개를 들 수가 없었다.

왕은 그 젊음이 가여웠다. 그 이상을 펼칠 수 있게 끌어 주지 못하는 자신의 무능함에 화가 났다. 곧은 마음을 알기에 더더욱 곁에 두고 싶었다. 왕의 눈에 안타까움이 어리었다. 걸음을 멈춘 왕과 헌재 사이에 공기가 무겁게 가라앉았다.

그때, 평범한 무복을 입은 누군가가 그들의 곁에 다가왔다. 왕의 앞에서 허리를 깊게 숙인 그가 상선의 귀에 무어라 속삭인 뒤 물러나자, 상선이 왕의 곁으로 가까이 다가왔다. 헌재의 귀에 미치지 않을 정도의 작은 목소리가 왕의 귀로 흘러 들어갔다. 그러자 왕의 눈꼬리가 미세하게 올라갔다. 안타까움도, 놀라움도 모두 용안 뒤에 숨겨 버린 왕이 헌재에게 심술궂게 하문했다.

"근간에도 낮도깨비 같은 행동을 하고 다니는가?"

왕의 물음이 자리를 비우고 방랑자처럼 이리저리 떠도느냐는 소리임을 알아차린 헌재는 숙인 고개를 약간 들며 답했다.

"새삼스럽게 그것이 궁금하시옵니까?"

"쯧쯧쯧, 한 고을의 현감이란 자가 그리 맘대로 자리를 비우다니 있을 수 없는 일이다."

"귀양이라도 보내시렵니까?"

희미한 미소가 실린 대꾸에 왕의 입가에도 웃음이 고이려 했다.

"귀양까지 보낼 건 없고 파직(罷職)은 해야겠다."

왕의 말에 헌재는 제 귀를 의심했다. 파직을 하신다니……. 웃자고 한 말에 죽으라는 어명이 떨어졌다. 허나 헌재를 지그시 응시하는 용안에는 흥미로움이 가득했다.

터덜터덜 걷던 서현은 자꾸만 제 주변을 둘러보았다. 한 번 그랬던 것처럼 군자의 도리 운운하며 헌재가 어디선가 나올 것만 같았다. 온양에 다다르고 나서야 그것이 부질없는 일이라는 것을 알게 되었다.

온양에서 헤어지기로 했다. 그렇다면 형님은 온양 어딘가에서 살고 있다는 말이 된다. 허나 온양은 작은 마을이 아니었다. 더구나 지척에 온양행궁도 있으니 왕이 종종 행차하는 곳이었다. 이런 곳에서 헌재를 찾기란 한양에서 김 서방 찾기만큼 어려웠다. 머리로는 단념해야 함을 아는데 가슴에서는 한숨이 푹푹 새어 나왔다.

그가 무어라고. 단 며칠 본 것이 전부인데 이리 생각나는 까닭을 모르겠다. 서현의 걸음은 더욱 무거워졌다. 분이라도 있으면 답답한 제 속을 이야기라도 하거만, 아무것도 모르는 은검이 곁에 있으니 내색조차 하기 어려웠다. 서현은 다시 한숨을 푹 쉬고는 병든 닭마냥 땅을 보며 걸었다.

그런 서현은 보는 은검의 마음은 혼란 그 자체였다. 분명 좌의정으로부터 진성의 호위를 명 받았다. 그런데 진성이 아니라 쌍둥이 여동생 서현과 지내게 된 것이니 혼란스러울 수밖에 없었다. 그러다 문득 대감이 마지막에 덧붙인 말이 생각났다.

혹시 이상한 점을 발견하게 되더라도 묻지도 따지지도 말고 호위만 해라.

그제야 그것이 무슨 뜻인지 알 수 있었다. 진성에게 무슨 일이 생긴 것인지는 몰라도 암행어사의 직무를 진성이 아닌 서현이 대신 수행하고 있는 것이다. 그리고 만약 이 일이 발각될 경우 멸문이다. 어명을 어기고, 왕을 속이는 것이다. 이에 생각이 미치자 은검은 등줄기가 서늘해짐을 느꼈다.

어린 시절 거리에서 굶어 죽을 뻔한 것을 구명 받은 그였다. 결코 대감의 집에 해가 미치게 할 수 없었다. 서현이 여인이라는 사실을 그 누구도 알아서는 아니 되었다. 그 비밀은 죽을 때까지 마음속에만 있어야 했다.

"이 고을 백성들은 신수가 훤하네. 고을 현감이 괜찮은 사람인가 봐."

서현의 말에 은검은 정신을 바로 했다. 그리고 주위를 오가는 백성들을 살폈다. 다른 고을과 마찬가지로 백성들의 옷차림은 남루했다. 아이들의 얼굴에는 땟물이 흐르고, 맨발로 뛰어다니는 녀석도 부지기수였다. 하지만 지금껏 지나온 다른 고을과 다르게 이들의 얼굴에는 환한 웃음이 있었다. 나물을 캔 바구니를 옆구리에 낀 처녀들도, 지게에 나뭇단을 한가득 얹은 머슴의 얼굴에도 웃음이 있었다. 서현의 말대로 백성들의 마음을 넉넉하게 해 주는 수령이 있는 것이 맞는 것 같았다.

"이 고을엔 좋은 관리가 있나 보다. 누군지 얼굴이 궁금하네."

중얼거린 서현의 말에 은검은 고개를 끄덕여 조용히 동의했다. 그러다 문득 관아가 있는 쪽으로 고개를 돌렸다. 관아는 멀리 떨어져 있었지만 짙은 초록색 잎을 달고 있는 커다란 은행나무는 한눈에 들어왔다. 그리고 그 나무 곁을 서성이는 한 남자도 보았다. 그 남자는 손에 든 주머니를 흔들어 보더니 주변을 두리번거렸다. 누구를 기다리는 것 같았다.

남자를 응시하던 은검은 머릿속으로 제가 가진 노잣돈을 셈해 보았다. 가지고 있던 돈은 거의 떨어졌다. 제가 가져온 것은 처음부터 얼마 되지 않았고, 서현의 것도 거의 바닥이 난 것 같았다.

공주까지 가려면 아직도 십여 일은 더 움직여야 했다. 그가 사내라면 마른 곳을 찾아 노숙이라도 할 수 있지만 여인인 것을 안 지금은 선뜻 그렇게 마음을 먹을 수가 없었다. 은검의 눈이 한 곳을 응시하자 서현이 그의 곁으로 가까이 다가왔다.

"뭘 그리 봐?"

"아, 아닙니다."

서현이 다가오기만 해도 향기가 났다. 며칠 동안 제대로 씻지 못하고 지냈어도 사람의 체취는 그리 쉽게 변하는 것이 아닌가 보다. 단순히 한량이라 여인의 향이 밴 것이라 생각했었는데, 서현의 체취라는 것을 알자 저도 모르게 얼굴이 굳어졌다.

은검이 한 발 뒤로 물리며 고개를 돌리자 서현은 제게 무슨 냄새가 나나 싶어 슬며시 옷소매를 코에 댔다. 비를 맞아 퀴퀴한 냄새가 나는 것도 같았다. 은검이 그래서 피했구나. 창피한 마음에 서현도 뒤로 한 걸음 물러서며 말을 더듬었다.

"어, 어서 가자. 빨리 공주로 가야지. 안 그래?"

서현이 걸음을 재촉하자 은검은 은행나무에 한 번 더 눈길을 주었다. 사내가 들고 있는 묵직한 주머니에 자꾸 눈길이 간다. 허나! 아니 될 일이다. 알아서 떨어진 양반인데 위험을 자초할 필요는 없었다. 은검은 서현에게서 한 걸음 떨어져 걷기 시작했다.

좁은 골목을 지날 때였다. 갑자기 은검이 서현의 앞을 막아서며 그녀를 보호했다. 갑작스런 은검의 행동에 서현은 깜짝 놀라 그에게 바짝 붙어 그의 어깨너머로 고개를 내밀었다.

"왜? 무슨 일이야? 아이고!"

어디서 나타난 건지 서현의 앞뒤에서 무복을 입은 사내들이 나타났다. 건장한 체격에 긴 칼을 옆에 찬 모습을 보니 한눈에 보아도 무공이 대단한 고수임에 틀림없었다. 은검은 긴장하며 한 손을 뒤로 해 서현을 감쌌다.

"웬 놈들이냐?"

은검의 말에 눈짓을 나누던 사내들 중 하나가 조용히 입을 열었다.

"모셔 오라는 어명입니다."

"어명?"

은검의 뒤에 숨어 있던 서현은 어명이란 말에 은검이 휘청할 정도로 옷자락을 꽉 쥐었다.

사내들의 뒤를 따르는 서현은 심장이 가슴 밖으로 튀어나올 지경이었다. 왜? 어째서? 무엇 때문에 이 온양에서 왕이 자신을 부르는지 그 이유를 알 수가 없었다. 별로 한 일이 없는 관계로 아직 별단(別單)도 변변히 작성하지 못했는데 별단을 보여 달라 하명하시면 어쩌지? 아니, 그것이 문제가 아니었다. 왕의 눈은 무엇이든지 꿰뚫어 본다는데, 제가 여인임을 들키는 날엔 멸문지화를 당할 수도 있었다.

서현이 비틀거리자 재빨리 은검이 다가가 그녀를 부축했다. 가느다란 팔이 파들파들 떨리고 있었다. 입술을 깨문 그녀가 도움을 요청하듯 은검을 쳐다보았지만 그저 잡고 있는 팔에 힘을 실어 줄 뿐 그가 할 수 있는 일은 없었다.

도망칠까? 순간 눈에 빛이 번쩍 일었지만 이내 푸스스 사라져 버렸다. 체격도 건장하고 한눈에 보아도 무술을 아주 잘할 것 같은 사내 넷이 그들 주위를 에워싸고 있었다. 어명에 따라 암행어사인 서현을 호위하는 것이라고 했지만 그녀로서는 포위당해 꼼짝없이 끌려가는 꼴이었다.

그래, 할 수 있어. 여기까지 며칠을 왔지만 제가 여인임을 눈치챈 사람은 아무도 없었다. 임금 앞이라고 해도 코앞에 앉는 것도 아니고 분명 멀리 떨어진 채 발을 내린 상태에서 용안조차 보지 못할 것이 틀림없다고.

제발 왕의 눈이 어둡기를, 제가 사내임을 의심하지 않기를, 아니면 갑자기 마음을 바꿔 어명을 거둬 주기를 서현은 빌고 또 빌었다. 하지만 야속하게도 금세 온양행궁에 다다른 서현은 후들거리는 다리를 질질 끌고 은검의 팔을 꽉 부여잡았다. 지금 믿을 건 자신밖에 없었다.

한편 집무실인 외정전에 앉아 있던 왕의 얼굴엔 호기심이 가득했다. 헌재가 자리를 비우고 지인의 생일을 핑계로 며칠 동안 경기도에 간 것은 이미 알고 있었다. 죽어도 조정에 출사하지 않겠다는 놈을 온양현감으로 억지로 앉혔더니 달포에 십여 일은 저리 떠돈다는 건 이미 보고를 받아 알고 있었다. 그래도 제 고을 살림은 살뜰하게 하는 거 같아 다른 간섭은 하지 않았는데, 지난 며칠 동안 동행한 자가 좌의정 김정근의 아들 김진성이라는 보고를 받고는 놀라지 않을 수 없었다.

소론 영수인 좌의정 김정근의 아들과 노론 영수인 우의정 이상덕의 아들이 동행을 했다라……. 일이 재미있게 되어 가고 있다. 자리에 앉은 왕은 벌어지려는 입매를 억지로 잡아당겼다. 원수끼리 동행이라, 생각할수록 웃음이 나왔다. 알고 동행한 것은 아닌 것 같은데……. 만약 둘이 원수라는 것을 안다면 어떤 반응을 보일까?

조정에 출사하라는 어명에도 꿈쩍하지 않던 헌재에 대한 괘씸함과 이번 별시에 차석으로 붙은 진성에 대한 호기심이 왕의 마음속에 고약한 장난을 하게 만들었다.

"전하, 어사 김진성 들었사옵니다."

"들라 해라."

왕의 재미난 상상은 상선의 말에 끊겼다. 잠시 후 남루한 도포 차림을 한 자그마한 몸집의 사내가 들어왔다.

"김진성인가?"

"예? 예, 전하."

왕의 물음에 화들짝 놀란 서현은 기겁을 하며 두 손을 모아 방바닥에 머리를 조아리며 절을 올렸다. 어찌나 놀랐는지 숨까지 멎는 것 같아 머리를 숙인 채 숨을 꺽꺽거렸다. 갓에 쇠추를 달았는지 고개가 뻣뻣해지며 무거워지고 몸이 돌덩이마냥 굳어 버린 것 같았다. 서현이 방바닥에 머리를 박고 일어서지 못하자 왕의 목소리가 날아왔다. 분명 나직하고 은근한 목소리였으나 서현에게는 천둥 벼락보다도 더 무서운 소리로 들렸다.

"긴 여정에 고단할 터이니 이리 와 앉으라."

왕의 당치 않은 어명에 서현은 고개를 번쩍 들고 소리를 냅다 질렀다.

"아닙니다! 괜찮습니다! 절대 고단치 않습니다!"

그런데 번쩍 든 서현의 눈과 왕의 눈이 마주치고 말았다.

"흐읍!"

감히 왕의 눈을 똑바로 보다니, 목구멍으로 숨넘어가는 소리가 들렸다. 서현은 다시 고개를 바닥에 박았다. 이건 예상에 없는 일이었다. 그저 진성 오라버니 대신 공주까지 가서 그곳 사정을 잘 살피고, 분이와 유람하며 다시 한양으로 올라오면 되는 것이었다. 고갯마루에서 왈짜패들도 잘 피했고, 거짓 양반 행세를 하는 못된 구두쇠도 혼내 주었다. 멋지게 암행어사의 임무를 잘하고 있는데 갑자기 왜? 어째서? 무슨 까닭에 왕이 끼어드냔 말이다!

그러나 서현의 소리 없는 절규는 그녀의 가슴에서만 맴돌 뿐이었다. 이 고비도 잘 넘길 수 있다. 수차례나 한양 거리를 남장을 하고 다녔어도 들킨 적 없었으며 동행한 헌재나 은검도 모르는 일이다. 잠시 잠깐 뵙는 임금이다. 절대 들킬 일은 없을 거다. 수도 없이 되뇌어 보았지만 생각은 생각일 뿐 현실에서 후들거리는 몸을 진정시킬 수는 없었다.

너무 당황해하면 왕의 의심을 더 살까 싶어 간신히 일어선 서현은 왕의 곁에서 가장 멀리 떨어진 의자에 앉았다. 중간에 의자가 두 개 더 있었지만 왕의 눈길이 곧장 얼굴에 와 닿자 불이라도 덴 것처럼 화끈거렸다. 제발 그리 보지 마십시오. 심장이 멎을 것 같아 서현은 숨도 제대로 쉬지 못했다.

"여정이 고단했나 보구나. 며칠 전 한양에서 봤을 때보다 많이 마른 것 같군."

"소, 송구하옵니다."

쿵! 왕의 물음에 무조건 고개를 숙이며 대답한 서현은 긴 탁자에 머리를 찧었다. 갓이 뒤로 벗겨지고 눈에서 불이 번쩍 튀었지만 아무렇지도 않은 듯 이마를 문지르며 고개를 들었다.

"저런, 괜찮은 것이냐?"

"괜찮습니다. 끄떡없습니다. 아무렇지 않습니다."

고개를 젓는 진성의 얼굴을 보던 왕의 얼굴에 의아함이 비쳐졌다. 며칠 사이에 몸집도 작아진 것 같고 얼굴도 마른 것 같았다. 한양에서 온양까지 일주일 온 것이 고작인데 그사이 사람이 저리 달라질 수도 있는 것인가? 궁에서 잠깐 본 진성은 또래보다 약간 작은 몸집이었지만 당당하려는 기색이 보였고, 목소리 또한 사내답게 변하게 시작하여 미성 사이에 걸걸한 목소리가 섞여 있었다.

그런데 지금 눈앞에 있는 진성은 그날의 당당함을 어디로 갔는지 몸 둘 바를 몰라 하고, 목소리가 굵게 들리는 듯하나 뒤따르는 미성을 다 감추지는 못하고 있었다. 유난히 하얀 얼굴과 작은 얼굴. 좁고 여린 어깨와 자그마한 손. 며칠 고생한다고 해서 사람의 골격이 달라질 수는 없는 일이었다. 왕의 눈이 휘익 올라갔다. 김진성이 맞는가?

 밖에서 기다리는 은검은 초조함을 감추고 의연하기 위해 애쓰고 있었다. 왈짜들이 덤비면 주먹으로 해결하면 되고, 맹수가 달려들면 칼로 베어 버리면 된다. 빗속에 서 있으면 비를 막아 주면 되고, 바람이 불면 버틸 수 있게 잡아 주면 된다. 하지만 상대는 임금이었다. 지금 서현은 임금이라는 거대한 장애물 앞에 혼자 서 있어야 하는 것이다. 은검은 그저 밖에 서 있는 것밖에 할 수 없었다.
 마당에 서 있는 지금 서현의 옷자락 하나 보이지 않지만 그녀의 목소리가 들려올까 싶어 온 신경은 집무실 안으로 쏠려 있었다. 그러나 몇 겹의 문이 가로막고 있어 설령 그녀가 비명을 지른다 해도 들릴지 의문이었다. 시간이 갈수록 초조함이 더해져 은검은 저도 모르게 마당을 서성였다.

 조금 달라 보이긴 하나 저 작은 얼굴은 분명 궁에서 본 얼굴과 같았다. 어찌하여 같은 얼굴인데 다른 사람이라는 생각이 드는 것일까? 미간에 주름을 잡은 왕은 한동안 서현을 노려보았고, 그 눈길로 인해 서현의 몸은 더욱 움츠러들었다.
 잠시 후 왕이 입을 열었다.
 "혹시 형제가 있느냐?"
 그 짧은 시간이 마치 억겁의 세월인 양 숨을 멈추고 있던 서현의 입에서 가쁜 숨과 함께 대답이 나왔다.

"예? 예. 누이동생이 있습니다."

"누이동생이라……. 아!"

생각이 났다. 김정근의 내자가 쌍둥이를, 그것도 남녀쌍둥이를 낳았다는 사실이 생각났다. 소론만 고집하는 김정근의 당파는 마음에 들지 않았지만 아이들에게 극진하고 내자에게 충실한 면은 마음에 들었기에 그가 종종 하는 자식 자랑 또한 기억하고 있었다. 신동이라 불렸던 아들과 현명하고 예쁘기 그지없다는 딸. 특히 딸바보라는 말에 그저 허허 웃고만 있던 그가 생각났다. 그렇다면?

왕은 이제야 진정이 됐는지 차분한 손놀림으로 찻잔을 드는 서현을 슬쩍 보았다. 하지만 가느다란 손가락은 아직도 미세하게 떨리고 있었다. 손가락을 보아하니 붓을 자주 잡았던 모양으로 검지와 중지의 피부가 투박해 보였다. 하지만 저 정도로 별시에 차석으로 합격하는 것은 어림없었다.

왕의 눈이 가늘어졌다. 그렇다면 이놈은 아들이 아니고 딸이란 말인가? 쌍둥이라 하더니 신통하게 둘의 이목구비가 닮았다. 서현의 눈매가 좀 더 부드럽고, 입술이 작고, 얼굴이 훨씬 갸름한 것을 감안하면 둘이 함께 나란히 서 있어도 구별하기가 쉽지 않을 것 같았다.

요 괘씸한 것들이 감히 왕을 속여? 진성에게 내린 암행어사 임무를 여동생이 대신 한 것 같은데, 그 어마어마한 일을 이 계집 혼자 한 것은 아닐 것이다. 그렇다면 김정근도 이 사실을 알고 있다는 말이렷다. 이 기회를 잘만 이용하면 노론과 소론을 견제하는 데 큰 도움이 될 수 있을 것 같아 왕의 머리가 바쁘게 돌아갔다.

강상의 도를 어지럽히고 왕을 능멸한 일임에 분명하건만 큰 분노는 일지 않았다. 오히려 흥미가 더해졌달까? 이미 헌재에게 온양현감을 파직하고 다른 일을 맡겼다. 과연 헌재와 이 계집이 붙으면 무슨 일이 일어날까?

지금 조정의 권력을 장악하고 있는 자들은 너무 나이를 먹었다. 젊은 피가 필요했다. 단순히 노론의 아들과 소론의 아들이 붙어 다니면서 서로의 간격을 좁혀 보라는 뜻으로 헌재에게 진성의 암행감찰을 명했는데, 일이 훨씬 더 복잡하고 훨씬 더 재미있게 변하고 있었다.

왕은 팔걸이에 팔꿈치를 대고 한 손으로 턱을 괴었다. 까슬한 수염을 손가락으로 톡톡 치며 좌불안석하고 있는 서현을 물끄러미 바라보았다.

왕의 눈이 마치 사랑스러운 정인이라도 보는 양 온 얼굴을 어루만지며 지나갔다. 은애하는 이의 눈길이라면 좋아서 깨춤이라도 출 텐데 지엄하신 왕의 눈길이라 그저 불편함만이 가득했다. 서현은 그 눈길을 모르는 양 몇 방울 남지 않은 차를 아껴 가며 홀짝거리는 척했다.

"며칠 다녀 보니 백성들의 삶이 어떠하더냐?"

"에엑! 콜록콜록."

급작스런 왕의 물음에 서현은 마시던 몇 방울의 차를 뱉어 버렸다. 그래, 내가 물어볼 줄 알았다. 서현은 입가에 묻은 차를 닦아 내며 숨을 골랐다. 막 입을 열려는 찰나, 왕의 입이 먼저 말을 뱉었다.

"그래, 오랜만에 그대의 시문도 감상할 겸 지금까지 본 백성들의 생활을 시문으로 써 보는 것도 나쁘지 않겠군. 운(韻)은⋯⋯. 가운데 중(中)과 무리 중(衆), 푸를 록(綠)을 넣어 지어 보아라."

소론과 노론의 견제도 중요하지만 그것보다 더 중요한 것은 사람이었다. 계집이란 것을 안 순간 노여움이 일었지만 그것은 잠시였다. 제 오라비 대신 나선 암행어사 길이라⋯⋯. 계집치고는 배포가 크지 않는가. 더구나 좀처럼 곁을 내주지 않는 헌재와 며칠을 함께한 계집이니 시험해 볼 필요가 있었다. 어떤 생각을 가진 자인지 왕은 궁금했다.

가운데 중(中)과 무리 중(衆), 푸를 록(綠)이라……. 안 그래도 어려운 자리라 하얗게 변해 버린 머릿속이 한겨울 북풍설한에 꽝꽝 얼어 버린 것 같았다. 찌릿찌릿 번개를 쏘아 대는 왕의 눈치를 슬슬 살피던 서현은 마른침을 꿀꺽 삼켰다. 들키면 죽은 목숨이다. 기왕지사 이렇게 된 거 그동안 배웠던 글귀나 써먹고 죽어야 덜 억울할 것 같아 서현은 마음을 비웠다.

그동안 거쳐 온 마을의 백성들을 떠올렸다. 다소의 차이는 있지만 그리 생활이 넉넉하지 않았다. 그중에서 가장 선명하게 떠오른 기억이 있었다. 서현은 차분하게 먹을 갈았다. 은은한 먹향이 코에 스미자 울렁거리던 속도 가라앉는 것 같았다.

날렵한 세필(細筆)이 시전지(詩箋紙) 위를 우아하게 움직이기 시작했다. 하얀 종이에 글자들이 점점 늘어나자 왕의 눈 또한 살짝 커졌다. 계집치곤 괜찮은 서체였다.

잠시 후 서현이 종이를 왕 앞에 내밀자 찬찬히 읽어 보는 왕의 얼굴에 슬며시 미소가 어렸다.

논 가운데(中) 녹음(綠陰)이 우거지니
농부들의 손길이 바쁜 것은 알겠다.
허나 울긋불긋 꽃 가운데(中) 녹림(綠林)이 서 있으니
기생 옷자락 더듬는 손길이 바쁜 까닭은 부끄럽구나.

모내기 철이 되었으니 논 가운데에 모내기하는 농부들의 손길이 바쁜 것은 당연지사. 울긋불긋 꽃이라……. 기생을 뜻하는 것이고 녹

림은 도적을 뜻하는 것인데……. 기생의 옷자락을 더듬는 도적들이라. 양반을 뜻하는 것이구나.

왕은 고개를 숙이고 있는 서현을 보았다. 살며시 내리깐 속눈썹이 길게 그늘을 만드니 그녀가 쓴 글만큼이나 아름다웠다. 모내기 철 백성들은 바쁜 손을 놀리느라 허리 한 번 펴지 못하고 일을 하는데 양반이라는 것들은 기생을 끼고 꽃놀이 다니는 것은 비꼬는 글을 보니 마음이 흐뭇했다. 노론의 아들인 헌재나 소론의 딸인 이 아이의 마음이 백성에게 닿아 있음이 보였다. 왕은 종이를 옆으로 치웠다.

"허면 그 녹림(도적)을 어찌하고 싶으냐?"

"도적은…… 당연히 때려잡아야지요."

"하하하하. 당연히 때려잡아야 한다……. 하하하."

순진한 그 말에 왕은 그만 웃음을 터트리고 말았다. 제 것이라면 뒷간의 똥거름도 꽉 쥐고 놓아주지 않을 양반들을 도적이니 때려잡아야 한다고? 왕은 대답이 마음에 들었다. 당연히 그리 대답해야 하거늘, 조정에 자리를 차고 앉아 있는 자들은 그런 답이 있는지조차 모를 것이다.

그래, 아직 세상의 때가 묻지 않았기 때문이리라. 아직 젊은 피가 뜨겁기 때문이리라. 왕은 그 젊고 뜨거운 피가 필요했다. 앞에 있는 이 아이가 계집인 것이 아쉬웠다. 저 정도 배포에 저런 생각을 가진 자라면 곁에 두어도 좋을 것을……. 웃음을 머금은 그는 서현을 뚫어져라 바라보았다.

웃음을 머금은 왕과 다르게 서현은 죽을 맛이었다. 과연 통인가? 불통인가? 뭐라 말을 해야지 저렇듯 호랑이 같은 눈으로 노려보기만 하시니, 장옷이라도 있다면 얼굴을 가릴 텐데 왕과 그녀의 사이를 가려 주는 것은 아무것도 없으니 그저 나는 돌이다를 되뇌며 앞만 죽어라 보고 있을 뿐이었다.

"생각보다 괜찮은 녀석이구나."

"네? 아니……."

얼결에 왕의 눈을 바라보려던 서현은 재빨리 고개를 돌렸다. 자칫하면 또 불경을 저지를 뻔했다.

"이만 가라. 가서 할 일을 해야지."

더불어 헌재를 데려오면 더 좋고. 왕의 용안에 흥미로움과 더불어 기대감 또한 가득했다.

어떻게 인사를 하고 나왔는지, 내관의 안내를 받아 이리저리 밖으로 나오자 은검의 모습이 보였다. 구세주라도 만난 듯 서현의 얼굴이 환해졌다.

"은검……."

따르던 내관을 앞지른 서현은 왕의 앞을 벗어났다는 안도감에 은검을 와락 안고 싶은 심정이었다.

호랑이 굴에서 살아난 사람마냥 반짝반짝 빛나는 눈을 마주한 은검은 슬쩍 눈을 피했다. 서현이 여인임을 알고 난 후 어쩐지 눈을 마주하기가 어려웠다. 서현이 무사히 나온 것은 반가운 일이지만 선뜻 그녀의 곁으로 발길이 옮겨지지 않았다. 아주 어릴 적 그 귀여운 눈망울을 대할 때처럼 말이다.

그런 은검의 마음을 아는지 모르는지 서현은 아직도 다리가 후들거려 은검의 옷자락을 꽉 잡고 걸음을 옮겼다.

행궁을 나서며 은검이 물었다.

"손에 든 서찰은 무엇입니까?"

"이거? 전하께서 주신 건데……."

서현은 주섬주섬 서찰을 꺼내 보았다. 그러자 안에서 또 하나의 봉투가 나왔다. 서현은 봉투에 쓰인 글자를 보며 눈을 흡떴다. 봉서(封書)라니? 이미 암행어사의 임무를 받은 자에게 내려진 봉서라니 이게 무슨 일이란 말인가?

서둘러 펼쳐 본 서현의 입이 딱 벌어졌다. 은검 역시 안의 내용을 보더니 미간을 찌푸렸다. 어안이 벙벙해진 서현이 은검을 보며 울상을 지었다.

"생읍지가…… 바뀌었어."

내용인즉, 강원도 원주부윤(府尹)의 행태가 날로 극악무도해지니 그를 경계하라는 상소가 끊이지 않아 직접 가 그자의 행실을 보고 바로잡으라는 것이었다. 원주라면 강원도 쪽이다. 충청도와 전혀 다른 곳이었다. 지역도 지역이지만 원주부윤은 관찰사도 겸하고 있어 종2품의 벼슬이다. 자신 같은 말단 암행어사가 감히 감 놔라, 배 놔라, 할 처지가 아니란 소리다. 설령 원주부윤이 능지처참(陵遲處斬)에 봉고파직(封庫罷職)을 당할 몹쓸 짓을 해도 암행어사가 할 수 있는 일이란 고작 장계에 적어 왕에게 올리는 것밖에 없었다. 서현은 서찰을 접으며 구시렁거렸다.

"가서 뭐 하나 보고 보고서만 적으란 소리인가?"

왕이 가라면 가야지 별수 있나. 서현은 발길을 서둘렀다. 일각이라도 빨리 온양행궁에서 멀어지고 싶어 평택을 거쳐 단숨에 양지현(陽智縣—현재 용인)으로 들어간 서현과 은검은 그제야 숨을 돌리며 한 주막으로 들어갔다.

"며칠 내로 원주에 도착할 수 있을 겁니다."

"응. 아! 배고프다. 주모 여기 밥 좀 주시오."

은검의 말에 건성으로 고개를 끄덕인 서현은 부엌에 있는 주모를 향해 소리쳤다. 벌써 저녁때가 훨씬 지나 있었다. 가지고 있던 노잣돈은 분이의 약값으로 모두 의원에게 주고 남은 떡으로 아침을 때웠다. 더구나 왕 앞에서 잔뜩 긴장을 한 탓에 점심도 거르고, 잠시도 쉬지 않고 걸은 덕분에 단숨에 양지현까지 왔지만 그 덕에 온몸은 만신창이가 되어 마치 두들겨 맞은 것처럼 아팠다.

두 다리를 평상 위에 쭉 뻗은 서현은 주먹을 쥐고 다리를 두드렸다. 태어나서 이렇게 열심히 걸어 본 것은 처음이었다. 한양에서 온양까지 내려올 때는 나들이라도 가는 듯 즐거웠것만 왕을 만나 생읍지가 바뀐 다음에는 입에 단내가 나도록 앞만 보고 걸었다.

이건 정말 예상에 없던 일이다. 서현은 한양으로 올라간 분이가 그리웠다. 같이 있다면 이 괴로운 심정을 같이 나눌 수 있을 텐데……. 한숨을 쉬던 서현은 국밥이 나오자마자 분이 생각은 잠시 접고 국밥을 입에 넣었다.

은검은 그런 서현을 안쓰러운 눈으로 바라보았다. 여인의 몸으로 이런 먼 길을 걸어 본 적이 없을 것이다. 발이 많이 아플 텐데……. 그의 눈이 서현의 작은 발에 닿았다. 처음엔 하얀색이었을 버선은 닳아 버린 짚신 때문에 더러워졌다.

좌의정 댁을 방문했을 적, 그저 김정근을 만나기 위해 바람처럼 왔다 갔을 때, 그녀의 모습 또한 바람처럼 그의 눈을 스쳐 지나갔을 뿐이었다. 비록 몇 번 마주치지 않았지만 그의 눈에 서현은 하늘에서 사는 월궁항아 같았다. 아주 어릴 적, 꿈처럼 마주쳤던 그때를 빼고는 한 번도 그녀와 말을 섞어 본 적도 없거니와 이리 마주 앉은 적은 더더구나 없었다. 그녀는 자신과 다른 사람처럼 느껴졌다.

그런 그녀가 힘들어하는 모습을 보니 그저 안쓰러운 마음뿐이었다. 아직 국밥을 반도 먹지 못한 그녀가 숟가락을 입에 문 채 꾸벅꾸벅 조는 모습을 보고 은검은 그녀에게 나직하게 입을 열었다.

"식사 더 하시고 주무십시오."

"으음……. 먹을 거야. 먹을…… 거야."

말을 그리했지만 서현은 벌써 잠에 반쯤 빠져들었다. 위태롭게 흔들리는 서현을 보고 곁으로 다가가자, 기다렸다는 듯 작은 몸이 스르르 그에게 쓰러졌다. 잠시 허공을 멈칫거린 손이 서현의 어깨를 감싸 안아 올렸다. 여리고 가느다란 작은 몸이 편안하게 그의 품에서 늘어졌다. 그녀가 머리를 은검의 어깨에 비비고 파고들자 은검은 숨을 멈추었다. 숱한 무공을 익혔지만 이런 공격에 어찌 대처해야 할지 난감했다. 그가 어정쩡한 자세로 서현을 안고 있자 주모가 다가왔다.

"아이고, 아직 밤도 아닌데 같이 온 도령이 잠 든 모양이네. 어떻게 방, 준비할까요?"

"……부탁하네."

방까지 잡기엔 가지고 있는 돈이 부족했다. 하지만 서현에게 한뎃잠을 자라 할 수도 없었다. 방에 서현을 눕힌 은검은 그녀의 버선을 조심스럽게 벗겼다. 은검은 물집이 잡힌 서현의 발을 뜨거운 물수건으로 찜질을 했다. 아팠던 모양인지 눈살을 찌푸리던 서현은 곧 입까지 벌린 채 단잠에 빠져들었다. 서현이 잠든 것을 확인한 은검은 조용히 방을 나갔다.

밤새 곤하게 잔 서현은 동창이 밝아 올 무렵 눈을 떴다. 여전히 발과 다리가 아팠지만 어제만큼은 아니었다. 하지만 저녁을 채 먹지 못하고 잔 까닭에 배 속에서 꼬르륵거리는 소리가 났다.

"배고프다. 어제 밥이나 먹고 잘걸……. 그런데 어떻게 여기에서 잠든 거지?"

분명히 마당에 있는 평상에서 밥을 먹다 잠이 들었다. 그리고 은검의 모습도 보이지 않았다. 서현은 덜컥 겁이 났다. 어찌하여 은검의 모습은 보이지 않고 혼자 방에서 자고 있었던 것인가. 서현은 자리에서 벌떡 일어나 방문을 열었다.

"윽!"

여닫이문이 밖으로 열리는 덕에 좁은 마루에 앉아 있던 은검은 문짝에 등을 정확하게 가격당했다. 아픔을 참고 서현에게 몸을 돌리자 눈가가 촉촉해진 서현이 그런 은검을 와락 안아 버렸다.

"나 혼자 두고 어디 간 줄 알았잖아."

"……"

안심이 되어 은검을 안아 버린 서현은 이상한 느낌에 슬며시 몸을 떼었다. 얼굴이 시뻘겋게 달아오른 은검이 숨도 제대로 쉬지 못한 채 양팔을 벌리고 섰기 때문이었다. 서현은 눈을 동그랗게 뜨고 은검의 몸을 흔들었다.

"은검? 은검, 말 좀 해 봐."

"……네."

한참 만에 꽉 죄인 목소리로 대답한 은검을 보고 서현은 한숨을 내쉬었다. 그리고 그런 그의 어깨를 툭툭 쳤다.

"놀랐잖아. 아침 먹고 어서 가자. 잘 자서 몸이 가뿐하다. 은검은 어때?"

"좋습니다."

하지만 좋다고 말하는 은검의 얼굴은 여전히 불덩어리처럼 빨갰다. 서현이 은검의 이마를 짚으려 손을 올리자 그의 고개가 반사적으로 돌아갔다. 그 동작에 서현은 무안했지만 다시 걱정스런 표정이 되었다.

"어디 안 좋아? 얼굴이 빨개."

"아닙니다. 그저……. 좀 더워서 그럽니다."

"정말 아픈 건 아니지?"

"괜찮습니다."

"다행이다. 아프지 마."

서현이 생긋 웃으며 안도의 숨을 내쉬자 은검은 속으로 숨을 삼켰다. 대체 어찌 행동해야 할지 모르겠다. 사내처럼 대해야 하는 건 알지만 그녀가 곁에만 와도 온몸이 굳어 버리고, 지금처럼 몸이라도 닿을 때면 숨이 멎을 것 같았다. 앞으로 원주까지 그녀와 동행하려면 족히 달포는 더 움직여야 한다. 무슨 대책을 강구하지 않으면 조만간 숨이 막혀 죽을지도 모르겠다.

아침을 든든하게 먹은 서현은 버선을 신으며 고개를 갸우뚱거렸다. 어제만 해도 분명 더러웠던 버선이 깨끗하게 세탁되어 있었고 다 떨어진 짚신은 어디로 갔는지 곱게 삼은 미투리가 놓여 있었다. 신을 신고 나오자 주모가 점심이라며 주먹밥까지 내미는 것이 아닌가. 분명 노잣돈이 다 떨어졌을 텐데…….

"잘 가슈. 나중에 꼭 다시 들러 주시구랴."

생글생글 눈웃음을 치는 주모를 보며 서현은 의아한 눈으로 은검을 보았다. 마치 제 서방이 길을 떠나는 것처럼 먹을 거며, 돈까지 챙기는 폼이 수상했다. 궁금한 것을 참지 못해 서현이 은검을 보며 입을 열었다.

"대체 주모가 한 말이 뭐야? 게다가 노잣돈도 없을 텐데 주먹밥이랑 새 미투리는 어디서 생긴 거야?"

"그냥……. 주모 일을 좀 거들었을 뿐입니다."

"주모 일?"

서현은 고개를 갸웃거렸지만 은검이 피곤한 얼굴로 입을 꾹 다문 통에 더 이상 물어보지 못했다. 그래서 그녀는 은검이 밤새 장작을 패고, 미투리를 삼고, 물을 길어 장정 서너 명이 며칠 안에 해야 할 일을 하룻밤에 뚝딱 해치운 것을 알지 못했다. 그 대가로 방값을 치르고 약간의 노잣돈까지 마련한 것도 알지 못했다.

여전히 가는 길은 멀고 힘들었다. 강원도에 들어서자 크고 작은 고갯길이 줄을 이어 나타났다. 헉헉거리며 산길을 오르던 서현이 발을 헛디며 몸을 휘청거리자 그런 서현을 은검이 재빨리 부축했다.

"아! 고마워."

"……힘드시면 업히십시오."

"응? 아니야. 은검도 힘들기는 마찬가지인데 업히기는……."

솔깃한 마음이 잠깐 들었지만 서현은 손사래를 쳤다. 알고 떠난 길이 아니더냐. 어린애처럼 어리광을 부리면 안 된다. 다시 마음을 다잡은 서현은 입술을 꽉 깨물었다. 왕이 명한 원주가 지척에 다가왔다. 아직 원주부윤에 대해 이렇다 할 대책도 없지만 제가 할 수 있는 모든 일을 다 할 것이다.

"이곳에서 요기나 하고 가자."

고갯길로 올라서자 오고 가는 뜨내기손님을 상대하는 작은 집이 보였다. 주막은 아닌 듯하다만 마당에 몇 사람이 앉아 밥을 먹고 있는 것이 보였다. 은검이 먼저 마당에 들어섰다. 장터로 가는 평범한 장사치들이 두엇 있을 뿐 수상한 기미는 보이지 않았다. 뒤따라 들어온 서현이 자리를 잡자 은검도 맞은편에 앉았다.

"여기 밥 좀 주시오."

서현의 말이 끝나기가 무섭게 귀에 익숙한 사내의 목소리가 들려왔다.

"탁주도 한 병 내오게."

그 목소리에 은검과 서현의 고개가 동시에 한 방향으로 돌아갔다. 헌재였다. 서현은 입을 벌린 채 헌재를 쳐다보았다. 이번에는 도포를 반듯하게 갖춰 입고 머리에는 그녀가 사준 갓을 쓰고 있었다. 여전히 입가에는 여유 만만한 미소를 짓고 있었고, 두 눈은 장난스럽게 빛나고 있었다. 다시는 못 볼 것이라 생각했던 헌재가 눈앞에 서 있자 서현은 슬그머니 허벅지를 꼬집었다.

아얏! 아프다. 눈앞에 선 헌재는 진짜였다. 너무 반가워 눈물이 핑 돌았다. 서현은 자리에서 일어섰다.

"혀, 형님."

"대체 이곳에는 왜 온 것이냐? 공주로 간다 하지 않았느냐?"

헌재가 능글맞게 대꾸하며 서현의 곁에 앉았다. 서현이 다시 자리에 앉으며 얼굴을 만지는 척 헌재 모르게 눈가를 닦았다.

"형님이야말로 왜 이곳에 계시는 겁니까? 온양에 머문다 하지 않았습니까?"

"세상사 내 맘대로 되는 게 몇이나 되겠느냐. 그건 그렇고 덕쇠는 괜찮아졌나?"

"위기를 넘기고 한양으로 보냈습니다. 아무래도 한양에서 치료하는 것이 나을 것 같아서요."

"그래? 아는 집이라도 있는 건가?"

"저희 집이 바로 좌……! 아니! 아는 집이 있습니다! 아주 괜찮은 집입니다."

"있으면 있는 거지 소리 지르기는……."

서현과 말을 건네던 헌재가 찌를 듯한 시선을 느끼고 노려보고 있는 은검에게 눈을 돌렸다. 휴우, 여전하군.

"은검, 자네는 사람이 참…… 한결같군."

"사람이 한순간에 변하면 곧 죽을 때라지요. 선비님도 지조 없음이 한결같기는 마찬가지입니다."

어금니를 꽉 물고 대거리를 하는 은검의 눈빛이 그대로 비수가 되어 헌재의 가슴으로 날아들 것 같았다. 여전히 병아리 감싸듯 싸고도는구나. 실제로 말하는 중에 은검은 서현의 팔을 잡아 헌재에게서 떨어뜨려 놓았다. 서현은 은검이 팔을 당기자 무슨 일인가 그를 보았지만 반문할 틈도 없이 은검의 힘에 주르륵 딸려 갔다.

서현이 여인임을 들켜서는 안 된다. 무슨 까닭에 헌재가 다시 그들 앞에 나타났는지는 모르나 전혀 반가운 상황은 아니었다. 은검은 왜 그러냐는 서현의 팔을 잡은 채 헌재를 노려보았다.

헌재는 골이 지끈거렸다. 무슨 생각으로 금상(今上)은 이놈과 저를 붙여 놓으신 건지. 웃자고 한 농담에 파직이라는 어명이 떨어졌다. 순간 황망함을 감출 수 없었지만 웃고 있는 왕의 용안을 보며 무슨 속셈이 있으신가 했다. 이어 떨어진 어명이 생각만큼 황당한 것은 아니었다. 원주로 암행어사를 파견했으니 그를 도와주고, 아울러 그 암행어사를 비밀리에 감찰하라는 명이었다.

대체 어떤 인물이기에 현감의 자리까지 파직하고 저를 보내나 했다. 호위무사 하나 딸린 자그마한 선비가 나타날 것이라고 했다. 나중에 보낸 용모파기를 보고 헌재는 제 눈을 비비고 또 비볐다. 금상이 말한 암행어사라는 놈은 제가 도망쳐 온 바로 그놈이었다. 그놈 옆에 있으면 제 마음이 제 것이 아닌 것 같아 겁이 났다. 남색이라 의심스러운 저 자그마한 놈에게 제 심장이 비정상적으로 뛰어, 마치 병에 걸린 것 같았다.

왕에게 못 한다, 어깃장을 놓을까도 생각했다. 배 째라, 그냥 잠적해 버릴까도 생각했다. 그러나 마음 한구석에 묘한 설렘이 느껴졌다.

미쳤구나. 비도 안 오는데 미쳤구나. 그가 가만히 중얼거렸다.

"이헌재, 너에게 몇 가지 선택이 있다. 첫째, 왕에게 못 한다 하고 도망간다. 둘째, 녀석의 곁에서 안절부절못하며 뭐 마려운 강아지마냥 붙어 다닌다. 셋째⋯⋯. 마음 가는 대로 행동한다. 어떤 것을 선택할 것이냐?"

그때 옛 성현의 귀한 말씀이 생각났다.

不可避事則樂之(불가피사즉락지) 피할 수 없으면 즐겨라.

헌재는 고개를 끄덕였다. 역시 성현의 말씀은 새겨들어야 했다. 마음을 정하고 나니 녀석을 기다리는 것도 그리 나쁜 시간은 아니었다. 그리고 고갯길에서 녀석의 얼굴이 보이는 순간, 반가움에 발이 먼저 앞으로 나간 것도 사실이었다. 오는 길이 힘들었는지 작은 얼굴이 반쪽이 되어 버렸다. 저 조그맣고 덜떨어진 백면서생 같은 놈이 암행어사였다니⋯⋯. 벌레 한 마리도 못 죽일 것 같은 저런 놈을 어찌하여 감시하라는 명을 내리신 건지. 왕의 마음을 짐작할 길이 없었다.

아무튼 좋았다. 귀찮은 현감 자리도 알아서 파직해 주셨으니 그저 녀석과 함께 원주에 다녀오면 그만인 것이다. 은근히 기대감마저 들었는데⋯⋯.

그런데 은검의 눈을 마주한 순간 그다지 녹록한 임무는 아니겠구나, 하는 생각이 들었다. 은검의 눈빛은 상상 이상이었다. 덕쇠의 병 때문에 함께 온양에 다녀온 뒤 저를 책망하듯 보긴 했지만 지금은 완전히 다른 눈빛이었다. 마치 그를 불한당 보듯 보고 있었다. 제가 뭘 어찌했다고 이런 대접인지⋯⋯. 왠지 억울한 생각마저 들었다.

'어찌하여 그런 눈빛인 것이냐?'
'쳐다보는 데 이유가 있겠습니까?'
'이유 있는 눈빛 같아 그런다.'

'모르는 게 약일 때도 있습니다.'

둘 사이의 소리 없는 눈빛 싸움에 서현은 좌불안석이었다. 처음부터 둘의 관계가 좋은 것은 아니었으나 지금은 더 나빠졌다. 대체 왜 이러는 것인지 알 길이 없는 서현은 둘 사이에서 발만 동동 구르고 있었다.

7장

 좁은 산길을 오르는 서현은 불편해서 죽을 지경이었다. 늘 한 발자국 떨어져 따르던 은검이 무슨 생각인지 그녀에게 바짝 붙어 팔과 다리를 움직일 때마다 몸이 부딪혀 제대로 걸을 수가 없었다. 설상가상으로 헌재 역시 그녀의 곁에 가까이 다가와 걸으니 산만 한 사내들 틈에 끼어 오랏줄에 묶인 죄인마냥 불편하게 걸을 수밖에 없었다.

 가뜩이나 좁은 길을 세 사람이 나란히 걸으니, 헌재와 은검은 길옆 숲길을 걷는 거나 마찬가지였지만 아랑곳하지 않는 표정들이었다. 이것이 또 그냥 걸어가면 그냥저냥 참아 볼 텐데 저를 가운데 두고 머리 하나는 큰 사내놈 둘이 눈싸움이 한참이라 머리털이 곤두서는 느낌에 서현은 주먹을 말아 쥐고 참을 인(忍) 자를 중얼거리고 있었다.

 조금만 참으면 하다 말겠지. 조금 지나면 잠잠해지겠지. 말아 쥔 주먹을 부들부들 떨던 서현이 갑자기 앞으로 박차고 나갔다. 두 사내의 기 싸움에 숨이 막혀 견딜 수가 없었다.
"대체 왜들 그럽니까? 싸울 거면 눈싸움 말고 차라리 그냥 주먹으로 싸우십시오!"
"아니, 내가 뭘 어쨌다고……."
"송구합니다."
순순히 송구하다 머리를 숙인 은검과 달리 헌재는 은검을 비껴 보며 말을 얼버무렸다. 사실 저도 왜 이리 은검과 기 싸움을 하고 있는지 알지 못했다. 그냥 저 조그마한 녀석의 곁에 은검이 있는 것이 싫을 뿐이었다. 보호자마냥 저 녀석의 곁에 울타리처럼 버티고 서 있는 것이 싫었다.
두 사내를 노려보던 서현은 한 발 앞으로 나아갔다. 두 사내가 다시 냉큼 그녀의 곁에 서려 하자 두 팔을 번쩍 들어 그들을 저지했다.
"뒤에서 오십시오."
"뒤에서? 내가 네놈 종복이냐?"
"그럼 앞에 서시겠습니까?"
"……뒤에 서겠다."
서현의 말에 발끈한 헌재가 반문했지만 녀석의 앞에 선다면 은검과 서현의 모습이 보이지 않으니 도리가 없었다. 부글부글 끓어오르는 분을 삭이며 헌재가 고개를 끄덕이자 이번엔 은검에게 눈을 돌렸다.
"은검은 앞에 설 테야?"
"저도 뒤에 서겠습니다."
헌재와 마찬가지 이유로 뒤에 선 은검은 가만히 헌재를 노려보았다. 그냥 제 갈 길로 가면 될 것을 갑자기 원주에 볼일은 왜 생긴 것이며, 굳이 동행하는 것 또한 납득할 수 없었다. 생각 같아서는 은월

비기(隱月秘技)로 베어 버리고 싶은 심정이었지만 무사의 도리를 아는 자가 그리해서는 안 되는 거였다. 그러니 숨을 들이마시며 마음을 다스릴 뿐이었다.

자리가 정리되자 서현이 먼저 걸음을 옮겼다. 허나 자리만 이동했을 뿐 뒤통수를 당기는 기 싸움은 여전했다. 아! 쥐어 팰 수도 없고……. 치솟는 혈압으로 뒷골이 당기는 듯하여 서현은 지도를 펼쳤다. 두 사내가 저 모양이니 원주로 가는 길은 알아서 찾을 수밖에 없었다.

날이 점점 어둑어둑해졌다. 한참 동안 지도를 들여다보던 서현은 입술을 깨물며 고개를 갸웃거렸다.

"이 길이 맞는데……."

그녀의 중얼거림에 뒤에서 서로 등을 돌리며 걷고 있던 헌재와 은검이 동시에 그녀의 곁으로 다가왔다. 순간 서로를 노려봤지만, 헌재가 먼저 고개를 돌리고 서현이 들고 있던 지도를 빼앗아 갔다.

"뭐가 맞다는 것이냐? 지도도 못 읽는 거냐?"

"분명 이 길이 맞습니다. 그런데……."

은검과 신경전을 벌이느라 길을 제대로 밟지 않은 것이 후회되었지만 헌재는 호기롭게 소리쳤다. 몇 번 다녔던 길이기에 산세가 눈에 익은 탓이었다.

"뭐가 문제더냐. 이 길을 돌아가면 멀리 고을의 불빛이……!"

우거진 다복솔을 돌아가던 헌재의 말이 뚝 끊겼다.

그래, 뭔가 이상하다니까……. 한숨을 폭 내쉰 서현이 헌재의 곁에 섰다. 그곳에는 고을의 불빛이 아니라 꽤 넓은 계곡이 있었고, 시원한 물이 흐르고 있었다. 헌재는 부랴부랴 지도를 펼쳐 보았다. 아까 서현이 갈림길에서 길을 물었을 때 아래쪽이 아니라 위쪽으로 갔어야 했다. 앞에 선 서현이 몸을 틀어 지도를 보여 주는 통에 지도가 거꾸로 되었던 것이었다. 은검이 신경 쓰였다 해도 지도를 제대로 보지 않은 제 탓이니 그녀를 나무랄 수도 없었다.

헌재가 낭패 어린 얼굴로 지도를 들여다보고 있자 서현이 그의 곁으로 바짝 다가와 지도로 고개를 빼었다.

"길을 잘못 든 것입니까?"

"그런 것 같다."

"어쩌죠? 곧 해가 질 것 같은데……. 아까 왔던 길로 다시 갈까요?"

그리 깊지 않은 산골이어도 산속의 밤은 다른 곳보다 훨씬 빨리 찾아온다. 이제 막 유(酉)시(오후 5시~7시)에 들어선 것인데 사위는 벌써 어두워졌다. 은검이 다가와 서현에게 말을 했다.

"가까운 곳에 쉴 곳이 있는지 찾아보겠습니다."

"응, 조심해."

다정한 서현의 말에 헌재의 입이 삐죽거렸다. 호위무사라면서 친오라비 대하듯 다정한 태도가 마음에 들지 않았다. 그래서 은검이 발을 떼기 전에 먼저 앞서 나갔다.

"이곳은 좀 안다. 이쪽으로 가면 아마 집이 하나 있을 것이다."

툭 하니 말을 던지고는 대답을 듣지도 않고 혼자 냇물의 낮은 곳을 찾아 건너기 시작했다. 그리고 그 뒤를 서현이 서둘러 따르기 시작했다.

첨벙첨벙! 뒤따르는 작은 물소리에 헌재는 걸음을 늦췄다. 불규칙적인 물장구 소리가 위태로웠다. 그는 물소리가 가까이 다가올 수 있도록 걸음을 늦추고 뒤로 몸을 돌렸다. 서현이 이끼 낀 돌을 힘겹게 밟으며 다가오고 있었다. 저러다 물속에 처박히겠구먼. 아니나 다를까. 뒤돌아선 헌재를 보고 빙긋 웃음 짓던 서현은 돌멩이를 잘못 밟아 몸을 휘청거렸다.

"어, 어!"

둘이 동시에 손을 내밀었지만 뒤따르던 은검보다 앞에 선 헌재의 손이 빨랐다. 휘청거리던 서현의 팔을 헌재의 손이 낚아챘다. 가까스로 물속에 빠질 뻔한 서현의 몸이 헌재의 손을 따라 그의 품으로 쭈욱 달려 들어갔다. 이끼 낀 계곡물의 비릿한 냄새와 함께 향긋한 냄새가 훅 콧속으로 들어왔다. 이 녀석과 함께 있으면 늘 나는 향기였다. 대체 몸에 무엇을 처발랐기에 이런 향이 나는 건지······.

헌재는 서현의 머리통을 노려보며 서현의 팔을 더욱 세게 쥐었다. 팔에 통증을 느낀 서현의 미간에 주름이 잡히기 시작했다.

"도련님!"

놀란 은검이 재빨리 다가와 서현의 어깨를 잡아 헌재에게서 그녀를 떨어뜨렸다. 깜빡 정신을 놓았던 헌재가 물이 묻은 손을 도포 자락에 닦으며 중얼거렸다.

"여전히 걸음도 제대로 걷지 못하는구나."

"······미끄러워 그럽니다."

팔을 문지르며 변명하듯 서현의 목소리가 잦아들어 갔다. 헌재가 앞서 걷기 시작하자 괜찮다고 은검에게 고개를 끄덕인 서현이 그 뒤를 따랐다.

입만 열면 툴툴거리고, 괴롭히기가 일쑤인 그인데, 언제부터인지 노여움이 일지 않았다. 오히려 그 툴툴거리는 말이 진심과 다른 것 같아 자꾸 그의 말을 곱씹게 된다. 넘어진다, 퉁을 놓아도 그의 눈빛에는 걱정이 어려 있었고, 앞서 걷는 지금도 뒤로 손만 뻗으면 그녀에게 닿을 정도의 거리를 유지하고 있었다.

그에게 덜컥 안겼을 때 쿵쾅거리는 소리는 제 심장 소리인가? 아니면 그의 것인가? 헌재는 아무렇지도 않은데 저 혼자 가슴 설레는 것 같아 은근히 자존심이 상했다. 입술을 꽉 깨문 서현은 발에 힘을 주며 헌재의 뒤를 따라갔다.

생각해 보니 부질없는 생각이다. 지금 자신은 진성 오라버니 행세를 하고 있다. 남자의 옷을 입고, 남자의 길을 걷고 있는 것이었다. 이런 자신에게 그가 다른 마음을 먹는다는 것은 애초에 말이 안 되는 것이었다. 알면서도, 그러면서도 우울한 기분은 싹 가시지 않았다.

냇물을 건너 일다경 정도 걸어가니 나무껍질로 지붕을 이어 얹은 굴피집이 보였다. 다소 낡아 보였지만 정성껏 손질한 듯 튼튼해 보이는 집이었다.

헌재가 어찌 이곳에 집이 있는 것을 알까? 그녀의 의아한 얼굴을 보았는지 헌재의 설명이 들려왔다.

"몇 해 전 강원도로 갈 때, 아까 그곳에서 길을 잘못 잡아 들어선 집이다. 이 영감이 아직 살아 있으려나? 천가? 천가 있는가?"

"이 밤중에 누구요?"

헌재의 부름에 문이 열리며 머리가 허연 노인이 나왔다. 등이 약간 굽은 노인은 눈이 어두운 모양으로, 눈을 가늘게 뜨더니 헌재를 알아보고는 입가에 희미한 미소를 지었다.

"선비님이셨군요."

"아직 살아 있었구먼. 잘 지냈는가?"

"이번에도 길을 잘못 들었습니까?"

"뭐 그렇게 되었네."

노인은 대충 인사를 마치더니 손을 들어 한 곳을 가리켰다.

"오늘도 저기서 묵으셔야겠습니다."

"저기밖에 없나?"

"알면서 물으십니까."

퉁명스런 노인의 말에 헌재가 난처한 표정으로 서현을 향해 돌아섰다. 그리고 가벼운 한숨과 함께 웃으며 입을 열었다.

"헛간에서 묵을 수밖에 없겠다."

헌재의 말에 은검이 발끈하여 나섰다.

"어찌 그런 곳에 머무른단 말입니까?"

뜻밖의 반응에 헌재는 물론 서현도 눈이 동그래졌다. 지금껏 같이 오면서 잠자리에 불평을 한 적 없는 그였다. 불평은커녕 서현이 방에서 잘 때에도 그는 늘 밖에서 밤은 지새다시피 했다. 그런 그가 나서자 서현은 이상하다는 듯 은검을 보았다.

이 상황에서 헛간이면 감지덕지지 따지긴 왜 따지나. 헌재가 못마땅한 듯 그를 보았다.

"싫으면……. 집이라도 하나 뚝딱 지으랴?"

"아닙니다. 은검, 괜찮아. 하룻밤인데 뭐."

서현은 얼른 둘의 사이를 다독이고는 헛간으로 들어갔다. 혼자 사는 노인이 부지런한 모양인 듯 헛간의 짚도 새것이고, 몇 개 안 되는 농기구 또한 손질이 잘되어 있었다. 갓을 벗어 옆에 둔 서현이 호기심 어린 눈으로 헌재를 보았다.

"이런 곳에 왜 노인 혼자 사는 겁니까?"

"처음부터 여긴 산 건 아니고. 살던 마을에 역병이 돌아 일가족 모두 잃고 이곳에 혼자 산 지가 10년이라고 하더라. 서너 해 전에 길을 잘못 들어 이곳에 머물게 됐을 때 스쳐가듯 들은 얘기니라."

"위험하지 않겠습니까? 이런 산중엔 산군(호랑이)도 있을 텐데요."

서현의 말에 헌재의 눈이 무겁게 가라앉았다. 잠시 뜸을 들인 그가 툭 말을 뱉었다.

"산군보다 내야 할 세금이 더 무서워 마을에 내려가지 않는다고 하더라."

그의 말에 서현은 입을 다물었다. 모내기를 하던 청년의 울분이 다시 생각났다. 돈으로 산 벼슬로 백성들을 괴롭히던 한심한 작자도 생각났다. 어디에도 벼슬아치들의 횡포가 없는 곳은 없는 것인가. 관직에 있는 자들이 왜 모두 그 모양인지 한심하기 짝이 없었다.

과연 주상께서는 이 사실을 알고 계시는 걸까? 모르기 때문에 자신을 암행어사로 파견한 것일까? 여인인 자신이 아쉬웠고 속상했다.

새삼 자신의 임무가 얼마나 중요한지 깨달았다. 서계는 물론 별단도 꼼꼼히 적어 반드시 백성들의 삶이 나아지도록 해야겠다고 다짐을 하는데, 삐걱거리며 헛간 문이 열렸다. 그리고 노인이 들어와 바가지를 내밀었다.

"옥시기랑 감저 가져왔으니 요기라도 하시지요. 산골이라 이런 것밖에 없습니다."

노인의 말에 바가지를 보니 노란 옥수수와 주먹만 한 고구마가 담겨 있었다. 옥시기? 감저? 서현의 의아한 표정을 본 헌재가 설명을 덧붙였다.

"사투리다. 한양에서만 살아 본 네놈은 처음 듣는 것일 테지."

"사투리라는 게 재미있군요. 잘 먹겠소. 감사하오."

노인에게 공손히 인사를 한 서현은 고구마를 한 개 들어 맛을 보았다. 속이 노란 고구마가 꿀맛이었다.

밤은 깊어 가지만 서현은 쉬이 잠들지 못하고 있었다. 한동안 제대로 씻지 못한 몸이 근질거리는 것 같고, 고약한 냄새도 풍기는 것 같았다. 아까 지나온 시원한 계곡물이 자꾸만 생각나 이리저리 뒤척이고만 있었다. 실눈을 뜬 서현은 앞에 앉은 은검이 잠이 들었는지 한

참을 살펴보았다.

은검은 오랜만에 몸이 무거움을 느끼고 있었다. 서현을 호위하는 동안 제대로 잔 적이 없었다. 결정적으로 고개를 오르기 전 주막에서 밤새 일을 한 것이 큰 타격을 준 모양이었다. 문 옆에 앉은 그는 칼 위에 손을 올려놓았다. 무겁게 눈꺼풀이 내려앉았지만 견디려 애를 썼다.

그런 은검을 보며 서현은 속으로 중얼거렸다. 잠들어라, 잠들어라. 깊이 잠들어라. 주문이 효과가 있었는지 가까스로 잠을 쫓던 그의 눈이 스르르 감겼다. 이어 칼을 잡고 있던 손이 살그머니 벌어졌.

빙긋 미소 지은 서현은 조심스럽게 자리에서 일어섰다. 헌재는 측간에 갔는지 조금 전에 자리를 비운 뒤 돌아오지 않고 있었다. 오히려 잘되었다. 서현은 그가 돌아오기 전에 재빨리 헛간을 나섰다.

어두웠지만 환한 달빛 덕분에 계곡으로 가는 길을 금방 찾을 수 있었다. 얼마 안 가 시원한 물소리가 들리기 시작했다. 물소리가 들리자 걸음이 급해졌다. 서현은 주변을 살펴보며 걸음을 재촉했다. 그리 깊은 산은 아니지만 지나는 사람도 없고, 주위에 기척은 들리지 않았다. 하긴 제대로 된 길을 따라온 것은 아니었기 때문에 누군가 나타날 일은 없어 보였다. 그들처럼 길을 잘못 들었다면 또 모르지만······.

주위에 아무도 없는 것을 확인한 서현은 도포를 벗기 시작했다. 마음 같아서는 모든 옷을 훌렁 벗어 버리고 싶었지만 반가의 여식이 그리할 수는 없는 일. 속바지와 속저고리만 남기고 옷을 벗어 한쪽에 잘 개어 둔 서현은 천천히 물속으로 들어갔다. 가슴을 꽁꽁 감싸고 있던 가슴가리개도 풀어 버렸다. 납작하게 눌렸던 가슴이 봉긋하게 솟아오르니 시원한 기분이 이루 말할 수 없었다. 커다란 바위 옆이니 누군가 가까이 다가오는 기척이 느껴지면 잽싸게 아래로 몸을 숨기면 들키지 않을 것이다.

 산속의 물은 얼음을 동동 띄운 것처럼 짜릿하게 차가웠다. 발부터 천천히 물속으로 걸어 들어간 서현은 차가운 물에 몸을 부르르 떨었다. 목까지 몸을 담그고 머리의 망건까지 풀어 내렸다. 긴 머리카락이 물속에서 하늘거렸다. 차가움에 어느 정도 적응이 되자 서현은 숨을 들이쉬었다.

 "흐읍!"

 머리까지 물속에 담근 그녀는 숨이 답답해질 때까지 잠겨 있었다. 하나, 둘, 셋, 넷……. 점점 숨이 가빠 오자 서현은 주먹을 쥐었다 폈다를 반복했다. 조금만 더, 조금만 더……. 숨은 점점 막혀 오는 데 반대로 기분은 점점 좋아지고 있었다. 그녀는 폐가 막혀 터지기 일보 직전 물 밖으로 몸을 솟구쳤다.

 "푸하! 하악, 하악."

 신선한 공기가 가슴 깊숙이 스며들자 말할 수 없는 쾌감이 몰려왔다. 지금 이 순간만큼은 한심한 양반들도, 가엾은 백성들도 잠시 잊을 수 있었다. 그저 온몸을 간질이는 차가운 물만이 그녀의 곁에 있을 뿐이었다.

 "아, 좋다."

 무릎을 모아 가슴으로 끌어안은 서현은 물속에서 몸을 옆으로 가만가만 흔들었다. 물이 그녀의 몸을 지탱해 주는 것처럼 천천히 느린 동작으로 흔들렸다. 그녀의 몸을 따라 물결이 흔들렸고, 물 위에 비친 달도 흔들렸다. 서현은 바닥에 깔린 동글동글한 조약돌을 주워 장난을 치며 암행어사 길에 나선 이래 최대의 여유를 즐기고 있었다.

 한편 헛간을 나선 헌재는 홀로 거닐고 있었다. 늘 예상을 빗나가는 명을 내리는 왕이긴 했지만 이번 건은 정말 의외의 것이었다. 성균관에 잠깐 있었을 때 느닷없이 강론에 참여하라는 명을 받고 대신들과 맞서 강론을 논한 것이나, 온양현감으로 내려가라는 명도 그럭저럭 이해할 수 있었다. 하지만 이번 건 아니었다. 저 조그마한 놈과 힘을 합쳐 원주부윤의 행태를 바로잡으라고?

뭔가 그가 짐작하지 못하는 고약한 장난이 숨어 있을 것이다. 헌재는 걸음을 멈추고 골똘히 생각에 잠겼다. 그러다 한숨을 내쉬었다. 쉬이 풀 장난이면 처음부터 그에게 내리지 않았을 것이다. 힘들게 생각지 말자. 때가 되면 알겠지. 생각을 놓고 나니 마음이 편했다. 그리고 그때서야 그의 귀에 시냇물 소리가 들렸다.

조로록, 조록, 졸졸졸……. 물 흐르는 소리가 마치 새들이 낮게 지저귀는 소리처럼 들렸다.

"개운하게 탁족(濯足)이나 해 볼까?"

어둠이 깔린 냇가였지만 마침 보름인지라 달빛이 눈부시게 빛나 모든 것이 은빛에 물들었다. 이름 모를 풀벌레 소리와 발을 적시는 이슬, 사르르 불어오는 바람에 나뭇잎들이 가만가만 나부꼈다. 냇가로 가는 길에는 뿌연 안개마저 옅게 끼어 있었다. 주변의 공기마저 안개에 축축이 젖어 지상의 길이 아닌 천상의 길을 걷고 있는 것 같았다.

"술도 아니 했는데 취하는 거 같구나."

몽환적인 분위기 탓인가? 헌재의 걸음이 느려지면 조심스러워졌다. 풀벌레와 나뭇잎 소리를 방해하지 않으려 발소리 하나도 들리지 않게 천천히 걸음을 옮겼다. 냇가가 가까워지자 안개가 조금 더 짙어졌다. 숲이 뿜어내는 이슬과 물이 만들어 내는 이슬이 합쳐져 생긴 안개이리라……. 주변은 흐릿하게 변했지만 걸음을 옮길수록 물소리는 더욱 선명해졌다.

그래서 그는 물안개가 빚어내는 환상이라고 생각했다. 눈부시게 부서지는 달빛 때문에 눈이 착각한 것이라고 생각했다. 하강한 선녀인가? 아니면 하백의 딸인가? 아무도 없을 것이라고 생각했던 냇가에는 누군가가 있었다. 헌재는 멍하니 물속에 반쯤 몸을 숨긴 누군가를 바라보았다.

어둠보다 더 까만 머리 위로 하얀 달빛이 부서져 내리고 있었다. 차가운 계곡물에 촉촉이 젖은 머리카락들이 조그마한 얼굴을 감싸고 있었다. 도톰하니 붉은 입술과 귀여운 코끝, 늘 반짝반짝 빛나던 눈동자가 나른하게 풀어져 있어 잠시 자신이 모르는 누군가인가 했다. 얼굴 생김생김은 분명 김진성이라는 어설픈 암행어사인데 어째서 여인의 눈동자를 하고 있는 것인가.

숨까지 멈춘 헌재의 눈이 얼굴을 감싼 머리카락을 따라 천천히 아래로 내려갔다. 가냘픈 목을 지나 둥근 어깨에 머물렀을 때는 저도 모르게 꿀꺽 침을 삼켰다. 그의 시선을 느낀 걸까? 서현이 어깨를 감싸고 주변을 휘 돌아보자 헌재의 몸이 반사적으로 움츠러들었다. 구름이 그를 도와주려는 듯 달의 앞으로 흘러가고 있었다. 주변이 잠시 어둠에 잠기었다.

주변을 둘러보던 그녀가 물을 들어 천천히 몸에 끼얹었다. 목을 적시고 둥근 어깨에 물을 끼얹고, 차가운지 몸을 떨며 미소를 지었다. 긴 소매를 접어 가느다란 팔뚝이 드러났고, 물에 젖은 얇은 적삼이 몸에 달라붙어 속살이 훤히 비치니 입으나 마나였다. 그런 서현을 마치 훔쳐보는 양 숨어 있던 헌재는 민망한 마음에 중얼거렸다.

"계집 목욕하는 것을 훔쳐보는 잡놈마냥 이게 무슨 짓인가?"

그래서 나무 뒤에 숨어 있던 자신을 드러낼 참이었다. 하지만 졸졸 졸 흐르는 물소리와 함께 풀벌레들의 노랫소리가 그를 주술에 걸리게 했다. 흐르던 구름이 달을 지나가니 다시 환한 빛이 주변을 은색으로 물들였다.

몸을 씻던 서현은 자리에서 일어서 좀 더 깊은 곳으로 걸음을 옮겼다. 물에 젖은 뒤태가 환한 달빛에 고스란히 드러났다. 사내라고 하기엔 너무나 부드러운 곡선이었다. 헌재는 터질 것 같은 심장 때문에 가슴을 지그시 눌렀다. 그래, 저 달빛 때문이다. 녀석의 몸이 저리 보이는 건 달빛 때문이야. 애써 마음은 진정시키던 그는 돌아 나오는 서현을 보며 숨을 멈추었다. 깊은 물에서 세수를 하던 그녀가 몸을 돌려 냇물 가장자리로 나오고 있었다.

"헉!"

눈이 왕방울만 해진 헌재는 비명이 튀어나오려는 입을 두 손으로 틀어막았다. 뒤돌아선 녀석의 앞모습은 사내의 것이 아니었다. 둥근 어깨 아래로 흐르는 몸의 선은 사내의 것과 다르게 풍만한 곡선을 그리고 있었다. 풍만한 가슴의 정점에는 차가운 물에 소름이 돋았는지 분홍빛 유두가 오뚝 솟아 있었다. 잘 빠진 호리병처럼 잘록한 허리와 다시 둥글어지는 엉덩이. 무엇보다 놀라운 것은 사내의 양물이 있어야 할 곳에 그저 무성한 숲만 있다는 것이었다.

냇가의 가장가지로 나온 서현은 다시 커다란 바위 앞에 몸을 숨겼다. 이제는 가야 할 시간임을 아쉬워하고 있을 때, 헌재는 벼락이라도 맞은 사람처럼 땅바닥에 철퍽 앉아 넋을 놓았다. 그러다 다시 들리는 물소리에 정신을 차렸다. 제 다리 같지 않게 후들거리는 다리를 질질 끌며 후다닥 헛간으로 되돌아가면서도 내내 벌린 입을 다물지 못하고 있었다.

개운하게 목욕을 마친 서현은 머리의 물기를 꼭꼭 짜낸 후에 옷을 갈아입었다. 얼마만의 목욕인지 십 년 묵은 체증이 쑥 내려가는 기분이었다. 은검과 헌재가 깨지 않게 가만가만 헛간에 들어선 서현은 기분 좋은 표정을 지으며 이내 잠에 빠져들었다. 그녀가 단잠에 빠져들 때 헌재는 혼란스러운 감정 때문에 머리가 드글드글 끓고 있었다.

처음부터 이상한 구석이 있었다. 손도 작고, 발도 작고, 만질 때마다 느껴지는 부드러움과 가까이 다가가면 늘 나던 향내까지……. 이상하다고 생각했지만 여인이라고 생각해 본적은 없었다. 그저 어여쁜 사내에게 마음이 싱숭생숭해지는 자신이 정신 나간 놈이라고만 생각했다. 그런데 여인이라니! 저렇듯 고운 여인이라니!

또다시 비명이 나올 것 같아 헌재는 입 속에 주먹을 쑤셔 박았다. 숨까지 막히는 것 같았다. 머리가 돌아 버릴 것 같았다. 가쁜 숨을 몰아쉬던 그가 몸을 돌려 잠자고 있는 서현을 물끄러미 바라보았다. 모로 누워 아기처럼 웅크린 그녀는 입꼬리를 올린 채 만족스러운 얼굴을 하고 있었다. 그런 그녀를 보는 헌재의 가슴이 쿵쿵 울리기 시작했다.

여인이다. 여인……이었어. 하아, 자조 섞인 한숨이 나왔다. 저리 고운 여인과 내내 동행하면서 몰랐다니. 제 눈은 해태 눈인가? 바보 같은 놈. 어찌 모를 수가 있었더란 말이냐. 어이없는 웃음이 배실배실 입가에 맺혔지만 이내 지워졌다. 이미 마음으로는 짐작하고 있었을지 모른다. 허나 인정하고 싶지 않았을지도 모른다. 현실에서 도망치는 비겁한 마음이 여인을 여인으로 보지 못한 것일 수도 있었다.

그는 쿵쿵 울리는 가슴을 부여잡았다. 그래서 어쩔 셈이냐. 녀석이 여인이면 어쩔 것이냐. 이렇듯 뛰는 가슴이 은애(恩愛)하는 마음이라고 생각하는 것이냐?

그 순간 가슴이 찌를 듯 아파 왔다. 헌재는 서현에게서 등을 돌려 누웠다. 가슴이 너무 아파 숨을 쉴 수가 없었다. 어찌 이러는 것인가?

슬쩍 돌아보니 서현의 고운 얼굴이 보였다. 상투를 틀고 사내의 복장을 하고 누웠지만 이제는 고운 규수로 보였다. 가슴을 움켜잡은 헌재의 입가에 슬며시 미소가 맺혔다.

'너를…… 내가…… 은애하고…… 있구나.'

제대로 된 이름조차 모르는데 은애하고 있구나. 머릿속에, 마음속에 계속 네놈이 떠나지 않은 연유가 너를 은애하고 있기 때문이었구나. 은검이 널 감싸고도는 것이 못마땅하던 연유가 너를 은애하고 있기 때문이었구나. 너를 내가 은애하기 때문이었구나.

서현을 향해 몸을 돌리고 누운 헌재는 그녀의 얼굴을 마주 보았다. 감은 눈이 고왔다. 둥근 코끝이 고왔고, 발그레한 볼이 고왔다. 붉게 오물거리는 입술이 고왔고, 포개어 베개로 베고 있는 두 손이 고왔다. 하, 어찌 이리 고운 얼굴을 보며 바보 같은 짓을 했단 말이냐. 조선팔도에서 으뜸가는 바보가 아니더냐.

밤새 단잠에 폭 빠진 서현과 다르게 그녀의 모습에 폭 빠진 헌재는 뜬눈으로 밤을 지새웠다.

날이 밝아 왔다. 산중의 아침이라 해가 더디 떠올랐다. 높은 봉우리들 사이로 햇살이 부채처럼 쫘악 퍼질 무렵 저도 모르게 잠이 들었던 은검은 돌연 소스라치게 놀라며 눈을 떴다. 어찌 밤새 그리도 잘 잤단 말이냐. 자책하며 곁을 보니 서현은 아직 곤하게 잠이 들어 있었다. 그 건너를 보니, 밖으로 나갔는지 헌재의 모습은 보이지 않았다. 조그맣게 안도의 숨을 내쉬며 그녀가 깨지 않게 조용히 헛간을 나가자 노인과 앉아 아침을 들고 있는 헌재가 보였다. 은검은 노인에게 다가갔다.

"밤새 평안하셨습니까?"

노인의 말에 은검은 고개를 숙여 보였다.
"덕분에 잘 잤습니다."
"그렇지. 내 덕도 조금 있는 거 아니냐? 나 아니었음 밤새도록 산을 헤매고 있었을지도 모르는 일 아니더냐."
헌재의 우쭐거림에 은검은 눈길만 한 번 슥 주었을 뿐 대꾸도 하지 않고 몸을 돌려 버렸다. 그런 은검의 뒷모습을 바라보는 헌재의 눈빛이 차가워졌다.
저놈은 녀석이 여인임을 아는 것인가? 아니면 모른 채 호위를 하는 것인가? 호위까지 딸려 암행 길에 나선 여인이라면 보통 집안은 아닐 것이다. 과연 녀석이 어떤 집안의 규수인지, 무슨 연유로 남장을 하고 암행어사 행세를 하고 다니는 건지, 주상은 녀석이 여인임을 알고 저를 붙여 놓은 건지 아닌지, 온통 궁금한 것들뿐이었다.
은검의 모습이 헛간으로 사라지자 헌재는 노인에게 눈을 돌렸다.
"내가 부탁한 것 잊지 않았겠지?"
"뭐 반협박이었지만 잊지는 않았습죠."
"까칠하게 굴긴……. 그 일만 잘해 주면 내 한턱 두둑이 낸다 하지 않았는가."
"산골에 혼자 사는 홀아비가 두둑한 것이 무슨 소용이 있겠냐마는 선비님 일이니 한번은 해 드립죠."
노인의 말에 헌재가 능글맞은 미소를 지으며 목소리를 낮추었다.
"그럼 어디 고운 할미과부라도 보쌈해 주랴?"
"나쁠 것 같진 않군요."
"뭐라? 농으로 한 말인데 진심으로 생각해 봐야겠군."
헌재가 실없이 웃고 있을 때 잠이 깨었는지 헛간에서 서현이 은검과 나오는 것이 보였다. 어제 냇가에서 목욕을 한 덕분인가 녀석의 온몸이 반짝반짝 빛나는 것 같았다. 팔을 위로 뻗으며 몸을 풀던 서현이 헌재와 눈이 마주치자 벙싯 웃으며 쪼르르 그에게 달려왔다.

"잘 주무셨습니까, 형님?"

"응? 으응."

"왜 그러십니까? 잠을 못 주무셨습니까? 눈이 빨갛습니다."

"잘 잤다! 그러니 신경 쓰지 마라!"

말을 더듬던 헌재가 벌컥 성을 내며 부엌으로 들어갔다. 왜 저러나. 또 무슨 트집이 잡고 싶은 건가. 언제나 같은 반응에 서현은 입을 삐죽 내밀었다.

헌재는 두근거리는 가슴을 눌렀다. 침착하자 했는데 서현의 모습을 보자마자 대책 없이 뛰는 심장 때문에 퉁명스런 말이 튀어 나갔다. 녀석이 서운했을까? 슬쩍 보니 다행히 밝은 낯으로 노인이 챙겨 주는 아침을 먹고 있었다. 반가에서 곱게 자란 규수일 텐데 거친 보리밥이 입에 맞으려나. 이럴 줄 알았다면 어젯밤 무슨 수를 써서든지 인가를 찾아갈 것을……

그러나 헌재의 걱정과는 다르게 서현은 꽁보리밥을 달게 먹고 있었다. 백성들이 어떻게 사는지 알게 된 지금, 이 거친 보리밥과 강된장이 얼마나 큰 수고로움으로 만들어지게 된 음식인지 알게 되었다. 투정을 부린다는 것은 상상도 할 수 없는 일이었다. 그래서 서현은 노인이 내온 얼마 안 되는 보리밥에 된장을 비벼 달게 먹었다.

"목 메겠다."

어느 틈에 곁으로 다가온 헌재가 숭늉을 상 위에 내려놓았다. 서현은 어쩐 일인가 싶어 헌재를 올려 보았다. 얼굴을 돌린 그가 헛기침을 하며 마당으로 물러났다. 갑자기 웬 친절인가? 서현은 고개를 갸웃거렸지만 구수한 냄새가 나는 숭늉을 맛있게 마셨다.

아침까지 먹은 셋은 노인에게 인사를 하며 다시 길을 나섰다. 산은 오르는 것보다 내려가는 길이 훨씬 힘이 든 법이었다. 발에 힘을 주고 주춤주춤 길을 내려가던 서현은 자갈을 잘못 밟아 주르륵 미끄러져 엉덩방아를 찧고 말았다. 눈살을 찌푸리며 일어선 서현은 아픈 엉덩이를 문질렀다.

"참 부실한 놈이구나. 사내놈이 산길 하나를 오르고 내리는데 몇 번을 넘어지는 것이야?"

"그러게 말입니다."

마음과 다르게 몸이 따라 주지 않으니 서현도 속상하기는 마찬가지였다. 은검만큼은 아니지만 좀 더 날렵하다면 얼마나 좋을까. 도포에 묻은 흙을 툭툭 터는데 헌재가 손을 내밀었다. 뭡니까? 눈을 들어 그를 보니 그가 멋쩍게 웃으며 입을 열었다.

"넘어져 다치기라도 하면 골치 아픈 일 아니냐. 뭐 하느냐. 어서 잡지 않고?"

넘어지니 잡아 준다. 별말도 아니었는데 서현의 얼굴이 발그레하게 물이 들었다. 커다랗고 든든한 손을 보니 마음까지 붉은 물이 드는 것 같았다. 천천히 저의 작은 손을 올리니 헌재의 손이 살며시 그 손을 감싸 쥐었다. 빙긋이 웃음지은 두 눈이 서현의 얼굴에 닿았.

"가자."

미끄럽고 울퉁불퉁하던 길이 갑자기 임금님의 어도(御道)가 된 듯 발걸음이 가벼워지니 무슨 조홧속인지 모를 일이었다. 아우를 걱정하는 마음이면 어떠하리. 남녀가 유별한들 어떠하리. 서운하고 두근거렸던 마음에 흐뭇함만 가득하니 서현은 구름 위를 걷는 양 가벼운 발걸음으로 헌재를 따랐다.

한편 서현의 뒤에서 걷던 은검은 헌재가 내민 손을 그녀가 덥석 잡자 눈이 커졌다. 어쩌자고 저런 행동을 하는 것인가. 만에 하나 그에게 들키기라도 하면 큰일 아닌가. 하여 그들을 앞질러 길을 가로막았다. 은검이 앞에 서자 둘은 걸음을 멈추었다.

"힘드시면 제게 업히시지요."

"유난을 떠는구나. 이 길이 업힐 정도로 험하더냐?"

헌재의 대답에는 아랑곳하지 않고 은검은 서현을 보며 답을 재촉했다. 서현은 머뭇거리며 답을 쉽게 하지 못하였다. 길이 미끄러운 것도 사실이었고, 헌재의 손을 잡고 내려가는 것이 좋은 것도 사실이었다. 그녀가 머뭇거리자 헌재가 다시 입을 열었다.

"사내끼리인데 손을 잡으면 안 되는 연유라도 있는 것이냐? 그런 것이 아니면 산 아래까지 잠시만 이리 가도록 하자."

찰나였지만 은검의 눈동자가 흔들리는 것을 놓치지 않았다. 은검 역시 이 녀석이 여인임을 알고 있었구나. 허면 어느 집 여식인지도 알고 있는 것인가? 호위무사로 따라나섰다면 당연히 알고 있을 것이다. 과연 어느 집 여식인가.

생각에 잠기던 헌재의 한쪽 입꼬리가 씨익 올라갔다. 그동안 은검에게 이유 없이 미움 받고 괄시받던 일이 주마등처럼 지나갔다. 어디 너도 맘고생 좀 해 봐라. 헌재의 입가에 사악한 미소가 맺혔다. 그리고 서현의 손을 당겨 더욱 꽉 잡았다.

"이 작은 손으로 험한 일이나 해 봤겠느냐? 발도 저리 작은데 괜히 산길을 걷다 다치면 내 마음이 아플 것 같구나. 동행하는 자들끼리는 서로 도우라 했다. 산 아래가 얼마 안 남았으니 이 녀석은 내가 챙길 테니 넌 신경 쓰지 마라."

줄줄 늘어놓는 헌재의 말에 은검의 안색이 변했다. 뭘 알고 하는 소리인가 아니면 그저 동행으로 하는 소리인가. 능글맞게 웃는 낯을 유심히 살폈지만 도무지 속마음을 알 수가 없었다.

헌재는 혼란스러워하는 은검을 보며 속으로 고소함을 금치 못했다. 그동안 네놈이 나를 미워한 값이다. 어디 실컷 머리나 아파 보아라.

"가자."

시치미를 뚝 뗀 헌재는 서현의 손을 잡고 앞서 걷기 시작했다. 서현은 은검을 보고 어색하게 미소를 짓더니 냉큼 그의 곁에 섰다. 나들이하듯 나선 두 사람과 달리 뒤에 선 은검의 속은 바짝 타들어 갔다. 헌재의 속마음을 모르니 그가 하는 행동 하나하나에 신경을 곤두세울 수밖에 없었다. 지금 그가 서현을 억지로 떼어 놓으면 더 의심을 할 수도 있기에 그저 헌재를 노려보기만 할 뿐 조용히 곁을 따랐다.

인가가 보이는 곳에 다다르자 서현은 슬그머니 손을 빼내었다. 이 조선의 법도 안에서는 남녀가 손을 잡는 것은 물론이요, 사내끼리 손을 잡는 것은 더더욱 안 되는 일이었다. 아쉬운 마음이야 이루 말할 수 없지만 법도가 그러하니 어찌하랴. 서현의 손이 반쯤 빠져나갔을 때 돌연 헌재가 그녀의 손을 덥석 잡았다. 손이 빠져나오다 중간에 걸린 꼴이었다. 서현이 어리둥절한 눈으로 헌재를 올려보자 그의 눈이 지그시 서현을 내려다보았다.

이리 손을 잡고 있어도 애가 타는데 이 손마저 놓으면 그저 형님, 아우 사이가 될까 봐 차마 놓을 수가 없었다. 지금이 마지막인 양 그는 입가에 미소가 생기는 줄도 모르고 서현의 얼굴을 꼼꼼히 눈에 담았다.

구름 위에 떠 있는 기분이란 것이 이런 것일까? 단지 바라보기만 할 뿐인데 그 감촉이 느껴지는 것은 왜일까? 부드럽게 감싸 안다, 살며시 쥐기도 하고, 다시 아기 다루듯 어루는 눈빛에 서현은 부끄럽기도 하고 한편 찌릿찌릿한 느낌 때문에 어쩔 줄을 몰라 하고 있었다.

혹시 여인임을 아는 것일까? 그래서 이런 감정을 느끼는 것일까? 아니면 그저 동행이라 지나치게 신경을 써 주는 것뿐인가? 처음 보는 눈빛과 감정 때문에 서현은 혼란스러웠다. 저도 모르게 붉은 입술을 물어뜯자 헌재의 손이 다가왔다. 그가 검지로 아랫입술을 지그시 내리누르자 머릿속이 펑 하고 터지는 것 같았다.

"피가…… 나겠구나."

다정하게 말하는 입술만 보이고, 달콤한 목소리만 귀로 들어왔다. 주변의 모든 것들이 사라진 것처럼 오로지 헌재의 얼굴과 손길만이 느껴질 뿐이었다. 서현은 물어뜯던 입술을 놓았다. 입 안이 바짝 말라 저도 모르게 혀를 내밀어 입술을 축였다.

이 무슨 짓이란 말인가. 조그맣고 축축한 혀가 나와 얼결에 헌재의 손가락을 핥았다. 헌재의 얼굴이 삽시간에 하얗게 질렸다. 여인임을 안 순간 가슴에 품었던 연정이 서현의 작은 동작 하나로 인해 욕정으로 바뀌는 순간이었다. 대체……. 너란 녀석은!

"아악!"

헌재는 느닷없이 손목의 혈도를 눌러 뒤로 비트는 은검 덕분에 비명을 질렀다. 팔을 빼내려 했지만 단단히 마음을 먹은 듯 부러질 정도로 잡아 꺾은 팔 때문에 헌재는 비명도 제대로 지르지 못하고 있었다.

"헉, 이, 이……거, 이거 놔라!"

"무슨 짓입니까?"

"놓고, 얘기해라!"

허나 두 눈에서 불이라도 뿜을 듯 헌재를 노려보는 은검은 그의 요구를 들어줄 생각이 전혀 없어 보였다. 눈빛은 더욱 거세어졌고 꽉 다문 어금니를 보아하니 화가 단단히 난 듯 해 보였다.
 감히 어디에 손을 대는 겁니까? 뉘 댁 아씨인 줄 알고······.
 은검이 다시 손에 힘을 주자 헌재의 비명 소리가 더욱 커졌다. 그러자 서현이 부랴부랴 은검의 팔에 매달렸다.
 "은검! 무슨 짓이야? 손 놓지 못해!"
 "예를 모르는 자에게는 이것이 약입니다."
 "제발 손 놔. 그러다 부러지겠어!"
 "······."
 "은검!"
 반쯤 울먹이는 소리에 은검의 손이 느슨해졌다. 팔을 잡고 바르르 떨던 헌재는 그 틈을 타 잽싸게 몸을 뺐다. 아직도 저릿저릿한 손목을 주무르며 은검을 피해 뒤로 물러섰다. 잇새로 신음이 흘러나올 지경이었지만 이를 악물고 참고 있었다. 저놈 진심이었다. 진심으로 그의 팔을 부러뜨릴 심산이었다.
 곁으로 다가온 서현이 그런 헌재의 팔목을 잡고 살펴보았다.
 "괜찮으십니까, 형님?"
 "괜찮다."
 말은 괜찮다 하면서 은검을 노려보는 눈빛에는 살기가 어렸다. 지지 않고 맞받아치는 은검의 눈빛 역시 검날처럼 빛나기는 마찬가지였다. 어제보다 더 심한 기 싸움에 정말 누구 하나 크게 다칠 수도 있겠다 싶은 생각이 들 정도였다. 뒤로 물러섰던 헌재가 한 걸음 앞으로 다가왔다.
 "진심이었느냐?"
 은검 역시 한 걸음 앞으로 나섰다.
 "무사는 언제나 진심입니다. 누구와 다르게 말입니다."

"하, 언제나 진심이라? 그 말 또한 진심이냐?"

"진심이라는 그 말 또한, 당연히 진심입니다."

다시 한 걸음씩 앞으로 다가온 두 사내 때문에 서현의 몸이 둘 사이에 끼어 버렸다. 갓은 벌써 찌그러졌고, 두 사내의 단단한 가슴이 양어깨에 닿을 정도가 되어 버렸다. 어떻게든 두 사내를 떼어 놓으려고 양손에 힘을 주어 밀었지만 둘 모두 꿈쩍도 하지 않았다. 아, 진짜 이 사내들이!

"그만하시라구요! 은검도 그만해!"

서현의 고함 소리도 못 들었는지 두 사내의 거리는 조금씩 가까워졌고, 그에 따라 서현의 몸은 점점 더 찌그러져 들어갔다. 산만 한 사내 둘 사이에 끼이니 옴짝달싹도 하지 못하겠고 숨도 막혀 왔다. 둘 사이에서 비틀거리던 서현이 돌을 잘못 밟아 몸을 휘청거리며 얕은 비명을 질렀다.

"아앗!"

큰 고함 소리는 들은 척도 안 하더니 그녀의 얕은 비명에 두 사내가 놀라 뒤로 물러났다. 헌재가 먼저 서현의 곁으로 다가오며 다급하게 물었다.

"왜 그러느냐? 어디 다쳤느냐?"

"왜 그러십니까? 발목을 다치신 것입니까?"

은검 역시 서현의 발목을 살피며 걱정스럽게 물었다. 얼굴을 찌푸린 서현은 손을 내저었다.

"잠시 발목을 삐끗한 것뿐입니다. 그나저나……. 왜들 자꾸 싸우시는 것입니까? 애들처럼……."

"송구합니다."

"저놈이 먼저 그랬다."

은검은 송구하다 고개를 숙이는데 헌재는 또 변명이었다. 서현은 눈을 부라리며 헌재를 노려보았다. 슬그머니 눈을 돌린 헌재를 본 서현은 이번에는 은검을 노려보았다. 그는 고개를 숙이고 있었다. 그의 충심이야 믿지만 헌재에게 그리하는 것은 싫었다. 낯을 편 서현은 부드럽게 은검의 어깨에 손을 올렸다.

"은검까지 왜 그래? 은검답지 않아."

"송구합니다."

은검의 고개가 더욱 숙여지자 싱긋 웃으며 그의 마음을 다독였.

둘의 모습을 보는 헌재는 기가 막힐 노릇이었다. 저를 보고는 눈을 부라리더니 은검에게는 다정한 말은 물론이거니와 웃음까지 비치다니! 이런 차별이 어디 있냔 말이다. 발끈한 그가 서현에게 다가가 발을 굴렀다.

"대체 저놈에게는 다정히 말하고 내게만 눈을 부라리는 이유가 무엇이냐?"

"쯧쯧쯧……."

저의 말에 답은커녕 고개를 흔들며 혀를 차는 서현을 보니 입이 딱 벌어졌다. 대꾸할 가치도 없다는 뜻인가? 연모하는 여인에게서 받는 괄시에 설움이 더욱 커졌다. 은검에게 밀렸다. 입을 다문 헌재는 묵묵히 인가를 향해 걸음을 옮겼다.

뭐라 퉁을 놓아야 할 헌재가 순순히 걸음을 옮기자 서현은 의아한 표정을 지었다. 이건 전혀 그답지 않은 반응이었다. 서현은 냉큼 그의 곁에 서서 조심스럽게 안색을 살피니 실망한 기색이 역력했다.

"형님."

"……."

"형님."

"왜 부르느냐? 저놈 곁에나 가지."

"삐치셨습니까?"

"뭐라? 선비에게 못 하는 말이 없구나! 내가 그리 속 좁은 인사 같느냐?"

화를 버럭 내는 헌재를 보니 오히려 안심이 되었다. 그래서 서현은 계속 깐족거렸다.

"네, 그리 보입니다."

"뭐? 이 녀석이!"

헌재는 놀리며 도망가는 서현의 목덜미를 덥석 잡아 팔로 목을 졸랐다. 가느다란 목이 그의 팔 안으로 부드럽게 감겨 왔다. 통이 넓은 옷소매가 위로 올라간 덕에 녀석의 여린 살결이 고스란히 팔뚝에 느껴졌다. 봐도 봐도 좋고, 만지고 싶고, 안고 싶어진다. 헌재의 입가에 흐뭇한 미소가 걸렸다.

허나 목을 잡힌 서현은 켁켁거리며 몸을 버둥거렸다. 이 사내가 좋긴 하지만 이렇게 목을 조르다니…… 날 죽일 셈인가? 속으로 투덜거렸지만 벙싯 나오는 웃음은 그녀도 참기 어려웠다.

"형님을 자꾸 놀릴 테냐?"

"안 그러겠습니다. 놔주십시오."

웃음기를 머금은 그녀의 목소리가 싱그러웠다. 사내 흉내를 내느라 굵게 목소리를 내고 있었지만 그의 귀에는 은쟁반에 옥구슬이 굴러가는 것보다 더 고운 소리로 들렸다. 헌재는 그의 품에서 버둥거리는 서현을 보며 활짝 웃음 지었다. 그 어여쁜 모습에 정신이 반쯤 나갈 것 같았다.

그때였다. 차랑. 위협적인 쇳소리에 고개를 돌리니 은검이 칼을 반쯤 빼고 헌재를 쳐다보고 있었다. 그저 무심한 듯 쳐다보는 눈빛이 마치 칼날을 베어 물고 있는 것 같았다. 저놈 또 열 받았구나. 헌재는 피식 웃으며 잡고 있던 서현의 목을 놓았다. 제 주인을 지켜야 하기에 경계하는 놈이니 뭐라 타박할 수도 없었다. 그래서 그를 보며 웃음 지었다.

"그래, 그만한다. 너도 그만 눈에 힘 좀 풀어라."

서현도 얼른 몸을 바로 했다. 헌재와 있으면 자꾸 여인으로 돌아가는 것 같았다. 정신 차리자. 여인임을 들켜서는 안 된다. 암행어사의 임무도 완수해야 했다. 잠시 정신을 놓았던 서현은 마음을 다잡았다.

8장

 산을 내려오자 원주는 하루 거리였다. 또다시 헌재와 헤어져야 하는 시간이 다가오자 서현은 서글펐다. 어찌하여 이 양반은 잊을 만하면 나타나고, 익숙해질 만하면 사라지는 것인가. 원주로 들어서기 전 고을에 들러 이른 저녁을 시켜 놓고 서현은 국밥을 깨작깨작거렸다.
 "복 달아난다. 밥을 그리 대하면 쓰나."
 "입맛이 없습니다. 저…… 형님."
 "말해라."
 "원주에 무슨 볼일로 가십니까?"
 "뭐 딱히 볼일이 있는 건 아니다."
 내 볼일은 바로 너다. 너를 감시하라는 어명이 있으셨다. 어찌하면 자연스럽게 이 녀석을 도울까 고민이었다. 더구나 여인인 녀석을 어찌 보호해야 할지. 그는 곁에 앉은 은검을 보았다. 미우니 고우니 해도 믿을 건 은검밖에 없었다. 그녀가 여인임을 알았다고 해서 대놓고 얘기할 순 없었다. 무슨 사정이 있는지 아직은 모르지만 그녀의 입으로 말하기 전까지 아는 척을 해선 안 되었다. 그것이 그녀를 돕는 일이기 때문이었다. 허나 같이 다닐 구실은 필요했다.

"딱히 볼일이 있어 오신 건 아니시라구요?"

반색하며 묻는 얼굴이 어찌나 사랑스러운지 헌재는 입가에 흐뭇한 미소를 머금었다.

"그냥 산천 구경이나 해 볼까 떠난 길인데, 이왕 군자의 길을 걷기로 한 몸. 누군가 날 필요로 하면 도움도 줄까 한다. 혹시 도움이 필요한 것이냐?"

"……."

서현은 침을 꿀꺽 삼켰다. 도움을 요청하려면 자신이 암행어사임을 밝혀야 한다. 하지만 그런 말을 섣불리 해도 되는 것일까? 그녀는 물론 그를 믿는다. 하지만 어명으로 떠난 길이다. 사사로운 감정으로 나랏일을 처리할 수는 없었다. 서현은 저도 모르게 입술을 물어뜯었다. 붉은 입술 사이로 하얀 이가 보이자 헌재의 얼굴이 다시 창백해졌다.

저놈은 대체 저런 행동이 어떤 영향을 끼치는지 아는 것인가? 모르겠지. 그러니 저리 행동하는 것이겠지. 크게 숨을 들이쉰 헌재는 고개를 돌리고 밥을 퍼먹었다. 밥이라도 씹어야지 안 그랬다간 그녀의 입술을 성큼 베어 물지도 모를 일이었다.

헌재의 마음도 모른 채 서현은 난처한 얼굴이 되어 은검을 힐끔 보았다. 어찌해야 하나. 은검이 보일 듯 말 듯 고개를 저었다. 아니 됩니다. 그자에게 정체를 말하시면 안 됩니다. 다시 헌재에게 고개를 돌린 서현은 울상이 되었다.

고개를 돌렸다 해도 어찌 그 상황을 모를까. 국밥을 깨끗이 비운 헌재는 그녀를 보지 않고 입을 열었다.

"어차피 할 일도 없다. 보아하니 네놈은 이곳에서 할 일이 있는 듯한데, 그 일에 나도 끼워 주면 안 되겠느냐? 백성을 위한 일이라면 내 이유 불문하고 도와주지."

"진……심입니까?"

고개를 돌린 헌재가 서현의 눈을 곧게 바라보았다. 까만 눈동자가 기대감으로 반짝반짝 빛나고 있었다. 그가 빙그레 웃으며 고개를 끄덕였고, 서현이 활짝 웃자 곁에 앉은 은검은 어두운 낯빛으로 한숨을 길게 내쉬었다.

"일단 셋이 따로 들어가는 것이 좋을 것 같습니다. 제가 원주…… 부윤의 동태를 살펴야 할 일이 있어서요."

주막의 봉놋방에 자리를 잡은 서현은 조심스럽게 운을 뗐다. 헌재는 그저 듣고만 있을 뿐 별다른 질문이 없었다. 원주 최고의 벼슬아치를 살피러 간다는데 어찌 질문이 없는 것일까? 서현은 목소리를 더욱 낮추고 헌재를 보았다.

"왜인지…… 안 물어보십니까?"

"이유 불문하고 도와준다 하지 않았느냐. 네놈이 하자는 대로 할 테니 계속해 보거라."

"예."

이유 불문이라. 그것만큼 강한 신뢰를 나타내 주는 말도 없으리라. 입술을 깨물어 비어져 나오는 기쁨을 참은 서현은 헛기침을 한 번 하고 말을 이어 나갔다.

"빤한 밤보다는 새벽을 이용하여 원주로 들어가는 것이 좋을 듯합니다. 남들 눈 피하기는 밤보다 새벽이 나을 듯하고, 사내 셋이 함께 다니면 아무래도 눈에 뜨일 테니까요."

곱상하게 생긴 어여쁜 선비와 날렵하게 생긴 냉철한 무사와 서글서글한 인상의 잘생긴 양반이 뭉쳐 다니면 당연히 눈에 뜨이겠지. 고개를 끄덕여 동의를 표시한 헌재와 은검은 서현의 다음 말을 기다렸다.

"날이 어두워지면 전 평민으로 변복하여 원주로 들어갈까 합니다. 은검은 그냥 저 복장 그대로 가도 별 무리는 없어 보이고, 형님은……."

헌재를 보며 말꼬리를 흐리자 헌재가 왜? 하며 입을 동그랗게 모았다.

"형님은, 왈짜패 차림이 어떨까 싶은데요."

"뭐? 너희들은 지금 옷차림을 하고 왜 나만 왈짜처럼 하고 가란 말이냐?"

"그게……."

서현이 입을 떼지 못하자 은검이 대신 말을 받았다.

"그런 차림으로 원주에 들어가서 정보를 캐고 다닌다면 십중팔구 암행어사라 오해받을 수 있습니다. 행동하기 좀 더 편한 옷차림을 하시란 말 아닙니까."

암행어사라는 말을 저리 쉽게 내뱉다니, 그러다 눈치라도 채면 어쩌란 말인가? 서현은 뜨끔한 얼굴로 은검을 보았지만 그는 아무렇지도 않은 얼굴이었고, 헌재 역시 은검을 살짝 흘겨보긴 했지만 이상타 하지 않고 수긍하는 표정이었다. 서현 혼자만 놀란 가슴을 쓸어내렸다. 그녀와 눈이 마주친 헌재의 눈이 장난스럽게 빛났다.

"좋다. 내일 새벽 원주로 들어가자."

이른 저녁을 먹고 나니 밤이 길어졌다. 방에 눕긴 했으나 잠이 올 리가 만무했다. 내일이면 원주로 들어가 진짜 어사의 일을 행해야 한다. 그 생각만 하면 가슴이 터질 것 같았다. 좁은 방에서 이리저리 몸을 뒤척거리는데 누군가 문을 두드리는 소리가 났다. 방 앞에 앉아 있는 은검인가? 문을 열자 헌재의 얼굴이 보였다.

"나와라."

은검을 어디에 갔는지 보이지 않았다. 의아해하며 헌재를 따라 주막 뒤편으로 갔다.

"무슨 일이십니까?"

"보아하니 여차하면 뛸 일이 생길 것도 같은데, 말은 좀 타느냐?"

"그게……. 제가 걷는 것을 좋아해서요. 말은 좀……."

아비를 졸라 말 타는 것을 약간 배우긴 했지만 제게는 맞지 않았다. 한양에서 떠나올 때, 혹시나 하고 타 봤지만 역시 말 타기는 아니었다. 그런데 또 말을 타라 하다니……. 서현은 애써 웃으며 얼렁뚱땅 넘기려고 했다.

서현의 변명에 헌재가 미소 지었다. 여인이 어디에서 말을 그리 타 보았을까. 그가 주막에 딸린 마방에서 빌린 말을 가져오자 그녀의 눈이 두려움에 커다래졌다.

"웬 말입니까?"

"자고로 선비라면 말 타는 것도 기본으로 알아 두어야 하는 것 아니냐? 어디 올라타 보아라."

"꼭 타야 합니까?"

싫어요, 하는 외침이 가득한 눈동자가 애원하듯 헌재를 바라보고 있었다. 헌재가 단호하게 고개를 끄덕거리자 서현이 뒤로 슬그머니 한 발 물러섰다. 그러나 양보할 수 없는 일이다. 정말 급한 일이 생길 경우 말을 타야 한다. 헌재가 성큼 다가가자 서현이 두 손을 앞으로 내밀어 방어를 했다.

"몇 가지 선택이 있다. 첫째, 내가 강제로 말에 태운다. 둘째, 자발적으로 말 위에 올라탄다. 셋째, 나와 함께 탄다."

사심을 듬뿍 담은 세 번째까지 선택권으로 주자 서현의 미간에 주름이 생겼다. 잠시 후 한숨을 푹 내쉰 그녀가 등자에 발을 올리려고 낑낑거렸다. 헌재가 발을 잡아 등자에 그녀의 발을 끼워 넣고 다른 발을 들어 올리자 서현의 몸이 성큼 말 위로 올라갔다.

"우앗!"

"자, 이제 허리를 펴고 고삐를 살짝 쥐어 보아라."

"그, 그것이……. 허리가 안 펴집니다."

안장에 납작 엎드린 서현이 울상을 짓자 헌재가 안타까운 얼굴로 그녀의 허리께를 툭툭 쳤다.

"안 떨어진다. 허리를 펴고 편안하게 몸이 흔들리는 대로 놔두면 되니 긴장하지 말고."

"윽, 앗, 윽, 흐엑!"

말이 움직이자 흔들림에 따라 서현의 입에서 온갖 비명 소리가 나오기 시작했다. 얼마 타지도 않았는데 온몸에 매타작이 들어오는 것처럼 몸이 욱신거리고 머리까지 울리는 것 같았다. 피식 웃음지은 헌재가 천천히 달리는 말의 고삐를 잡더니 획, 말 위로 몸을 던졌다.

서현의 뒤에 앉은 그는 그녀의 손을 감싸며 고삐를 같이 쥐었다.

"자, 내가 뒤에 있으니 걱정 말고 허리를 펴거라."

"폈습니다. 윽."

"이제 달린다. 이랴!"

조금씩 속도가 오르자 몸은 더욱 흔들렸다. 그러자 헌재의 한 팔이 그녀의 허리를 감아 꽉 붙드는 것이 아닌가. 순간 숨이 멈춰졌지만 든든한 그의 가슴이 등에 닿자 마음이 놓였다. 편안하게 그의 품에 몸을 맡긴 서현은 앞만 바라보았다.

말은 어느새 너른 산길을 오르고 있었다. 바람이 그녀의 얼굴을 어루만지고 뒤로 흘러 헌재의 얼굴에도 닿았다. 달리기는 말이 달렸는데 그녀가 숨이 찼다. 원주가 훤히 보이는 언덕배기에 말을 멈춘 헌재가 조용히 입을 열었다.

"내일 갈 곳이 저곳이다."

"네. 제가 해야 할 일이 있는 곳이지요."

"잘할 수 있겠느냐?"

"사실 잘 모르겠습니다. 그냥 제가 할 수 있는 만큼은 해야겠죠."

솔직한 그녀의 말에 헌재는 빙긋 웃음을 지었다. 허세도 없고 숨지도 않는 그녀가 당당하고 아름다웠다. 하늘의 별은 반짝거리고 주변은 평화로웠다. 그 공간에 오직 두 사람뿐이었다. 그 사치를 만끽하고 싶지만 여기까지다. 헌재가 말머리를 돌렸다.

"은검이 걱정하고 있겠구나."

고개를 끄덕인 서현은 아쉬운 듯 헌재의 눈을 바라보았다.

먼동이 터 오를 무렵, 서현은 부지런한 보부상들 틈에 끼어 길을 나섰다. 긴 도포를 벗고 갓 대신 패랭이를 썼다. 전날 밤 미리 접장(보부상의 우두머리)에게 홀로 여행하는 어린 과객이니 원주까지 동행을 해 달라고 부탁을 했고, 다행히 인심 좋은 접장은 흔쾌히 그러마, 허락을 했다. 서현은 보상들이 가지고 다니는 목판을 하나 얻어 목에 걸었다. 앞장 선 접장의 소리가 들렸다.

"어여 가세. 이 고개만 넘으면 원주로 들어가는 길이니……."

접장의 격려에 다른 보부상들이 잰걸음을 옮겼다.

서현이 그들 무리와 함께 고개를 넘어가는 것을 본 헌재와 은검은 각각 북쪽과 남쪽으로 발길을 돌렸다. 산을 타고 마을로 들어갈 예정이었다. 홀로 가는 서현이 걱정되긴 하지만, 발 빠르게 움직이면 보부상 패거리들보다 먼저 도착할 수 있을 것이다.

고개를 넘자 뒤에서 지켜보고 있던 헌재와 은검의 모습이 보이지 않았다. 가슴이 두근거렸다. 잠시 동안이지만 길을 떠난 뒤로 혼자 있는 것이 처음인 탓이다. 두 식경이면 원주에 들어서고, 그리하면 헌재와 은검의 모습도 보일 텐데 두려움인지, 기대감인지 모를 가슴의 두근거림은 끝없이 이어졌다. 서현은 스멀스멀 올라오는 불안감을 누르려 목판을 꽉 잡고 보부상들을 따라 걸음을 서둘렀다.

동이 막 터 오르고 있었다. 어둠에 잠겼던 주변이 장막을 걷어 내듯 환한 빛 속에 모습을 드러내고 있었다. 좁은 오솔길을 따라 숲을 나서자 비췻빛으로 빛나는 논들이 보였다. 아름다운 광경이었다. 그것을 바라보는 서현의 입가에 미소가 맺혔다.

여름이 지나고 가을이 되면 저 들은 황금빛으로 가득 찰 것이다. 상상만 해도 가슴이 뿌듯해 왔다. 허나 감격도 잠시, 앞에 선 접장이 손을 들어 모두를 멈추게 했다. 무슨 일이 생겼나 싶어 서현은 고개를 옆으로 빼며 앞에 선 사내들의 대화에 귀를 기울였다.

"오늘이 뭔 날인교? 새벽부터 웬 검문인교?"

"내도 모르제. 누굴 찾나? 용모파기를 들고 있구마."

사내들의 말에 고개를 더 빼어 보니 과연 관군들이 길을 막고 사람들을 검문하고 있었다. 당황한 서현은 뒷걸음질을 쳤다. 그러나 곧 마음을 굳게 먹었다. 무슨 일인지는 모르나 지은 죄가 없으니 도망칠 이유가 없었다. 서현은 패랭이를 단단히 고쳐 매고 목판도 바짝 끌어당겼다. 보부상들 틈에 있으니 한 패거리라 여기고 아무 의심이 없기를 바랐다.

밤새 검문을 했는지 관군들은 하품을 하면서도 용모파기를 들고 한 사람, 한 사람 꼼꼼히 대조하고 있었다.

"통과, 통과."

"언제까지 검문해야 하는가?"

"이자를 찾아야 한다잖아. 아하함. 잔말 말고 용모파기나 잘 봐."

제 차례가 얼마 남지 않자 서현의 심장은 미칠 듯이 뛰었다. 오라비 대신 암행어사로 나섰으니 죄가 없다 할 수 없다. 그래서인가 아무리 심호흡을 해도 심장은 제자리를 찾지 못하고 있었다. 이마에 흐르는 식은땀을 찍어 낸 서현은 고개를 다시 숙였다.

"다음, 고개를 드시오."

"무슨 일 있소이까?"

앞에 선 부상이 등에 멘 짐을 한 번 들썩이더니 변죽 좋게 물었다. 하지만 밤을 새운 관군들은 귀찮은지 대답 없이 그저 용모파기와 부상의 얼굴을 번갈아 보더니 지나가라고 손짓을 할 뿐이었다.

머쓱해진 부상이 지나가고 서현이 다음 차례에 섰다. 서현은 굳어진 입가에 억지로 미소를 띠고 관군을 향해 굽실거렸다.

"수고가 많으십니다. 그럼……."

"잠깐!"

얼렁뚱땅 인사를 하고 지나가려던 서현을 관군이 저지했다. 긴장으로 인해 입 안의 침이 바짝 말랐다. 서현은 고개를 살짝 숙이며 물었다.

"왜 그러십니까?"

"이 얼굴이…… 맞나?"

"글쎄……. 맞는 것도 같고, 아닌 것도 같고……."

주먹을 말아 쥔 서현은 침을 꿀꺽 삼키고는 그들이 들고 있는 용모파기를 보았다. 다음 순간 그녀의 눈이 왕방울만 해졌다. 갸름한 얼굴선에 도톰한 입술, 귀여운 코끝과 외까풀의 부드러운 눈매. 바로 자신의 얼굴, 아니 진성 오라버니의 얼굴이었다. 서현은 저도 모르게 고개를 돌렸다. 어찌하여 오라버니의 얼굴이 저곳에 있단 말인가!

 서현이 고개를 돌리자 고개를 갸웃거리던 관군들이 몸을 앞으로 내밀며 서현의 얼굴을 더욱 유심히 살펴보았다. 태연해야 할 것을 저도 모르게 고개를 돌린 것이 화근이었다. 잠시 서현을 보던 관군들이 일제히 삼지창을 앞으로 내밀며 그녀를 에워쌌다.

 "꼼짝 마라!"

 뒷걸음질을 치던 서현은 관군들에게 잡혀 오랏줄을 받았다.

 서현이 관군에게 잡혀 간 줄 꿈에도 모른 헌재는 산을 돌아 마을로 내려갔다. 반나절쯤 마을을 돌아본 뒤 원주를 나와 다시 주막에서 모일 예정이었다. 은검이야 걱정할 필요도 없지만 어리바리한 서현은 은근히 걱정이 되었다.

 "잘 오고 있는 건가?"

 걱정스런 마음에 자꾸만 눈이 그녀가 나타날 길 쪽으로 향했다. 보부상들을 따라나섰으니 지금쯤 모습이 보여야 했다. 초조함이 더해졌다. 아직 아무런 낌새도 보이지 않았지만 그녀에게 일이 생긴 것 같았다. 헌재는 본능적으로 서현이 오고 있을 길을 따라 되돌아갔다.

 얼마 가지 않자 보부상 패거리들의 모습이 보였다. 맥이 탁 풀린 헌재는 허탈한 웃음을 지었다. 과민 반응을 보였구나. 멀찌감치 떨어진 그는 곁눈으로 보부상들이 지나가는 모습을 지켜보았다. 헌데……
서현의 모습이 보이지 않았다. 작은 몸집에 반짝반짝 빛나는 녀석의 얼굴이 보이지 않았다. 보부상들에게 다가간 헌재는 덥석 접장을 잡앉다.

"동행하던 작은 녀석은 어디에 있느냐?"

"이게 무슨 짓이오?"

"접장께 무슨 일인교? 이 손 놓으소!"

웬 놈이 갑자기 접장에게 달려들자 보부상들은 일제히 헌재를 저지했다. 허나 접장의 멱살을 잡은 헌재의 손은 떨어지기는커녕 더욱 세게 움켜쥐었다. 그런 그와 접장의 눈빛이 부딪혔다. 짙은 눈썹에 밝은 눈동자, 곧게 뻗은 콧날을 보아하니 귀한 인상이었다. 허름한 거리의 왈짜 차림을 하고 있었지만 관상을 본 접장은 그가 보통 인물이 아님을 알 수 있었다. 손을 들어 다른 이들은 진정시킨 접장은 헌재에게 부드럽게 입을 열었다.

"혹시 어젯밤 동행하게 된 어린놈을 말하는 것이오?"

"그래. 어디에 있는 것이야?"

"관군이 데려갔소."

"뭐라? 관군이?"

헌재의 목소리가 커졌다. 관군이라니. 대체 무슨 일로 관군이 그놈을 데려갔다는 말인가? 혹시 남장을 한 여인임이 밝혀진 것인가? 아니면 암행어사라는 것이 밝혀져 데려간 것인가? 첫 번째 이유라면 녀석이 위험하다. 강상의 도를 어지럽힌 죄를 면키 어려울 것이고, 두 번째 이유 역시 안심할 바는 못 되었다. 상대는 원주부윤이다. 그까짓 말단 암행어사쯤 쥐도 새도 모르게 없애 버릴 수도 있기 때문이었다.

두려움이 몰려왔다. 지금껏 살면서 이리 두려운 적은 없었다. 만약 녀석에게 무슨 일이라도 생긴다면……. 상상조차 하고 싶지 않았다. 헌재의 눈동자가 흔들리는 것을 본 접장이 다시 입을 열었다.

"오랏줄에 묶여 가긴 했지만 해칠 것 같은 의사는 없어 보였소."

접장의 말에 헌재는 그제야 그의 멱살을 놓았다. 툭툭 옷자락을 터는 접장을 보고 헌재는 공손히 고개를 숙였다.
"급한 마음에 실례를 했소. 미안하오."
"벗이 잡혀간 모양이구려. 당연히 마음이 쓰일 테지요. 그럼……."
접장이 움직이자 뒤에 선 보부상들의 행렬 또한 움직였다. 감히 접장의 멱살을 잡은 헌재에게 경고를 보내느라 그중 몇몇이 지나가며 헌재에게 눈을 부라렸다.

허나 보부상들이 눈을 부라리든 말든 그의 관심 밖이었다. 보부상 일행이 지나가기도 전에 헌재는 지체 없이 원주감영으로 달리기 시작했다. 어떤 이유에서든지 서현에게 득 될 것이 없었다. 한시라도 빨리 서현을 찾아야 했다.

강원도의 부, 목, 군, 현을 관할하는 감영답게 원주감영의 규모는 컸다. 높은 담이 빙 둘러쳐진 곳을 살피던 헌재는 번을 서던 관군이 지나가기를 기다렸다 도움닫기로 단번에 담장을 넘었다.

탁! 착지하는 작은 소리만 났을 뿐 주변은 조용했다. 중삼문과 내삼문을 지나 관찰사의 집무처인 선화당이 보이는 곳까지 관군들을 피해 온 헌재는 나무 뒤로 몸을 숨겼다. 번을 서는 관군들이 지키고 있는 선화당은 조용했다. 어디에 있는 것인가? 무슨 연유로 잡혀 온 건지 알면 찾기가 쉬울 텐데, 서현의 행방을 알 수 없는 헌재는 가슴이 바짝바짝 타들어 갔다.

오랏줄에 묶여 관군을 따라가는 서현의 마음 역시 초조한 것은 마찬가지였다. 왜 잡혀가는지 알 길이 없으니 그 두려움은 배가 되었다.
"왜 나를 잡아가는 것이오?"
"우린 모르오. 관찰사 나으리가 댁을 잡아 오라 하셨소."

대꾸하는 말투가 점잖은 것을 보아하니 나쁜 일은 아닐 것이다. 짐작만 할 뿐이었다. 거친 오랏줄이 손목에 쓸려 벌겋게 살갗이 일어났다. 하지만 그깟 손목의 상처가 중한 것이 아니었다. 만에 하나 여인임이 발각되는 날에 그녀는 물론이고 집안에 평지풍파가 일 것을 생각하니 모골이 송연했다. 서현은 마른 입술을 혀로 축이고는 마음을 단단히 먹었다.

저 멀리 원주감영이 보였다. 높게 둘러쳐진 담장을 보고 서현은 마른침을 꿀꺽 삼켰다. 아무 일 없을 것이다. 임금 앞에서도 무사히 넘어가지 않았느냐? 조선 천지에 임금보다 더 무서운 것은 없다. 그깟 원주부윤쯤이야……. 속으로 허세를 부려 보았지만 감영의 정문인 포정루(布政樓) 앞에 다다르자 부들부들 떨리는 심장은 어찌할 수가 없었다.

특히 징청문(澄淸門)이라 일컬어 청렴결백한 몸과 마음을 가다듬어야 한다는 의미를 담고 있는 내삼문을 지날 때는 양심이 콕콕 찔러 현판을 제대로 보지도 못했다. 선화당에 들어서자 이제 원주부윤을 만나겠구나 한 짐작과 달리 관군들은 선화당을 돌아 내아[4](內衙)로 들어갔다. 서현은 고개를 갸웃거렸다. 죄가 있어 오랏줄에 묶어 데리고 온 것이라면 응당 선화당에서 부윤과 마주해야 할 터인데, 가족과 지내는 내아로 들어오다니 무슨 연유인가? 함께 간 관군들이 걸음을 멈추자 서현의 생각도 잠시 멈추었다.

미리 연통을 하였는지 이방으로 보이는 자가 다가와 관군에게 눈짓을 했다. 서현을 한 번 슥 훑어본 이방은 안채를 향해 고해 올렸다.

"감사또, 소인 이방이옵니다."

그다지 큰 목소리도 아니었는데 기다렸다는 듯 문이 벌컥 열리며 정자관을 쓴 나이 지긋한 한 남자가 나왔다. 5척이 조금 넘어 보이는

---

[4] 원주부윤의 가족이 거처하는 곳

작은 키에 웃을 때 눈이 초승달처럼 휘는 온화한 인상의 사내였다.

"모시고 왔는가?"

서현은 그자를 유심히 보았다. 이자가 원주부윤인가? 백성들에게 패악이 심하다 하던데, 보이는 인상은 그저 인자한 고을 어르신쯤으로 보였다. 그는 반색은 하며 댓돌 위로 내려서 단숨에 서현의 곁에 섰다. 그는 서현의 오랏줄을 보더니 곁에 선 이방에게 냉큼 소리를 쳤다.

"어찌하여 죄인처럼 묶은 것이냐? 어서 풀어라."

"예, 사또."

관군들이 허둥지둥 서현의 오랏줄을 풀었다. 거친 줄이 쓸려 가면서 손목의 살갗이 또 벗겨져 서현은 눈살을 찌푸렸다. 원주부윤은 그런 서현을 보며 만면에 웃음을 띠었다.

"아랫것들이 몰라 험히 다루었소. 자, 안으로 드시오."

"잠시만, 잠시만 여쭙겠습니다. 이리하는 연유가 무엇인지요."

서현의 물음에 말없이 웃음을 짓던 부윤이 곁에 선 관군들에게 눈짓을 했다. 이방만 남겨 놓고 모두 물러가자 다시 눈을 서현에게 돌렸다.

"원주부윤 박상서라 하오. 나랏일 때문에 내려온다는 기별을 받았기에 미리 마중은 한 것이외다. 헌데 전달이 잘못되었는지 험한 꼴을 당하게 했소. 그 점은 양해하기 바라오."

상서의 말에 서현의 낯빛이 굳어졌다. 저가 암행을 나올 것을 미리 알고 대기하고 있었다는 말이렷다. 그녀의 생읍지는 원래 공주였다. 온양에서 왕을 만나 생읍지가 바뀐 것인데 어찌 이자가 알고 있다는 말인가. 왕과의 독대를 알고 있었다는 말이었고, 정보가 새어 나갔다는 소리다. 원주부윤 박상서, 이자가 왕과의 독대를 미리 알고 있었다는 것인가?

서현의 낯빛이 서서히 잿빛으로 변하자 상서의 입꼬리가 슬며시 올라갔다. 허나 여전히 인자한 웃음은 잃지 않고 그녀에게 재촉했다.

"새벽부터 오시느라 시장하실 터이니 간단히 요기라도 하시지오."

께름칙한 기분은 떨칠 수 없으나 그의 요구대로 대청에 올라설 수밖에 없었다.

간단이란 말이 무색할 정도로 거하게 차려진 밥상을 받고 보니 그녀의 짐작에 확신이 들었다. 이자는 암행어사가 올 것을 미리 알고 있었다. 게다가 정확한 용모파기까지 가지고 있었으니, 누군가 이자와 내통한 것이 틀림없다. 작은 체구에 인자한 웃음을 짓고 있지만 이면에 숨겨진 무시무시함이 보이는 것 같아 서현은 떨리는 손을 꽉 쥐었다.

한편 선화당 근처에 숨어 있던 헌재는 서현의 모습이 보이지 않자 입술을 깨물었다. 옥에 갇힌 것인가? 막 발을 떼려는데 내아 쪽에서 관군들이 나오며 기지개를 켜는 것이 보였다.

"저 곱상한 계집같이 생긴 양반이 암행어사란 말이야?"

"그렇대도."

"아니, 우리 사또는 그자가 암행어사인 것을 어찌 알았을까? 용모파기꺼정 정확하게 내려오고 말이야."

"난들 아나? 우리 사또의 세가 워낙 세니 알아서들 기별을 한 것이 아니겠어?"

"으흠……."

"자고로 사람이란 줄을 잘 서야 하는 법이지. 우리 사또의 위세는 상감마마께서도 어쩌지 못하다고 하잖아."

"상감마마꺼정? 대단하네."

"그러니까 우린 줄을 잘 잡은 거라고."
"히히히. 그렇지."
"그나저나 밤새 검문을 했더니 피곤하구만. 이젠 집에 가서 좀 자야겠네. 하암."
"잠은 나중에 하고 해장술 어떤가?"
"해장술? 좋지."

떠벌떠벌 입담을 나누던 관군들이 입맛을 다시며 사라지자 헌재는 헛웃음을 지었다. 서현이 암행어사로 내려올 것을 미리 알고 있었다는 소리에 쓴웃음이 절로 나왔다. 대체 이 조정은 어디까지 타락할 예정인가. 허나 한탄은 나중 일이었다. 일단 서현의 안전이 확보 되었는지가 중요하기에 헌재는 조용히 내아를 향했다.

아침상을 물리자 편히 쉬라며 사랑채를 내준 상서는 웃으며 방을 나섰다. 포근한 이불이 깔려 있었지만 가시방석이나 다름없었고, 방금 먹은 조반마저도 얹힌 듯 가슴이 따끔거리며 아팠다. 눈살을 찌푸리고 고민하던 서현은 돌연 얼굴을 폈다.

"어차피 내가 암행어사인 것을 알았다면 무슨 큰일은 나지 않겠네. 잠시 눈을 붙이는 것이 오히려 도움이 될지도 몰라."

고개를 끄덕인 서현은 버선을 벗고 도톰한 이불 안에 몸을 뉘었다. 거의 밤을 새다시피 했고 이슬을 맞으며 새벽길을 걸었더니 몸이 고단했다. 두꺼운 이불은 목까지 끌어당긴 그녀는 이내 잠 속으로 빠져들었다.

서현이 달콤한 잠에 빠져들 즈음 내아에 들어선 헌재는 댓돌 위에 놓인 그녀의 신발을 보고 고양이처럼 살금살금 대청으로 들어섰다. 다행히 지키는 관군이 아무도 없었기에 쉽게 방 안으로 들어설 수 있었다.

 무서워서 울고 있지는 않을까, 조바심이 난 그는 재빨리 방 안으로 들어갔다. 그런데 서현의 모습이 보이지 않았다. 그저 아랫목에 불룩한 이불이 한 채 있을 뿐이었다. 미동도 하지 않은 이불을 보고 헌재는 조심스럽게 다가갔다. 혹시 기절이라도 한 것인가? 급한 마음에 서둘러 이불을 걷던 그는 피식 웃음을 내뱉고 말았다.

 두툼한 이불 속에서 서현이 색색 고른 숨소리를 내며 잠들어 있었다. 입가에 묻은 음식찌꺼기를 다 닦을 새도 없었는지 아주 편한 얼굴로 곤히 잠들어 있었다. 헌재는 허탈하게 웃으며 곁에 앉았다.

 "범의 소굴에 들어온 놈치고는 아주 태평하구나. 걱정한 내가 바보 같군."

 헌재는 자는 서현의 얼굴을 물끄러미 내려다보았다. 그녀 입가에 묻은 고춧가루를 닦아 주던 손이 조금씩 자리를 입술 쪽으로 옮겨 갔다. 붉고 부드러운 입술의 감촉이 말할 수 없이 좋았다. 그의 입가에 미소가 서서히 번졌다.

 남색일까 질색하던 그의 마음이 여인을 향한 당연한 연정이라고 생각하니 손길은 더욱 대담해졌다. 입술을 문지르던 손가락에 힘을 주자 서현이 뒤척이며 입맛을 다셨다. 그 통에 헌재의 손가락이 그녀의 하얀 치아에 닿았다. 진주보다 더 매끄럽고, 눈보다 더 눈이 부신 치아에 닿은 손가락을 꿈이라도 꾸는지 서현이 날름 혀로 핥았다. 헌재는 얼른 손가락을 떼었다. 숯이라도 닿은 듯 얼굴이 대번 벌겋게 달아오른 것은 말할 것도 없었다.

 "참 고약한 잠버릇이로구나."

 얼른 그녀를 깨워 괜찮은지 물어봐야 하는데 자는 모습이 너무 편안해 보여 헌재는 한동안 그녀의 얼굴을 들여다보고 있었다.

잘 잤다. 긴장한 탓에 그리 긴 시간은 아니지만 달게 잠을 잔 까닭에 서현은 만족스러운 얼굴로 눈을 떴다. 기지개를 켜며 몸을 일으키는데 누군가 곁에 있는 것을 느낀 그녀는 소스라치게 놀라 소리를 지르려 했다. 그러자 그자가 재빨리 다가와 그녀의 입을 막았다.

"쉿, 나다."

"혀, 형님? 여긴 어떻게 오셨습니까?"

"아무 생각 없는 네놈을 혼자 두고 오는 것이 아니었다. 오죽 못났으면 재를 넘자마자 관군에게 끌려온 것이야?"

"그게 말입니다. 형님……."

서현이 선뜻 입을 떼지 못하자 헌재가 장난스럽게 웃었다. 그 작은 머리를 굴리는 소리가 다 들리는 것 같구나. 그래, 더 이상 머리 아프게 하지 말자.

"네놈이 암행어사였다니. 조선의 앞날이 걱정이로고."

"예엣? 아셨습니까? 제가 암행어사인 것을요?"

"그래, 알았다."

"어찌 아셨습니까? 제가 그렇게 어설펐나요?"

금세 시무룩해지는 얼굴이 사랑스러워서 견딜 수가 없었다. 그래 핑계 삼아 서현의 통통한 양 볼을 아프지 않게 꼬집었다.

"아아, 아픕니다."

"어설픔이야 이루 말할 수 없지만, 사실 누구에게 들었다. 네놈이 암행어사란 것 말이다."

"듣다니요? 누구에게 말입니까?"

"주상 전하."

"예에?"

"조용히 해라. 내가 같이 있다는 것을 바깥에 떠벌릴 참이냐?"

서현은 볼이 아픈 것도 잊고 눈을 토끼마냥 동그랗게 떴다. 그 모습이 깨물어 주고 싶을 정도로 어여뻤지만 헌재는 볼을 한 번 더 비트는 것으로 대신했다. 아야, 하며 두 손바닥으로 양 볼을 문지르는 서현의 입이 앞으로 삐죽 나왔다. 그러나 두 눈은 여전히 호기심으로 빛났다.

"주상 전하께서 너를 도와 원주부윤의 행태를 바로잡으라 하셨다. 그러니 네가 암행어사인 것을 애써 숨길 필요 없다."

"주상 전하를 만나셨습니까? 어째서요? 혹시 형님도 암행어사, 아니 관직에 계신 분이란 말입니까? 그런데 왜 경기도까지 가셨다가 온양에서……. 혹시 온양현감이십니까? 관아에 약초가 있는 것도 알고, 마음대로 드나들기도 하고, 아니 온양관아에서는 담을 넘으셨었지. 그런데 지금은 저를 도우라 명을 받으셨다는 말입니까?"

"궁금한 것도 많다. 한 번에 하나씩만 물어라. 일단 너를 도와줄 터이니 나머지는 차차 말하기로 하자. 일단 너는 이곳에 머물러라. 나와 은검은 밖에서 동태를 살필 테니."

여전히 궁금한 것이 많은 서현은 말똥말똥 헌재를 쳐다보았다. 헌재의 손이 그런 그녀의 이마를 콩! 밀어냈다.

"잘하고 있어라. 연락할 방법은 은검과 의논하여 볼 테니."

"조심하십시오. 형님."

"어리바리한 놈. 네놈 걱정이나 하려무나."

방을 나선 헌재는 들어올 때와 마찬가지로 조용히 감영의 담을 넘었다. 아침까지 먹여 저리 방에 재운 것을 보면 그녀를 해칠 마음은 없는 것 같았다. 원주부윤이 보기에 서현은 이제 막 알에서 나온 애송이에 불과하리라. 저 정도는 충분히 요리할 수 있다 여겼기에 그저 제 공간에 가두어 두는 것이겠지.

일단 서현의 안전에는 이상이 없어 보였다. 은검을 만나기로 한 시각은 아직도 한 시진이나 남았다. 슬슬 고을 사정을 살펴야겠다는 생각으로 그는 저잣거리로 걸음을 옮겼다.

먼저 주막에 도착한 헌재는 은검이 방으로 들어오며 두리번거리자 눈을 찌푸렸다. 지 새끼 찾는 양 서현부터 찾는 것이 분명했다. 헌재는 손으로 바닥을 탁탁 쳤다.

"안 무너지니 앉아라."

"도련님은 아직 안 오셨습니까?"

"그게, 도련님이 잡혔다."

"무슨……."

은검의 안색이 창백해졌다. 무슨 무사라는 놈이 저리 안색을 금방 바꾸나. 혀를 차며 말을 이었다.

"네 도련님을 원주부윤이 손을 써서 잡아갔다는 말이다. 지금 원주 감영에 있다."

"그것을 알고 그냥 왔다는 소리입니까?"

"켁!"

순식간에 헌재의 멱살을 잡은 은검이 낮게 으르렁거렸다. 아무튼 성질도 급한 놈이로다. 아직 말이 다 끝나지도 않았거늘……. 헌재는 제 멱살을 잡은 은검의 팔목을 쥐었다.

"녀석은 무사하니 이 손이나 놓아라."

"대체 당신은……!"

은검의 손에 힘이 더해지려는 순간, 은검의 손목을 잡은 헌재의 손에도 힘이 주어졌다. 은검의 눈이 놀라움으로 점점 커졌다. 어릴 때부터 온갖 무공에 수련으로 다져진 몸이었다. 그런데 그런 그를 가볍게 제압하고 있는 헌재의 힘에 은검은 저도 모르게 놀라고 있었다.

천천히 은검의 팔목을 비틀어 손을 떼어 낸 헌재의 얼굴이 차갑게 가라앉아 있었다. 그리고 냉정한 말투로 입을 열었다.

"무사하다. 그러니 그리 걱정하지 않아도 된다. 그리고! 한 번만 더 내 멱살 잡아 봐. 그 손모가지를 뎅강 분질러 줄 테니까."

언제 찬바람이 불었냐는 듯 헌재의 목소리가 가벼워졌다. 역시 보통 인물이 아니었다. 무공을 아는 자였고, 그 무공을 숨길 만큼의 내공 또한 갖춘 자였다. 은검은 저릿저릿한 손목을 살며시 주물렀다.

"일단 그놈은 거기에 있으라 했다. 원주부윤의 행태를 알려면 그편이 나을지도 모르니. 암행어사라는 것을 알고 잡아 둔 것이니 해를 입히지는 않은 것이다."

은검의 놀란 눈을 보며 헌재는 귀찮은 듯 고개를 끄덕였다.

"그래, 녀석이 암행어사인 걸 안다. 그건 됐고, 알아본 것이나 고해 보아라. 둘의 머리를 맞대면 뭐라도 나오겠지."

대체 어떤 인물인가? 숨은 인재인가? 그저 떠돌이 양반 나부랭이인가? 여전히 겉보기에는 믿음이 가지 않지만 무사는 무사를 알아보는 법이다. 자신의 기를 감출 만큼 대단한 무공을 지닌 자라며 마음 또한 곧을 것이라는 생각에 은검은 그에게 조금 다가가 앉았다.

겉으로 보이는 패악은 별거 아니었다. 어느 고을에나 있듯이 환곡에 비싼 이자를 쳐서 받는다든가, 엉뚱한 명목으로 세금을 걷는다든가 하는 것들이었다. 단순히 그런 것들 때문에 왕이 원주부윤을 감시하라는 것은 아닐 것이다.

헌재는 곰곰이 생각에 잠겼다. 그런 그를 보던 은검이 제가 가지고 온 정보 하나를 더 내놓았다.

"장정들을 모집한다는 방이 붙었습니다."

"나도 보았다. 치악산 쪽에 뭘 만든다고 인원을 동원하는 것이라고 하던데."

"그런데 그것이 좀 수상합니다."

"수상하다니 뭐가?"

"원주 백성이 아닌 타지인(他地人)들을 위주로 모은다는 것입니다."

"타지인을?"

제 고을에서 하는 일을 굳이 다른 곳의 이에게 맡긴다. 어째서? 제 고을 백성들은 몰라야 하는 뭔가가 있는 것인가? 냄새가 났다. 헌재의 눈이 반짝 빛났다.

"아직 모집 중인가?"

"면접도 본다고 합니다. 내일입니다."

"그래."

헌재의 눈이 장난스럽게 빛나자 은검은 슬며시 걱정이 되었다. 어쩌려고 저리 음흉한 미소를 짓는가. 서현의 안위도 걱정되고, 이 양반의 오지랖도 걱정되었다. 이래저래 고민만 늘은 은검은 한숨을 푹 내쉬었다. 그의 한숨에 헌재가 고개를 들자 무시하듯 은검이 눈을 돌려 버렸다. 아니, 저놈이!

잠시 마음이 맞는 듯하였으나 두 사람의 갈 길은 멀어 보였다.

9장

 서현은 원주부윤 상서가 내민 옷을 보며 잠시 고민에 빠졌다. 최고급 비단으로 만든 연분홍의 바지, 저고리에 자줏빛이 화려한 명주로 된 도포와 구름무늬가 섬세한 운혜까지 한눈에 보아도 고급스러워 보이는 부담스러운 것이었다. 암행어사인 것을 들켜 원주감영에 머무는 것도 법도에 어긋나거늘, 이건 대놓고 뇌물질이다.

 서현의 눈초리가 점점 위로 치켜 올라갔다. 제아무리 세가 높다 하지만 감히 상감마마께서 보낸 암행어사를 제 손아귀에서 주무르려고 하다니……. 마치 주상 전하를 능멸하는 것 같아 화가 났다.

 그러나 잠시 후 방으로 들어온 상서를 보고는 턱을 내려 분노를 감추었다. 그 고분고분한 태도에 상서의 입가에 보일 듯 말 듯 미소가 어렸다.

 "준비한 옷이 마음에 안 드나 보오?"
 "너무 고급스럽습니다. 제가 입으면 안 될 것 같아서요."

"그저 작은 성의일 뿐이니 그리 부담 가질 필요는 없네."

"이곳은 제 생읍지입니다. 그 생읍지에서 감찰을 해야 할 자에게 이러한 것들을 받는다는 것이 옳은 일은 아니라 사료됩니다만."

낮은 목소리였지만 단호한 그 말에 상서의 입가에 좀 더 짙은 미소가 생겼다. 이틀 전 원주로 암행어사가 떴다는 기별을 받고 그는 잠시 생각에 잠겼었다. 처음엔 그냥 쥐도 새도 모르게 없애 버릴까 생각도 했다. 헌데 왕이 온양행궁에서 직접 임명한 암행어사였다. 역적이 될 각오를 하지 않는 이상 왕이 면전에서 임명한 암행어사를 없앨 수는 없었다. 더구나 그는 소론 영수 좌의정의 아들 아닌가? 같은 소론이니 적당히 상대해 주다 뇌물이나 손에 들려 돌려보낼 궁리를 했다.

헌데 직접 만난 진성은 생각보다 훨씬 앳된 외모를 지녔고, 생각보다 고집이 있어 보였다. 이방이 한 말이 생각났다.

―"아직 어린 선비입니다. 자신감만으로 모든 것을 이룰 수 있다고 생각하는 나이지요. 값나가는 뇌물은 통하지 않을 것입니다."

그래도 혹시 몰라 고급스런 옷과 값비싼 장신구를 미끼로 내놓았지만 이방의 말대로 이 젊은 암행어사는 뇌물에는 관심이 없어 보였다.

상서는 고개를 끄덕이며 서현을 보았다.

"그렇군. 내 생각이 짧았네. 곧 다시 옷을 줄 테니 잠시만 기다리시게."

상서가 나가고 잠시 후 평범하고 무늬가 없는 비단으로 만들어진 수수한 옷이 들어왔다. 그저 무명옷이면 족한데……. 패악을 부린다는 원주부윤에게서는 아무것도 받고 싶지 않았지만 보부상 차림으로 다닐 수는 없기에 서현은 순순히 옷을 입었다.

서현이 옷을 입고 나오자 상서가 곁으로 다가왔다.

"이곳에는 어느 정도 머물 예정인가?"

"……."

너무도 당연히 묻는 상서를 보며 서현은 옆으로 살짝 몸을 틀었다. 자신은 암행을 하러 온 것인데 마치 그를 방문하러 온 손으로 착각을 하는 것 같았다.

탐탁지 않은 낌새를 느꼈지만 아무렇지도 않은 듯 상서는 선화당 뒤편을 가리켰다.

"저 뒤로 가면 책방지가 있네. 강원도에서 올라오는 모든 세금과 인구, 날씨 등 여러 가지 보고서들이 귀한 서적과 함께 보관되어 있으니 살펴보시게. 그리하려고 온 것이 아닌가?"

어째서 이런 친절을 베푸는 것인지 서현의 눈매가 가늘어지자 상서가 너털웃음을 지었다.

"허허허, 솔직히 말하면 원주로 내려와 내 재산이 좀 늘었네. 백성들에게 부당한 세금을 좀 걷었지. 하지만 대부분 그리하지 않은가? 그러니 좀 봐 달라고 미리 선수 치는 것이네. 자네나 나나 같은 소론 아닌가?"

상서의 말에 서현은 입술을 꾹 다물었다. 아버님과 같이 이자도 소론이었다. 같은 당파이니 부당한 짓을 했어도 봐 달라는 말을 대놓고 하는 것을 보니 기가 막혔다. 같은 당파면 무조건 봐주고, 다른 당파면 무조건 잡아 가둬야 한다는 소리인가?

서현의 얼굴이 차갑게 굳어졌다. 허나 지금 이곳의 실세인 박상서에게 맞대응을 할 수는 없었다. 주상 전하께서 내리신 어명은 그가 무슨 일을 꾸미는지 알아내어 보고를 하라는 것이었으니 울화가 치밀어도 참아야 했다. 서현은 차가워진 입매에 억지로 웃음을 담았다.

"그렇군요. 같은 소론이신지 몰랐습니다."

"아직 관직에 나아가지 않았으니 모를 수도 있지. 앞으로는 아버님께 종종 내 얘기를 들을 수 있을 것이네."

"네. 그런데 말입니다."

서현이 고개를 조아리자 흡족해진 상서의 눈빛이 거만해졌다.

"말해 보시게."

"제가 암행어사랍시고 왔는데 부윤께서 주신 자료만 훑어보고 갈 수는 없지 않습니까?"

"그래서?"

"그저 형식적이다 생각하시고 이곳을 둘러볼 수 있게 해 주셨으면 합니다."

"이를테면……."

"뭐, 어떠한 곳이든 다닐 수 있는 출입패를 주신다든가, 아니면 관군들을 만나도 저를 함부로 하지 못하도록 어르신의 서찰이라든가 뭐든지 좋습니다."

서현의 말에 상서는 그녀를 유심히 보았다. 아직 솜털도 가시지 않은 어린놈이었다. 관직에도 나가지 못한 애송이에 불과하다고 생각했는데 대담하게 출입패나 서찰을 달라 하는 그 배포가 마음에 들었다. 과연 소론 영수의 아들다웠다. 이번에 김진성을 잘 구워삶으면 다시 한양으로 올라갈 수도 있었다. 강원도 감찰사도 꽤 짭짤한 자리지만 조정에 나아가는 것만큼은 아니었다. 그리하여 상서는 서현에게 고개를 끄덕였다.

"내 어느 곳이든 다닐 수 있는 패를 하나 내어 주지. 또 필요한 것은 없나?"

"감사합니다. 생각나면 또 청을 올리지요."

"그러게."

완전히 만족해하는 상서를 보며 서현은 울컥 올라오는 화를 삼켰다. 아버님을 알고 계신 것일까? 같은 소론인 이자가 백성들의 고혈을 짜내고 있다는 것을. 부디 모르기를 바랐다. 만약 아버님이 아신다면 그녀는 견딜 수가 없을 것 같았다. 부당함을 알고도 모른 척하고 계셨다면 아버님을 어찌 보아야 할지 감이 잡히지 않았다.

둘의 이야기가 끝날 무렵 이방이 다가왔다. 상서와 서현의 눈이 이방에게 향했다. 공손하게 허리를 숙인 그가 상서를 향했다.

"준비되었습니다."

"그래? 한번 가 보자."

상서가 이방과 막 몸을 돌리려 할 때, 서현이 무슨 일인지 물었다.

"무슨 일이 있으십니까?"

"내가 치악산 자락에 병자를 위한 의원을 지을까 하는 중이네. 하여 일을 할 장정들을 뽑으려 하는데……. 같이 가 보겠나?"

"가도 될까요?"

"그리시게."

백성을 위한 의원이라……. 부당한 세금을 걷는다는 말과는 맞지 않는 소리에 서현은 당연히 의심이 들었다. 같은 소론이라 안심하는 것인가? 서현은 이방의 안내를 받으며 선화당으로 나섰다. 선화당 앞뜰에는 장정 수십이 모여 있었다.

은검과 헌재는 서로 모르는 사람인 양 원주 감영으로 향했다. 그리고 뒷문을 통해 선화당에 들어섰다. 많은 사내가 한 줄로 서 있었고, 관군 하나가 들어오는 사내들의 신상명세를 적고 있었다. 앞에 선 헌재와 두 사람 뒤에 서 있는 은검은 힐끗 눈빛을 교환했다.

치악산 자락에 백성들을 위한 의원을 짓는다라……. 진정으로 백성을 위하는 자라면 주상께서 암행어사를 파견하지도 않으셨을 터이고, 자신도 더불어 보내지 않았을 것이다. 헌재는 옷을 매만지는 척하며 주변을 재빠르게 훑어보았다. 힘깨나 쓸 것 같은 사내들이 수십 명이나 모여 있었다. 게다가 칼까지 차고 있는 사내도 여럿이었다. 집을 짓는 데 칼잡이들이 왜 필요한가. 이름을 적은 헌재는 느긋하게 걸으며 선화당 앞에 섰다.

잠시 후 강원도 감찰사 겸 원주부윤인 박상서와 이방의 모습이 보였고, 뒤로 자그마한 몸집의 선비 하나가 쫄래쫄래 오는 것이 보였다. 멀리서 보아도 한눈에 알 수 있었다. 서현이었다. 헌재는 하룻밤 만에 보는 얼굴이 반가워 입가를 길게 늘이고 있었다.

"줄을 서시오!"

관군의 호령에 뜰에 아무렇게 서 있던 사내들이 몸을 움직여 대충 대열을 맞춰 섰다. 헌재와 은검 역시 조금 거리를 두고 줄을 맞추었다. 정자관에 평복을 입은 박상서는 선화당에 올라 뜰에 선 장정들을 내려다보며 흡족한 미소를 지었다. 그리고 이방에게 질문을 건네었다.

"모두 몇이나 지원했는가?"
"총 마흔두 명입니다."
"많군. 이 중에서 열 명 정도만 추려라."
"예. 자, 모두들 얘기를 들어라!"

이방이 큰 소리를 내며 앞으로 나서자 사내들의 이목이 그에게 집중되었다. 이방 너머를 보는 이는 단 두 사람뿐이었다. 헌재는 이방의 뒤, 박상서의 곁에 서 있는 서현을 보고 살짝 미소를 지었고, 은검은 놀란 기색을 감추느라 부러 얼굴을 굳혔다. 반사적으로 옆구리에 손을 대었으나 칼은 깊숙한 곳에 갈무리해 놓고 온 터라 그는 맨손이었다. 서현이 그를 보며 상서가 모르게 손을 흔들었지만 그 작은 동작마저도 은검의 속을 태우고 있었다.

어찌하여 그리 위험한 행동을 하십니까! 은검은 고개를 돌려 버렸다. 괜히 서현과 눈을 마주하다 들키며 그녀가 괜한 의심을 살 수 있었다. 온 신경은 서현에게 향해 있었지만 은검은 이방의 말을 경청하려 안간힘을 썼다.

그런 은검을 슬쩍 본 헌재는 쯧쯧 혀를 찼다. 안절부절못하는 꼴이라니. 무사란 놈이 어찌 저리 감정을 숨기지 못하는 것인지. 그를 타박했지만 자꾸만 그녀를 향하는 눈길을 잡으려 그도 애를 먹긴 마찬가지였다.

이방의 말이 계속 이어졌다.

"여기 모인 너희들은 앞으로 백성들을 위한 의원을 짓는 데 동원될 것이다. 먼저 재주를 보고 어떤 일에 적합한지 알아볼 테니 모두 최선을 다하여야 할 것이다."

이방의 말에 사내들이 굵고 우렁찬 목소리로 대답을 했다. 서현은 고개를 갸웃거렸다. 의원을 짓는 데 재주가 왜 필요한 것인가? 집을 짓는 것에 대해 자세히 알지는 못하지만 흙을 나르고 나무를 베어 오면 되는 일 아닌가? 혹시 제가 모르는 것이 있나 싶어 서현은 상서 옆의 의자에 앉았다. 그러자 상서가 거만한 목소리로 속삭였다.

"잘 보시게. 사람을 고를 때는 내게 가장 적합한 자가 누구인지 알아야 하는 것이 첫 번째 일이니."

"가르침 새겨듣겠습니다."

이방이 손짓하자 사내 여럿이 주르륵 나오더니 커다란 바위를 번쩍번쩍 들기 시작했다. 이백 근은 족히 넘어 보이는 바위를 힘찬 기합 소리와 함께 번쩍 드는 것을 본 서현은 저도 모르게 감탄을 내뱉었다. 바위를 들지 못한 몇몇 사내들은 관군의 안내에 따라 이름을 적고 뜰을 나섰다.

"저들은 어디로 가는 겁니까?"

"1차도 통과 못 했으니 가서 흙이나 날라야지."

상서의 말에 서현의 미간이 찌푸려졌다. 그럼 흙이나 나르지 뭘 더 해야 하나? 집 짓는 재주라면 톱질을 잘한다든지, 돌을 조각한다든지 해야 하는 거 아닌가? 여전히 의심스러운 구석이 많았다.

헌재와 은검도 바위를 가뿐히 들어 1차를 통과했다. 고작 한 번의 시험을 본 것인데 둘을 비롯한 많은 사내들은 땀을 흠뻑 흘렸다.

"두 번째 시험이다!"

두 번째는 힘겨루기였다. 대체 집 짓는 것과 힘겨루기가 왜 필요한지 알지 못했지만 혹여라도 제가 모르는 무언가가 있을까 싶어 마당의 사내들을 유심히 살펴보았다. 헌데 눈빛을 반짝반짝 빛내던 서현은 얼굴을 붉히며 화들짝 놀라 고개를 돌렸다. 둥그렇게 둘러선 사내들 가운데 얼굴에 수염이 잔뜩 난 우락부락한 사내가 가장 먼저 나서더니 갑자기 저고리를 홀러덩 벗는 것이 아닌가? 울퉁불퉁한 팔의 근육을 자랑하며 나온 사내는 앞에 선 작고 단단해 보이는 사내에게 덤비라 손짓을 했다.

으라차차차! 기합 소리가 여러 번 오고 갔지만 서현은 차마 두 눈을 뜨고 바로 볼 수 없었다. 사내의 벗은 몸을 언제 보았겠는가. 더구나 한두 명도 아니고, 한 사내가 이기고 다른 사내가 나서면 여지없이 저고리를 벗어 버리는 것이었다. 누굴 음행녀로 만들 일이 있나.

서현은 붉어진 얼굴에 연신 손부채질을 하며 눈을 어디다 두어야 할지 몰라 신음을 흘렸다. 그러자 상서가 그녀에게 고개를 돌리며 물었다.

"어디 불편한 건가?"

"네? 아니, 아닙니다. 그냥 날이 좀 더워서……. 여름이 빨리 오나……. 많이 덥습니다. 하하하."

"사내들의 힘겨루기는 언제 보아도 흥미진진하지. 보기 흔한 일은 아니니 재미있게 보게."

"아, 네."

옆에 상서가 있으니 자꾸 고개를 돌릴 수도 없고, 그렇다고 두 눈을 동그랗게 뜨고 사내의 벗은 몸을 볼 수도 없는 노릇이었다. 서현은 뜨거워진 얼굴을 만지작거리며 뜰로 눈을 돌렸다. 하지만 이내 눈을 거두었다. 모두 다 저고리를 벗어 젖히는 통에 뜰 안에는 온통 반벌거숭이 사내들로 가득했다. 게다가 이리 멀리 있는데 땀 냄새가 지독했다. 헌재와 은검과는 그리 붙어 다녀도 이상한 냄새가 나지 않았는데…….

"다음 나오시오!"

서현은 눈을 빼꼼 내밀어 사내들을 보았다. 시간이 어느 정도 흐르자 여전히 부끄러움은 남아 있었지만 아주 보지 못할 정도는 아니었다. 그리고 이 기회가 아니면 언제 사내들의 몸을 보겠나. 할 수 있는 경험은 모두 해 봐야지. 마음먹은 서현은 슬며시 몸을 바로 하여 뜰을 내려다보았다.

거인처럼 거대한 몸집에 키가 8척이나 되는 사내가 계속 승승장구였다. 힘도 무지막지하게 세고, 나름 씨름 기술도 선보이는 것 같았다. 참 무식하게 생겼다 했더니, 힘 역시 무식하게 센 사내였다. 벌써 다섯 번째 사내가 나가떨어지자 심판을 보는 관군 하나가 다음 사람을 불렀다.

"한양에서 온 김헌!"

"나요."

헌재 차례였다. 헌재 또한 6척이 넘는 큰 키였으나 상대가 너무 거대하다 보니 헌재의 몸집은 어린아이처럼 작아 보였다.

"시작!"

관군의 말이 떨어지자마자 잽싸게 달려든 헌재는 상대의 복부에 주먹을 꽂았다. 산돼지만 한 덩치에 무쇠도 구부러트릴 정도의 괴력을 지닌 자를 상대로 시간을 끄는 것은 어리석은 짓이다. 가능한 짧은 시간 안에 놈을 거꾸러뜨리는 것이 가장 좋은 방법이다.

정확하게 주먹이 꽂히자 헌재는 입가에 슬쩍 미소를 지으며 올려다보았다. 헌데 거구의 사내는 꿈쩍도 하지 않았다. 오히려 가소롭다는 듯 비웃음을 지은 사내는 솥뚜껑만 한 손으로 헌재의 어깨를 잡으려 했다. 재빠르게 몸을 뺐지만 옷을 잡혀 버린 헌재는 몸을 비틀었다. 우두둑 소리를 내며 한쪽 소매가 떨어져 나갔고, 몸을 한 바퀴 돌려 간신히 몸은 빠져나왔지만 그가 몸을 빙글 돌리는 덕에 자연스럽게 저고리가 벗겨져 나갔다.

"오마나!"

나오는 비명을 얼른 손으로 막아 버린 서현은 숨을 꺽꺽 삼키며 눈을 동그랗게 떴다. 그 비명이 헌재가 거구의 사내에게 잡혀 지른 비명인지, 그의 옷이 벗겨져서 나는 비명인지 분간하기 어려웠지만 서현은 눈을 떼지 않고 헌재와 거구의 힘겨루기를 지켜보았다.

헌재는 맨팔을 손으로 슥 문질렀다. 생각보다 더 힘이 센 놈이었다. 정확하게 꽂힌 주먹에 아무 반응이 없다니……. 어느덧 긴장한 얼굴에서 땀이 맺혀 턱을 타고 흘렀다.

눈부신 햇살에 건장한 사내의 몸이 드러나자 서현은 침을 꿀꺽 삼켰다. 이러면 안 되는데⋯⋯. 갈색으로 그을린 그의 몸은 아름다웠다. 땀에 젖어 반짝거리는 몸은 건강함을 느끼게 했고, 그가 움직일 때마다 꿈틀거리는 작은 근육들이 만지고 싶은 욕망을 불러일으켰다.

저도 모르게 헌재를 향해 손을 뻗던 서현은 화들짝 놀라며 손을 원위치시켰다. 미쳤나봐. 미쳤나 보다. 어찌하여 반가의 규수가 벗은 사내의 몸을 보고 만지고 싶다는 생각을 할까. 서현은 제 머리를 콩콩 때렸다. 그러다 이상한 시선을 느껴 옆을 보니 상서가 의아한 눈으로 그녀를 보고 있었다. 서현은 얼른 자세를 바로 하고 눈살을 찌푸리며 관자놀이를 지그시 눌렀다.

"두통이 와서⋯⋯. 이리하면 괜찮아집니다."

"으흠."

서현이 한숨을 내쉬는 사이 거구가 헌재의 몸통을 끌어안고 무시무시한 힘으로 짓누르고 있었다. 통나무만 한 팔뚝이 몸을 조이니 숨통이 막혔다. 척추가 끊어질 듯 아팠고, 배 속의 내장들이 뒤틀려 욕지기가 치밀었다. 두 다리가 허공에 붕 떠서 발버둥을 쳐 보아도 거구는 꼼짝도 하지 않았다.

'형님!'

환청인가? 숨 막히는 고통 속에서 서현의 안타까운 목소리가 귀에 울렸다. 헌재는 정신을 가다듬고 서현이 있는 쪽으로 고개를 돌렸다. 안절부절못하는 그녀의 모습을 보니 몸은 아픈데 괜히 기분이 좋았다. 이렇게 망신스러운 모습만 보여 줄 순 없었다. 걱정스러운 듯 찌푸린 미간도 어여뻤지만 역시 웃는 모습이 가장 어여쁘니까⋯⋯.

"으헙!"

거구는 팔에 힘을 더해 헌재의 허리를 끊어 내 버릴 심산인 듯했다. 땀이 삐질 흐르는 얼굴로 헌재는 제 몸을 조여 오는 거구를 내려다보았다.

"사……내 체면에…… 이런 꼴을…… 보일 수야…… 없지…… 않느냐……."

숨이 막혀 말도 제대로 잇지 못하는 주제에 입가에 빙그레 미소까지 띤 헌재를 보며 거구는 미친놈이라고 생각했다. 순간 헌재의 눈빛이 번쩍 빛났다.

"컥!"

쿵! 순식간의 일이었다. 헌재의 양 손날이 거구의 목을 내려치자 숨이 막힌 거구가 팔을 풀어 두 손으로 제 목을 감쌌다. 덕분에 땅으로 내려온 헌재는 몸을 낮추면서 동시에 긴 다리를 회전하여 거구의 다리를 쳤다. 졸지에 다리에 타격을 입은 거구는 비틀거리며 육중한 소리와 더불어 땅으로 넘어졌다. 그러자 몸을 높게 솟구친 헌재의 무릎이 넘어진 거구의 배에 꽂혔다.

"우엑!"

돼지 멱 따는 소리와 함께 거구가 배를 잡고 바닥을 뒹굴었다. 완벽한 헌재의 승이었다. 거구가 땅에 뒹구는 모습을 본 심판이 손을 들어 시합이 끝났음을 알리자 두 손을 불끈 쥐고 숨도 멈춘 채 그를 보고 있던 서현의 몸이 의자에 스르르 늘어졌다. 그리고 한 손을 들어 서현을 향해 싱긋 웃음 짓는 헌재를 노려보았다.

어쩌자고 이곳에 나타난 것인지! 다치면 어쩌려고! 사내들 힘겨루기라는 것이 저토록 무식하고 무시무시한 것인 줄 알았다면 보지 않았을 것을……. 아니었다. 헌재가 나왔다면 더한 것이라도 보았을 것이다. 두 눈으로 그의 안전을 확인할 수 있다면 더한 것도 보았을 것이다. 안도의 숨을 내쉬며 한시름 놓았다 생각했는데……. 시퍼런 칼을 들고 서 있는 은검을 본 서현은 다시 긴장하고 말았다.

"저, 저게 뭡니까?"

놀란 나머지 말까지 더듬는 그녀를 보고 상서가 한심하다는 눈으로 보았다. 글은 알지만 여색에 빠져 사는 한량이라고 하더니, 고작 칼 빼어 든 모습에 놀라는 꼴이라니……. 좌상께서 아들 농사는 그리 잘 지었다고 할 수는 없군. 하지만 목소리에서는 한심한 기색을 빼 버렸다. 어찌 되었든 소론 영수의 아들이니까.

"다음 겨루기는 칼을 다루는 것이라네. 자고로 사내란 글과 더불어 심신을 단련하기 위해 활이나 칼 같은 무기들을 다루는 것은 기본이니 말일세."

"그렇죠. 심신을 다루기 위해 칼과 활을 다루어야 하죠. 하하."

웃는 게 웃는 게 아니었다. 입으로 웃음 지은 그녀는 속으로 욕을 바가지로 하고 있었다. 뭐? 심신의 단련? 이런 개나리 십장생 같으니……. 진검으로 하는 승부였다. 아무리 무예가 뛰어난 은검이라도 만에 하나 다칠 수 있었다. 헌재에 이어 은검까지 심장을 조여들게 만드니 두 사내 때문에 정신이 들락날락하는 것 같아 서현은 이를 부드득 갈았다.

어느덧 해가 높이 솟았다. 눈부신 햇살이 검에 닿아 은가루를 흩뿌리듯 부서져 내렸다. 아직 여름 전이건만 긴장한 은검의 목덜미에 땀이 스며들었다. 칼이야 제 몸처럼 다루는지라 상대방이 두려운 것은 아니었다. 다만 서현을 지척에서 지켜 줄 수 없다는 것이 그를 더 긴장하게 만들었다. 그녀가 계속 감영에서 머문다면 만약의 경우에 그는 아무것도 해 줄 수 없었다. 그냥 그녀의 호위무사로 붙어 있을 것을……. 엇나간 화가 치밀자 저도 모르게 팔과 손에 공력이 돌며 부르르 칼이 울리기 시작했다.

그것을 본 상서의 눈썹이 휘릭 올라갔다. 오호, 보통이 넘는 놈이로구나.

 과한 내공을 돌린 은검은 마음을 진정시킨 후 상대방을 보았다. 상대 역시 칼을 꽤 다룰 줄 아는 모양인지 은검을 노려보는 눈빛이 제법이 날카로웠다. 잠시간 서로를 파악한 둘은 동시에 칼을 휘둘렀다. 쇠와 쇠가 부딪치니 불꽃이 일었다.

 지난 밤, 헌재와 이야기한 바, 단순히 의원을 짓기 위해 장정들을 모집하는 건 아닐 것이라는 결론에 다다랐다. 그렇다면 일찌감치 박상서의 눈에 들어 그의 측근에서 움직이는 것이 나을 것이라 했다. 길게 갈 것도 없다.

 은검은 단 두 합에 상대의 칼을 떨어뜨렸다. 어느 정도 칼에 자신이 있었던 상대방은 은검의 상대가 되지 못했다.

 은검이 승리를 하자 상서의 입이 길게 늘어졌다.

 "보통 인물이 아니군."

 만족스런 그의 말에 서현은 힐끔 그를 보았다. 은검이 마음에 든 것인가? 좋은 일인지 나쁜 일인지 감은 잡히지 않았지만 일단 은검이 무사하니 안심을 되었다.

 모든 면접이 끝났다. 사내들은 관군의 지시에 따라 어딘가로 자리를 옮겼다. 다른 사내들과 함께 관군을 따라가던 헌재와 은검에게 이방이 은밀히 다가왔다.

 "둘은 나를 따라오너라."

 이방의 말에 둘은 눈빛을 교환했다. 그들이 간 곳은 선화당 뒤쪽이었다. 그들 말고도 서너 명이 이미 그곳에 와 있었고, 그들 뒤로 몇 명이 더 나타났다. 합을 보니 모두 열 명이었다. 수십 명의 사내들 중 단 열 명만을 차출했다면 무언가 다른 임무를 주려는 모양이었다.

그들의 짐작대로 사내들이 열을 지어 서자 박상서가 대청마루에서 내려왔다. 서현은 어디로 갔는지 모습이 보이지 않았다. 내내 상서와 같이 있던 서현의 모습이 보이지 않자 헌재와 은검은 초조해졌다.

상서가 그들의 앞에 서자 이방이 입을 열었다.

"너희들의 특출 난 재주를 아깝게 여기신 나리께서 귀한 임무를 맡기게 하셨다. 마음을 다하여 일을 진행해야 할 것이다."

"네!"

사내들이 대답을 하고 자리를 옮기려 하는데 상서의 눈짓을 받은 이방이 은검과 헌재에게 다가왔다. 공손히 고개를 숙여 보인 은검과 달리 헌재는 빼딱하게 서서 이방을 바라보았다. 이방의 입가에 슬며시 미소가 감돌았다.

"너희 둘을 따로 할 일이 있으니 따르라."

"어딜 가는 거요? 의원을 짓는다던데, 칼 쓰고 힘쓰는 자가 왜 필요한 거요?"

헌재의 물음에 이방의 입가에 미소가 사라졌다.

"알고 싶으냐?"

"팔도를 유람하는 중에 돈이 필요해서 지원한 것인데 괜히 몸 상하는 일은 하고 싶지 않아서……. 내 몸은 소중하니까……."

능글맞게 웃으며 대꾸하는 헌재를 보고 이방은 눈을 가늘게 만들었다. 힘만 쓰는 것이 아니라 머리도 제법 있어 보이는 놈이었다. 상서의 명에 따라 저 칼 잘 쓰는 놈은 다른 호위병들과 함께 물건의 호위를 맡길 셈이고, 이놈에게는 서현의 감시를 명할 셈이었다. 나리께서 이놈을 아주 잘 보신 것 같았다. 제 몸 소중히 여길 줄 아는 놈은 절대 윗분의 명령을 거역하지 않으니 말이다. 이방의 말소리가 조금 작아졌다.

"누군가를 잘 보호하는 일이다."

"보호?"

"그자가 누구를 만나는지, 무슨 일을 하는지, 어떤 정보를 알아냈는지 잘 살펴보고 보고하면 되는 일이다."

"……."

이방의 말에 헌재의 얼굴에서 장난기가 서서히 걷히자 그는 선화당 앞쪽을 가리켰다.

"아까 나리 옆에 앉아 있던 곱상한 선비를 보았느냐?"

"그 계집같이 생긴 선비 말이오?"

"그자의 일거수일투족을 세세히 보고해야 할 것이다."

"개인 경호라……. 그럼 수당이 좀 더 올라가나?"

"생각해 보지."

"좋수다. 그런데 내가 계집, 사내를 가리지 않는 편이라 기회 되면 어찌해도 되나?"

"몸을 상하게 하는 일은 없어야 할 것이다. 수당을 무사히 받으려면."

"정색하기는……. 알았소."

이방에게 샐쭉 웃어 보인 헌재는 그가 몸을 돌리자 그의 몸을 쫘악 훑어보았다. 자그마한 체구지만 무예를 익힌 듯 날렵하고 단단해 보이는 몸집이었다. 사람을 보는 날카로운 눈빛 하며 지시를 내리는 폼으로 보아하니, 박상서가 머리라면 이자는 손과 발이었다. 박상서 못지않게 이방 역시 냄새나는 이 일의 주동자임에 틀림없었다.

헌재가 이방을 파악하는데 얼굴이 따끔거려 옆을 보니 은검이 그를 잡아먹을 듯 노려보고 있다. 또 무엇 때문인가? 눈으로 대꾸하자 은검이 곁으로 다가왔다.

"도련님을 두고 이상한 농지거리는 하지 마십시오."

"융통성 없는 놈, 경계를 풀기 위해 하는 농이 아니더냐."

"그래도 하지 마십시오!"

"알았어. 알았으니 그만해라."

은검이 눈을 부라리자 헌재는 건성으로 고개를 끄덕이며 그를 밀었다. 하지만 속은 조금 찔렸다. 전부 농은 아니었다. 정말 기회가 된다면 녀석의 입술만이라도 훔치고 싶은 것은 사실이니 말이다. 그의 마음을 읽는다면 정말 칼부림이라도 날 태세다.

헌재가 쿡쿡거리며 웃자 은검은 실없는 사람 보듯 그를 보았다. 허나 이방이 그를 불렀기 때문에 헌재를 한 번 노려보는 것을 끝으로 눈을 거두었다. 은검이 이방을 따라가자 헌재는 선화당 앞으로 걸음을 옮겼다. 서현을 감시하라. 암행어사로 나선 녀석이니 딴짓하지 못하게 하란 소리로군. 어찌 되었든 녀석과 가까이 붙어 다닐 구실이 생겨 헌재는 가슴이 설레었다.

"정말 기회를 만들어 녀석을 덮쳐 버릴지도 모르겠군."

가슴이 설레자 걸음이 빨라졌다. 종종거리는 걸음으로 선화당 건물을 돌던 그는 갑자기 달려오던 누군가와 부딪혔다. 넘어질 듯 몸을 휘청거리는 작은 녀석의 어깨를 잡아 품에 안았다. 익숙한 향기와 함께 심장의 두근거림이 빨라졌다.

한편 서현은 저를 두고 사내들만 이끌고 가 버린 상서와 이방을 기다리다 자리를 박차고 일어섰다.

"뭔 비밀이기에 이번에는 오지 말라는 것이야. 그렇다고 가만히 있을 내가 아니지."

관군들은 번을 서느라 이리저리 움직였고 관청 내의 종복들은 특별한 지시가 없는 한 선화당 근처에는 오지 않으니 사람의 기척이 없어진 지 오래였다. 서현은 상서를 따라 선화당 뒤쪽으로 달려갔다. 모퉁이를 막 돌려는데 다가오는 누군가의 가슴팍에 부딪혔다.

단단한 몸과 이제 막 흘린 땀 냄새, 그와 함께 본능적으로 알 수 있는 그의 느낌. 숨이 멈추었고 심하게 부딪힌 몸은 휘청거렸다. 동시에 상대방의 커다란 손이 그녀의 어깨를 잡아 가슴 안으로 끌어들였다. 두근거리는 심장 소리는 제 것이겠지? 그 따뜻함과 든든함이 좋아서 그녀는 숨을 들이쉰 채 눈을 감았다.

헌재는 그녀를 가만히 안은 채 속삭였다.

"어디를 가는 길이냐?"

헌재 모르게 숨을 들이쉰 서현 또한 나직하게 대답했다.

"형님에게……. 은검에게 갑니다."

헌재만 얘기하면 이상하다 여길까 봐 일부러 은검을 넣었지만 사정을 모르는 헌재는 서운한 기분이 들었다. 무엇을 하든 꼭 그 무사 놈이 끼는구나. 하지만 내색하지 않고 다시 부드럽게 물었다.

"왜 가느냐?"

"걱정이 돼서요. 어쩌자고 여길 오신 겁니까? 다치면 어쩌시려고……."

답하는 목소리에 떨림과 물기가 묻어 있었다. 걱정한 것이냐? 기분이 좋았다. 저를 생각했다는 그 말에 가슴이 설레었다. 정말 저를 걱정한 것인가? 여인의 마음으로 그랬다면 더 좋을 것을……. 아직 확신은 없지만 서현의 걱정한다는 말이 무조건 좋았다. 입을 열자 서현의 귀에만 들어갈 정도의 낮은 목소리가 흘러나왔다.

"올 필요 없다. 내가 왔으니. 널 호위하라는 상서의 명을 받았다."

"호위요?"

"말이 호위지 널 감시하라는 얘기 아니겠느냐. 네가 어디를 가는지, 무엇을 보는지 일거수일투족을 샅샅이 보고하라 하더라."

"아는 사이지만 모르는 사람처럼 행동해야겠군요."

고개를 끄덕이며 하는 그 말에 헌재의 입가에 쓴웃음이 생겼다. 아는 사이지만 모르는 사람처럼 행동한다. 마치 지금의 나를 두고 하는 말 같구나. 네가 여인임을 알지만 모르는 척해야 하고, 내가 어디로 나아가야 하는지 알지만 모르는 척 외면하고 있는 상황이…….

애잔한 눈이 서현을 내려다보았다. 수줍게 웃던 서현은 슬쩍 현재의 뒤편을 보더니 갑자기 그의 가슴팍을 밀치며 호통을 쳤다.

"뭐라? 호위?"

갑작스런 서현의 행동에 놀란 헌재는 그를 지나쳐 선화당 뒤편으로 가는 서현을 멍하니 바라보다 지나가는 관군들을 보았다. 그제야 상황이 이해된 그는 슬며시 미소를 머금었다. 어찌 나날이 잔꾀만 늘어가는구나. 잽싸게 서현의 뒤를 쫓아가니 그녀는 막 상서의 앞에 서고 있었다.

서현은 불쾌한 얼굴로 상서에게 따지듯 물었다.

"호위를 붙이신 것 맞습니까?"

"그랬네만."

"뭐가 못 미더워 호위씩이나 붙이신 겁니까?"

"이곳은 초행길이 아닌가? 더구나 이곳은 크고 작은 산들이 있는 곳이네. 잘 모르는 고을을 다니다 변이라도 당하면 내 좌상 대감의 얼굴을 어찌 보겠는가? 털끝 하나라도 다치게 하지 않으려는 내 마음일세."

상서의 태연한 설명에 서현은 찌푸렸던 얼굴을 서서히 폈다. 고개까지 끄덕여 맞장구를 치더니 상서의 설명이 끝나자 두 손을 공손히 모아 고개를 숙였다.

"깊으신 뜻을 모르고 감시하는 거라 생각해 짧은 소견으로 화부터 벌컥 냈습니다. 송구스럽습니다."

"아니네. 오해할 수도 있지. 자네는 암행하러 내려온 길이 아닌가? 허허허."

서현의 사죄에 상서가 웃음을 터트렸다. 글줄은 제법 아는지 모른 다만 맹한 구석이 있구나. 금세 발끈하기도 잘하고 사내대장부가 고 개도 잘도 숙이고……. 암, 세상을 평탄하게 살아가려면 저런 처세술 이 필요하지. 상서가 그만 물러가라는 듯 손을 들어 보이자 서현은 다시 한 번 고개를 숙이며 뒤로 물러났다.

뒤에 서 있던 헌재는 돌아 걸어오는 서현을 보았다. 헌재와 눈이 마주친 그녀가 혀를 날름 내밀었다. 그의 곁으로 다가오자 헌재가 감 탄 어린 말투로 입을 열었다.

"잔꾀가 대단하구나."

"잔꾀라니요? 기지를 발휘했다고 표현해 주십시오."

눈꼬리가 어여쁘게 휘어졌다. 보는 눈이 없는 것을 확인한 헌재는 그런 서현의 볼을 살짝 꼬집었다.

서현은 상서가 권한 대로 책방고로 들어갔다. 제법 넓은 내부에는 책들이 깔끔하게 정리되어 있었다. 그녀는 천천히 걸음을 옮기며 책 들을 훑어보았다. 그 많은 책이 차곡차곡 정리된 모양을 보아하니 어 지간히 깔끔한 성격인가 보다.

"제법 깔끔한 성격이군. 어디 볼까?"

쌓여 있는 책 중 세금과 관련된 책을 꺼내 들었다. 일반적으로 받 는 조세들이 기록되어 있을 뿐 별다른 사항은 발견하지 못했다. 하긴 부당하게 모은 재물을 이 책에 적어 놓았을 리가 없었다. 어딘가 비밀장부가 있다는 소리였다. 그것을 어떻게 찾는다? 책을 덮으며 아랫입술을 물어뜯던 서현은 누군가의 시선을 느끼고는 고개를 돌렸다.

책장에 기대어 헌재가 그녀를 바라보고 있었다. 따뜻하게 바라보는 그 눈빛이 마치 정인을 보는 연모의 눈빛 같아서 서현의 얼굴이 저도 모르게 붉어졌다. 그러자 헌재가 농을 던졌다.

"왜 얼굴이 빨개지느냐?"

"빨개지긴요! 그냥 책을 너무 열중해서 읽으니 몸에서 열이 나 그럽니다."

"두 번만 열중했다가는 고뿔이라도 든 줄 알겠구나."

말끝에 붙은 웃음에 서현이 발끈했다.

"대체 왜 거기서 그렇게 보시는 겁니까?"

"나? 너 감시하고 있잖아. 원주부윤의 명으로 말이다."

"아! 맞다. 감시. 그럼 제대로 하십시오. 게슴츠레하게 쳐다보지 마시구요."

"나의 초롱초롱한 눈을 게슴츠레하다고 표현하다니……."

"초롱초롱하긴요. 아주 음흉해 보입니다."

"……사내인 네놈을 음흉하게 볼 까닭이 없지 않느냐?"

"그렇지요. 그건 그렇고, 여기는 볼 것이 없습니다. 여기 적힌 대로라면 박상서는 아주, 아주 괜찮은 관리이니까요."

헌재의 말에 잽싸게 화제를 돌린 서현은 책을 제자리에 두고 앞으로 걸어 나왔다. 헌재도 몸을 바로 했다.

"어딘가 비밀장부가 있겠지. 너에게 부윤의 행실을 알아오라 명한 이유가 아마 거기에 있을 것 같다."

"저도 같은 생각입니다. 어찌해야 할까요?"

"어찌하고 싶으냐?"

그의 반문에 서현은 곰곰이 생각에 잠겼다. 그런 그녀를 물끄러미 바라보는 헌재의 눈에 따스함이 담뿍 담겨 있었다. 여인의 몸으로 길을 나선 것에는 연유가 있을 터. 네 힘으로 해 보아라. 네가 원하는 것도 그것일 터이니.

고개를 든 서현의 눈동자가 반짝거렸다. 뭔가를 생각해 낸 모양이었다.

"박상서가 치악산 자락에 의원을 짓는다 하지 않았습니까?"

"그런데?"

"그곳에 가면 뭔가를 알 수 있지 않을까 합니다. 그의 말이 정말이라고 믿지 않으니까요."

"나도 동감이다. 집 짓는 데 칼잡이들이 왜 필요한지 가 보자."

"네."

헌재와 같은 생각을 했다. 마음이 통한 것 같아 까닭 없이 좋았다. 그를 향해 빙긋 웃은 서현은 책방고를 나오자마자 인상을 썼다. 그리고 일부러 투덜거렸다.

"그만 좀 따라오시오. 감영 내에서 무슨 호위란 말이오?"

"내 일이니 나리는 나리 일이나 보슈."

"찰거머리 같으니라고……."

책방고 앞에서 번을 서던 관군들은 곱지 않게 눈을 흘기며 티격태격하는 둘을 힐끗 보고는 다시 정면을 주시했다. 들어갈 때도 투덕거리더니 나올 때도 마찬가지구만. 나이 지긋한 관군 하나는 헌재를 동정 어린 눈으로 보기까지 했다.

고을을 가로질러 가며 서현은 습관처럼 백성들의 얼굴을 살펴보았다. 패악이 심하다 들었는데 예상보다 그들의 얼굴은 괜찮아 보였다. 서현은 고개를 갸웃거렸다. 주상 전하께서 잘못된 정보를 가지고 계실 리는 없는데 고을 내 백성들의 삶은 그다지 힘들어 보이지 않았다. 의심쩍은 눈빛으로 주변을 보던 서현이 조금 뒤에 떨어져 걷고 있는 헌재에게 조그맣게 속삭였다.

"이상하지 않습니까?"

"뭐가 말이냐?"

"패악이 심하여 감찰까지 명 받은 고을치고는 백성들의 낯빛이 나빠 보이지 않으니 말입니다. 이 정도라면 지금까지 지나온 고을들과 별반 다르지 않습니다."

"그것이 의심스럽구나."

"네?"

"마치 누구에게 보이려고 일부러 괜찮은 부분만 가져다 놓은 것 같아서 말이다."

"그럴 수도 있나요?"

"원래 나쁜 놈들이 머리는 더 좋은 법이니까……. 일단 치악산으로 가자."

"네."

헌재의 말에 서현은 주변의 집들과 논과 밭, 사람들의 얼굴을 다시 살펴보았다. 잘 정비되어 있는 집과 길은 헌재의 말대로 일부러 꾸민 듯한 느낌이었다.

모내기가 막 끝나 가고 있었다. 논에서 하얀 무명옷을 둘둘 걸어붙인 농부들의 일손이 한창 바쁠 때였다. 어느 곳이고 바쁘지 않은 곳이 없었다. 이리 바쁠 때 의원을 짓는다. 헌재는 고개를 갸웃거렸다. 박상서가 그리 좋은 관리처럼 보이진 않았으니 백성들을 위해 짓는다는 그 의원에 대한 의심은 점점 커져 갔다.

"저곳인가 봅니다."

해가 뉘엿뉘엿 넘어갈 무렵 둘은 치악산에 다다랐다. 그리고 산 아래 너른 터에 제법 많은 사람의 모습이 보였다. 이미 집터를 잡고 흙을 퍼다 날랐는지 땅 다지기가 한창이었다. 커다랗고 편평한 돌을 새끼줄로 묶어 사방에서 장정들이 줄을 잡고 있었다. 땅을 다지는 지경돌이었다. 나이 지긋한 노인이 매김 소리를 하자 나머지 사람들이 받는 소리를 하며 일시에 줄을 당기자 커다란 돌이 번쩍 들리었다. 그리고 받는 소리가 끝남과 동시에 쿵 소리를 내며 거대한 돌이 땅에 떨어지면서 땅이 다져지고 있었다.

어허 지달묘, 어허 지달묘.
동서남북 네 방위에 너름 주추 놓았으리
어허 지달묘,
동방의 주추 밑엔 금두꺼비 들어 있고 남방의 주추 밑엔 총각 한 쌍 들었으니
학의 날해 다칠쏘냐 가만가만 지달묘
(출처 — 공주시 의당면 율정리 집터 다지는 소리)

힘을 돋우는 매김 소리가 시작되었고 쿵 하는 소리가 연달아 들렸다. 과연 저 큰 돌을 들려면 힘쓰는 장정들이 필요할 만도 했다. 서현은 고개를 갸웃거렸다. 박상서가 생각보다 나쁜 놈이 아닐지도 모른다는 생각이 들어서이다.

주변은 어둑해지고 있었지만 곳곳에 밝힌 횃불 덕분에 환한 낮 같았다. 땅 다지기를 보던 서현이 궁금하다는 듯 헌재를 보았다.

"왜 어두운 밤에 일을 합니까?"

"낮에는 농사일을 해야 하니까."

"그런 저자들이 낮에는 농사일을 하고 밤에는 집 짓는 데 동원된다는 말입니까? 벌이가 꽤 쏠쏠하겠군요."

"저자들이 이 고을 사람들이라면 그렇지만 그건 아닌 거 같다."

"네? 무슨 말입니까?"

"저자들 중 수십 명이 낮에 면접을 봤던 인물들이다. 그 면접이 오늘이 처음이 아니라 했으니, 저들은 이 고을 사람들이 아닌 다른 고을의 사람들이란 말이다. 정말 제 백성을 위한다면 저리 큰 공사에 왜 굳이 다른 고을 사람들을 썼을까? 어찌 생각하느냐?"

"글쎄요……."

서현이 말을 얼버무리자 헌재는 눈빛을 날카롭게 빛내며 집터에서 일을 하는 사람들을 훑어보았다. 그리고 말을 이었다.

"그리고 저들 중에 아까 따로 차출해 간 열 명이 보이지 않는다. 다른 곳으로 불려갔다는 말이다."

"그럼 은검도 다른 곳으로 갔다는 말입니까?"

서현의 목소리가 높아졌다. 이곳이 아니면 어디로 갔다는 말인가? 서현이 낮췄던 몸을 앞으로 내밀자 헌재가 그런 서현의 목덜미를 잡아당겼다. 덕분에 엉덩방아를 찧은 서현이 바로 날 선 눈빛으로 그를 보았다.

"왜요? 은검을 찾아야 하지 않습니까?"

"일과가 끝나면 주막에서 보기로 했다. 어차피 저들 중에는 없으니가 보았자 헛수고이다."

"만나기로 하셨습니까? 다행입니다."

화색이 도는 녀석의 얼굴을 보니 괜한 심술이 났다. 저가 없어져도 저리 걱정을 해 줄까? 다행이라며 웃는 녀석의 머리에 딱밤을 먹였다. 뜬금없는 주먹세례에 서현은 눈을 동그랗게 떴다.
"뭐, 뭡니까?"
"흥."
"흥이요? 사내가 되어서 무슨 그런 말투를 쓰십니까?"
헌재가 벌떡 일어서 뒤돌아 가자 서현이 그 뒤를 급하게 따라갔다. 느닷없이 왜 그러는 건가? 갑자기 돌변한 헌재의 태도가 궁금했다. 그러다 혹시 하는 생각에 가슴을 두근거리며 성큼성큼 걸어가는 헌재를 바짝 쫓아갔다. 그리고 생글생글 웃으며 은근한 목소리로 물었다.
"혹시 말입니다."
"뭐가 말이냐?"
눈도 마주치지 않은 채 여전히 못마땅한 말투로 말했다.
"투기하십니까?"
"뭐어?"
엄청 놀랐는지 제자리에 우뚝 선 헌재가 눈을 부라리며 서현을 쳐다보았다. 그러나 그녀는 여전히 웃는 낯이었다.
"곰곰이 생각해 보니 말입니다. 형님은 제가 은검의 얘기만 꺼내면 언제나 화를 냈습니다. 둘이 사이가 좋지 않은 건 알지만 좀 심하다 싶어서요. 제가 은검을 걱정하고, 은검의 곁에 있을 때마다 제게 화를 냈습니다. 그러니까……. 아! 혹시 저를 못마땅하게 생각하시나요? 자꾸 실수하고 일을 만드니까……."
신이 나서 혼자 추측하던 서현의 얼굴이 급하게 어두워졌다. 그런 그녀를 보던 헌재는 어이없는 얼굴이 되었다. 은검을 투기하냐는 말에 뜨끔했는데 난데없이 저를 못마땅하게 생각하냐니……. 똑똑한 건지, 바보인 건지…….

"난 싫은 놈과는 말도 섞지 않는다."

"그럼 은검을 싫어하는 게 아니시군요? 그럼…… 저도 싫어하지 않으시고요."

물어보는 서현의 낯빛이 불그스름하게 물들었다. 보는 헌재의 입가에 절로 웃음이 고였다. 바보가 맞구나. 어찌 싫어한다고 생각한 것인지. 헌재의 팔이 서현의 어깨를 감싸 품으로 끌어안았다. 여인임을 안 다 하지 않은 것이 이럴 때는 다행이다 여기면서 말이다.

"내가 어찌 널 싫어하겠느냐. 말했듯이 난 싫어하는 사람과는 말도 섞지 않는다."

"그, 그렇습니까?"

안긴 녀석의 얼굴이 더욱 빨개졌다. 안은 것은 실수였던 것 같았다. 품에 품으니 입술을 훔치고 싶어졌다. 하지만 그런 짓을 했다간 분명 녀석이 놀랄 테니 그 마음은 잠시 접어 두기로 했다.

헌재의 속을 모르는 서현은 혼자 쿵쾅거리는 심장을 진정시키느라 안간힘을 쓰고 있었다. 사내끼리 하는 가벼운 포옹(抱擁)일 뿐이다. 형님이 아우를 아끼는 마음으로 하는 행동이다. 그렇게 아무리 되뇌어 보아도 튀어 오르는 심장을 진정시킬 수 없었다.

이 사내에게…… 자꾸만 마음이…… 간다. 가는 줄도 몰랐는데 어느덧 마음이 이만큼이나 그의 앞으로 다가가 있었다. 다시 잡아 제자리에 놓기에는 너무 멀리, 그렇게 마음이 그에게 갔다.

서현이 다시 감영으로 들어간 뒤 헌재는 은검과 만나기로 한 주막으로 갔다. 이미 어둑어둑해진 시간이었기에 혹시 먼저 와 있지 않을까 했는데 은검은 새벽빛이 환하게 비칠 때까지 주막으로 오지 않았다.

무공이라면 그만큼 잘하는 이도 드물 터, 별일은 없을 것이다. 믿는다. 하지만 마음 한구석에 웅크리고 있는 걱정을 모두 떨쳐 내지는 못하였다.

　뜬눈으로 밤을 새운 헌재가 감영으로 들어서자 이방의 전갈이 기다리고 있었다.

　"앞으로는 감영 내에 머물도록 하게."

　"그 말은 밤낮으로 그 선비를 감시하라는 말입니까?"

　"잘 알아들었으면 나가게."

　"일하는 양이 늘었으니 수당도 늘어나는 건가?"

　이방은 거만한 태도로 서랍을 열어 돈 꾸러미를 꺼내 헌재의 발아래 던졌다. 마치 저가 원주부윤이라도 되는 듯한 위세에 쓴웃음을 지었지만 돈을 들고 고개를 든 헌재의 입가에는 비굴한 미소가 자리 잡혀 있었다.

　감영 내에 머무른다면 서현의 곁은 밤낮으로 지킬 수 있으니 오히려 득이 되는 셈이다. 밖으로 나가니, 기다리고 있었던 듯 서현이 그에게 다가왔다. 겉으로는 냉정한 척 몸을 휙 돌린 그녀가 헌재에게만 들릴 정도로 자그마하게 속삭였다.

　"이제부터 객사에 머물기로 했습니다. 그 편이 움직이기에 더 편하겠지요?"

　"나날이 기, 지, 가 늘어가는구나. 잘했다."

　어제 자신이 당부한 대로 기지란 단어에 힘주어 말하는 헌재를 보며 서현은 기쁘게 웃음 지었다. 그리고 다시 속삭였다.

　"어제 은검은 어디를 다녀왔다고 합니까?"

　"응? 그게……. 너무 늦게 들어와 새벽같이 나가는 통에 물어보질 못했다. 오늘 오면 다시 물어보마."

"네."

잠시 뜸을 들인 헌재는 적당히 둘러댔다. 은검이 아무 말 없이 오지 않은 것을 알면 또 근심에 마음을 졸일 터, 일단 오늘 그의 행방을 알아본 뒤 자세한 상황을 알고 나서 말하는 것이 나을 듯했다. 하여 헌재는 서현에게 속삭였다.

"오늘 내가 좀 알아볼 것이 있다."

"무슨 일입니까? 제가 도와 드릴 일은 없나요?"

"그래서 말인데, 너 오늘 아프다고 그냥 방에 좀 누워 있어라."

"네?"

서현의 걸음이 우뚝 멈추었고, 눈은 동그래진 채 헌재를 보았다. 당연히 나올 줄 알았던 반응이었기에 헌재는 고개를 끄덕이며 다시 당부를 했다.

"널 따돌리려는 것이 아니다. 다만 혼자 움직이는 것이 편할 듯하여 그러니 오늘 하루만 방에 있어라."

"꼭 그래야 합니까?"

불만 가득한 얼굴로 입술마저 앞으로 쑥 내민 모습이 귀엽기 그지없었다. 헌재는 입꼬리를 올리며 부드럽게 말했다.

"부탁이다."

"부탁이라니 알겠습니다. 하지만 지금은 싫습니다. 좀 더 있다가 그러겠습니다."

"지금은 무얼 하려고?"

"어제 갔던 의원 터에 다시 가 보려고 합니다. 어제 우리가 그곳에 간 것을 박상서는 알고 있겠죠. 오늘 다시 갈 것이라고 생각지는 못할 것입니다. 연 이틀 같은 곳에 가면 무슨 꼬투리가 잡힐 수도 있지 않겠습니까?"

"그럴듯하구나."

헌재는 저도 생각지 못한 것을 생각한 서현이 기특하다는 듯 주먹으로 어깨를 가볍게 쳤다. 칭찬받았다는 것에 신이 난 서현은 앞장서서 걷기 시작했다.

하지만 성과는 얻지 못했다. 낮에 본 의원 터에는 주변을 정돈하거나 저녁에 할 공사를 위한 준비를 하는 몇몇 아이들이 있을 뿐이었다. 풀이 죽은 서현을 보며 헌재가 위로를 했다.

"아무도 없습니다."

"그래도 좋은 생각이었다."

힘 있게 어깨를 잡아 주는 헌재의 손길에 조금 기운이 났지만 속이 상했다. 꽤 그럴듯한 생각이라고 믿었는데 아무런 성과도 없다니……. 맥이 빠져 터덜터덜 걷던 서현은 터를 닦으며 골라 놓은 돌무더기를 밟고 넘어갔다. 와르르르. 헌데 부실하게 쌓은 돌무더기가 무너지며 서현의 몸도 바닥으로 쭉 미끄러졌다.

"어엇!"

"괜찮으냐?"

"아얏!"

헌재가 잽싸게 다가와 부축을 해 주었지만 한쪽 발이 돌무더기에 빠지며 접질린 것 같았다. 서현이 인상을 쓰며 발을 가누지 못하자 헌재는 가슴이 덜컹 내려앉았다.

"어디가 다친 것이야?"

"그게……. 발목이 조금 아픕니다."

서현의 말에 헌재는 지체 없이 신발과 버선을 벗겼다. 제 손바닥만 한 작고 하얀 발이 나왔고, 발목이 부어 있었다. 그다지 심하지 않은 것 같아 그나마 놀란 가슴을 쓸어내릴 수 있었다. 다만 그녀의 작은 발이 귀엽고 고와 가만히 그 발을 손바닥 위에 올려놓고 부기가 가라앉도록 문질러 주었다.

한편 서현은 헌재가 신발과 버선을 벗겨 발목을 만지작거리자 숨이 멎는 것 같았다. 서너 번 그의 품에 안긴 적은 있다만 맨살을 드러낸 것은 처음이었으니까 놀라는 것이 당연했다.

'남녀가 유, 유별한데…….'

서현은 목까지 올라온 말을 꿀꺽 삼켰다. 여기서 남녀 운운하는 건 더 말이 안 되는 일이니까. 숯을 끼얹은 양 새빨갛게 달아오른 얼굴로 숨을 들이마신 서현이 발을 비틀어 뺐다.

"거, 걸을 만합니다. 되었습니다."

"흠흠, 그래?"

서현이 부끄러워하니 덩달아 부끄러웠다. 헛기침을 한 헌재가 등을 내밀자 무엇이냐며 서현이 눈으로 물었다. 서현의 얼굴보다 더 빨개진 얼굴로 헌재가 말을 더듬거렸다.

"어, 업혀라."

"네?"

"그 발목으로 감영까지 갔다간 진짜로 드러누워야 할 것이다. 그러니 업혀라."

서현은 여전히 머뭇거렸다. 아무리 남장을 하고 있다 해도 답삭 업힐 수는 없었다. 그러나 고민도 잠시뿐, 서현의 다리를 잡아당긴 헌재는 등에 그녀를 업고 냉큼 일어나 버렸다. 혹시 두근거리는 심장 소리를 눈치챌까 봐 몸을 조금 떨어뜨린 서현이 입 속으로 웅얼거렸다.

"안 무거우십니까?"

"안 무겁다."

"그래도 가볍지는 않을 텐데요."

"가볍지도 않다."

치, 결국 무겁다는 소리인가? 입을 삐죽 내밀며 그의 뒤통수를 흘겨보는데 다정한 목소리가 들렸다.

"무겁지도 않고, 가볍지도 않고, 딱 네 무게만큼 느껴진다."

혼자 배시시 웃은 서현이 그의 목에 가만히 팔을 둘렀다.

"이러는 편이 더 편하시죠?"

"그래, 편하다."

옥색 도포에 갓을 쓴 아우가 아니라 녹의홍상을 입은 여인을 업고 있는 기분이었다. 체면을 따지는 양반들이 본다면 법도가 어쩌고, 예법이 어쩌고 할 테지만 말이다.

그리 가까운 길은 아니라 여겼는데 어느덧 감영에 다다르자 어쩐지 서운한 마음이 들었다.

서현이 헌재에게 업혀 왔다는 소식을 들은 상서는 이방을 보냈다. 이제 손안의 사람이니 더 이상 제가 관여할 바가 아니라는 건가? 다가온 이방이 공손하게 고개를 숙였다.

"어디가 불편하십니까?"

"발목을 접질린 모양일세. 아아아! 만지지 마라!"

헌재가 발목을 툭 건드리자 서현이 엄살을 부렸다. 암튼 녀석, 연기는 잘한단 말이야. 어디 사당패에 들어가도 먹고살 걱정은 없어 보였다. 이방이 히죽 웃고 있는 헌재에게 호통을 쳤다.

"대체 어찌 모셨기에 발목을 상하게 한 것이냐?"

"난 잘못 없소. 저 혼자 쪼르르 가다 푹 엎어진 걸 어쩌나."

제 알 바 아니라는 듯 퉁한 얼굴로 말대꾸를 한 헌재가 서현에게 들리지 않도록 조그맣게 항의했다.

"혼자 할 줄 아는 것도 없어 보이는 서생이구만 뭘 감시하라는 거요? 저자가 대체 누구길래?"

"넌 알 필요 없다!"

헌재에게 쏘아붙인 이방이 울상이 된 서현에게 다시 공손하게 물었다.

"방으로 드시지요. 의원을 부르겠습니다."

"침은 싫소. 그냥 찜질이나 해 주오."

"그래도 발목이……."

"침은 싫다고! 그냥 시비에게 뜨거운 찜질이나 해 달라고 하시오!"

조그만 놈이 버럭 명령하는 모양에 배알이 뒤틀렸지만 이방은 고개를 끄덕였다. 아무리 어려도 양반이고, 좌의정 대감의 하나밖에 없는 아들이란다. 장차 좌상의 뒤를 이어 소론을 이끌어 갈 인재라고 하니 함부로 대할 수 없었다.

서현은 헌재에게 걱정 말라고, 볼일 보고 오시라고 눈짓을 했다. 영리한 놈이로고. 의원을 부르면 녀석이 여인임이 탄로 날 수도 있었다. 다행히 저 정도면 의원 없이 그저 찜질만 해도 무방한 부상이었다. 저 녀석 혹시 일부러 넘어진 건가? 녀석의 잔머리라면 응당 그리하고도 남을 것이다.

어찌 되었든 서현이 방 안에만 있을 테니, 마음 놓고 은검의 행방을 찾을 수 있어 다행이란 생각이 들었다.

10장

 감영 밖으로 나온 헌재는 어디로 가야 할지 막막하여 잠시 주변을 살펴보았다. 어디로 가야 은검의 행방을 알 수 있을까 고민을 했다. 그때 그의 곁으로 작은 아이 하나가 쪼르르 달려왔다. 아홉 살, 열 살쯤 되었을까? 땟물이 흐르는 더러운 얼굴에 눈빛만은 초롱초롱한 남자아이는 헌재에게 다가오더니 그의 주변을 한 바퀴 돌았다. 살피는 눈빛이 제법 심각했다.

 헌재는 제 주변을 천천히 도는 꼬마를 보다 갑자기 녀석의 머리를 턱 잡았다. 아이가 움찔하며 머리를 뒤로 뺐지만 커다란 손아귀에 잡힌 머리는 옴짝달싹도 하지 않고 있었다. 팔, 다리를 버둥거려 보았지만 헌재가 팔을 쭉 뻗자 아이의 팔, 다리는 헌재의 옷깃 하나 스치지 못하고 있었다.

 "놔! 놓으라고! 어서!"
 "뭐하는 놈이냐? 뭐하는 놈인데 버릇없이 어른을 살피며 주위를 도는 게야?"

"치, 댁이 이랬다저랬다 말 바꾸는 지조 없는 사내입니까?"

"뭐라?"

아이의 말에 기가 막힌다는 표정을 지었다. 요 맹랑한 꼬맹이가 어디서 이상한 말을 주워듣고 와서 생사람을 잡는 것이냐?

"대체 그것이 무슨 소리냐?"

"온양까지 간다 하고 사라졌다가 다시 나타난 지조 없는 사내가 댁이냔 말이요."

꼬마의 말이 무엇인지 짐작이 갔다. 은검! 그놈이 보낸 꼬마가 틀림없었다. 어찌하여 설명을 해도 저런 말로 사람을 찾으라 했다는 것이냐. 헌재는 부르르 끓어오르는 화를 삭이며 꼬마의 머리를 잡고 있던 손을 놓았다. 그러자 꼬마 녀석이 잽싸게 몸을 뒤로 뺐다. 몸놀림이 마치 다람쥐가 쪼르르 내빼는 것 같았다. 헌재는 제 허리밖에 오지 않는 꼬마를 보았다. 양손을 야무지게 쥐고 있지만 제 눈에는 밤톨만 한 꼬맹이, 그 이상 보이지 않았다.

"내가 그 사내라면 어쩔 셈이냐?"

"전갈이 있소."

"무슨 전갈."

꼬마는 여전히 못미더운 눈으로 헌재를 보더니 누더기 같은 제 허리춤에서 꼬깃꼬깃 접은 종이쪽지를 꺼내어 헌재에게 내밀었다. 헌데 헌재가 그 쪽지를 잡으려는 순간 손을 확 빼 버렸다. 실로 전광석화 같은 빠르기였다.

"뭐냐?"

"이 세상에 공짜가 어디 있소? 이 종이를 원하면 대가를 치르셔야지."

꼬마는 손을 앞으로 내밀어 엄지와 검지를 비비며 고개를 까딱거렸다. 아홉 살 먹은 꼬마의 말치고는 헌재 뺨치게 능글맞다. 그러나 그 모습이 싫지 않았다. 헌재는 무릎을 굽혀 꼬마와 눈을 맞추었다. 그러자 경계의 빛을 가득 담은 눈으로 꼬마가 뒤로 물러났다.

"네놈 이름이 뭐냐?"

"알아 뭣하오? 돈이나 주시오."

"나이는 몇이냐?"

"거 자꾸, 그런 건 왜 묻소?"

"난 너를 처음 본다. 그런데 네가 가져온 전갈이 내게 온 것인지도 모르고, 정확한 것인지도 모르는데 무작정 값을 치른단 말이냐? 본시 거래라는 것은 서로의 통성명을 하고 난 뒤 하는 것이다. 난 한양 살던 이헌재다. 넌?"

커다란 어른이 마치 동등한 사람에게 하는 것처럼 이름과 나이를 물어온다. 차림새를 보아하니 양반은 아닌 것 같으나, 저 같은 평민도 아닌 것 같아 몹시 혼란스러웠다. 꼬마는 잠시 생각하더니 툭 제 이름을 말했다.

"감자골에 사는 양덕소라고 하오. 나이는 열둘이오."

"덕소……. 자, 이제 전갈을 주겠느냐?"

나이보다 훨씬 작은 녀석이었다. 잠시 짠한 눈빛이 된 헌재는 덕소에게 돈을 건네주고 종이를 받았다.

―검(劍)은 안개 속 여우에게 있다.

'검은 안개 속 여우에게 있다?'

누가 무사 아니랄까 봐 암호문으로 적어 보낸 모양이다. 검은 은검 자신을 말하는 것 같은데, 안개는 뭐고 여우는 뭐지? 안개라, 무슨 장소 이름 같았다. 그런데 여우에게 있다라니……. 여우가 뭘까? 생각에 빠진 헌재를 보던 덕소가 능글맞게 입을 열었다.

"도움이 필요하면 언제든 말해요. 돈만 주면 뭐든 다 할 테니……."
"어린 녀석이 어째 입만 열면 돈 타령이냐?"

타박만 놓은 헌재가 덕소의 이마를 손가락으로 튕기려 하자 녀석이 잽싸게 고개를 뒤로 뺐다. 눈치도, 몸놀림도 빠른 놈이었다. 녀석이 헤헤 웃으며 사라지자 헌재는 피식 웃음을 지었다. 또래보다 작은 몸집이 얼마나 잽싼지 기특할 정도였다. 하지만 자꾸 돈, 돈 하는 것이 아이의 집안 사정을 말해 주는 것 같아서 한편 기분이 씁쓸했다. 덕소에 대한 마음을 거둬들인 그는 저자로 향했다. 사람들이 북적거리는 곳에 가면 뭐라도 들을 수 있겠지.

아무 대책 없이 간 저자였지만 소득은 있었다. 헌재가 주변을 둘러보며 막 두 사내를 지나치려는 순간 그들의 대화가 귀에 들어왔다.

"얘기 들었나?"

"뭔 얘기?"

"어저께 뒷집 최 서방이 여우골에 갔다가 구미호에게 아주 혼이 쏙 빠질 뻔했다고 하더라고?"

"여우골에 갔었다고? 거긴 왜 가나? 대낮에도 안개 때문에 한 치 앞도 보이지 않는 곳을……."

"안 그래도 지난달에 멋모르고 그곳에 들어간 타지 사람이 죽어 나온 거 아니어? 간만 쏙 없어졌다지?"

"예끼. 말 말어. 사또께서 흉흉한 소문 내지 말라고 그렇게 당부하셨잖아."

"그렇지. 입 닫아야지."

이건 또 무슨 소리인가? 대낮에도 안개에 싸여 있다는 여우골. 은검이 말하는 장소 같은데 구미호라……. 그리고 원주부윤이 흉흉한 소문을 내지 말라 단속까지 했단 말이지? 구미호는 나중에 살펴보더라도 일단 그 여우골이 어디인지는 알아야 했다. 헌재는 호기심 어린 말투로 입을 열었다.

"거 여우골이란 곳이 그리 무섭소?"

"에고, 깜짝이야?"

"뭐, 뭐요?"

사십 줄에 들어선 사내 둘이 헌재를 미심쩍은 눈으로 노려보았다. 그러자 헌재가 싱글싱글 웃으며 살갑게 다가섰다.

"사실 제가 사냥꾼 노릇을 좀 해 보려고 하는데, 아직 이렇다 할 잡은 짐승이 없어서요. 그 여우골이란 곳에 여우가 좀 많습니까? 거기가 어디인지……."

"젊은 사람이 죽으려고 환장을 했나? 저리 가슈?"

"그러지 말고 좀……."

"썩 꺼지래도!"

호통까지 친 두 사내는 재수 없다는 듯 바닥에 침을 탁 뱉으며 서둘러 갈 길로 가 버렸다. 대체 어떤 곳이기에 저리 벌벌 떠는 것이냐? 사내들이 말을 해 주지 않자 호기심은 더욱 커졌다. 허나 그곳을 찾아갈 방법이 없다.

저 둘의 태도를 보아 원주부윤이 여우골에 대해서는 함구하라 명을 내린 것 같고, 그것이 아니어도 구미호가 나타난다는 소문 때문에 사람들이 쉬쉬할 것이 뻔했기 때문이다. 생각에 잠겨 있던 헌재가 갑자기 고개를 흔들었다.

돌아갔다고 생각한 덕소 놈이 상점 한 귀퉁이에 몸을 숨기고 눈만 쏙 내밀고 있었기 때문이다. 눈이 마주친 헌재는 이리 오라 손짓을 했다. 만면에 웃음을 띤 녀석은 다람쥐처럼 쪼르르 달려왔다. 하지만 헌재의 손이 미치지 않는 곳에 멈추더니 턱을 치켜들었다.

"왜? 뭐가 잘 안 풀리쇼?"

"가라고 했는데 왜 주변을 알짱거리는 것이야?"

"여우골 찾아가려는 거 아니오? 내가 안내해 줄 수 있는데……. 돈만 두둑하게 내면……."

"또 돈 타령. 그리고 나 돈 없다."

"돈이 없다니. 양반처럼 보이진 않아도 돈은 있어 보이는데……. 내가 이래 봬도 돈 냄새 하나는 기가 막히게 맡거든. 아니요?"

덕소의 말에 헌재는 피식 웃음 지었다. 그리고 허리춤에 넣은 줌치를 꺼내 들었다. 쩔렁거리는 돈 소리에 덕소는 반짝반짝 눈에 빛을 내며 다가왔다.

"역시 내 코는 못 속인다니까……."

허나 돈 주머니는 덕소의 손에 쥐어지지 않았다. 헌재가 팔을 위로 뻗자 덕소의 자그마한 키로는 턱도 없이 높아졌기 때문이었다. 녀석의 작고 귀여운 코에 못마땅한 주름이 잡혔.

"여우골이란 곳이 무섭다고 모두들 꺼리는데 너 무섭지 않느냐? 구미호도 나온다는데?"

"구미호가 뭐가 무서워. 배곯는 게 무섭지. 난 조금도 겁 안 나니 걱정 마시오!"

큰소리를 탕탕 치는 녀석의 모습이 대견하다기보다는 안쓰러웠다. 헌재는 주머니를 툭 던져 주었다. 안을 열어 본 덕소의 눈이 소의 눈마냥 커다래졌다. 잠시 고민하던 녀석이 돈을 반만 꺼내고는 다시 헌재에게 던졌다. 돈, 돈 하는 양을 보아서는 주머니를 통째로 삼키고도 남을 녀석이 반이나 돌려주니 의아했다. 덕소는 돈을 품에 잘 갈무리하고는 제법 의젓하게 입을 열었다.

"이래 봬도 상도덕이란 걸 아는 사람이오, 내가. 반은 여우골에서 무사히 나오게 되면 주시오."

"셈이 정확하구나. 마음에 들었다."

"헤헤."

덕소가 코를 쓱 문지르며 웃음 지었다.

여우골은 과연 안개 속 여우라고 불릴 만한 곳이었다. 덕소가 바로 다섯 걸음 앞에 있는데도 불구하고 형체가 흐릿하게 보였다. 녀석은 자그마한 몸으로 뿌연 안개 속을 잘 헤치고 나아갔다. 그러다 그냥 걷기도 심심하고 하여 말을 걸어 보았다.

"어찌 이곳을 제집 마당 다니듯 잘 다니느냐?"

"예전에 한 번 와 본 적이 있거든. 내가 원래 길눈이 밝아 그러오."

"그때에도 구미호가 나온다는 소문이 있었냐?"

"있었을 거요. 여우골에 안개가 자주 끼어 요상한 소문이 많은 곳이라서, 어렸을 때 떼쓰거나 울면 구미호가 잡아간다는 으름장을 자주 듣곤 했으니까……."

"실제로 사람들이 사라지기도 하고?"

"그것까지는 모르겠소. 몇 번 사람들이 혼비백산해서 마을로 내려오기는 했지만, 진짜 죽은 사람은 아마 없을걸?"

덕소의 말을 종합해 보면 구미호에 관한 소문은 그저 괴소문에 지나지 않을 수 있다. 그리 험준한 산세는 아니었다. 하지만 지형적으로 안개가 자주 끼고 구미호가 나온다는 소문까지 더해진 곳이니, 자연스럽게 사람들의 발길이 뜸해진 것 같았다. 무언가 일을 꾸미기에 딱 알맞은 장소가 아닌가.

어느 정도 걸어가자 안개가 엷어졌다. 그런데 갑자기 덕소가 길이 아닌 숲으로 걸음을 옮기며 헌재를 향해 따르라는 고갯짓을 했다. 뭐냐고 눈빛으로 묻자 들릴락 말락 작은 대답이 돌아왔다.

"구미호인지 뭔지는 몰라도 이곳에서 안 좋은 일이 일어나는 건 사실이오. 괜한 위험은 피하는 게 상책이니까……."

덕소를 바라보는 헌재의 눈빛이 짙어졌다. 능글맞은 말투와 위험에 몸을 사리는 모양이 꼭 저 같다. 기분이 가라앉은 헌재는 덕소를 따라 숲 속을 걸어갔다.

"어디까지가 여우골이냐?"

"중간쯤 왔을걸? 여우골에 왔는데 이제 뭐 할 거요?"

뭘 해야 하지? 단순히 여우골에 있다는 전갈을 받았을 뿐, 어떻게 은검과 만날지는 막막했다. 헌재가 생각에 잠겨 있는 사이 덕소의 예리한 눈이 주변을 세세히 살펴보았다. 그리고는 몸을 납작하게 낮추었다. 헌재가 고개를 들자 덕소가 눈짓을 했다.

"뭐냐?"

저절로 목소리가 작아졌다.

"인기척이 들리는데……. 여러 명의 발자국 소리요."

헌재도 주의를 기울이자 느껴졌다. 적게 잡아도 족히 열은 넘어 보이는 발자국 소리. 헌데 그 걸음이 무겁고 느렸다. 마치 무언가를 나르느라 천천히 옮기는 걸음처럼 말이다. 헌재는 덕소의 목덜미를 잡아 품에 안고 나무 뒤로 몸을 숨겼다.

"읍!"

놀라 버둥거리는 녀석의 입을 막고 검지를 입에 댔다. 눈치 빠른 녀석답게 금세 잠잠해졌다. 그들이 숨어 있던 나무 위쪽 길에 사람들의 행렬이 길게 이어졌다. 구미호가 나온다 괴소문이 떠도는 산길에 어찌하여 저리 많은 사람이 보이는 것이냐? 헌재는 나무에서 목을 빼내어 그 행렬을 지켜보았다.

수는 모두 열둘. 그중 건장해 보이는 열 명은 하나같이 커다란 짐을 지고 있었고, 두 명은 칼을 손에 든 채 주위를 경계하고 있었다. 칼을 든 둘 중 한 명은 은검이었다.

 헌재가 감영을 나서고 혼자 방에 있던 서현은 하품을 했다. 방에 있을 핑계를 만드느라 살짝 삐끗하려 했는데 정말 발목이 퉁퉁 붓고 말았다.
 맥을 짚으면 여인임이 들통 날까 봐 극구 의원의 진맥을 사양하고 찜질만 받고 있는데, 찜질하러 들어온 여종 때문에 신경질이 날 지경이었다. 또다시 그와 눈이 마주친 여종의 호기심 어린 눈빛에 제가 다 민망했다. 어찌 그리 흘깃흘깃 곁눈질을 하는 것인지. 그만 좀 보라! 소리를 지를 뻔한 것을 간신히 참았다.
 부기가 어느 정도 가라앉자 여종은 나갔으나, 마지막으로 서현을 유심히 살펴보는 것은 잊지 않았다. 누군가의 사주를 받는 것인지 참으로 끈질기게 서현의 얼굴을 훑어보는 모양새가 그래도 충성스러워 보이긴 했다.
 여종이 나가자 책을 들춰 보기도 하고 방 안을 구경하기도 했지만 역시 심심했다. 헌재가 어디를 갔는지 궁금증도 돌아 그냥 따라갈걸, 약간의 후회도 들었다.
 서안에 엎드려 한숨을 푹푹 내쉬는데 갑자기 문이 열렸다. 여종이 무엇을 두고 갔나? 고개를 드니 웬 고운 여인이 들어오는 것이 아닌가?
 향긋한 매화 향기가 코를 간질였다. 여름으로 넘어가는 지금 어이하여 매화 향기가 나는 것인가. 여인이 움직일 때마다 향기가 점점 멀리 퍼졌다. 마치 꽃인 양 갑사로 만든 붉은 치마에 푸른빛이 도는 저고리를 입었다. 가르마를 타 귀밑머리를 땋은 머리는 자르르 윤기가 흐르고 엉덩이 아래까지 내려오는 제비부리댕기가 풍성한 치마폭에 싸였다. 하얗게 분을 바른 고운 얼굴과 수줍은 듯 내리깐 눈매 역시 영채가 도는 것이 영리해 보였다. 참으로 고운 여인이었다.

서현은 반쯤 몸을 일으키며 말을 더듬었다.

"누, 누구시오?"

남녀가 유별한데, 척 보아도 반가의 여식으로 보이는 여인은 부끄럽지도 않은지 눈을 똑바로 들어 서현을 보았다. 그리고 살짝 미소를 머금었다. 붉은 입술이 열리자 옥구슬 굴러가듯 영롱한 음색이 퍼졌다.

"소녀 박상서의 딸, 박지영이라고 하옵니다. 외람되게 도련님을 뵈옵니다."

외람된 것은 알고 온 것인가? 서현의 낯빛에 못마땅함이 슬그머니 돌았다. 그러나 지영은 못 본 척 말을 이었다.

"아비로부터 귀한 손이 들었다 들었습니다. 이리 마주하는 것이 도리가 아닌 줄은 알지만 발을 다치셔서 움직이지 못한다는 말을 들었습니다. 적적하실 것 같아 실례를 무릅쓰고 왔으니 너그러이 용서해 주시길 바랍니다."

용서하라 말하는 말투가 사뭇 당당하였다. 서현이 대답을 하기도 전에 그녀는 서현의 앞에 앉았다. 그리고 방문을 향해 나직이 명을 내렸다.

"다과상을 들여라."

"예, 아씨."

잠시 후 서현의 발목을 찜질해 주던 계집종이 다과상을 들고 들어왔다. 어떤 도령이 들었나 몸종을 시켜 간을 본 것이구나. 기분이 불쾌했다. 비단 지영의 태도 때문만은 아니었다. 그저 적적할까 배려하는 마음에 상서가 저의 딸을 외간 사내와 마주앉아 다과를 들게 할 만큼 생각 없는 위인은 아니었다. 다른 마음을 먹고 있는 것이 분명했다. 그 마음이 무엇인지 알 때까지는 어리바리한 서생인 척 행동하는 것이 상책이다.

지영은 우아한 동작으로 차를 우려내었다. 향긋하고 쌉싸래한 향이 하얀 김과 함께 피어올랐다. 그녀는 길고 하얀 손으로 푸른 옥잔을 들어 서현의 앞으로 내밀었다.

"지난번에 아비가 구해 온 차입니다. 그 향이 진해 천리까지 간다 하여 천리향이라고 한다지요. 입 안에 감도는 향이 좋습니다."

은근히 자랑하는 말투로 내민 차의 향기는 과연 그녀의 말대로 진하고 향기로웠다. 천리향이라고? 어머니가 차를 좋아하여 아버지가 권력까지 동원하여 온갖 차를 공수해 온 적이 있었다. 그중에 천리향이라는 것이 있었다. 임금도 맛보기 어렵다는 천리향을 지영은 자연스럽게 우려내고 있었다. 필경 한두 번 우려낸 솜씨가 아니었다.

서현은 뜨거운 차를 들어 살짝 손목을 돌렸다. 진한 향이 단박에 주변에 확 퍼졌다. 뜨거운 김을 살짝 걷어 낸 그녀는 잔에 입술을 대어 차 맛을 보았다. 자랑할 만한 맛이었다. 그러나 뒤끝에 느껴지는 쓴맛은 차에서 나는 것은 아닐 것이다. 쓴맛을 감춘 서현이 바보처럼 헤 웃었다.

"맛있습니다. 소저만큼 아름다운 맛입니다."

"이, 입에 맞으시니 다행입니다."

해사한 사내. 사내답지 않은 작은 체구의 아름다운 도령이라고만 들었는데 웃는 모습이 저리 고울 줄 몰랐다. 보통 때의 그녀라면 건장한 사내다운 사내에게 눈이 갔을 텐데, 평소에는 눈길도 주지 않은 허약해 보이는 사내의 웃음에 마음이 흔들릴 줄 몰랐다.

아비가 손으로 들인 도령의 마음을 잡으라고 말을 꺼냈을 때 사실 내키지 않았다. 하지만 소론의 실세 좌의정 대감의 외동아들이라는 말에 마음이 움직였다. 나중에 진성이 관직에 나아가면 좌의정의 권세를 업을 것이고, 그리하면 승승장구, 정경부인이 되는 것은 시간문제일 것이다.

더불어 아비에게도 도움이 될 테니 일석이조가 아니고 무엇이겠는가? 지영은 바로 마음을 정했다. 여색을 밝히는 사내라는 말을 듣긴 했지만 사내가 첩 한, 둘 들이는 것이 무슨 대수일까……. 저는 그저 권력을 잡은 정실부인 자리만 지키면 되는 것이다.

그래도 몸종에게 살펴보라고 시켰다. 허우대는 어떠한지, 인간 됨됨이는 어떠한지. 평생을 같이 살지도 모를 지아비가 될 수도 있으니 먼저 어떤 사내인가 궁금했다. 추남(醜男)에 색한이라 해도 같이 살겠지만 그래도 궁금증은 참을 수 없었다.

그런데 도령을 보고 온 계집종의 말을 듣고는 가슴에 잔잔한 파문이 일었다. 옥같이 고운 선비란다. 저가 부산스럽게 움직이고, 이리 움직여라, 저리 움직여라 요구해도 싫은 내색 없이 움직이더란다. 어떤 사내이든 받아들일 준비가 되어 있는데 계집종의 말을 듣고 나니 마음이 설레었다.

처음 서현을 보고 눈처럼 깨끗한 허우대에 가슴이 뛰어 일부러 도도하게 말을 꺼냈었다. 그런데 아이처럼 천진난만한 웃음이라니……. 허약한 서생처럼 보이지도 않았고, 여인의 뒤만 쫓는 색한처럼 보이지도 않았다. 지영은 저도 모르게 수줍어 붉어진 얼굴을 감추느라 고개를 숙였다.

지영이 수줍어하든 말든, 무슨 생각을 품고 있는지 모르는 서현은 뜨겁기만 한 차를 마시느라 입천장을 홀랑 데어 버렸다. 입맛이 고급스러운 연씨 부인과 다르게 서현은 달고 시원한 감주를 최고의 음료라 생각하기 때문이었다.

은검의 모습을 확인한 헌재는 눈을 미세하게 찌푸렸다. 저리 우르르 있으니 그에게 제가 왔다 알릴 방도가 애매했다. 주변을 한 바퀴 돌아본 헌재는 안고 있는 덕소를 내려다보며 다시 입술에 검지를 댔다. 여기 가만히 있거라. 기특하게 알아들은 덕소가 고개를 끄덕였고 덕소의 입에서 손을 뗀 헌재가 발을 굴렀다. 가지들이 사다리인 양 순식간에 높은 나무 위로 올라간 그를 보고 덕소는 입을 딱 벌렸다.
"역시 그저 그런 양반이 아니었어. 혹시 숨은 실력파 무사인가?"
나무 위로 몸을 날린 헌재는 다시 옆의 나무로 날아가듯 자리를 옮겼다. 그가 옮길 때마다 부스럭거리는 소리가 났지만 뿌연 안개에 싸여 모습이 보이지 않은 덕분에 아래에서 짐을 나르는 사내들은 그저 바람 소리려니 하고 있었다. 아니면 괴소문의 구미호?
"좀 더 빠르게 움직여라."
앞선 사내의 명에 뒤따르는 사내들의 걸음이 조금 더 빨라졌다. 안개에 싸인 여우골이라도 내내 안개가 있는 것은 아니었다. 한 치 앞도 못 볼 만큼 안개가 진한 시간이 있는가 하면 지금처럼 조금씩 걷히는 안개 덕분에 다소 청명한 시야를 확보하는 시간도 있었다. 안개가 더 걷히기 전에 이 골짝을 넘어야 한다. 누가 볼까 앞에 선 사내는 경계를 늦추지 않았다.

사내들의 걸음이 빨라지는 가운데 가장 뒤에 선 은검의 눈동자는 주변을 살피느라 자꾸 분주해졌다. 지금쯤이면 전갈이 당도하고도 남았을 것인데……. 상서의 뒤를 따라 여우골에 들어왔다. 여우골을 다

넘기 전, 숲으로 향하는 가려진 길을 따라가니 커다란 동굴이 보였다. 삼엄한 경비 때문에 비록 동굴 안은 보지 못했지만 수십에 달하는 경비만 보아도 얼마나 귀중한 물건들이 쌓여 있을지 짐작이 됐다.

그리고 오늘 새벽. 다시 마을 어귀에 닿았을 때 그곳에서 기웃거리고 있던 한 꼬마를 보게 되었다. 너무 어리지 않은가, 우려했지만 헌재와 비슷해 보이는 꼬마의 눈빛에 무조건 종이쪽지를 건네주었다. 처음에는 뜨악하던 녀석이 함께 건네준 돈을 보더니 고개를 끄덕이고는 다람쥐마냥 잽싸게 원주감영으로 달려갔다.

그리고 반나절이 지나갔다. 그러면 제가 어디에 있는지 반드시 알아낼 것이고 이곳에 반드시 와줄 것이다. 주먹을 살그머니 쥐던 은검의 입가에 피식 웃음이 맺혔다. 얄밉기만 하고 뺀질거리는 양반이 왜 이리 생각나는지 모르겠다.

천천히 걸음을 옮기는데 위쪽에서 작은 무언가가 빠르게 날아오는 것이 느껴졌다. 반사적으로 손을 뻗어 날아온 것을 잡아챘다. 작은 돌멩이. 무척 빠른 속도였으나 살의는 없었다. 그는 눈살을 찌푸렸다. 누군가의 장난인가? 쉬익! 연거푸 돌이 날아왔다. 다시 돌을 잡아챈 은검은 돌이 날아온 쪽으로 고개를 올렸다.

참 태평한 양반이로고……. 아무리 안개가 끼어 있다고는 하나 헌재가 걸터앉은 나뭇가지는 너무 낮은 높이였다. 제가 발돋움만 한 번 하면 닿을 수 있는 낮은 가지에 앉은 그를 보며 은검은 어이가 없었다. 한술 더 떠 헌재는 그를 향해 반갑게 손을 흔들었다.

"못 말리는 양반이군."

은검의 걸음이 멈추자 앞선 사내가 나직하게 호통을 쳤다.

"빨리 따르지 않고 무얼 하느냐? 일각 안에 이곳을 벗어나야 한다."

"네."

대답한 은검은 몸을 돌리며 헌재를 향해 돌을 되돌려 주었다. 두 개의 작은 돌이 허공을 지나 헌재 쪽으로 날아왔다. 하지만 제멋대로 던진 돌 때문에 그것을 잡느라 몸을 휘청한 헌재는 가까스로 가지를 잡아 낙상의 위기에서 벗어났다. 헌재는 멀어지는 은검의 뒤통수를 흘겨보았다.

"귀염성 없는 놈."

은검이 가는 길을 유심히 바라보던 헌재는 덕소가 숨어 있는 곳으로 눈을 돌렸다. 아이의 까만 머리통이 안개 속에서 가물가물 보였다. 제가 어디에 있는 줄 아니 우선 아이를 안전한 곳으로 데려다 놓는 것이 순서였다. 땅 위로 사뿐히 내려온 헌재는 덕소가 숨어 있는 곳으로 걸음을 옮겼다.

이번에도 은검은 동굴이 보이는 곳까지만 갈 수 있었다. 상서가 그의 칼 솜씨는 믿는 것 같지만 아직 전적으로 믿지는 않았다. 그래서 은검이 갈 수 있는 거리는 동굴에서 오십 보 앞까지였다.

열 명의 사내들이 동굴 안으로 들어간 것을 확인한 앞의 사내가 은검에게 돈 주머니를 던졌다. 쩔렁거리는 주머니가 은검의 손안으로 떨어졌다.

"오늘 일은 끝이다. 어디 가서 허튼소리 하지 말고. 하긴 입이 무거워 보이긴 하다만……. 조만간 다시 연락하겠다."

주머니가 제법 묵직하다. 고작 7~8리(1리는 0.4Km)를 호위한 것뿐인데 그 대가치고는 많은 액수였다. 하지만 여전히 같은 표정을 한 은검은 주머니를 품에 넣은 뒤 고개를 숙였다.

사람들과 헤어진 그는 아까 헌재를 보았던 장소에 도착했다. 잠깐 사이 여우골에는 다시 안개가 끼기 시작했다. 습한 늪지의 냄새와 함께 기분 나쁜 축축한 물기가 온몸을 무겁게 눌렀다. 헌재가 앉아 있던 나무에 도착한 그는 주위를 살펴보았다. 그리고 길이 아닌 숲 아래를 향해 걸어갔다.

바스락바스락. 눅눅한 나뭇잎이 발아래에서 힘없이 구겨졌다. 안개에 싸인 한 곳에서 발을 멈춘 은검이 무덤덤하게 입을 열었다.

"늦었습니다."

그러자 나무 뒤에 있던 헌재가 슥 몸을 내밀었다.

"별로 친절하지 않은 전갈을 받고 이 정도면 잘 찾아온 거지. 안 그런가?"

"선비님 머리가 나쁜 건 아니고요?"

저, 저 또……. 뒷목이 당기려고 했다. 헌재는 뒷목을 주무르고는 그의 앞으로 걸어 나왔다.

"신경전은 그만하자. 대체 박상서가 꾸미는 게 뭐냐?"

"확실히는 모릅니다. 하지만 저쪽 동굴 속에 뭔가를 계속 나르고 있습니다."

"어설픈 구미호 얘기까지 퍼트리며 백성들은 얼씬도 못 하게 하고, 타지 사람들로 구성된 짐꾼과 호위무사라……. 냄새가 나지?"

"말하면 입 아프죠."

입가에 살짝 비웃음을 걸친 은검을 보며 헌재 역시 같이 비웃음을 날렸다. 고분고분하면 재미없지.

"일단 저 동굴 안에 뭐가 들어 있는지 봐야겠다."

"일각도 경비가 없는 시간이 없습니다. 접근하기가 쉽지 않습니다."

"안 되면 되게 하라. 옛 성현의 말씀이시다."

헌재가 의뭉스런 미소를 지으며 손을 까딱거렸다. 그러자 옆의 다복솔에서 작은 물체가 확 하고 튀어나왔다. 반사적으로 칼에 손을 댄 은검은 튀어나온 것이 작은 아이인 것을 보고 발검(拔劍)을 멈추었다. 덕소였다. 헌재에게 전갈을 전하라 부탁했던 아이였다.

"저 아이는 어찌 같이 있는 것입니까?"

"나를 계속 따라오겠단다. 이놈의 인기는 식을 줄 몰라요."

"위험합니다."

은검의 목소리는 단호했다. 하지만 팔짱을 끼고 앞에 선 덕소의 표정도 단호했다.

"내가 이래 봬도 이 산을 다 꿰고 있는 걸. 내 도움을 받을 일이 많을 거요."

건방진 아이의 태도에 헌재가 어깨를 으쓱해 보였다. 그러다 생각났는지 헌재의 눈을 가늘게 뜨고 은검을 비껴 보았다.

"그건 그렇고, 아이가 날 어찌 그리 정확하게 찾았나?"

"영리해 보이는 아이로 골랐으니까요."

무시하듯 슥 그를 지나친 은검이 동굴을 향해 걸음을 옮기자 덕소가 재빨리 앞장을 섰다. 그의 곁에 선 헌재의 으르렁거리는 목소리가 들렸다.

"뭐? 이랬다저랬다? 지조 없는 사내? 네 눈에 내가 고작 그런 사내로 보였단 말이지?"

"무사는 언제나 진심을 말하다 하지 않았소."

"뭐라? 한 마디를 지지 않는구나. 고약한 놈."

"그 말이 듣기 싫으면 자신이 한 말에 책임을 지십시오."

은검의 말에 헌재의 표정이 진지해졌다.

"그럴 예정이다. 앞으로 그 녀석, 아니, 김진성이 임무를 마치고 한양으로 갈 때 같이 갈 예정이니 그리 알아 두어라."

확신에 찬 헌재의 말에 은검의 얼굴이 굳어졌다. 한양에 갈 때 같이 간다니. 도련님을, 아니 아가씨를 따라 어디까지 간다는 소리인가? 은검과 헌재의 불꽃 튀는 눈싸움이 이어졌다.

동굴로 바로 갈 때에는 이각이 되지 않는 거리였다. 그 거리를 빙 둘러 가자니 길도 험했고 시간도 더 지체되었다. 하지만 은검과 헌재는 덕소가 앞장서는 대로 부지런히 따라갔다.
"이쪽이오."
동굴의 위쪽이라고 했다. 몸을 낮추어 불룩 솟은 흙무더기에 오르니, 바로 아래에 동굴의 위쪽이 보이고 여기저기 상서의 사병들이 눈에 뜨였다. 하나, 둘, 셋……. 저 동굴 하나를 지키는 사람이 자그마치 열다섯이었다. 눈으로 사병들을 세던 헌재가 은검에게 속삭였다.
"저 많은 사병을 놔두고 왜 널 호위무사로 뽑은 거냐?"
"원래 열여섯 명인데 한 명이 빠진 것이라고 합니다."
"그래?"
한 명이 빠졌다. 이런 일은 목숨을 맡겨 놓은 충성스런 놈들만 데리고 하는 일이다. 그런데 한 명이 빠졌다. 무슨 일이 있었을까?
"허억!"
아래를 살피던 헌재와 은검은 갑자기 들려온 낮은 비명에 뒤를 보았다. 입을 막은 덕소가 하얗게 질려 덜덜 떨고 있었다. 엉덩이로 뒷걸음질을 치는 아이의 눈이 제 발 아래를 향하고 있었다. 둘의 눈이 동시에 아래를 향하자 그곳에는 누군가의 손이 흙속에서 비죽 나와 있었다.
'시신이다!'
헌재와 은검은 서로를 바라보았다.
둘은 시신을 파내었다. 시신의 얼굴과 몸을 살피던 은검이 나직하게 입을 열었다.

"죽은 지 얼마 안 된 모양입니다. 몸이 굳긴 했지만 부패한 곳도 거의 없고, 산짐승에게 당한 흔적도 없습니다."

"사인이 무엇인 거 같으냐?"

"배와 등, 두 군데의 자상(刺傷)이 있습니다. 단도로 배를 찌르고 등 쪽을 장검으로 베인 듯합니다."

"그렇군."

시신에게서 눈을 뗀 헌재는 옆에 떨어져 있는 덕소에게 눈을 돌렸다. 나이에 맞지 않게 넉살 좋고 무서울 것 없다던 녀석이 여느 열두 살짜리 마냥 덜덜 떨고 있었다. 아니, 지나치게 두려워하고 있다. 무서움을 감추려고 몸을 웅크린 녀석은 필사적으로 이를 악물고 있었다. 헌재가 곁으로 오자 덕소는 그의 눈을 피하며 몸을 옆으로 돌렸다. 아이의 머리를 쓰다듬으려던 헌재는 방향을 바꿔 덕소의 어깨를 툭 쳤다.

"사내자식이 뭘 그리 놀라느냐? 너답지 않다."

"누, 누가 놀라긴……. 그냥……. 냄새가 고약해서 그러오."

애써 목소리의 떨림을 감춘 녀석이 코를 막으며 손을 내저었다. 작은 어깨가 떨리고 있었다. 무슨 사연이 있는가? 헌재는 아이의 머리를 쓰다듬었다. 그러자 덕소가 아무렇지도 않는 듯, 귀찮다는 듯 헌재의 손을 탁 쳐 내었다. 어느 정도 진정이 된 것 같아 헌재의 눈이 다시 은검을 향했다.

"다시 물어야겠다."

"원에 고하지 않을 겁니까?"

"여우골의 은밀한 동굴 위쪽에 묻힌 시신이다. 더구나 검으로 당한 자이다. 뭔가 엮이는 게 없냐?"

"원주부윤이 아는 일일 수도 있겠군요."

"이곳 말고 조금 떨어진 곳에 묻자. 혹여 나중에 쓸모가 있을 수도 있으니."

헌재와 은검이 시신을 다시 묻는 사이 덕소는 떨림을 진정했는지 평소의 낯빛을 하고 있었다.

조만간 다시 기별을 한다는 말에 은검은 헌재와 헤어져 거처로 갔고, 헌재는 덕소와 함께 녀석의 집으로 갔다. 돈 소리를 입에 달고 사는 녀석의 집이 궁금해서였다.

덕소가 사는 감자골은 잘 정리되었다 느꼈던 감영 근처의 마을과는 한참 다른 곳이었다. 있는 그대로의 백성들의 모습이 있었다. 가난에 찌들고, 병에 시달리는, 하지만 그래도 희망이 있는 모습. 지금까지 지나온 마을과 비슷하다고 해야 할까?

덕소는 갈지자로 걸으며 까불거렸다. 품 안에 갈무리해 둔 돈의 무게가 묵직하게 느껴졌다. 실로 오랜만에 만져 보는 돈이었다. 이 돈이 있으면 당분간 굶지 않아도 된다. 할머니와 어린 동생의 배를 부르게 할 수 있다는 생각만으로 신이 났다. 저자에 들러 약간의 보리쌀과 작은 생선까지 산 덕소는 뒤를 돌아 헌재를 재촉했다.

"빨리 좀 오시오! 빨리."

신이 나 들떠 있는 덕소의 모습을 보니 헌재도 같이 웃음이 나왔다. 그래서 녀석의 걸음에 맞춰 주었다.

허름한 초가집들이 줄지어 있는 곳에 도착한 덕소는 고만고만한 집 중 한 곳으로 들어갔다. 손바닥만 한 마당이 보이고 두 칸쯤 돼 보이는 집이 보였다. 저녁을 짓는 모양으로 자그마한 부엌의 아궁이에서 뜨거운 김이 오르고 있었다. 덕소는 들어가자마자 신이 나서 동생을 불렀다.

"담이야! 담이야! 오빠 왔어!"
"오빠? 오빠야!"

앳된 목소리와 함께 부엌에서 작은 여자아이가 튀어나왔다. 덕소보다 작은 여자아이는 덕소를 보더니 팔짝 뛰어 안겼다. 덕소와 많이 닮았지만 훨씬 더 귀여운 인상이었다. 사이좋은 오누이인 모양으로 덕소는 담이를 한참 동안 안고 있다가 내려놓았다. 여전히 동생을 보는 눈동자에는 정이 담뿍 담겨 있었다.

"별일 없었지? 오빠가 먹을 거 가져왔어."
"와! 보리쌀이다. 오빠, 돈이 어디서 났어?"
"벌었지."
"또 도둑질한 거 아니지?"
"아니야! 저 사람 심부름해 주고 받은 거야. 맞죠?"

덕소가 억울한 표정으로 문 앞에 기대어 서 있는 헌재를 가리키자 헌재는 고개를 끄덕이며 말을 거들었다.

"맞다. 오빠가 아주 중요한 심부름을 해 줘서 내가 고맙다고 돈을 주었다. 그러니 믿어도 되느니라."

"그래요? 내일 아침은 푸짐하게 먹겠다."

비로소 얼굴에 화색이 돈 담이는 벌써 군침을 삼키고 있었다. 배가 고파도 도둑질은 안 된다는 어린아이의 마음이 어쩐지 안쓰러웠다. 그때, 방문이 열리며 나이 든 여인이 나왔다.

"덕소 왔니?"
"네, 할머니. 저 왔어요. 별일 없으셨죠?"

헌재에게는 반말을 잘도 하던 녀석의 말투가 공손해졌다. 덕소의 목소리를 들은 할머니는 손을 더듬거리며 옆의 지팡이를 잡았다. 바깥으로 나오는 할머니를 덕소가 얼른 부축했다.

"누가 온 거 같은데……. 덕소가 또 무슨 말썽이라도 부린 거요?"
"말썽은 무슨, 아니야."
덕소의 말에 헌재가 한 발 나섰다.
"덕소에게 도움을 받은 사람입니다. 아이가 영리하여 큰 도움이 되었습니다."
"그래요? 우리 덕소가 영리하긴 하지."
헌재의 말에 걱정스러워하던 할머니의 얼굴에 미소가 생겼다. 그리고 다시 더듬거리며 덕소의 머리를 찾아 쓰다듬었다. 헤헤 웃던 덕소가 헌재를 보며 멋쩍게 어깨를 으쓱거렸다. 담이가 부엌에서 나왔다.
"오늘은 이것뿐이지만 내일 아침에는 맛있는 거 해 드릴게요. 오빠가 먹을 거 잔뜩 사 왔어요. 할머니."
"고생만 시켜서 미안하구나."
"또 그 소리. 할머니가 계시니까 마을 사람들도 우릴 함부로 안 하는 거라고 몇 번을 얘기해요. 그러니까 그 소리 하지 마세요. 네?"
좁은 마루에 셋이 오순도순 걸터앉았다. 담이가 뜨거운 감자를 호호 불어 할머니의 손에 쥐여 주고 덕소의 손에도 건네주었다.
"너도 먹어."
"응, 오빠도."
초라한 저녁이었지만 보는 이의 마음까지 배부르게 하는 광경이었다. 눈시울이 뜨거워진 헌재는 눈을 깜빡거리며 숨을 크게 들이마셨다. 그리고 넉살 좋게 그들에게 다가갔다.
"나는 먹어 보라는 소리도 안 하냐?"
"우리 먹을 것도 없소. 댁은 가서 드슈."
덕소가 탁 쏘아붙이자 담이가 남은 감자 중에서 커다란 감자 하나를 들어 헌재에게 내밀었다.

"죄송해요. 여기요."

"고맙다. 냄새가 기가 막히는구나. 감자 잘 삶는구나."

조촐한 저녁이 끝나고 헌재가 자리에서 일어섰다. 그는 마당을 나서며 덕소의 목덜미를 덜컥 잡아 끌어당겼다. 덕소가 무슨 짓이냐며 반항을 하려 하자 냉큼 큰 소리로 할머니에게 작별 인사를 했다.

"저녁 잘 먹고 갑니다."

"대접한 것이 없어 미안하우."

"태어나서 먹은 감자 중에 가장 맛있었습니다. 담이야, 잘 먹었다."

"안녕히 가세요."

담이의 인사까지 받은 헌재는 덕소를 질질 끌고 나왔다. 싸리문 밖까지 나와서야 목덜미를 놔주었다.

"밤길이 어둡다. 네가 안내 좀 해야겠다."

"쳇, 요기서 조기 가는데 뭐가 어둡다고……. 덩치는 산만 한 사내가……. 내가 다 창피하오."

말은 그리하면서 앞장을 섰다. 뒤따르던 헌재의 입가에 미소가 빙그레 떠올랐다.

"담이는 몇 살이냐?"

"나이 묻는 거 되게 좋아하네. 아홉 살이오."

"아주 귀엽더라. 너랑 다르게 말이다."

"쳇."

"할머니는 원래 눈이 안 보이시는 거냐?"

헌재의 물음에 약간 뜸을 들인 후 대답이 돌아왔다.

"먹을 걸 잘 못 먹어서 그런 거라고 의원이 그럽디다. 보약 한 첩 잘 쓰고 영양가 있는 음식을 먹으면 좀 나아질 수도 있다는데……. 그런데 그런 왜 묻소?"

"부모님은 어디 계시냐?"

"……돌아가셨소!"

"왜인지 물으면 대답해 줄 건가?"

격하게 소리치던 녀석이 잠잠해졌다. 그리고 작은 목소리가 들렸다.

"4년 전에 여우골에 갔다가…… 돌아가셨소. 그 길을 통하면 좀 더 빠르게 옆 마을로 갈 수 있거든. 그래서, 좀 더 빨리 담이에게 예쁜 새 옷과 할머니에게 맛있는 떡을 드리려고 그 길로 갔었소. 거기서 도적 떼가……."

말은 거기서 끊어졌다. 목이 메는지 눈물을 삼키는 소리가 들렸다.

"같이, 있었냐?"

고개 숙인 덕소의 눈에서 눈물이 후드득 떨어졌다. 같이 있었구나. 아비, 어미의 죽음을 눈앞에서 본 것이다. 4년 전이면 여덟 살……. 부모의 죽음을 감당하기에는 어린 나이였다. 그래서 아까 시신을 보고 그리 놀란 것이었구나. 나이보다 작은 몸으로 잘 살려고 노력하는 녀석이 대견스러웠다. 헌재는 말없이 덕소의 머리를 쓰다듬었다.

코를 훌쩍거린 덕소가 눈가를 소매로 닦자 헌재는 돈 주머니를 그에게 건넸다. 뭐냐고 눈으로 묻는 아이에게 다정하게 대답을 했다.

"여우골을 무사히 나오면 남은 돈을 준다 하지 않았느냐. 네 몫이다. 받아라."

덕소를 바라보는 헌재의 눈이 비장하게 빛을 내었다.

11장

 헌재가 어찌 되었을까? 밤새 이리저리 뒤척이느라 잠을 제대로 자지 못한 서현은 눈을 비비며 방을 나섰다. 잠을 못 자니 입 안이 깔깔하여 아침도 거의 먹지 못했다. 방을 나서며 서현은 투덜거렸다.
 "대체 이 양반은 어디서 무얼 하고 있는 거야? 호위든 감시든 한다고 했으면 옆에 찰싹 붙어 있어야 하는 거 아니야? 사람이 말이야 책임감이 희박……. 헉!"
 "밤새 평안히 주무셨습니까?"
 언제 왔는지 지영이 곁에 서 있었다. 놀란 서현은 혹시 혼자 중얼거린 것을 들었을까 뜨끔하여 손을 모으며 얼른 입꼬리를 올렸다.
 "잘 잤습니다. 소저도 잘 잤습니까?"
 "네, 발목은 어떠하십니까?"
 아프다 하면 또 계집종이 들어와 이것저것 귀찮게 할까 봐 서현은 발목을 돌리며 과장되게 고개를 끄덕였다.

"멀쩡해졌습니다. 어제 소저의 몸종이 열심히 찜질을 해 준 덕분입니다. 감사합니다."

"다행입니다. 오늘 같이 저자에 나가자고 청을 드릴 참이었는데, 아직 발목이 아프시다 하면 어찌해야 하나 걱정이었습니다. 같이 저자에 나가시겠습니까?"

"네? 저자예요?"

"여인 혼자 그런 곳에 가는 것은 쉬운 일이 아닙니다. 도련님처럼 든든한 호위자가 함께한다면 가도 좋다고 아버님이 허락하셨습니다. 같이 가 달라고 부탁드립니다."

고개는 살짝 숙였으나 당연히 들어줄 것이라는 믿음이 담긴 눈빛과 당당한 말투였다. 마음 같아서는 아니 된다, 거절하고 싶었으나 저의 경우가 생각났다. 지영의 말대로 사대부가의 여인이 홀로 어디를 가는 거 자체가 어려웠다. 그래서 그녀 역시 진성의 옷을 훔쳐 입어 몰래 다니지 않았던가. 그리고 어차피 저자에 나갈 예정이었다. 더구나 박상서의 딸과 함께라면 그보다 확실한 통행패는 없을 것이니 혼자 다니는 것보다는 훨씬 유리할 것이다. 생각을 정리한 서현은 지영을 향해 살포시 웃어 보였다.

"소저와 동행을 한다면 영광이겠으나, 괜찮으시겠습니까? 정숙한 반가의 여인이 외간 사내와 같이 다니는 것 말입니다."

"아버님이 허락하신 일입니다. 그 누가 뭐라 하겠습니까."

원주에서는 제 아비가 왕이로구나. 공주라도 된 듯 위세를 부리는 것이 아니꼬웠지만 서현은 그저 웃었다. 박상서가 하고 있는 일의 꼬리를 잡을 때까지 이리 웃을 작정이었다.

저잣거리는 제법 컸다. 처음 길을 나설 때가 생각났다. 분이와 함께 이것저것을 구경하고 타래과랑 인절미도 사 먹었었지. 그때 산 연적이 아직도 봇짐 속에 있다. 비싼 돈을 주고 산 것이니 한양에 올라갈 때까지 잘 간수해야 했다. 하지만 지금은 분이도 없고, 헌재와 은검 역시 어디서 무얼 하는지 홀로 걷는 길이 조금 외롭긴 했지만 동시에 다부진 마음도 들게 했다. 난 암행어사니까.

"무슨 생각을 그리 하느냐?"

"헉! 제발 불쑥 좀 나타나지 마십시오."

생각에 잠겨 있는데 어느새 왔는지 곁에서 갑자기 말을 거는 헌재 때문에 서현은 놀란 가슴을 쓸어내렸다. 그러다가 발끈하여 그를 보았다. 저는 그의 걱정 때문에 밤을 뜬눈으로 새웠는데 싱글싱글 웃는 낯이라니……. 서현이 뭐라 입을 열기 전에 헌재가 몸을 옆으로 틀더니 속삭였다.

"뒤에 저 여인은 누구냐?"

"박상서의 딸이랍니다. 뭔지는 모르지만 저에게 접근하고 있습니다. 그래서 제가 감시 중입니다."

풋, 웃음이 나왔다. 감시라……. 녀석은 지금 저 여인의 주변에 쫙 깔린 호위무사들을 눈치채고 감시란 말을 입에 담은 것일까? 아니겠지. 제가 곁으로 다가와도 기척조차 느끼지 못하는 둔한 녀석이 저잣거리 백성들 사이사이에서 사복을 입고 은밀히 따르는 호위무사들을 알아챘을 리가 없었다.

서현은 뒤쪽을 보았다. 지영은 장신구를 파는 곳에 서서 머리 장식을 이것저것 꺼내어 머리에 대 보고 있었다. 다소 차가워 보이는 인상이었지만 면경을 보며 살포시 미소 짓는 모습이 아름다웠다. 마음에 드는 머리 장식을 발견했는지 그녀는 주인에게 값을 치르라 몸종에게 이르고 서현에게 다가왔다. 그녀가 다가오자 서현은 입가에 재빨리 웃음을 담았다.

"여인과 함께 나선 길이라 지루하시지요."

"아닙니다. 구경할 것이 많아 지루하지 않았습니다."

"그런데 이 사내는 누구입니까?"

처음 보는 낯선 사내인데도 지영은 얼굴 하나 붉히지 않고 헌재의 얼굴을 똑바로 쳐다보았다. 서현이 얼른 대답을 했다.

"아버님께서 붙여 주신 호위무사입니다. 초행길에 혹시 안 좋은 일이 있을까 염려하여 제게 주셨습니다."

"아버님의 사람이군요."

지영의 입가에 미소가 생기더니 헌재를 보는 눈빛이 짙어졌다. 두 사람 사이에 서 있던 서현은 문득 이상한 기분이 들었다. 먼저 눈을 돌린 지영이 서현을 향했다.

"소녀가 필요한 물건이 있사온데 이자를 잠시 빌려도 될까요?"

"그, 러시지요."

갑자기 해 온 청에 서현은 고개를 끄덕였다. 살짝 고개를 숙여 감사를 표한 지영이 도도하게 턱을 들고 헌재를 보았다.

"따르라."

헌재는 어깨를 으쓱해 보이고는 지영의 뒤를 따랐다.

잠시 후 헌재의 손에는 달랑 비단 두 필이 들려 있었다. 서현은 울컥 감정이 상했다. 고작 비단 두 필 때문에 헌재를 달라 하였는가! 분하였지만 이미 그리하라고 허했는데 딴소리를 할 수는 없었다.

감영으로 돌아온 헌재가 비단을 지영의 몸종에게 건네려고 하자 지영의 명이 떨어졌다.

"넌 반빗간에 가서 요깃거리를 준비하거라."

"예, 아씨."

몸종은 헌재를 보며 은밀한 미소를 짓더니 냉큼 반빗간을 향해 종종걸음을 쳤다. 그 모습이 의아했다. 몸종이 사라지자 지영은 다시 서현에게 고개를 돌렸다.

 "오늘 감사했습니다. 도련님 덕분에 고운 비단을 구했으니 옷을 지어 선물로 드리고 싶습니다."

 "선물이라면 되었습니다. 이미 아버님께 받았으니까요."

 헌재를 심부름꾼처럼 비단을 들게 한 것이 못내 마음이 불편하여 말투가 뾰족해졌다. 하지만 지영의 달리 해석하였다. 다른 사내에게 눈을 돌려 질투를 하는구나.

 "제 성의입니다. 부디 사양치 마십시오. 넌 그것을 침방으로 가져다주어라."

 지영의 명에 헌재는 어이가 없었지만 고개를 끄덕였다.

 "저쪽이다. 그럼 소녀는 이만 물러갑니다."

 살포시 고개 숙인 지영이 헌재를 올려다보고는 걸음을 옮겼다. 침방이 있다고 했던 방향이었다. 해서 지영과 헌재가 나란히 같은 방향으로 가게 되었다.

 어제와 다른 보랏빛의 풍성한 치마를 입은 지영의 조금 뒤에서 검은 무복을 입은 헌재가 걸어가고 있었다. 긴 댕기머리의 지영과 곁에 선 헌재를 보니 갑자기 눈물이 나려고 했다. 비록 뒷모습이지만 둘이 잘 어울려 보였기 때문이었다. 속이 울렁거렸다. 까닭 모를 울컥함이 올라오고 있었다. 그래서 그리하면 안 되는 줄 알면서 서현은 조용히 둘의 뒤를 따랐다.

 지영이 가리킨 방향에 침방이 있는지 없는지는 모르지만 지영의 방이 있는 것은 확실했다. 침방이라 하여 따라왔던 헌재는 그녀가 머물고 있는 별당으로 들어서자 불쾌했다. 과년한 반가의 여식이 어찌하여 외간 사내를 은밀한 별당에 들인단 말인가. 하지만 불쾌한 감정을 애써 다스렸다.

"침방이 어딥니까?"

"그냥 저곳에 두어라."

헌재는 지영이 가리킨 마루에 비단을 놓고 고개를 숙였다. 그가 돌아 나가려는데 지영의 목소리가 들렸다.

"예까지 오느라 수고했다. 심부름 값이라 생각하고 한잔하고 가거라."

별당 앞에 있는 연못가의 작은 정자에는 몸종이 차려 놓았는지 술상이 놓여 있었다. 그것을 본 헌재의 눈살이 찌푸려졌다. 부윤의 자식쯤 되는 여인이 어찌하여 처음 본 사내에게 술을 권한단 말인가. 목소리가 절로 불퉁해졌다.

"좋은 생각이 아닙니다."

"이곳은 아무나 드나들지 않으니 염려 마라. 고마움을 표현하는 것인데 거절하면 내 손이 면구스럽지 않느냐?"

벌써 정자에 오른 지영이 앞에 놓인 술잔에 술을 따르고 있었다. 잠시 망설인 헌재는 정자에 올랐다. 불쾌하고 내치고 싶은 마음이야 굴뚝같지만 그것을 다 내보일 수는 없었다. 상서의 딸이니 아비가 하는 일에 대한 정보를 얻을 수도 있고 말이다.

"그럼 한 잔만 받겠습니다."

헌재는 지영이 따라 놓은 술을 단숨에 비웠다. 그를 보는 지영의 입가에 엷은 미소가 생겼다. 해사한 서현의 모습에 잠시 마음이 흔들리긴 했지만 원래 그녀가 좋아하는 사내는 사내다운 사내였다. 건장한 몸집에 다소 무뚝뚝하지만 거칠고 날 것 그대로의 것을 지닌 진짜 사내. 아주 잠시 본 것이지만 헌재가 그러했다. 더구나 지영은 안중에도 없다는 그의 태도가 그녀의 승부욕에 불을 지폈다. 미모로 안 되면 권력을 동원해서라도 내 발아래 복종시키고 말겠다. 지영은 잔을 비우고 일어서려는 그의 술잔에 다시 술을 부었다.

"한 잔만 하면 정이 없다지 않느냐? 삼세번이라고 했으니 두 잔만 더 마시고 가거라."

여인이 수치도 모르고, 부끄러움도 모르는가. 대담한 그녀의 태도가 마음에 들지 않았지만 헌재는 잠자코 두 번째 잔도 비웠다. 웃음을 담뿍 머금은 그녀가 세 번째로 술을 따랐다.

"이만 물러……."

"힘은 장사처럼 보이는데 검도 잡느냐? 손이 거칠구나."

세 번째 잔을 비운 헌재가 자리에서 일어서는데 갑자기 지영이 그런 그의 손을 잡았다. 그뿐만 아니라 한술 더 떠 손을 뒤집더니 손바닥의 굳은살들을 쓰다듬는 것이 아닌가? 벌레라도 닿은 듯 온몸에 소름이 돋았다.

한편 헌재와 지영을 몰래 따라온 서현은 둘이 별당으로 들어가는 것을 보며 입술을 깨물었다. 과년한 여인이 은밀한 내방으로 사내를 들이다니! 더구나 좋다고 그 뒤를 따르는 헌재를 보니 엉덩이라도 걷어차 주고 싶은 심정이었다. 그저 비단만 놓고 나오겠지, 생각과는 다르게 둘이 사이좋게 정자에 오르는 모양을 보니 얼굴에 열이 올랐다. 거리가 멀어 무슨 말을 하는지 들리지 않았고, 헌재가 등을 지고 앉아 있기 때문에 그의 얼굴은 보이지 않았지만, 미소 지으며 다정하게 그의 손을 만지는 지영은 볼 수 있었다.

더 이상 그곳에 있을 수 없었다. 더 있다가는 눈물이 쏟아질 것 같았다. 그래서 헌재가 한 다음 행동은 보지 못하였다.

헌재는 천천히 손을 뺐다. 그러자 지영이 순진한 표정을 지으며 그를 보았다.
  "제 일을 마쳤으니 이만 물러갑니다."
  불퉁하게 고개를 까딱 숙여 보인 헌재가 휙 바람 소리를 내며 정자에서 내려왔다. 불쾌했다. 마음도 없는 사내를 앞혀 놓고 수작이라니……. 홍등가의 기생들이나 할 법한 행동에 머리를 흔들었다.
  혹시 새벽에는 감시가 뜸할까 다시 여우골에 다녀오느라 거의 밤을 새우다시피 했다. 서현이 깨기 전에 오려고 애를 썼지만 거리가 거리인지라 그녀가 저자로 나설 때쯤 가까스로 감영에 도착할 수 있었다. 그녀의 고운 얼굴을 보는 순간 피로가 싹 날아갔는데 지영이라는 계집 때문에 다시 피곤이 쌓인 것 같았다. 서현이 보고픈 마음에 헌재는 거의 뛰다시피 서현의 방으로 향했다.

  방으로 들어온 서현은 갓을 벗어 바닥에 패대기를 쳤다. 어이하여 남장으로 길을 나선 것이냐! 바보 중의 바보다. 속이 상했다. 발을 들어 서안을 쾅! 찼다. 지영의 고운 모습과 제 입성이 비교되어 더 마음이 상했다. 저도 고운 치마에 댕기를 드렸다면 헌재가 봐 주었을까? 지영의 뒤를 쪼르르 따라가던 헌재의 모습이 생각나자 울컥 눈물이 솟았다. 역시 지조 없는 사내요. 제 오라비와 다를 것 없는 사내다. 이번엔 보료를 뻥 찼다.
  싫은 이와는 말도 섞지 않는다 했으니 지영을 싫어하는 것은 아닐 것이다. 같은 여인이 보아도 저리 고운데 사내의 눈으로 보면 얼마나 더 고울까? 헌재만 탓할 일도 아닌 거 같아 기운이 쭉 빠졌다. 나오려던 눈물이 밖에서 들리는 말소리에 쏙 들어갔다.
  "안에 있냐? 들어간다."

헌재였다. 서현이 얼굴이 보고파 서둘러 그녀의 거처로 돌아왔다. 헌데 댓돌 위에 엉망으로 놓여 있는 신을 보며 고개를 갸웃거렸다. 덤벙거리긴 해도 제 물건은 정갈하게 간수하는 녀석인데 신발의 모양새를 보니 급하게 들어간 것 같았다. 지금 급한 일이 무어가 있는가? 궁금증에 걱정이 더해져 서현의 대답을 듣기도 전에 안으로 들어갔다.

방 안은 더 가관이었다. 녀석의 머리에 있어야 할 갓이 바닥에 널브러져 있었고 서안이며 보료가 발에 차였는지 이리저리 삐뚤빼뚤 놓여 있었다. 놀란 눈으로 녀석을 보니 벌겋게 달아오른 얼굴에 눈가가 촉촉이 젖어 있었다. 덜컹 가슴이 내려앉았다. 그는 서현의 앞으로 가 그녀의 얼굴을 살폈다.

"무슨 일이냐? 얼굴이 왜 그런 것이야?"

"몰라도 됩니다."

토라져서 고개를 돌리는 서현의 어깨를 잡아 눈을 맞춘 헌재가 재차 질문을 했다. 눈을 돌리는 그녀 때문에 가슴이 바짝 타들어 갔다.

"몰라도 된다니. 울 것 같은 얼굴로 있었으면서 몰라도 된다니!"

"형님이 무슨 상관이십니까? 형님 좋다는 저 여인에게나 가 보십시오!"

욱하고 내뱉는 말에 어안이 벙벙하였다가 곧 입가에 빙그레 미소가 잡혔다. 이런 내 작은 아가씨가 투기를 부리는구나. 이 귀여운 것을 어찌할꼬. 저절로 벙싯 입이 벌어졌다. 터지는 웃음을 참은 헌재가 몸을 흔들어 그의 손에서 벗어난 서현에게 장난처럼 대꾸했다.

"그것이 무슨 소리냐? 여인이라니?"

"……"

"네 모양이 마치 투기라도 하는 것 같구나."

토라진 모습이 못내 사랑스러워 평소처럼 볼을 잡아당기자 그의 손을 쳐 내며 서현이 벌컥 화를 내었다.
 "아랫사람 대하듯 하지 마십시오! 아우 대하듯 하지 마시란 말입니다!"
 "이놈 보게? 그럼 네가 아우지 형님이냐?"
 서럽다. 왜 남장으로 길을 떠났을까? 그냥 조신하게 집에 있었다면 이런 감정 따위는 모른 채 혼인하여 잘 살았을 것을……. 아니다. 이리 집을 나서지 않았다면 헌재를 만나지 못했을 것이다. 그리하였다면 평생 이런 감정은 몰랐을 것이다. 시리도록 사모하고, 아리도록 연모하여 베어 내듯 시린 이 마음을 말이다. 뚝뚝 눈물이 떨어졌다. 이래도 마음이 아프고 저래도 마음이 아팠다.
 헌재는 당황했다. 평소처럼 웃으며 형님, 해야 할 녀석이 눈물을 흘리고 있었다. 하얀 볼에 주르륵 흐르는 눈물을 보니 어찌해야 좋을지 몰랐다. 그녀의 어깨를 잡은 손에 힘이 더해졌다. 우는 모습은 보고 싶지 않았다. 언제나 웃는 얼굴만 보고 싶었다. 장난기를 뺀 헌재의 목소리가 방 안에 울렸다.
 "아랫사람 대하듯 한 적 없다."
 서현이 고개를 들어 헌재를 보았다. 여전히 눈에 눈물이 가득 고여 있었다. 누군가 심장을 꽉 쥐었다 놓은 듯 아파 왔다.
 "널 아우 대하듯 한 적 없다."
 눈물을 삼키느라 서현의 가슴이 들썩거렸다. 헌재의 눈이 결박하듯 서현의 눈을 응시했다.
 "내가 널 마음에 두었다면 화를 낼 테냐?"
 느닷없는 소리에 서현의 눈이 조금 커졌다.
 "내 마음에 네가 있다면 화를 낼 테냔 말이다."

"아닙니다."

"내가 남색이어도 좋다는 소리냐?"

서현은 고개를 끄덕였다. 그래도 좋다. 저를 사내로 알고 있으니 그가 남색이라는 소리는 저를 좋아한다는 말이 아닌가. 그렇게라도 저를 좋아한다면 좋다. 서현은 연방 고개를 끄덕거렸다.

그녀를 보는 헌재의 눈빛이 욕망으로 짙어지며 목소리가 갈라져 나왔다.

"네 녀석이 허락한 것이다."

헌재의 입술이 서현의 것에 내려앉았다. 촉촉하고 보드라운 감촉에 전율이 일었다. 서현은 심장이 터질 것 같아 눈을 감아 버렸다.

어떤 맛일까? 어떤 느낌일까? 서현이 여인임을 알고 난 뒤 홀로 수없이 상상을 했었다. 그러면 안 되는 줄 알면서도, 그녀를 욕되게 하는 것임을 알면서도 그녀의 얼굴을, 입술을 볼 때마다 저절로 드는 생각을 막을 수가 없었다. 홀로 수없이 했었던 상상이 현실로 이루어졌다. 그리고 그것은 상상 이상이었다.

살덩일 뿐인 입술에서 이런 맛과 느낌이 날 것이라고는 상상도 하지 못했다. 마치 꿀을 바른 듯 촉촉한 느낌과 더불어 단 숨결이 느껴졌다. 그녀의 어깨를 잡은 손이 떨리고, 심장이 떨리고, 맞닿은 입술이 떨렸다. 버릇없이 혀가 날름 그녀의 입술을 핥으며 아랫입술을 물자 미약한 떨림이 느껴졌다. 이 떨림은 저의 것인가? 아니면, 그대의 것인가. 누구의 떨림인지는 중요하지 않았다. 헌재는 입술을 세게 눌러 더 이상의 떨림을 막았다.

입술에 힘이 가해지니 꼭 다물고 있던 입술 사이가 벌어지며 더운 기운이 느껴졌다. 달콤한 향을 이기지 못하고 헌재가 그 입술을 다시 혀로 핥았다. 그런데 이것이 미약이라. 한 번 맛본 그 달콤함에 헌재의 혀가 서현의 입 속으로 파고들었다. 하얗게 굳어 버린 그녀의 혀가 도망치듯 뒤로 물러났다. 재촉하지 않으려 했는데 헌재의 것이 다급하게 그녀를 잡아챘다. 오도 가도 못하는 입 속에서 서현의 것이 헌재에게 잡혀 버렸다.

제 입 속으로 들어오는 침입자에 서현은 쩔쩔맸다. 터져 버릴 듯 달음박질치는 심장과는 다르게 발끝부터 손끝까지 찌릿찌릿 번개를 맞은 것 같았다. 처음 느껴보는 생경한 감촉에 어쩔 줄 몰랐지만 그 입술을 떼고 싶지 않았다. 사내 행색을 하고서라도 마음을 주고 싶은 사내였다. 그저 이 순간이 꿈이 아니길. 서현은 헌재의 목을 끌어안았다.

서현이 반응해 오자 헌재는 그녀를 번쩍 안으며 입술을 마구 삼켰다. 물고 빨고 하여도 달콤함은 줄어들지 않고 오히려 목마름이 더해졌다.

서현을 벽에 밀어붙인 헌재의 손이 저도 모르게 도포 앞자락을 더듬었다. 도포의 옷고름을 잡아 뜯어낸 손이 저고리의 앞섶을 파헤치기 시작했다. 그녀의 향기와 뜨거운 체온에 이미 그의 중심이 단단해지기 시작했다. 한 번 놓치기 시작한 이성은 온데간데없이 사라졌고 오직 본능만이 남아 그녀의 몸을 탐하기 시작했다.

처음 느끼는 불편한 황홀경에 정신이 오락가락하던 서현은 그의 손이 가슴을 더듬자 퍼뜩 제자리로 돌아왔다. 제가 사내라 좋아하는 헌재에게 여인임을 들키게 되면 어찌 될 것인가? 혹시 여인이라 싫다 하면 어쩌지.

놀란 가슴이 벌렁거렸다. 서현은 헌재를 있는 힘껏 밀어냈다. 그러나 작정하고 덤비는 사내는 태산처럼 꿈쩍을 하지 않았다. 저고리의 고름이 풀어지고 앞섶이 벌어지려고 하고 있었다. 당황한 서현은 두 손으로 헌재를 마구잡이로 때리기 시작했다. 들키면 안 된다. 여인임을 들키면……. 날 싫어할지도 모른다.

서현이 발버둥을 치며 주먹을 날리자 저만치 나가 있던 정신의 끄트머리가 돌아왔다. 하지만 본능은 여전히 그녀의 몸을 놔주려고 하지 않았다. 헌재의 입술이 떨어지지 않고, 딱 붙은 몸 또한 요지부동이라 서현은 덜컥 겁이 났다. 여인임을 들킬까 봐. 그럼 헌재가 저를 싫어한다 할까 봐 겁이 났다.

서현의 눈에 눈물이 고이며 울먹이기 시작했다. 헌재에게 미움을 받고 싶지 않았다. 여인이니 남색인 그에게 더 이상 다가갈 수가 없다. 왜 여인으로 태어났을까. 그녀의 울먹거림이 커지자 헌재의 입술이 그제야 떨어졌다.

정신이 혼미했다. 그런데 서현이 울고 있었다. 왜? 어째서? 당황스러웠다. 혹여 제가 짐승처럼 행동하여 놀란 것인가? 아우성치는 본능을 발로 밟아 누른 헌재가 말을 더듬거렸다.

"왜, 왜 우는 것이야?"

"흑흑흑."

"혹시…… 나 때문이냐? 내가……."

짐승처럼 너를 탐해서? 그래서 내가 미워 그러느냐? 차마 입이 떨어지지 않았다. 안절부절못하고 있는데 한술 더 떠 서현이 목을 놓아 울음을 터트렸다.

"엉엉엉……. 어찌합니까? 저는 어찌해요? 엉엉. 앙앙앙!"

"이거…….."

서럽게 목 놓아 우는 서현의 눈물을 닦아 주지도 못하는 헌재의 손이 어정쩡하게 허공에서 주춤거렸다.

길을 걷던 헌재는 힐끔 곁에선 서현의 눈치를 살폈다. 눈물 자국은 말끔히 지웠지만 퉁퉁 부은 눈이 아직도 불그스름했다. 울음을 참는 듯 입술을 깨문 그녀를 보며 헌재는 자책했다.

어찌하여 그리 덤볐느냐? 여린 마음에 얼마나 놀랐을까? 살아오면서 이성을 잃은 적이 거의 없는데 어찌하여 그리 금수 같은 짓을 했는지……. 다시는 그녀를 안지 못하겠구나. 한숨이 절로 나왔다.

"나 때문이냐?"

대답이 없다. 나 때문이구나. 헌재의 고개가 축 처졌다. 그러자 울음기가 가신 서현의 목소리가 들려왔다.

"형님 때문이 아닙니다. 저 때문입니다."

숨을 들이쉰 그녀의 목소리가 낮았다.

"저 때문입니다. 그러니 그런 얼굴 하지 마십시오."

"내 얼굴이 어때서……."

"미안해하시지 않습니까? 미안해하지 마십시오."

대체 무슨 소리인지 당최 알 수가 없었다. 미안해하지 말라는 녀석의 얼굴은 왜 이리 어두운 건지. 어깨를 감싸고 싶지만 또 그를 밀어낼까 두려워 선뜻 손이 올라가지 않았다. 갑자기 우뚝 멈춰 선 서현이 몸을 홱 돌려 헌재를 응시했다. 그 까맣고 맑은 눈동자가 두려움에 조금씩 흔들리고 있었다. 마른 입술을 적신 서현이 침을 꿀꺽 삼켰다.

"형님은 제가 좋으시지요?"

좋아한다는 말을 직접적으로 물어볼 줄 몰랐기에 헌재는 당황했고, 똑바로 응시하는 눈빛에 저도 모르게 볼이 붉어졌다.

"다, 당연하지 않느냐."

"그러니까……. 제가 사내라 좋으신 거죠? 만약에, 만약에 말입니다. 형님…….."

"말하여라."

긴장한 그녀가 몸을 헌재에게 기울였다. 같이 긴장된 헌재 역시 숨을 죽인 채 다음 말을 기다렸다.

"만약에 말입니다. 만약에 제가, 제가 사내가 아니었다면……. 형님은 남색이시니까 혹시 제가 사내가 아니라면……."

절 좋아하지 않으셨을까요? 끝까지 말을 맺지 못했다. 두려웠다. 혹시 그가 고개를 끄덕일까 봐. 서현은 천천히 고개를 돌렸다. 부질없는 질문이다. 그녀를 사내라고 믿고 있는 사람에게 만약에라는 말이 무슨 소용이 있을까?

"아닙니다. 제가 괜한 헛소리를 했습니다."

애써 웃는 얼굴이 안쓰러웠다. 불안하여 떨고 있는 그녀를 보니 마음이 아팠다. 헌재는 서현의 어깨를 잡아 눈을 맞췄다. 말간 녀석의 눈은 여전히 촉촉했다. 그녀의 눈을 보며 헌재가 힘주어 말을 했다.

"네 녀석이라 좋은 것이다. 그냥, 너이기 때문에…… 좋은 것이야."

확신에 찬 어조에도 불구하고 서현의 눈동자는 여전히 흔들렸다. 이 양반, 뭘 알고 하는 소리인지, 아니면 그냥 하는 소리인지. 서현의 눈빛이 여전히 흔들리자 헌재는 입가에 미소를 담았다. 그리고 서현의 어깨를 잡은 손에 힘을 주었다.

"네가 어떤 사람이든 난 널 좋아한다. 그러니까 불안해하지 마라."

"혹여 제가 너무 큰 거짓말을 해도……. 용서하실 수 있으십니까?"

"용서할 수 있다."

헌재의 대답에 서현의 눈이 비로소 환한 웃음을 담았다. 좋다, 라는 말에 안심한 그녀의 눈에 눈물이 글썽거렸다. 눈에 눈물을 담은 채 웃고 있는 그녀를 보며 헌재 역시 다정하게 웃음을 지었다.

마을을 빠져나가 어느 정도 걸어가자 보잘것없는 집들이 모여 있는 곳이 보였다. 이곳은 어디인가? 서현이 헌재를 보자 그가 고개를 까딱거렸다.

"감자골이라는 곳이다. 진정한 백성들이 사는 곳이지."

"와 본 적이 있으십니까?"

"그래, 그래서 아주 영리한 놈을 하나 알게 됐다."

헌재가 거의 무너져 가는 싸리문을 열고 한 집으로 들어서자 서현도 따라 들어갔다. 비록 좁은 마당이지만 깨끗하게 비질이 되어 있었다. 마당과 집을 둘러보며 안으로 들어서던 서현은 갑자기 멈춰 선 헌재의 등에 콩! 하고 부딪혔다.

"아앗! 왜 갑자기 멈추시는 겁니까?"

대답 없이 가만히 서 있던 헌재가 휙 돌아섰다. 서현의 의아한 눈이 찌푸린 헌재의 눈과 마주쳤다. 입술을 문지르던 헌재가 결심한 듯 입을 꽉 물었다.

"그래. 얘기하는 것이 낫겠다."

"무엇을 말입니까?"

"그러니까 내가 말이지……."

말끝을 흐리다니, 평소의 그답지 않은 말투였다. 그가 말을 흐리자 서현의 눈빛이 점차 심각해졌다. 대체 무슨 말이 하고 싶은 건가. 헌재에게 집중된 서현은 저도 모르게 아랫입술을 물어뜯었다.

네가 여인임을 안다, 말을 하려던 헌재의 눈이 서현의 아랫입술에

쏠렸다. 붉고 도톰한 입술을 보자 방금 전 그가 훔쳤던 달콤함이 떠올랐고 동시에 얼굴이 뜨거워졌다. 아까 서현이 울지 않았다면 어디까지 갔을까? 아찔함과 동시에 아쉬움이 스쳤다.

하려던 말을 꿀꺽 삼킨 헌재가 서현에게 점점 가까이 다가왔다. 그의 얼굴이 다가오자 서현 역시 그에게 집중했고, 덕분에 두 사람의 얼굴이 점점 가까워지고 있었다.

그녀의 입술이 가까워지고 있었다. 주변의 모든 것이 까맣게 지워지고 오로지 그녀의 하얀 얼굴과 붉은 입술만이 보였다. 헌재는 저도 모르게 그녀의 얼굴에 손을 올렸다. 손에 닿은 볼이 뜨거웠다. 둘의 얼굴이 조금 더 가까워진 찰나였다.

"남의 집 마당에서 뭐 하시오?"

깐족거리는 어린아이의 목소리에 서현과 헌재의 고개가 동시에 같은 곳을 향하였다. 팔짱을 낀 덕소가 어이없다는 얼굴로 헌재와 서현을 바라보고 있었다.

덕소가 계속 아래위로 훑어보자 서현은 민망하기 그지없었다. 요즘 저를 살피는 자가 갑자기 늘어 버린 것 같았다. 덕소의 눈을 피해 고개를 이리저리 돌리자 헌재가 덕소의 목덜미를 잡아 제 옆으로 끌어당겼다. 그러자 덕소가 대번 눈을 부라렸다.

"뭐하는 거요?"

"거, 사람 무안하게 왜 자꾸 훑어보는 거냐?"

"고와서 그러오. 사내요? 계집이요? 얼굴도 조막만 한 게 우리 담이만 하네."

"까불지 마라. 어디 저 얼굴이 담이만 하냐? 담이가 훨씬 작고 귀엽구만."

헌재의 말에 서현의 얼굴이 샐쭉해졌다. 담이는 누구인가? 지영에 이어 담이라는 여인까지. 왜 이 사내의 주변에는 여인들이 이리 많은 것이냐! 입이 뾰로통하니 앞으로 나왔다. 그런 그녀의 마음을 읽었는지 헌재가 덧붙였다.

"아홉 살 먹은 이놈의 누이다."

"아홉 살……입니까?"

서현이 멋쩍은 얼굴로 되묻자 헌재가 빙그레 웃었다. 대놓고 투기를 하는 모양이 어찌나 좋은지. 투기란 여인의 칠거지악이라고 하던데, 이리 좋은 것을 왜 못 하게 막을까? 옛 성현의 말이라도 다 맞는 것은 아니었다.

헌재가 자리에서 일어섰다. 그러자 서현도 같이 일어섰다.

"넌 여기 있어라."

"네? 왜요?"

"백성들이 어찌 사는지 궁금하다고 하지 않았느냐. 여기서 담이와 함께 잠시 동안 지내 보아라. 진짜 백성들의 삶을 알게 될 테니……. 그나저나 담이는 어딜 갔냐?"

덕소에게 질문을 던지자 덕소도 자리에서 일어섰다.

"할머니 모시고 잠시 마실 나갔소. 계속 방에만 계시니 적적하시다 해서."

"담이란 아이 착한가 보구나."

서현의 말에 덕소가 고개를 홱 돌렸다. 서현을 보는 눈빛이 발그레하니 빛이 났다. 그러자 헌재가 그런 덕소의 머리에 딱밤을 먹였다.

"아얏! 무슨 짓이오?"

"임자 있는 몸이니 음흉하게 쳐다보지 마라."

"뭐요? 임자?"

헌재의 말에 서현의 얼굴이 빨개지자 입을 어어 벌린 덕소가 그런 서현과 헌재를 번갈아 쳐다보았다. 헌재가 빙긋 웃자 입을 딱 벌린 덕소가 소리 없이 비명을 질렀다.

서현을 덕소의 집에 머무르게 한 헌재는 길을 나서며 물었다.
"이곳으로 오라고 했다고?"
"그렇소. 이번엔 종이에 적을 시간이 없었는지 말로 합디다."
"이 길이 맞긴 하냐? 뭐 길도 아니지만……."
벌써 이각도 넘게 산길을 오르고 있었다. 나무 사이를 돌아 풀을 헤치면서 말이다.
"이 길이 지름길이오. 이쪽으로 가는 게 훨씬 빠르니까."
덕소를 따라가면서 은검이 했다는 말을 곰곰이 되씹었다. 동굴 안에 물건들을 쌓아 놓은 것과 별도로 다른 장소에는 다른 것이 있는 것 같다. 오늘 그곳으로 갈 것 같으니 찾아와 주었으면 좋겠다.
물건만이 아니었다. 그렇다면 무엇을 또 숨겨 모으는 것인가. 그것이 무엇이든 찾아내야 했다. 주상의 명이시고 녀석을 돕는 일이니까. 아! 그러고 보니 아직 녀석의 이름도 모르고 있었다.
천가는 언제쯤 전갈을 가져오려나. 천가에게 그녀의 신상을 조사해 오라 부탁을 했었다. 지금쯤이면 올 때가 된 것도 같았다.
궁금증을 접어 둔 헌재는 다람쥐처럼 빠르게 움직이는 덕소의 뒤를 부지런히 따라갔다.

전갈을 받은 은검은 검계의 우두머리를 따라 여우골을 지나고 있었다. 동굴은 저쪽인데 오늘은 반대편을 향해 가고 있었다. 곧 날이 저물 것 같은데 사내들의 걸음은 멈출 생각을 하지 않았다.

산속의 밤은 일찍 찾아온다. 어느덧 어스름한 어둠이 찾아든 숲은 괴괴하기만 했다. 수백 년 묵은 나무들이 줄지어 있고, 커다란 바윗덩어리들이 여기저기에 흩어져 있었다. 꽤 깊은 산중으로 들어온 것이 틀림없었다. 이런 곳에 무엇이 있다고 온 것일까? 오면서 표시해 둔 표식들을 현재와 덕소가 알아챘을까 걱정도 들었다. 깊은 산중이었고, 무엇보다도 어둠이 깔린 곳은 초행길이라면 찾기가 어려울 듯했기 때문이었다.

하지만 덕소가 있기에 걱정은 않기로 했다. 제집 드나들 듯 다니던 산이라고 했다. 마을사람들이 모두 무서워하는 여우골에도 아무렇지 않게 오던 녀석이니 반드시 표식을 따라 이곳으로 올 수 있을 것이다.

은검이 생각에 잠겨 있을 때 목적지에 당도했는지 사내들의 걸음이 멈추었다.

"안의 것들을 조용히 시키거라. 찍소리 하나도 나서는 아니 될 것이야."

우두머리의 말에 그를 따라온 다섯 명의 사내들이 일제히 머리를 숙였다. 은검도 마찬가지로 고개를 숙이며 다른 사내들과 앞으로 걸어갔다. 그곳에는 허름한 집이 한 채 있었다. 사냥꾼의 움막으로 보이지만 오랫동안 사용하지 않은 모양으로 벽에는 이끼가 끼고 주변에는 풀들이 제멋대로 자라고 있었다.

끼이익. 아귀가 맞지 않은 문이 괴이한 소리를 내며 열렸다. 퀴퀴한 냄새가 났고 안은 어두웠다. 은검은 눈을 가늘게 했다. 어둠이 눈에 익자 사람들의 웅성거림과 함께 집 안의 것들이 희미하게 눈에 들어오기 시작했다. 사람들이 있었다. 못해도 열댓 명. 입에 재갈을 물린 채 모두 손을 뒤로 묶어 놓았다. 우두머리가 낮은 목소리로 명령을 내렸다.

"빨리 이동시켜라."

은검의 눈살이 미세하게 찌푸려졌다. 인신매매인가? 어리고 예쁘장한 계집과 사내를 다른 나라로 파는 놈들이 있다는 소리를 들은 적이 있다. 어두운 곳이었지만 얼굴이 분간된 사람들 모두 미색이 출중했다. 나이를 짐작해 보니 열두세 살에서 대여섯쯤, 대부분 여인이었지만 사내도 몇몇 끼어 있었다. 며칠 동안 이곳에 가두어 둔 모양으로 모두 겁에 질려 있었다. 앉을 공간도 없이 불편하게 서 있는 모습들이었다. 여인이든 사내든 불안하게 흔들리는 눈동자와 좁은 공간에 오래 있어 부자연스럽게 움직이는 모습이었다.

"어서 나가!"

낮게 호통 치는 사내들의 태도에 겁을 먹은 사람들이 느릿느릿 움직였다. 오랫동안 좁은 공간에 갇혀 있던 탓에 몸이 말을 듣지 않는 모양이었다. 밖으로 나온 은검은 줄지어 걸어가는 사람들을 찬찬히 살펴보았다. 달도 없는 그믐이니 누가누구인지 분간도 되지 않았다.

호로롱, 호로롱. 음산한 새소리가 들리자 칼을 든 사내 중에 한 명이 은검의 팔을 툭 치며 웃었다.

"어째 분위기가 으스스하지."

"……."

"그런데 어째 네놈이 더 으스스하다."

대꾸도 없이 그의 말을 무시해 버리는 은검을 보며 사내는 피식 웃음을 지으며 멀어져 갔다.

호로롱, 호로롱. 다시 새소리가 들렸다. 은검은 소리가 나는 쪽으로 살짝 눈을 돌렸다. 새소리가 아니었다. 덕소가 보낸 신호였다. 헌재와 함께 잘 찾아온 모양이다.

스치듯 눈길을 준 어둠 속에서 헌재가 손을 흔드는 것이 보였다. 여전히 여유 만만한 모습에 은검은 속으로 혀를 찼다. 이 상황에서 손을 흔들다니. 한결같은 철없음이다.

은검의 속마음은 모른 채 어둠에 몸을 숨긴 헌재는 굴비가 엮인 듯 줄줄 지나가는 사람들을 보았다.

"사람을 사고파는가?"

"노비란 말이요?"

헌재의 혼잣말에 덕소가 자그마하게 물었다. 여전히 사람들에게 눈을 둔 헌재가 고개를 저였다.

"노비가 아니다. 옷차림을 보아라. 비록 더럽고 상한 곳이 있지만 더러 비단옷을 입은 사람도 있지 않느냐? 양민이고 양반이고 닥치는 대로 데려온 것 같군."

인신매매라니……. 동굴로 물건들을 옮기는 것을 봤을 때는 기껏해야 진상품을 숨기거나, 불법교역을 한다고만 생각했다. 그런데 사람들을 잡아가다니……. 상민, 양반을 가리지 않은 것을 보아하니 조선 내에서 사고파는 것은 아닌 것 같았다. 그렇다면 청이나 왜로 넘길 생각인가?

사람들이 느릿하게 움직이고, 사내들이 주변을 경계하고 있었다. 은검은 헌재가 있는 곳에 잠시 눈길을 주고 같이 걸음을 옮겼다.

어디로 가는지 알아야 했다. 은검의 뒤를 헌재가 조용히 따라 움직이자 덕소도 몸을 일으켰다. 헌재가 재빨리 덕소의 어깨를 잡아 앉혔다.

"넌 여기 있어라."

"아! 왜 그러오?"

"위험하니 여기서 기다리고 있어라."

"여기까지 무사히 올 수 있었던 게 누구 덕인데 위험하다고 여기에 있으라 하는 거요? 내 발 가지고 내가 움직이는 것이니 명령하지 마시오."

작은 녀석이 으르렁거리며 헌재를 질러 앞서 갔다. 다시 따라간 헌재가 그런 덕소의 팔을 잡았다. 그리고 진지하게 입을 열었다.

"네 덕인 줄은 안다. 하지만 정말 위험하다. 그러니까 여기 있어."

"씨……."

"명령이야! 여기 있어."

그래도 덕소가 다시 일어서려고 하자 헌재의 단호한 목소리가 그를 눌렀다. 덕소는 짜증스런 얼굴로 팔짱을 끼며 자리에 털썩 앉았다. 단념한 것 같아서 헌재는 녀석의 머리를 톡톡 쓰다듬고는 몸을 낮춰 은검의 뒤를 밟았다.

하지만 헌재의 모습이 이만큼 앞서 갈 무렵 슬그머니 고개를 뺀 덕소가 씩 웃음을 지었다.

"누구에게 감히 명령이야."

덕소는 헌재의 뒤를 살금살금 따라가기 시작했다.

그리 가파른 길은 아니었지만 굼뜬 사람들은 신음을 흘리며 사내들의 재촉을 받아 산길을 걷고 있었다. 무성한 숲을 지나니 좁은 오솔길이 보였고, 그곳에 사방이 막힌 상자처럼 생긴 검은 마차가 보였다. 말의 입에도 재갈을 물렸는지 말 울음소리도 들리지 않았다. 철저하게 준비를 하고 온 것이다. 미리 대기하고 있던 사내들이 일행을 보며 고개를 숙였고, 일사불란하게 사람들을 마차에 태우기 시작했다.

이 마차에 오르면 끝이다. 말을 하진 않았지만 사람들은 본능적으로 알았다. 공포에 질린 사람들이 머뭇거리며 마차에 오르지 않자 사내들의 기세가 험악해졌다.

"올라가!"

퍽! 칼 손잡이로 머뭇거리던 사내의 뒤통수를 냅다 내리치자 마차에 오르지 않으려고 애쓰던 여리여리한 사내의 몸이 바닥으로 푹 고꾸라졌다. 재갈을 물린 입새로 신음이 흘러나왔다. 칼을 든 사내들이 사람들을 마구잡이로 태우기 시작했다.

그 모양을 본 은검뿐만 아니라 조금 떨어져 몸을 숨긴 헌재 역시 초조했다. 마차에 올라 사람들이 이동한다면 도보로 그들을 따라잡기는 쉽지 않을 것이다. 뭔가 방법이 없을까?

마차는 모두 두 대였다. 호위하는 사내들은 은검을 제외하고 여덟. 그중 둘은 마차를 몰고 있었지만 단순한 마부는 아닐 것이다. 헌재는 재빨리 주위를 휘익 둘러보았다. 마차가 향하고 있는 방향을 보니 강원도를 지나 바다로 빠지는 길이었다. 미리 질러가서 길을 막으면 어떨까?

잠시 생각하는 사이 사람들이 반 이상 마차에 올랐다. 그때였다. 그믐이라 손톱만 한 달이 잠시 빛을 내뿜을 때였다. 오르는 사람들 중에 서현의 얼굴이 보였다. 헌재는 저도 모르게 자리에서 일어섰다.

어찌하여 녀석의 얼굴이 저곳에 있는 것인가? 제 몸이 드러나는 줄도 모르고 헌재의 발이 제멋대로 걷기 시작했다. 덕소의 집에 두고 온 녀석이 왜 저곳에 있는 것이냐. 녀석을 구해야 했다. 얼굴이 하얗게 질린 헌재의 걸음이 빨라졌다.

주르륵. 조용한 산중이었다. 누군가가 미끄러지는 소리가 들리자 검계들은 일제히 칼을 뽑았다. 은검 역시 칼을 뽑았지만 소리가 나는 곳이 아니라 서현에게로, 아니 진성에게로 슬금슬금 다가갔다.

마차에 오른 사람들 사이에서 진성을 발견한 그는 부지불식간에 헉, 하고 낮은 비명을 질렀다. 처음에는 서현인 줄 알았다. 하지만 코밑에 거뭇하게 자라난 수염과 서현보다는 넓은 어깨를 보고 진성임을 알아보았다. 대체 저 도령이 왜 이곳에 잡혀 있는 것인가.

　　진성의 곁으로 다가간 은검은 그를 뒤로 숨기며 소리가 들린 곳을 바라보았다. 우두머리가 머리를 까딱거리자 검계 몇이 그쪽으로 이동하고 있었다. 헌재인가? 덕소? 아니면 그저 돌이 굴러 떨어진 소리인가? 그쪽도 걱정이 되었지만 일단 진성에게 자신이 누군지를 알려야 했다. 은검은 거의 속삭이듯이 진성에게 말을 걸었다.

　　"김진성 도련님이시죠?"

　　느닷없이 납치를 당해 좁고 어두운 곳에서 십 수 명의 사람들과 갇혀 있던 진성은 혼이 쏙 빠진 상태였다. 그런데 누군가 그의 이름을 말하고 있었다. 진성은 한 줄기 희망을 발견한 사람마냥 은검을 보며 눈물을 글썽였다. 하지만 입에 물린 재갈 때문에 그저 눈으로만 반가움을 표시할 뿐이었다.

　　"좌의정 대감의 사병입니다. 곧 안전한 곳으로 모실 테니 조금만 참아 주십시오."

　　누구인지 알 수는 없지만 저를 살려 준다는 말에 고개를 끄덕이던 진성은 가만히 고개를 가로저은 은검을 보며 찔끔하여 고개를 숙였다. 그가 누구인지는 중요하지 않았다. 저를 구명하여 준다는 것이 중요했다. 진성은 은검의 뒤에 바짝 붙어 떨리는 몸을 진정시켰다.

　　뭔가가 미끄러지는 소리에 정신이 돌아온 헌재는 재빨리 몸을 낮추었다. 뒤쪽에서 들린 소리였다. 검계 몇이 그쪽을 향하는 것이 보였다. 그들의 시선을 따라가니 시선 끝에 있는 작은 물체가 보였다.

젠장, 덕소였다. 고집 센 녀석이 기어이 따라온 것이구나. 두 번 생각할 겨를도 없이 반사적으로 덕소가 있는 곳을 향해 몸을 움직였다. 최대한 빠르고 소리 없이 녀석의 곁으로 가야 했다. 다행히 이슬에 젖은 낙엽들은 그의 발소리를 감춰 주었고, 구름 뒤로 숨어 버린 그믐달 역시 그를 돕고 있었다.

몸을 낮추고 바람처럼 뛰어가던 헌재가 작은 돌을 들어 검계들의 반대편으로 던졌다. 톡. 작은 소리였지만 예민한 무사들의 귀를 벗어나지는 못했다. 칼끝의 일부가 반대편으로 향했지만 서너 명은 아직도 덕소가 있는 곳을 향하고 있었다.

검계들의 주의가 잠시 흐트러진 틈을 타 간신히 덕소의 곁에 도착한 헌재는 숨을 몰아쉬었다. 갑자기 다가온 헌재 때문에 놀란 덕소가 입을 벌리자 헌재의 손이 먼저 그 입을 막았다.

"쉿!"

덕소가 고개를 끄덕였다. 어찌 따라온 것이야? 헌재가 눈으로 그를 꾸짖었다. 미안했는지 덕소는 눈을 내리깔았다. 타박은 나중 일이었다. 헌재는 덕소에게 고갯짓을 했다. 검계들이 더 가까이 다가오기 전에 이 자리를 피해야 했다. 그런데 덕소가 움직일 생각을 하지 않았다. 자세히 살펴보니 미끄러지며 땅 위로 드러난 나무뿌리에 발이 얽힌 모양이었다.

헌재가 팔을 뻗어 아이의 발을 빼내었다. 허나 깊이 얽혔는지 쉽게 빠지지 않았다. 저도 도울 요량으로 발을 비틀던 덕소가 아얏! 하며 작은 신음을 내질렀다.

어둠 속을 응시하던 검계들 중 한 명이 작은 비명이 들리자마자 소리가 나는 쪽으로 당기고 있던 활시위를 놓았다. 휘익~ 일반 활보다 작은 석궁이 바람을 가르며 덕소가 있는 쪽으로 날아갔다.

"윽!"

비명을 속으로 삼킨 헌재가 덕소를 품에 안고 옆으로 푹 넘어졌다. 눈앞이 순간 어둠에 묻혔다 밝아지며 옆구리 쪽에서 뜨거운 것이 주르륵 흘러내렸다. 헌데 옆구리의 아픔보다 그 녀석의 얼굴이 먼저 머리에 떠오른 까닭이 무엇일까? 젠장…….

검계들이 점점 다가오고 있었다. 화살을 날린 곳에 무엇이 있는지 눈으로 확인을 해야 했다. 헌재와 검계들의 사이가 조금씩 가까워지고 있었다.

가까스로 덕소의 발을 뺀 헌재는 태연한 척 입가에 웃음을 머금고는 덕소를 안심시켰다. 이마로 진땀이 흘렀지만 아무렇지 않은 듯 덕소에게 그 자리에 있으라, 손짓하고 몸을 천천히 일으켰다. 아직도 옆구리에 박혀 있는 화살 때문에 움직일 때마다 살이 찢어지는 듯 아팠다.

칼을 든 놈이 두 명, 화살을 든 놈은 멀찌감치 서서 사태를 파악하고 있었다. 헌재는 하늘을 올려다보았다. 짙은 구름이 두텁게 끼어 있어 손톱만 한 달조차 보이지 않았다.

"그래도 무심치는 않구나."

옆구리에 손을 댄 그는 화살대를 뚝 분질렀다. 순간 고통으로 숨을 멈춰야 했지만 움직이기가 수월해졌다. 몸을 최대한 낮춘 그는 다시 돌을 들어 그의 반대편으로 있는 힘껏 던졌다. 딱! 다행히 나무에 맞은 돌은 큰 소리를 내주었고, 올라오던 두 명이 서로 눈짓을 교환한 후 한 놈은 헌재를 향해, 다른 한 놈은 반대편을 향해 걷기 시작했다.

헌재는 나무 그늘에서 몸을 세웠다. 호흡을 느리게 하여 기척마저 감추자 나무와 한 몸이 된 듯, 칼을 든 사내는 그의 곁을 지나면서도 헌재의 존재를 눈치 채지 못하였다. 사내가 그를 지나쳐 가자 헌재는 몸을 틀어 그의 뒤로 바짝 다가섰다. 왼손으로 칼 든 손을 잡아 뒤로 꺾은 동시에 오른손으로 사내의 입을 막아 반대로 목을 비틀었다.

헌재는 모가지 비틀어진 닭처럼 힘없이 바닥에 쓰러진 사내의 몸을 받아 발밑에 눕혀 놓았다. 몸을 숙이던 헌재는 옆구리의 통증에 얼굴을 찡그렸다. 죽은 사내의 칼을 손에 들고 나무에 잠시 몸을 기대어 숨을 고르는데 반대쪽으로 가던 사내가 이상한 낌새를 느꼈는지 헌재 쪽으로 돌아오는 것이 보였다.

눈치도 빠르군. 옆구리의 남은 화살이 움직이지 않게 손으로 꽉 잡은 헌재는 다시 나무 그늘로 몸을 숨겼다. 사내가 가까이 다가왔다. 조금만 더…….

휘익! 기회를 엿보던 헌재는 갑자기 날아온 화살에 뒤로 몸을 빼다 넘어졌다. 아래쪽에서 대기하고 있던 자들 중 한 명이 그에게 화살을 날린 것이다.

"이얏!"

그가 움직이자 가까이 다가온 사내는 망설임 없이 헌재에게 칼을 휘둘렀다. 바닥에 넘어진 헌재는 간신히 날아온 칼을 받아쳤다. 챙! 쇠와 쇠가 부딪히자 어둠 속에서 불꽃이 튀어 올랐다. 사내의 칼이 뒤로 물러나자 옆으로 한 바퀴 몸을 굴린 헌재의 팔이 큰 원을 그렸다.

"억!"

칼끝이 사내의 허벅지를 베자 사내의 한쪽 다리가 허물어졌다. 잠시의 틈을 주지 않은 헌재의 팔이 다시 원을 그리려 하는 순간, 화살이 날아왔다. 뒤로 몸을 뺀 헌재는 칼 대신 긴 다리를 휘둘러 사내의 턱을 강타했다. 으억! 하는 비명과 함께 사내의 몸이 뒤로 넘어졌고,

헌재는 재빨리 산 중턱을 향해 뛰기 시작했다. 뛰며 휘파람을 불자 떨어진 곳에 있던 덕소 역시 산 중턱을 향해 달음질을 했다.

아래쪽에 있던 검계들이 갑자기 일어난 소동에 우르르 산을 향해 오르려 할 때였다. 얌전하게 있던 말들이 무엇에 놀랐는지 날뛰기 시작했다. 곁에 있던 마부와 은검이 말고삐를 잡아 진정시키려 했지만 한 번 놀란 말들은 요란한 소리를 내며 말발굽을 굴렸다.

히이잉! 히이잉! 다각, 다각.

"워, 워."

재갈 물린 주둥이에서 억눌린 울음을 흘리며 말들이 날뛰자 연결되어 있는 마차 역시 요란하게 흔들렸고, 안에 있는 사람들은 공포로 인해 괴성을 질러 댔다. 헌재와 덕소를 뒤쫓으려던 우두머리는 하는 수 없이 마차로 되돌아왔다. 그때, 말 한 마리가 마차에서 떨어져 나와 앞으로 내달렸다. 우두머리는 낮은 소리로 호통을 쳤다.

"잡아!"

"옛!"

사내 둘이 말을 쫓았지만 아무리 재빠르다 하더라도 바람보다 빠른 말을 잡을 수는 없었다. 하나 남은 말이 흥분하여 앞발을 높이 쳐들며 울어 댔다. 은검은 고삐를 짧게 잡고는 잽싸게 말 등 위로 올라갔다. 말은 제 등에 탄 사람을 떨어뜨리려고 더욱 몸부림을 쳤지만 은검은 솜씨 있게 말을 진정시켰다.

"워, 워."

발광은 멈추었지만 아직도 흥분을 가라앉히지 못한 말은 투레질을 하며 입에 물린 재갈 사이로 침을 뚝뚝 흘리고 있었다.

도망간 말을 따라간 사내 둘이 맨손으로 돌아왔다.

"놓쳤습니다."

"바보 같으니!"

우두머리의 돌덩이 같은 주먹이 사내들의 얼굴에 꽂혔다. 분에 못 이겨 가슴을 들썩이던 우두머리는 말이 사라진 쪽과 헌재가 사라진 쪽을 번갈아 보았다. 말 등에 앉은 은검 역시 헌재와 덕소가 사라진 쪽을 바라보았다.

고갯마루에 오른 덕소는 저보다도 빨리 달려온 헌재가 한 손으로 저를 번쩍 안고 달리기 시작하자 떨어지지 않으려고 팔로 그의 목을 껴안고 다리로 그의 허리를 감싸 안았다. 헌재가 작은 신음을 흘렸지만 그가 다쳤다는 생각은 하지 못하였다.

산 아래까지 거의 내려왔을 때 덕소를 안은 헌재의 몸이 바닥으로 푹 꺾였다. 덕분에 덕소의 몸이 흙바닥에 내동댕이쳐졌다.

"아이구. 살살 좀 달리시오!"

"헉, 헉……. 으음……."

투덜거리던 덕소는 옆에 엎어져 신음을 흘리는 헌재를 보고 고개를 갸웃거렸다. 아픈 엉덩이를 문지르며 그의 곁으로 가 헌재를 흔들었다.

"왜 그러오? 다쳤소?"

"젠……장."

부여잡은 옆구리가 피범벅이었다. 놀란 덕소는 비명도 지르지 못하고 헌재를 일으켰다. 하지만 축 늘어진 몸을 작은 덕소가 일으킬 수 없었다. 눈가에 눈물이 그렁그렁 맺힌 덕소가 말을 더듬었다.

"기, 기다리시오. 사, 사람을 데리고 올 것이오."

"같, 이……."

힘겹게 입을 뗀 헌재가 팔을 들자 덕소는 눈가에 고인 눈물을 닦아 내고 그를 부축했다.

  한편 날이 저무는데도 헌재와 덕소가 오지 않자 걱정이 된 서현은 집 앞을 서성거렸다. 무슨 일이 생긴 것인가? 가뜩이나 어두운데 손톱만큼도 남아 있지 않은 달마저도 저리 구름에 가려져 있으니 한 치 앞을 분간하기 어려웠다. 없는 살림이라 관솔불이나 등불을 켤 수도 없었다. 할머니는 벌써 잠이 들었고, 담이가 같이 걱정하느라 서현의 곁에 섰다. 서현은 담이의 얼굴을 보고 억지로 입매를 잡아당겼다.
"네 오라비가 많이 늦는구나."
"별일은 없겠죠?"
"무슨 일이 있겠느냐. 형님과 가셨으니 걱정 마라. 그 양반이 그리 헐랭해 보여도 꽤 믿음직한 구석이 있는 양반이니라."
"네."
"들어가 있어. 혼자 기다려도 되니."
  서현의 말에 담이가 비로소 얼굴을 펴며 안으로 들어갔다. 하지만 다시 고개를 앞으로 한 서현의 얼굴은 한층 더 어두워졌다. 박상서에 대해 뭔가를 알게 된 것이다. 그러니 위험하다 저를 이곳에 떨어뜨려 놓고 간 것이다. 여자의 직감이란 것은 무서운 것이었다. 서현은 저도 모르게 한 걸음씩 산이 있는 쪽으로 걸어가고 있었다.
  같이 갈걸. 아니, 같이 갔으면 더 방해가 될 수도 있었다. 그래도 갈걸. 이리 가슴 졸이며 기다릴 바에는 같이 갈걸. 후회가 들었지만 지금은 기다리는 수밖에 도리가 없었다.
  입술을 물어뜯으며 길 쪽을 서성이던 서현은 어둠 속에서 들려오는 누군가의 발소리에 긴장했다. 이 시각에 누가 이리 걸음을 옮기는가? 질질 끌리는 듯한 소리에 불안한 마음은 점점 커졌고, 저도 모르게 발이 앞으로 향하였다.

"왜, 왜 이리 늦었습니까?"

가까이 다가온 사람이 헌재와 덕소라는 것을 안 서현은 안심하는 마음과 달리 타박이 나왔다. 헌데 덕소의 얼굴이 심상치 않았다. 온통 눈물범벅이었고, 작은 덕소의 몸에 기댄 헌재의 몸이 휘청하며 바닥에 널브러졌다.

"형님!"

서현이 소리를 지르자 덕소가 눈물범벅이 된 얼굴로 울먹거렸다.

"저기, 다쳐서……. 흑흑. 나 때문에……."

울먹이며 말을 잇지 못하는 덕소가 미안함에 서현의 눈을 제대로 맞추지 못했다. 저 때문에 사람이 다쳤다. 이리 피를 많이 흘렸으니 죽을지도 모른다. 덕소는 한없이 솟아오르는 눈물을 닦으며 입술을 깨물었다.

다쳤다. 형님이 다쳤다. 오직 그 말만 귀에 들어왔다. 다리가 너무 떨려 남의 다리가 움직이는 것 같았다. 고작 몇 발자국만 가면 되는데, 그 짧은 시간이 마치 억겁 같았다.

바닥에 누운 헌재는 눈을 꼭 감은 채 마치 죽은 사람처럼 그렇게 있었다. 서현은 떨리는 손으로 헌재의 얼굴을 감쌌다. 그의 얼굴이 얼음장처럼 차가웠다. 침을 꿀꺽 삼킨 그녀는 나오지 않는 목소리를 끌어모아 헌재를 불렀다.

"혀, 형님. 형님!"

"……."

왜 그러느냐? 싱긋 웃으며 대꾸해야 하는데 파랗게 변해 버린 입술이 꼭 닫힌 채 열리지 않았다. 어찌하여 그런 얼굴이냐? 타박하며 그녀의 볼을 잡아당겨야 하는데 얼음처럼 굳어 버린 손이 꼼짝을 하지 않는다. 덜컥 공포가 밀려왔다. 숨이 막혔다. 조금 전까지도 저에게 농은 건네고, 티격태격하던 사람이 움직이지 않고 있다. 좋아한다, 말하던 사람이 미동조차 하지 않는다. 저는 아직 좋아한다고 말하지 못했는데……. 여인으로 연모하고 있다. 운조차 떼지 못했는데…….

망연자실 헌재를 보던 서현의 눈에 눈물이 차올랐다. 그의 얼굴을 봐야 하는데 뿌연 눈물이 그녀의 시야를 가렸다. 방해하지 마라. 님의 얼굴이 안 보인다. 울음도 나오지 않았다. 꿈일 거야. 그래, 이건 꿈이야. 가늘게 떨리는 손끝이 헌재의 입술에 닿았다. 여전히 차가웠다. 꿈이어야 했다. 반드시 꿈이어야 했다. 누군가 심장을 움켜쥔 것처럼 숨이 가빠왔다. 형님이……. 그가……. 나의 님이……. 시야를 가리던 눈물이 또록, 그녀의 눈에서 떨어져 그의 입술에 닿았다.

"흐읍! 형님!"

울음을 삼킨 서현이 고개를 떨어뜨리며 헌재의 가슴에 엎어졌다. 그때였다. 그의 가슴이 크게 들썩이더니 가느다란 목소리가 들렸다.

"초상……났느냐?"

"형님!"

"무겁다. 휴우, 비켜라."

한 번에 말하지 못하고, 숨을 들이쉬며, 한숨처럼 나온 목소리였지만 헌재의 목소리였다. 발딱 몸을 일으킨 서현이 기쁨에 어쩔 줄 몰라 하며 눈가를 닦았다. 멈췄던 심장이 다시 벌렁벌렁 뛰는 것 같았다. 죽은 줄 알았는데 아니었다. 천지신명에게 절이라도 하고픈 마음이었다.

눈물을 흘리며 웃는 서현은 보며 헌재의 입가에 희미한 미소가 생겼다. 또, 널 울렸구나. 이러면 안 되는데……. 그녀의 눈물을 닦아 주려 손을 올리자 옆구리에서 불로 지지는 것 같은 통증이 몰려왔다.

그래도 서현이 눈물을 흘리는 것은 싫었다. 조금만 더……. 그의 손이 막 서현의 볼에 닿았을 때였다.

"형님! 살았소! 죽지 않았소!"

옆에서 눈물을 줄줄 흘리며 서현을 따라 울고 있던 덕소가 서현을 제치고 그 손을 덥석 잡더니 제 볼에 마구 비비며 울음을 터트렸다.

"윽!"

"됐소! 이제 살았소! 엉엉엉."

헌재가 괴로워하자 그의 손을 놓은 덕소가 이번엔 그를 껴안았다. 옆구리도 아팠고 소란 떠는 덕소 때문에 머리도 울렸다. 무엇보다도 서현의 눈물을 닦아 주지 못했다. 헌재는 힘겹게 덕소를 밀어 떼어 냈다.

"저리, 가라. 윽!"

"다행이오. 훌쩍."

녀석이 훌쩍거리며 좋아 어쩔 줄 몰라 했다. 그리고 그 옆에서 서현이 조용히 눈물을 닦고 있었다.

할머니의 잠이 깰까 조심하며 헌재를 작은 방으로 옮겼다. 서현은 줌치를 뒤지다가 아예 통째로 덕소에게 내밀었다.

"가서 의원을 데리고 와 줘. 조용히. 아무도 모르게 해야 한다. 할 수 있겠지?"

"걱정 마시오."

덕소가 작은 제 가슴을 주먹으로 팡 치더니 자리에서 발딱 일어섰다. 이 정도 돈이면 어떤 의원도 데리고 올 자신이 있었다. 덕소가 나가자 이번엔 옆에 앉은 담이에게도 부탁을 했다.

"가서 따뜻한 물 좀 가져다주겠니? 의원이 오기 전에 상처라도 닦고 있게."

"네."

담이가 나가자 서현은 옆구리의 상처가 어떤지 보고 싶었지만 헌재가 옷자락을 꼭 쥔 채 놓아주지 않아 아쉬운 대로 물에 적신 면포로 헌재의 얼굴에 맺힌 땀을 닦아 주었다.

여전히 옆구리에서는 칼로 살을 찢는 듯 통증이 있었지만 그녀의 손길이 스치는 얼굴에서는 말할 수 없이 좋은 느낌이 들었다. 서현은 입술을 꼭 다문 채 진지한 얼굴로 헌재의 땀과 먼지투성이인 얼굴을 꼼꼼히 닦아 주고 있었고, 헌재는 한쪽 입꼬리를 느슨하게 늘이며 물끄러미 그런 서현을 바라보고 있었다. 따끔거리는 그 눈빛에 서현의 볼이 발그레해졌다.

"왜 그렇게 보십니까?"

"고와서……."

"시, 실없는 양반인 건 알고 있으니 그런 농은 넣어 두십시오."

얼굴만 아니라 온몸이 불덩이처럼 타오르는 거 같았다. 하지만 곱다는 말에 비어져 나오는 기쁨은 참기 어려웠다. 민망한 마음에 헛기침을 한 서현이 면포로 거칠게 헌재의 턱을 닦았다.

"윽!"

"형님! 아프십니까?"

괜히 신음을 흘린 헌재는 서현이 당장 걱정 어린 말투로 나오자 슬며시 미소를 지었다. 그의 장난임을 안 서현이 그의 얼굴을 만지던 손을 확 접었다. 허나 그전에 헌재의 손이 그녀의 손을 낚아챘다. 아프다더니 날쌔기도 하여라. 서현은 고개를 돌렸다. 헌재가 서현의 손을 당겼다.

"뭐, 뭡니까?"

"아프다. 가만히 좀 있어라."

서현은 빼려던 손에 힘을 뺐다. 헌재가 이끄는 대로 가만히 손이 딸려갔다. 손끝에 헌재의 입술이 닿았다. 차갑던 입술에 온기가 돌고 있었다. 뜨거운 숨결이 벌린 입새로 나와 손끝을 감쌌다. 심장이…… 손끝과 같이 뜨거워졌다. 눈을 감은 헌재가 숨을 들이쉬자 그녀의 향기가 손끝을 통해 몸속으로 들어갔다. 그의 숨이 편안해졌다.

"좋구나."

"옆구리에 피가 철철 흐르는데 뭐가 좋습니까? 아파서 꼼짝도 못하는데 대체 무엇이 좋단 말입니까? 제정신이 아닌 것 같습니다."

"난 말이다. 지금 어느 때보다도 정신이 말짱하다. 그래서…… 좋다."

그가 무슨 소리를 하는지 알 수는 없었지만 그가 좋다니 서현도 좋았다. 헌재는 다시 숨을 들이쉬었다.

덕소와 함께 온 의원은 화살이 박힌 옆구리를 보며 눈살을 찌푸렸다. 하지만 꽤 많은 돈을 받은 터라 아무 소리도 안 하고 치료를 했다.

"흐윽!"

화살이 박힌 자리를 소독하고 칼로 그 자리를 조금 찢은 의원이 화살촉을 빼내자 저도 모르게 비명이 나왔다. 이를 꽉 깨문 헌재를 보며 서현은 안타까운 마음에 그의 손을 꼭 잡아 주었다. 하얗게 변한 입술로 그가 희미하게 미소를 지었다.

"괜찮겠소?"

"다행히 깊이 박히지 않았고 독이 발라져 있지도 않으니 생명에는 지장이 없소이다. 하지만 피를 많이 흘렸으니 당분간은 안정을 취해야 할 것이오. 아이 편에 탕약을 줄 테니 시간 맞춰 먹이고, 상처가 곪지 않게 소독을 잘해야 할 것이오."

의원의 말에 안도의 숨을 내쉰 서현은 고개를 끄덕였다.

"살펴 가시오."

의원을 보내고 다시 방으로 들어오니 헌재는 잠이 들어 있었다. 핏기 없는 하얀 입술 사이로 편안 숨이 나왔다. 벽에 등을 기대어 무릎을 끌어안은 서현이 잠든 그의 얼굴을 물끄러미 바라보았다.

잠을 자던 헌재가 큰 숨을 토해 내며 눈을 떴다. 눈을 들어 보니 동창으로 희미한 빛이 들어오고 있었다. 아주 오래 잔 것 같은데, 아침인가? 새벽인가? 그의 의문에 대답이라도 하듯 가까운 곳에서 닭 울음소리가 들렸다. 묘시(5시~7시)쯤 된 것 같았다.

옆구리를 부여잡고 끙끙거리며 몸을 일으키자 벽에 기대어 잠든 서현이 보였다. 고개를 옆으로 떨어뜨린 그녀의 입가가 살짝 벌어져 있었다. 밤새 간호를 한 모양인지 툭 떨어진 한 손에는 여전히 수건이 들려 있었다. 불편해 보이는 자세였지만 얼굴은 편해 보였다. 헌재는 그녀를 깨울 요량으로 손을 뻗었다.

그때, 구멍 난 창호지로 한 줄기 빛이 들어와 그녀의 얼굴을 비추었다. 빛에 눈이 부셨는지 서현이 얼굴을 찡그리며 자세를 고쳐 앉았다. 그녀를 깨우려 어깨로 향하던 헌재의 손이 옆으로 가 그 빛을 가려 주었다. 눈을 비추던 빛이 헌재의 손에 가려지자 찡그린 서현의 입가가 편해졌다. 그는 그렇게 그녀의 잠든 얼굴을 한참 동안 쳐다보고 있었다.

12장

 허리를 단단히 동여맨 헌재가 조금씩 걸음을 옮겼다. 그 옆에서 서현이 안절부절못하는 얼굴로 발을 동동 굴렀다.
 "조금 더 쉬어야 하지 않습니까?"
 "자꾸 감영을 비우면 박상서가 의심을 할 수도 있다. 더구나 어제는 외박까지 했으니 들어가야지."
 "그러다 상처가 덧나면 어쩝니까?"
 "처음 입는 상처도 아니니 똥 마려운 강아지마냥 수선 떨 것 없다."
 "그래도……."
 서현이 계속해서 불안한 얼굴로 그의 곁을 맴돌자 헌재의 걸음이 우뚝 멈추었다. 덩달아 서현도 걸음을 멈추었다. 그리고 자신을 지그시 내려다보는 헌재를 보며 수줍게 고개를 숙였다.
 "왜 그렇게 보십니까?"

"넌 박상서를 암행하러 온 암행어사 맞느냐?"
"맞습니다."
"난 그런 너를 감시하라 붙인 감시자 겸 호위자 맞고?"
"그런대요?"
"헌데 지금 네 모습은 마치 다친 정인이 걱정되어 노심초사하는 여인 같으니 어찌 된 일이냐?"
"네? 무슨……. 쳇, 갑니다. 가면 되지 않습니까?"

입술을 뾰로통하니 앞으로 내민 서현이 도포 자락을 떨치고는 성큼성큼 앞서 걸었다. 그 모습이 귀여워 웃음 짓던 헌재는 옆구리가 당겨 눈살을 찡그렸다.

이른 시각이어서 그런지 감영 내는 조용하였다. 툴툴거리는 서현을 방으로 들여보낸 헌재는 이방을 찾았다. 마침 내아로 가던 이방을 찾은 헌재가 눈을 비비며 잠에 취한 척 이방을 불렀다.

"나리."
"뭐냐?"

급한 다른 볼일이 있는지 이방은 귀찮다는 표정이었다. 대꾸는 했지만 걸음을 멈추지도 않았고, 고개를 그에게 돌리지도 않았다. 그러자 헌재가 너스레를 떨었다.

"어제는 내 잘못이 아니오. 저 도령이 백성들이 어떻게 사는지 궁금하다 하더니 민가에서 잠을 자겠다고 고집을 부려 어쩔 수 없이 외박을 한 것이오."

그러자 이방의 걸음이 멈췄다.

"다른 곳에서 잤다고?"
"아함, 그러니까 내 잘못이 아니라굽쇼. 안 된다고 끌고 올 수도 없지 않습니까? 그냥 깨끗한 집 하나 골라 잠만 재우고 왔소."

"알았다."

"그런데……."

다시 걸음을 옮기려는 이방을 헌재가 불러 세웠다. 바쁜 걸음을 자꾸 잡으니 못마땅해진 이방의 눈초리가 매서웠다. 헌재의 얼굴에 비굴한 웃음이 걸렸다.

"어제 민박하느라 돈을 좀 썼는데……. 이건 감시하느라 들인 경비이니 당연히 나리께서 주시겠죠?"

이방은 말없이 소매 춤을 뒤져 손에 잡히는 대로 돈을 던져 주었다.

쩔렁.

"감사합니다."

헌재가 바닥에 떨어진 돈을 줍는 사이 이방은 바쁜 걸음으로 내아로 사라졌다. 돈을 집어 든 헌재의 눈빛이 날카로워졌다. 주변을 잠시 살핀 그는 이방을 따라 내아로 들어갔다.

비밀 이야기라도 하는지 박상서의 방 주변에는 오히려 사람들이 없었다. 소리 죽여 방문에 바짝 붙은 헌재는 방 안 소리에 귀를 기울였다. 소곤거리는 목소리가 희미하게 들렸다.

이방의 보고를 받은 상서의 얼굴이 울그락불그락 변했다. 장침을 잡은 손마디가 하얗게 변할 정도로 힘을 준 상서의 얼굴이 얼음장처럼 차갑게 변했다.

"누군지 짐작 가는 자가 있는가?"

"아직은……. 하지만 다시 올 것은 틀림없습니다."

앞에서 머리를 조아린 이방이 침착하게 대꾸했다. 다혈질인 상서와 다르게 이방은 차분히 사태를 관망하였다. 상서가 다시 서안을 내리쳤다. 그리고 꽉 다문 잇새로 거칠게 말을 내뱉었다.

"오늘 당장 그것들을 치워. 안 되면 죽여서라도 흔적을 없애."

"알겠습니다."

이방이 방을 나서기 전 헌재는 올 때처럼 소리 죽여 그곳을 빠져나갔다. 오늘 사람들을 옮기라 했으나 급한 사안인 만큼 밤이 아닌 낮에 사람들을 옮길 수도 있었다. 은검에게 알려 사람들을 안전하게 피신시켜야 했다.

먼저 서현이 머물고 있는 객사로 향했다. 서현을 두고 갈 예정이었는데 생각보다 녀석의 반발이 심했다. 눈을 치켜뜬 서현이 따지듯 헌재에게 물었다.

"또 저만 따돌리시는 겁니까? 은검과 둘이만 일을 하시겠다고요?"

"산을 타야 하고 위험한 일이 생길 수도 있다. 그러니 이곳에 있어라."

"이건 제 일입니다! 그런데 왜 자꾸 저만 빠지라 하십니까?"

"네 일인 건 안다. 하지만 위험하다. 쥐도 새도 모르게 죽을 수도 있어."

"형님은, 그럼 형님은 괜찮습니까?"

"뭐?"

"어제도 화살에 맞고 오시지 않았습니까? 안정을 취해야 한다고 했는데, 위험한 줄 뻔히 알고도 간다고 하는 건 뭡니까? 그러다 또 다치면……."

눈물이 글썽거려 서현은 고개를 돌리고 재빨리 눈물을 훔쳤다.

그녀가 무슨 걱정을 하는지 안다. 하지만 이 일은 녀석의 일이기 전에 저의 일이기도 하다. 주상 전하께서 그녀를 도와 일을 하라 했지만 실상은 저에게 하명하신 일이다. 마음을 잡지 못해 부평초처럼 떠도는 마음 좀 잡아 보라고, 진짜 제가 원하는 일이 무엇인지 알아 내라고 주신 일이었다. 하필 저 녀석에게 붙이신 것은 나중에 좀 따져 볼 일이지만, 우선은 이 일을 해야 했다.

물건을 빼돌리고 인신매매에 살인까지 일어났다. 아직 확실한 물증은 없지만 동굴 위에서 발견한 시체. 박상서의 소행이 틀림없었다. 그리고 무엇보다도 인신매매로 잡혀 있는 사람들의 목숨이 달려 있는 문제였다.

더 이상 그녀를 달래지 않고 헌재가 방문으로 다가갔다. 서현이 고개를 돌리며 그를 노려보았다. 눈길을 외면한 채 헌재가 낮게 말했다.

"이번엔 내 말을 들어라. 나오지 마라. 절대."

헌재가 나가자 서현은 뜨거워지는 눈가를 다시 닦았다.

눈가가 붉어진 서현의 얼굴을 애써 머릿속에서 지운 헌재가 서둘러 덕소의 집을 향해 갔다. 이미 은검이 도착해 있었다. 새벽에 덕소의 집을 나서기 전, 덕소에게 은검을 찾아오라 부탁을 해 놓았던 것이었다. 헌재가 자리에 앉자마자 은검이 무뚝뚝하게 입을 열었다.

"상처는 괜찮습니까?"

"괜찮다. 걱정했느냐?"

"안 했습니다. 오지랖 넓은 양반이니 언젠가 당해도 한 번은 당할 것이라 예상했습니다."

"목소리에 담긴 걱정이나 빼고 말하여라."

헌재의 우스개에 은검은 붉어진 얼굴로 헛기침을 했다. 그 모습이 귀여워 슬며시 웃음 짓던 헌재의 얼굴이 진지해졌다.

"어제 그 사람들 사이에서 녀석과 똑같은 얼굴을 보았다. 어찌 된 일이냐?"

"……"

한 번도 머뭇거린 적 없던 은검이 쉽게 입을 떼지 못하고 있었다. 헌재는 참을성 있게 그의 대답을 기다렸다. 잠시 후 은검이 그의 눈을 똑바로 보았다.

"제가 여쭐 얘기가 아닙니다. 도련님께 직접 들으십시오."

"그렇지. 상전의 얘기를 막 할 놈이 아니지, 네가. 좋다. 그건 나중에 듣기로 하고 우선 사람들을 옮겨야겠다."

헌재는 박상서와 이방이 한 얘기를 풀어놓았다. 얘기를 들은 은검은 헌재와 뜻을 같이 했다. 일단 사람들을 구해야 한다. 증인이 있으니 박상서의 죄는 나중에 물으면 될 일이다. 합의가 이루어지자 지체할 일은 없었다. 미리 구해 온 복면을 쓰는데, 은검이 슬쩍 눈길을 주었다.

"괜찮겠습니까?"

"뭐 죽을 정도는 아니다. 그리 걱정 안 해도 된다니까."

"걱정 안 합니다! 말했듯이 언젠가 한 번은 당할 거라고……."

"아! 됐다. 그냥 걱정된다고 하면 될 것을 뭘 그리 부끄러워하는지……."

"관두십시오."

은검은 어이없는 표정을 지으며 휙 바람 소리와 함께 먼저 방을 나섰다. 은검이 나가자 헌재는 숨을 내쉬며 옆구리에 손을 얹었다. 그래, 조금 아프기는 하다만 천으로 단단히 묶었으니 무리만 하지 않으면 상처가 터지지는 않을 것이다.

덕소의 집을 나선 둘은 앞서거니 뒤서거니 하며 바람처럼 달려갔다. 산을 올라 사냥꾼의 허름한 움막이 있는 곳에 다다른 둘은 각각 나무 뒤로 몸을 숨겼다. 어제 보았던 아홉 명의 검계 중 두 명은 헌재가 처리했으니 일곱뿐이어야 했다. 그런데 오히려 그 숫자가 늘었다. 언뜻 보아도 열이 넘는 인원이었고, 낯익은 얼굴들도 있었다. 동굴을 지키던 몇몇 사병들이 이쪽으로 붙은 것 같았다.

헌재가 머리를 긁적이며 은검을 보자 강렬한 눈빛이 돌아왔다. 헌재가 움막의 앞쪽을 가리키며 은검에게 손짓했다. 고개를 까딱 숙여 보인 그가 숨을 고르더니 나무 뒤에서 몸을 드러냈다. 오후의 밝은 햇살이 은검의 몸을 환하게 비추었다.

움막을 에워싸고 있던 검계들은 처음에는 은검을 알아보지 못하였다. 그러나 낙엽을 밟으며 다가오는 사내의 모습에 모두 긴장한 듯 서로를 보다 칼을 뽑았다. 스릉! 스릉! 날카로운 쇳소리와 함께 햇살을 받은 검이 은색으로 부서졌다. 검계들의 반 수 이상이 칼을 뽑자 은검도 칼을 뽑았다. 날아갈 듯 가볍게 몸을 움직인 은검은 발소리도 없이 앞으로 달려 나갔다.

"베어라!"

곧 다른 검계들도 일제히 칼을 겨누며 그에게 달려왔다. 맨 앞의 칼을 쳐 낸 은검이 칼 손잡이로 사내의 목덜미를 가격했다. 다음 사내의 가슴을 밟아 도약을 한 그가 3자 넘게 공중을 날아 뒤에 오는 두 명을 베어 냈다.

새액! 바람을 가르는 소리와 함께 사내들의 단말마 비명이 들렸고, 환한 산길에 검은 피가 뿌려졌다. 연이어 칼들이 그의 몸으로 날아들었지만 은검의 몸은 마치 그 칼들의 방향을 알고 있었다는 듯 빙글빙글 돌아 움막 쪽으로 다가갔다.

한편 은검이 나무 뒤에서 몸을 드러내자 헌재는 혀를 찼다.

"쯧쯧, 기습하잔 소리였는데……."

은검이 소란스럽게 공격을 했으니 어차피 조용한 기습은 틀렸다. 헌재 역시 칼을 뽑아 뒤쪽에 있던 검계들을 향해 달려갔다. 은검이 움막 앞쪽에 있던 여섯, 일곱을 상대하는 사이 헌재 역시 뒤쪽에 있던 사내들을 향해 칼날을 번쩍였다.

앞뒤에서 공격을 당한 사내들은 잠시 주춤거렸으나 기습한 자가 단둘이라는 것을 알고 두 패로 나뉘어 기세 좋게 공격에 들어갔다. 하지만 서넛이 순식간에 앞쪽으로 달려온 사내에게 당하니 잠시 기세가 꺾였다. 설상가상이라 뒤쪽에서 나타난 사내 역시 눈 깜짝할 사이에 두, 셋을 해치우니 당황한 듯 우왕좌왕하는 것이 보였다.

그때 우두머리가 소리를 질렀다.

"적은 둘이다! 에워싸라!"

잠시 당황하던 사내들이 은검과 헌재를 빙 둘러쌌다. 둥글게 에워싼 칼이 은검과 헌재를 향하자 둘은 등을 맞대고 반대 방향으로 칼을 겨누었다. 숨을 몰아쉬며 은검이 헌재를 타박했다.

"정면 돌파를 하려면 계획을 잘 짜야 하는 것 아니었습니까??"

"기습하자는 거였다. 네놈이 다짜고짜 뛰어든 것 아니냐?"

"무사는 기습 따위 하지 않습니다."

"어련하려고……."

쳇, 하며 헌재가 콧방귀를 뀌자 은검이 헌재의 등을 등으로 밀며 앞으로 칼을 찔렀다. 다가오던 검계의 배에 칼이 박혔다. 은검이 밀어낸 반동으로 앞으로 밀린 헌재 역시 칼을 휘둘러 맨 앞에 서 있던 사내의 가슴을 갈랐다. 단 두 명이 휘두르는 칼을 막아 내지 못한 사내들은 썩은 짚단이 쓰러지듯 푹푹 바닥에 엎어졌다.

서로 반대편의 사내들을 모두 해치운 둘은 몸을 빙글 돌리며 마주 보았다. 헌재가 싱긋 웃자 은검이 웃음기 없는 얼굴로 그를 보았다.

"움막 앞쪽의 사내들이 훨씬 더 많았습니다."

"알아. 난 다쳤잖아. 그리고 난 선비이니 머리 쓰는 일을 맡고, 넌 무사니까 나보다 많이 상대해야 공평한 거다."

"역시 입만 산 양반입니다."

은검이 상대할 가치도 없다는 듯 움막 쪽으로 몸을 돌리자 헌재가 피식 웃더니 그의 뒤에서 소리를 쳤다.

"그 말, 양반 모독죄에 해당할 수 있다는 건 아느냐?"

하지만 돌아온 대답은 없었다.

잡혀 온 사람들은 헌재와 은검이 검계들을 모두 해치운 것을 알고는 안도의 숨을 내쉬며 감사의 인사를 몇 번이나 했다. 원주와 가까운 곳에서 잡혀 온 사람들은 바로 집으로 보내고, 먼 곳에서 온 사람들에게는 노자를 주며 가라 했다. 이 일에 관련된 사람들이 대부분 죽었으니 당장 이들을 쫓을 이는 없어 보였다.

그리고 은검은 묶여 있던 진성을 데리고 덕소의 집으로 향했다.

덕소의 집에 도착하자마자 보이는 얼굴에 헌재의 눈이 걱정으로 물들었다. 그리 감영에 머무르라 말을 했는데 부득부득 서현이 온 것이었다.

헌재의 얼굴을 본 서현 역시 표정이 좋지 못하였다. 왜 자꾸 자신을 밀어내는지 불만 가득한 표정이었다. 그가 뭐라 하던 반드시 이 일에 나설 것이다. 제 일인데 어찌하여 못하게 하는가! 단단히 결심을 한 서현이 헌재를 노려보다 뒤따르는 이의 얼굴을 보더니 확 풀어졌다. 놀라움에 입까지 벌린 서현은 헌재의 뒤를 손가락질했다. 진성이 은검의 호위를 받으며 다가오고 있었다.

방 안의 공기가 무겁게 가라앉았다. 진성은 고개를 숙인 채 앉아 있었고, 그 앞에 앉은 서현은 그런 진성을 뚫어져라 보고 있었다. 언제나 지나치게 깔끔하고 최고급이 아니면 몸에 걸치지 않던 그의 몰골이…… 말이 아니었다.

여기저기 찢겨진 도포는 그나마 양반이었다. 갓은 어디로 갔는지 맨 상투에다 동곳이나 관자 등 값나가는 물건들은 모조리 빼앗긴 모양이었다. 남루한 옷차림보다 더욱 마음이 아픈 것은 그의 얼굴이었다. 야위어서 쏙 들어간 뺨, 창백한 낯빛, 거칠게 일어난 입술을 보니 그동안 얼마나 고생을 했는지가 짐작되었다. 서현은 제 입술에 침을 적시고는 메려는 목을 추슬러 입을 열었다.

"몸은…… 괜찮으세요?"

"괜찮다."

짧은 대답 끝에 진성의 입이 다시 꼭 붙었다. 지나치게 말이 많던 오라버니의 생소한 모습에 서현은 다시금 마음이 울컥해졌다. 재빨리 눈가를 찍어 낸 그녀가 다시 그를 보았다.

"같이 간 여인은 어찌 되었습니까?"

"……."

"오라버니."

"다 내가 잘못한 것이니 누굴 탓할까. 부모님께 죄송하고, 널 볼 면목도 없구나."

진성의 고개가 조금 더 떨어졌다. 그간의 사정은 모르지만 진성의 진중한 태도에서 느낄 수 있었다. 예전과는 달라졌다는 것을 말이다. 서현은 짠한 마음에 그에게 무릎걸음으로 다가가 그의 어깨를 감싸 안았다. 등을 토닥거리자 가늘게 나오는 한숨 소리를 들을 수 있었다. 목숨이 위태로울 수 있는 상황이었다. 사지(死地)에서 살아난 것이니 어찌 그렇지 않겠는가.

"그런데 네 옷차림은 그게 무어냐? 더구나 한양과 먼 원주까지 와 있으니 무슨 일인 게야?"

"오라버니 대신 암행 길에 나선 것입니다. 그 점은 고맙다고 해야 겠네요."

진성의 질문에 웃음으로 답하는 서현을 보고 진성은 영문을 몰라 그저 누이동생을 바라보았다. 늘 아쉬움과 갑갑함이 담겨 있던 눈동자가 밝게 빛나고 있었다. 얼마 전에 보았던 누이동생의 눈빛과 많이 다른 그것에 진성도 같이 웃음을 지었다.

진성과 은검을 덕소의 집에 남겨 둔 채 서현과 헌재는 감영으로 돌아왔다. 아무 질문이 없는 헌재를 보며 서현이 오히려 좌불안석이었다. 저와 똑같은 얼굴을 보았으니 궁금한 것이 아주 많을 것인데 어찌하여 저 양반이 조가비마냥 입을 꾹 다물고 있는지 오히려 불안감이 커져 갔다. 도둑이 제 발 저린다고 헌재의 눈치를 보던 서현은 묻지도 않은 말을 먼저 털어놓기 시작했다.

"저랑 같은 얼굴이라 놀라셨죠? 그게 말입니다. 사실 저의 쌍둥이 형님이십니다. 여행 중이었는데 아마 변을 당하신 모양입니다. 다행히 형님과 은검이 구해 주셨으니 아버님도 기뻐하실 겁니다. 아시면 반드시 후한 사례를 하실 텐데……. 나중에 꼭 저희 집에 오십시오. 제가 말씀 잘 드려서 꼭 후하게 대접해 드릴 테니 말입니다."

장황한 설명에도 이렇다 할 대꾸가 없자 횡설수설 말이 꼬였다. 혹시 무슨 의심이라도 하는 걸까? 서현은 초조한 마음에 손을 맞잡아 비볐다. 손바닥에서 땀이 배어 나왔다. 아무 대답이라도 하지. 헌재의 눈치를 살피는데 그가 몸을 돌려 그녀를 보았다. 서현은 얼른 입매를 당겨 어색한 미소를 만들었다.

"이 일이 끝나면 내가 널 찾아갈 것이다."

"그, 그러십시오. 제가 아버님께 말해 사례를……."

서현의 횡설수설은 헌재가 느리지만 힘 있게 어깨를 잡는 덕에 끊겼다. 어리둥절해하는 그녀의 눈빛과 진중한 헌재의 눈빛이 마주쳤다. 빨려 들어갈 듯 깊은 눈이 그녀를 뚫어져라 보고 있었다.

"반드시 널 찾아갈 테니 날 믿고 기다려 줄 수 있느냐?"

갑자기 무슨 소리인가? 서현은 영문을 몰라 그저 헌재만 바라보았다. 평소에 보던 장난기는 조금도 없었다. 전에 없이 진지하고 비장한 그의 모습에 서현은 멍하니 입을 벌리고 바라볼 뿐이었다.

어느덧 감영에 도착하였다. 감영으로 들어서며 서현이 헌재를 흘깃 보았다. 어느새 평소의 모습으로 돌아와 있었다. 그 편이 말을 꺼내기는 훨씬 수월했기에 서현은 조그맣게 입을 열었다.

"지금은 박상서의 덜미를 잡는 것이 중요합니다."

"그런데?"

"제게 묘책이 있습니다."

"묘책?"

"제가 시간을 벌어 볼 테니, 형님은 은검과 함께 계획한 일을 하십시오."

"너! 다시 말하는데, 이 일에서 빠지거라?"

"네에?"

헌재의 말에 서현이 가던 걸음을 우뚝 멈추었다. 허나 헌재의 표정 역시 단호했다. 이미 저가 화살에 몸을 다쳤다. 서현이 행동한다면 그녀에게도 이런 일이 일어날 수 있다. 상상만으로도 목덜미의 털이 하나하나 곤두서는 느낌이었다. 헌재는 서현을 무서운 눈으로 내려다보았다.

"은검과 내가 할 것이다. 그러니 넌 빠져라."

"제 일입니다!"

지지 않고 서현이 맞받아치자 상서의 관저로 향하던 그녀의 팔을 헌재가 확 휘어잡았다. 그 기세가 너무 거세어 서현의 몸이 휘청거릴 정도였다.

"내 일이기도 하다. 주상 전하께서 너를 도와 일을 처리하라 하셨다. 너는 네 몫의 일을 충분히 했으니 이번엔 빠져라. 그게 돕는 일이다."

"형님은······ 나쁜 놈입니다."

"뭐?"

눈가가 글썽해진 서현이 모질게 내뱉은 말이 기가 막혔다. 나쁜 놈?

서현은 헌재의 손을 뿌리치고는 말릴 틈도 없이 선화당으로 냅다 달리기 시작했다. 재빨리 그 뒤를 쫓았지만 서현은 벌써 상서의 앞에 서 있었다. 마침 재판이 있었는지 관군들이 즐비하게 서 있는 가운데에 웬 사내와 여인이 선화당 앞뜰에 앉아 있었다. 헌재는 저를 바라보는 이방을 보며 한 손을 들어 인사를 하고 잰걸음으로 서현에게 다가갔다.

상서는 아직 사냥꾼의 움막에 잡아 둔 사람들이 어찌 되었는지 모르는 모양이었다. 그러니 태평하게 관내에 있겠지. 구군복을 입은 상서의 모습은 처음이라 낯설었다. 그래도 한 고을의 수령이라 이건가? 어느새 상서의 곁으로 간 서현이 공손히 두 손을 모아 상서에게 인사를 하고 입을 열었다.

"드릴 말씀이 있습니다."

"무슨 일인가?"

"좋은 정보를 찾았습니다. 곧 서계를 작성할까 해서요."

"좋은 정보?"

상서의 눈이 가늘어지며 아래 뜰에 서 있는 이방을 노려보았다. 이방이 움찔하며 몸을 움츠렸다. 상서의 눈이 다시 서현에게 향했다. 서현은 생글생글 웃으며 말을 이었다.

"곧 한양으로 올라갈 차비를 할 예정입니다. 그동안의 배려 감사했습니다."

허리를 꾸벅 숙인 그녀는 선화당을 나섰다. 뒤를 보니 상서와 이방이 서로 눈짓을 하는 것이 보였다. 그리고 이방이 헌재의 팔을 잡으며 낮게 호통 치는 모습도 보였다.

제 일이다. 비록 주상께서 헌재와 함께하라 했지만 이 일은 암행어사인 제 일이다. 그리고 그녀가 사내로서 행할 수 있는 마지막 일이다.

갑자기 힘이 쭉 빠졌다. 정말 마지막이다. 진성 오라버니까지 찾았으니 그녀는 이제 다시 여인으로 돌아가야 했다.

터덜거리며 객사에 있는 그녀의 방으로 들어서는데, 누군가 그녀의 팔을 거칠게 잡아끌었다. 서현은 바닥에 넘어질 뻔한 몸을 간신히 가누어 누군가를 보았다. 헌재였다. 단단히 화가 난 모양으로, 힘을 준 두 눈에 이글거리는 분노가 보였다.

하지만 서현도 이를 꽉 물었다. 그가 뭐라 해도 빠지지 않을 것이다. 그저 사내의 보호 아래 있어야 하는 힘없는 여인이 아니다. 누구의 도움 없이 제 힘으로 일을 마치고 싶었다.

"어쩌자고 상서에게 그런 말을 고한 것이야?"

"그래야 박상서의 관심이 저에게 쏠릴 테니까요. 좋은 정보를 알았다고 했으니 잠시라도 저에게 관심이 쏠릴 것입니다. 그러니 그때 형님은 은검과……"

"네가 한 일이 무슨 결과를 초래할 줄 알고 한 것이냐!"

분통을 참지 못하고 고함이 터져 나왔다. 왜 자꾸 위험을 자초하느냐? 안타까움이 서린 눈길이 서현을 애틋하게 바라보았다.

저를 걱정하는 마음을 모르는 바는 아니다. 하지만 위험하다고 해서 맡은 바 소임을 게을리 할 수 없다. 그녀 생애에서 처음이자 마지막으로 온전히 제 책임하에 하는 일이니까. 서현의 입에서 애끓는 목소리가 새어 나왔다.

"형님은 모르십니다. 제가 어떤 심정인지."

"그래, 모른다. 하지만 한 가지 확실한 건 안다. 이번 일 때문에 목숨이 위태로워질 수도 있다는 것이야."

"형님이라면 목숨이 위태롭다 하여 하려던 일을 멈추시겠습니까? 제 목숨을 살리려 어명으로 주어진 일을 회피할 거냐는 말입니다."

대답이 없다. 위태롭다 하여 그 일을 피해 갈 위인이 아니다. 제 목숨과 맞바꿔서라도 기어이 맡은 일은 해내고 마는 사람이니까. 형님은 그런 책임감 있는 사내니까. 서현의 입가에 씁쓸한 미소가 잡혔다.

서현과 헌재가 방 앞에서 옥신각신 다투고 있는 모습을 지켜보는 이가 있었다. 지영이 몸종을 데리고 서현을 찾아왔다가 두 사람의 모습을 보게 된 것이다. 다소 떨어진 거리라 무슨 말을 하는지는 알 수 없으나 그다지 화목한 모습은 아니었다. 지영이 두 사람을 유심히 보는데 곁에 선 몸종이 혀를 찼다.

"둘이 또 다투는가 봅니다."

"무슨 소리냐?"

"저 사내가 도련님의 호위를 맡았는데 끈질기가 이만저만이 아니랍니다. 그래서 도련님이 굉장히 귀찮아한다고 들었습니다. 감영 내의 군사 대부분이 아는 사실인 걸요."

"사이가 안 좋다는 말이냐?"

"네, 보십시오. 매일 투덕투덕, 다툼이 그칠 때가 없다고 하던데요?"

둘은 보는 지영의 눈매가 가늘어졌다.

"그런데 내 눈에는 그리 보이지 않는구나. 사이가 나쁜 것이 아니라 마치 정인끼리 하는 사랑싸움으로 보이니 말이다."

"예? 정인이라니요. 둘 다 사내가 아닙니까?"

"그러니까 말이다."

지영의 입가에 희미한 미소가 잡혔다. 남색이라도 되는가? 여리고 해사한 서현보다는 남자답고 강인한 헌재가 더 끌린다. 저 도령의 내자가 되어 저 사내를 정부로 둘 수도 있다. 잘하면 돌 하나로 새 두 마리를 잡을 수도 있을 것이다. 지영의 입가의 미소가 짙어졌다. 지영은 상서에게로 걸음을 옮겼다.

방에서 이방과 얘기를 나누던 상서는 이방이 한 말에 기겁을 하였다. 그의 목소리가 바닥에 깔릴 정도로 낮았다.

"무슨 소리야? 움막의 사람들이 모두 사라지다니!"

"누군가 사병들을 모두 해치우고 사람들을 데려갔습니다."

"살아 있는 놈들은 없어? 뭐라도 봤을 것 아닌가?"

"목숨이 붙어 있는 일부 역시 사라졌습니다."

"이런……."

주먹으로 목침을 내려친 상서는 입 속으로 비명을 삼켰다. 누구인가? 어느 놈의 소행인가 말이다! 이를 갈며 생각을 하던 상서가 이방을 노려보았다.

"혹시 그자가 한 일인가?"

"좌의정의 아들 말입니까? 아닐 것입니다."

"좋은 정보를 얻었다 하지 않았나?"

"그가 다닌 곳이라고는 치악산 자락의 의원을 짓는 곳과 감자골이라고 하는 곳뿐이었습니다. 괜히 놀고머으니 말을 지어낸 것 같습니다."

"그렇다면 다행이고. 허면 어찌해야 하는가? 여우골에 숨겨 놓은 진상품이라도 빨리 옮겨라."

"이미 지시했습니다만……."

"또 무슨 일이야!"

이방이 말을 흐리자 역정이 벌컥 났다. 한두 번 해 온 일도 아닌데 어찌하여 한꺼번에 일이 꼬인단 말인가?

"물건들을 바로 옮기려 했는데 보부상 패거리들이 갑자기 여우골을 지난다는 얘기가 있습니다."

"뭐라? 그곳을 지나?"

"최근 몇 년간 그곳의 소문 때문에 지나는 자가 없었는데 무슨 일인지 모르겠습니다."

기어들어 가는 목소리의 이방 역시 답답하다는 말투였다. 상서는 다시 주먹을 쥐었다.

이상하다. 이상해. 갑자기 사냥꾼의 움막이 발견되어 사람들이 사라지고, 안개와 구미호 소문 때문에 일절 발길을 끊던 사람들이 갑자기 그곳을 넘어간다는 말이 들리다니. 대체 손을 쓰고 있는 자가 누구인가?

상서의 고민은 밖에서 고하는 말에 의해 끊어졌다.

"아버님 소녀이옵니다."

"지금 중한 얘기 중이니 나중에 오너라."

"지금 꼭 말씀드려야 합니다."

지영의 대답에 상서는 이방에게 눈짓을 했다.
"누구 소행인지 알아내. 그리고 빠른 시간 안에 진상품도 옮기고……."
"알겠습니다."
문이 열리고 지영이 들어왔다. 이방은 그녀에게 공손히 인사를 하고 밖으로 나갔다.
어미 없이 키운 터라 평소 예뻐하는 딸이지만 걱정거리가 있는 지금은 딸의 방문이 달갑지만은 않았다. 머리가 지끈지끈하여 상서는 머리에 손을 대고 끙끙거리는 소리를 냈다.
"어디 편찮으십니까?"
"아니다. 그래 할 말이 뭐냐?"
"객사에 든 좌의정의 아드님에 관한 얘기입니다."
"무슨……."
서현의 이름이 거론되자 약간의 관심이 기울어졌다. 바라본 딸이 활짝 웃으며 그런 상서를 보았다.
"제가 시험해 볼 일이 있습니다. 허락해 주시겠습니까?"
"시험이라니? 무슨 일을 생각하는 것이냐?"
"그 댁으로 저를 출가시킬 계획 아니십니까? 무엇이 되든 아버님께 득이 될 것입니다."
영리한 딸이다. 무슨 시험인지는 모르나 저를 닮아 영특하고 손해 보는 짓은 아니 할 터이니 상서는 고개를 끄덕였다.

다투던 서현은 무슨 말을 해도 헌재가 까딱하지 않자 부아가 났다. 왜 그리 저를 못 믿는 것이오! 화가 난 그녀가 갑자기 헌재의 멱살을 잡았다. 조그마한 손이 앞섶을 잡아당기자 기가 막혔고, 다음에 한 말은 더 가관이었다.

"말로는 안 되겠습니다. 따라오십시오."

설마 제가 그녀에게 끌려가겠냐마는 헌재는 순순히 서현을 따라 방으로 들어갔다. 밖에서 투덕거리는 것보다는 방이 훨씬 말하기가 편할 테니 말이다. 방에 들어선 서현은 위협이라도 할 양 잡은 헌재의 멱살을 바짝 잡아당겼다. 하지만 산만한 사내가 끌려올 리가 없었다. 약이 오른 그녀가 양손으로 있는 힘껏 그를 당겼지만 그는 요지부동이었다.

할 수 없다는 듯 숨을 내쉰 헌재가 그녀의 어깨를 잡아 벽에 확 밀어붙였다. 눈 깜짝할 사이에 몸이 밀린 서현의 눈이 동그래졌다. 입술을 깨문 그녀는 단박에 드러난 힘의 차이에 속상함을 감추지 못하였다.

"말로 안 하면 어찌할 것이냐?"

"그래도 할 겁니다."

"계속 고집부릴 것이야?"

"왜 고집입니까? 제 일이니 제가 하는 것이 당연한 것을요."

"때론 빠질 줄도 아는 게 도와주는 거라 누누이 말하지 않느냐."

걱정 어린 말투와 안타까운 눈빛이 저를 걱정한다. 하지만 그냥 앉아 있으라는 말은 모욕이다. 제가 그리 한심하고 아무것도 할 줄 모르는 바보인가? 입술을 꽉 닫은 서현이 헌재의 다친 옆구리로 주먹을 뻗었다. 살살 칠 생각이었는데 강도 조절에 실패하여 퍽 소리가 날 정도로 세게 쳐 버렸다.

"윽!"

아니나 다를까 헌재의 입에서 짧은 비명이 터져 나왔다. 아파하는 그의 모습에 놀랐지만 그 덕에 잡힌 어깨를 뺀 서현은 두 주먹을 불끈 쥐고 그의 앞에 섰다.

"다친 형님은 가고 멀쩡한 저는 왜 못 갑니까? 그것이 말이 됩니까?"

요 맹랑한 녀석. 잠깐이었지만 무지 아팠다. 얼굴을 찡그리며 옆구리를 감싼 그가 서현을 노려보았다. 녀석이 두 주먹을 불끈 쥐어 앞으로 내밀고 바로 방어 자세를 취하였다. 여차하면 또 옆구리를 때려 줄 심산이었다.

"기어이 갈 테냐?"

"몇 가지 선택을 드리겠습니다. 첫째, 절 순순히 데려가십시오. 둘째, 아니라면 어거지로라도 따라가겠습니다. 셋째, 제 주먹맛을 또 보시겠습니까?"

조금의 망설임도 없었다. 그러나 헌재는 망설였다. 두 번, 세 번 생각해 보아도 안 된다. 너무 위험하다. 주저하는 입술이 몇 번이나 달싹거리다 겨우 열렸다.

"일전에 네 녀석이 말한 너무 큰 거짓말, 기억하느냐?"

"네? 네, 기억합니다."

"네가 무슨 거짓말을 해도 난 널 좋아할 것이고 믿을 것이다."

"갑자기 왜 그런 말을 하십니까?"

단호하던 눈빛이 흔들리고 있었다. 갑자기 그때 얘기를 왜 꺼내는 것일까? 내 거짓말을 알아채신 것인가? 불안함이 순식간에 밀려왔다. 헌재가 다가오더니 그러쥔 서현의 주먹을 감쌌다.

"네 녀석이 걱정되어 도저히 데려갈 수가 없다."

"잘할 수 있습니다. 그러니······."

"여인인 너를 그곳으로 데려갈 수 없다는 말이다!"

헌재의 말이 격해졌고, 조금 늦게 그 뜻을 알아차린 서현의 얼굴이 새파랗게 변했다. 알고 있었다. 제가 여인임을 알고 있었다. 대체 언제부터……. 하얗게 질린 입술이 파르르 떨렸다.

그런 서현을 내려다보는 헌재의 눈에 걱정과 애정이 가득했지만, 서현의 눈빛은 혼란스러움에 가득 차 있었다. 알고 있었으면서 말하지 않았다. 대체 왜? 저를 가지고 논 것인가? 아니면 너 따위는 여인이든 사내든 상관없었단 말인가? 순식간에 엉켜 버린 머릿속에 나쁜 생각만이 가득 찼다. 서현은 제 손을 감싸고 있던 헌재의 손을 느릿하게 떼어 냈다.

헌재의 얼굴에 후회의 빛이 스쳤으나 눈빛은 다시 단호해졌다. 네가 여인임을 안다고 기왕이면 좋게 알리려고 했다. 이리 급작스럽고, 좋지 못한 상황에서가 아니라 진심으로 너를 아끼기 때문에 입을 열지 않고 있었다고 웃으면 얘기하려 했다. 하지만 이미 입 밖으로 나온 말을 다시 담을 수는 없다. 숨을 들이쉰 헌재가 입을 열기 전에 서현의 입에서 차가운 목소리가 흘러나왔다.

"아셨습니까?"

"그래, 그래서……."

"재미있으셨나요?"

"뭐라?"

"늘 장난거리를 찾으시는 형님에게 아주 좋은 구경거리가 되었겠습니다."

"그게 무슨 소리냐? 단지 난……."

"형님은 모릅니다. 제가 어떤 마음으로 이렇게 남장을 하고 세상으로 나왔는지. 형님에게는 특별할 것도 없는 일이 제게는 얼마나 원하고 원하는 일인지 모르십니다. 절대, 형님은 모르실 겁니다."

"그게 아니다. 난……."

원망 가득한 눈으로 바라보는 녀석의 모습에 마음이 아팠다. 항상 반짝이던 눈에 고인 눈물이 슬펐고, 바르르 떨리는 입술이 안타까웠다. 눈물을 삼킨 그녀가 더욱 아프게 말을 내뱉는다.

"여인임을 알면서도 남색인 척 저를 희롱하셨군요."

"아니다. 사내의 모습을 하고 나선 너에게 어떻게 사실을 말할 수가 있었겠느냐? 그저 네가 하는 일에 힘이 되고 싶어 아는 척을 하지 않은 것뿐이었다."

안타까운 헌재의 말도 그저 변명으로밖에 들리지 않았다. 그리 단단히 마음먹고 나선 길이었는데, 결국 자신은 뛰어 봤자 사내의 손바닥 안이었다.

"이 조선이란 나라는 어째서 여인에게는 이따위 나라인 겁니까!"

격한 음성에 버럭 소리가 나왔다. 울분에 들썩이는 어깨가 안쓰러워 헌재가 손을 내밀었지만 그의 손이 닿기도 전에 가라앉은 분노가 조용히 되돌아왔다.

"나가 주십시오."

"……."

"얼굴 보기 싫습니다. 나가십시오."

눈물을 삼킨 조용한 그 말이 절규보다 크게 울렸다. 헌재는 조용히 방을 나섰다. 방문을 닫기 전 그녀를 돌아보는 그의 눈빛이 서현의 작은 등에 닿았다.

탁.

문이 닫히는 소리에 서현은 무너지듯 바닥에 주저앉았다. 그를 속였다는 사실이 미안함과 동시에 알면서도 사내인 척 속아 준 그가 원망스러웠다. 진심이 무엇일까? 단지 장난이었을까? 진심으로 저를 좋아하는 것일까? 혼란스러움에 제 머리를 쥐어뜯던 서현이 돌연 고개를 들었다.

이제 와서 그것이 무슨 소용이람. 사내의 복장을 하고, 사내처럼 생각하고, 사내의 눈으로 세상을 보겠다 결심했는데 결국 제가 한 일이라고는 헌재와 은검의 도움으로 원주까지 온 것밖에는 없었다. 더구나 가장 결정적인 이때 헌재에게 여인임을 들켰으니 더 이상 사내 행세를 할 수도 없었다.

흐르는 눈물을 두 손으로 싹싹 닦아 낸 서현은 큰 숨을 들이쉬며 마음을 진정시켰다. 하지만 혼란스러운 마음이 그리 쉽게 가라앉을 수는 없었다. 그녀가 숨을 고르고 있을 때였다. 밖에서 지영의 몸종이 고하는 소리가 들렸다.

"도련님, 아가씨께서 잠시 뵙기를 청합니다."

무슨 일일까? 개인적으로 볼 일이 무엇인지 짐작할 길도 없었지만 머릿속이 복잡하여 더 생각하지 않고 알았다, 대답을 하고 방으로 나섰다.

몸종의 걸음은 지영의 처소가 있는 별당으로 향하였다. 여인이 홀로 기거하는 은밀한 내방으로 안내를 하자 마음이 불편해졌다.

"이곳은 별당이 아니냐."

"아씨께서 중한 일이라 하셨습니다."

누가 볼세라 주위를 살피는 몸종의 목소리가 낮았다.

방으로 들어가니 지영은 자리에 없었다. 그러자 몸종이 설명을 덧붙였다.

"잠시만 기다려 주십시오."

문이 닫히고 혼자 남게 된 서현은 방을 휘 둘러보았다. 고급스러운 자개장과 귀한 장식물들이 있었다. 아비가 많이도 모았구나. 피식 웃음을 지었지만 자리에 앉지는 않았다. 여인이 홀로 기거하는 방에 들어온 것도 실례인데, 마음대로 자리를 잡아 앉을 수는 없었다. 더구나 바닥에 흩어져 있는 저고리와 치맛자락이 낯 뜨거웠다. 어찌하여 옷들이 저리 바닥에 흩어져 있는가? 제가 진짜 사내였다면 당장 자리를 박차고 나갔을지도 몰랐다.

다소간 시간이 흘렀지만 지영은 들어오지 않았다. 안 그래도 편하지 않은 마음이 더욱 불편해지고 있었다. 그냥 가야겠다. 몸을 돌리려는데 사락사락, 비단옷이 끌리는 소리가 얼핏 들려왔다. 그 소리에 서 있던 서현이 문 쪽으로 고개를 돌렸다. 문이 열리더니 지영이 들어왔다.

그녀는 속옷 차림이었다. 난데없는 옷차림에 당황한 서현이 고개를 돌렸다.

"대낮에 무슨 해괴한 옷차림입니까?"

"소녀, 중한 얘기가 있어 부끄러움을 무릅쓰고 도련님을 모시었습니다. 부디 내치지 말아 주십시오."

"옷부터 입으시지요."

서현의 말에도 아랑곳하지 않은 지영이 가까이 다가왔다. 그리고 갑자기 서현의 품으로 와락 안겨 들었다. 소스라치게 놀란 서현이 뒷걸음질을 치며 그녀를 밀어냈지만 그녀는 더욱 품을 파고들었다.

"이, 이 무슨 해괴망측한 일이오! 당장 비키시오!"

"소녀, 도련님을 처음 본 순간 마음에 담게 되었습니다. 먹어도 먹을 수가 없고 누워도 잠을 잘 수가 없으니 이미 죽은 것이나 다름없는 몸입니다. 이미 마음을 주었으니 소녀는 도련님의 것입니다. 그저 도련님의 분부만 따르겠습니다."

울먹이는 가냘픈 목소리가 떨렸다. 사내의 애간장을 녹이는 애절한 목소리였으나 서현은 눈앞이 캄캄했다. 옷을 입었다고는 하나 이리 몸을 맞대었으니 동여맨 가슴을 지영이 알아챌 수도 있었다. 만약에 들키기라도 하면 박상서의 비리를 캐기는커녕 제가 강상의 도를 어긴 죄를 물어야 할 판이었다.

서현은 지영을 냅다 밀어내고 문으로 뛰어나갔다. 하지만 잽싸게 서현의 다리를 부여잡은 지영이 막무가내로 바지를 벗기려 하고 있었다.

"제발 소녀를 내치지 말아 주십시오. 도련님!"

"놓으시오! 제발 이것 놓으시오!"

둘 사이에 엎치락뒤치락 몸싸움이 벌어졌다. 옷을 벗기려는 지영과 죽을힘을 다해 옷을 붙들고 있는 서현이 한 몸이 되어 바닥을 뒹굴었다.

찌이익. 불길한 소리와 함께 두루마기의 고름이 떨어졌다. 웬 힘이 그리도 센지 이어 저고리가 찢어지며 속적삼이 드러났다. 기회를 놓치지 않은 지영이 서현을 바닥에 눕히고는 적삼을 마구 헤치기 시작했다.

"이것 놓으라고! 저리 가란 말이다!"

"소녀를 거부하면 이 자리에서 혀를 물고 죽으리다. 그러니……. 헉!"

저고리를 마구 잡아당기던 지영이 갑자기 비명을 내질렀다. 낭패로다. 사색이 된 서현이 서둘러 그녀를 밀어냈지만 이미 그녀의 손이 무명천으로 꽁꽁 싸맨 가슴을 더듬은 후였다.

일반 사내라도 힘쓰는 일을 많이 하면 가슴근육이 불룩해질 수 있다. 하지만 이건 감촉이 달랐다. 천으로 싸매었다 한들 여인의 봉긋한 가슴을 다 감출 수는 없었다. 서현과 눈이 마주친 지영의 눈이 한순간 빛나더니 서현의 사타구니에 손을 대었다.

"헉!"

놀란 서현은 엉덩이걸음으로 뒤로 물러났다.

없다. 사내의 양물이 없어. 감춰진 봉긋한 가슴과 밋밋한 사타구니. 사내가 아니었다. 지영은 발딱 자리에서 일어섰다. 그리고는 서현을 향해 싸늘한 웃음을 흘렸다.

"소녀가 잠시 구미호에 홀린 듯하옵니다. 그러지 않고서야 이런 일이 있을 수 있겠습니까?"

"소저……."

"나중에 다시 찾아뵙지요."

싸늘할 말을 남긴 지영은 제 볼일 다 봤다는 듯 휙 하니 방을 나섰다.

남은 서현은 또다시 제 머리를 쥐어뜯었다. 설상가상이라더니 헌재에 이어 지영에게도 여인임을 들켰으니 암행어사는 오늘로 끝이구나. 자책하던 서현이 갑자기 고개를 번쩍 들었다.

정신만 차리면 범의 굴에 잡혀 가도 살아갈 방도가 있다고 했다. 자리에서 일어나 흐트러진 옷을 매만진 서현은 어두운 감영을 지나 밖으로 줄행랑을 쳤다.

지영은 제 아비에게 가는 길이었다. 만약 남색이라면 저 도령의 약점을 잡게 되니 그도 좋고, 남색이 아니라면 그가 저를 겁탈하였다 하여 저를 책임지라 우길 참이었다. 헌데 여인이라니……. 그야말로 대역죄를 지은 것이 아닌가? 아버님이 아시면 도움될 만한 일에 쓰실 것이다. 상서의 방 앞에 다다른 그녀가 아비를 불렀다.

"아버님, 지영입니다."

"……."

"아버님, 소녀 들어갑니다."

대답이 없음에도 상서의 방으로 들어간 지영은 텅 빈 방을 보고 실망스러운 표정을 지었다. 야심한 밤에 대체 어딜 가신 걸까? 빨리 이 소식을 전해 드려야 하는데……. 지영은 아비가 올 때까지 방에서 기다릴 생각으로 방석 위에 사뿐히 앉았다.

이 일로 인해 아버님의 벼슬이 높아서 한양으로 올라갈 수 있다면 더할 나위 없이 기쁠 것이다. 어릴 적 한양에서 산 적이 있었다. 많은 기억이 있진 않으나 여기의 생활보다 훨씬 더 사치스러웠던 것으로 기억하고 있었다. 간간이 듣는 한양 생활은, 비록 왕 같은 위세를 누리고 있다고는 하나 강원도 산골짜기의 생활에 비길 바가 못 되었다.

헌재는 밖으로 나왔지만 서현의 축 처진 어깨가 자꾸 생각나 마음이 괴로웠다. 그러려고 한 것이 아닌데, 결코 그녀를 놀리거나 힘들게 할 생각이 아니었는데, 결국 그녀의 마음에 상처만 주고 말았다. 한숨이 절로 나왔다. 술 한 잔이 간절히 생각났다. 주막으로 들어간 헌재는 주모를 불렀다.

"주모, 여기 술 한 잔 주시오."

"그럽시다. 안주는 뭐로 내올까요?"

"그냥……. 아니, 술 말고 그냥 시원한 감주나 내오시오."

"아니 술 안 자시고 감주 드시게?"

"감주나 내오오."

"알았습니다요."

으슥한 밤에 혼자 주막을 찾은 사내가 감주라니, 별일도 다 있다며 주모는 헌재를 다시 한 번 쳐다보았다.

술 생각이야 간절하지만 옆구리에 상처가 있다는 것을 깜빡할 뻔했다. 게다가 새벽에 은검을 만나 여우골에 가기로 했는데 술을 마실 수는 없었다. 헌재는 속이 타 주모가 내온 감주를 한입에 들이켰다.

"한 잔이 더 필요하겠습니다."

헌재는 옆에서 들리는 걸걸한 목소리에 고개를 돌렸다. 천가였다. 마음이 답답했는데 천가를 보니 답답한 속이 조금은 풀리는 것 같았다. 헌재는 힘없이 웃으며 천가에게 자리를 권했다. 앞에 앉은 그는 허연 수염을 쓰다듬으며 주모가 또다시 내온 감주를 한 모금 마셨다.

"알아보라 한 것은 알아보았는가?"

"그것 때문에 한양까지 다녀오지 않았습니까?"

"고해 보아라."

"동행한 이가 어디에 사는 누구인지 알아보라 하셨지요?"

"그래, 어서 말해 보아라."

애가 달았다. 진성이라는 이름을 가진 저 녀석이 누구의 여식인지 정말 궁금했다. 그러나 남의 속도 모르고 천가는 평소 성격대로 느릿느릿 말을 풀어놓았다.

"그게……."

"그래."

"이번에 좌의정 대감의 아들이 별시에 붙어 암행어사에 제수되었다고 합니다."

"좌……의정 대감의 아들? 뭐!"

헌재의 눈이 커지며 목소리가 높아졌다. 좌의정이라니! 소론의 영수 좌의정 대감의 여식이란 말이냐! 자리에서 벌떡 일어난 헌재는 다리에 힘이 풀려 다시 자리에 주저앉았다. 얼굴을 감싼 그의 입에서 신음이 흘러나왔다.

은검과 덕소의 도움으로 말끔하게 목욕을 한 진성은 은검을 불러 앉혔다. 그간의 이야기를 모두 들은 진성의 낯빛이 처음보다 다소 창백해 보여 은검은 걱정스런 얼굴로 그에게 다가갔다.
 "괜찮으신 겁니까?"
 "지금 한양 사는 이헌재라고 했느냐?"
 "그자가 그리 말했습니다."
 "서현이 암행어사인 것도 알고, 주상 전하께서 직접 명하여 서현이를 도와주고 있다고?"
 "무슨 문제라도 있는 겁니까?"
 "만약 그자가 내가 아는 이헌재가 맞는다면……."
 진성의 얼굴이 더욱 창백해졌다. 그의 입에서 나올 말이 무엇일까 은검은 숨도 죽인 채 그의 입에서 눈을 떼지 못했다. 잠시 입술을 침으로 적신 진성이 은검을 보며 떨리는 목소리로 입을 열었다.
 "이헌재, 우의정 이상덕의 아들이다."
 은검이 자신의 말을 이해하지 못하자 진성은 답답하다는 듯 덧붙였다.
 "노론 영수의 외아들이란 말이다!"
 진성의 목소리가 귓가를 천둥소리처럼 크게 때렸다. 노론 영수의 아들? 그렇다면……. 소론인 서현은?

13장

 밤을 꼴딱 새웠다. 천가가 했던 말이 계속 귓가에 맴돌아 마음이 혼란스러우니 잠이 오지 않았다. 아무리 부정하여도 저는 노론 영수의 아들이다. 세상은 아비가 노론이니 그 아들도 당연히 노론이라 믿는다. 그래서 그것을 거부하려고 아비 곁을 떠나, 애달아하는 주상 전하의 곁에 머물지 못하고 풍랑에 흔들리는 나룻배처럼 세상을 떠돌았다.

 그런데 난생처음 연모한 여인이 소론의 딸이란다. 저가 노론임을 잊고, 세상에 대해 무엇인가 하려는 마음을 먹게 한 여인이 소론 영수의 딸이란다. 빌어먹을……. 그녀의 말대로 어찌 이 조선이라는 나라는 이따위인 것이냐.

 감주에 취했는가. 걸음이 비칠거렸다. 어디로 향해야 할지 모르는 걸음이 제멋대로 움직였다. 끈 달린 인형처럼 축 늘어진 몸을 이끌고 헌재는 발길 닿는 대로 걸음을 옮겼다.

저도 모르게 저자로 나왔나 보다. 다소 이르다 여긴 시간이었는데 저자 한쪽에 사람들이 몰려 있었다. 흔들흔들 한숨을 내쉬며 그 곁으로 다가갔다. 광대패의 놀음이 있는지 벌써부터 채비가 한창이었다.

좋구나. 광대라……. 히죽 웃음이 나왔다. 얼굴에 분칠하고 울긋불긋 옷을 입고 세상사 나 몰라라 즐거이 소리하는 광대라. 저보다 팔자가 좋구나 하는 생각에 자꾸만 웃음이 비어져 나왔다.

사람들이 자꾸 모여들자 패의 우두머리가 넉살 좋게 소리를 쳤다.

"아직 놀이하려면 멀었습니다. 이따가 다시 오시오."

"조금만 보여 주시오."

"동방신기를 보고자 옆 마을에서 왔습니다. 그 수고를 생각해 조금만 보여 주시오."

"그렇게 소리를 잘한다고 한양에서도 소문이 자자하던데……. 구경이나 하게 해 주시오."

우두머리의 소리에 모여든 구경꾼들은 기회는 이때다 조금만 소리를 해 달라 조르기 시작했다. 모여든 구경꾼의 반 수 이상이 여인이라. 수줍은 듯 장옷으로 온몸을 가린 여인들이 머뭇거리면서도 당차게 요구하고 있었다. 대체 무엇을 보려고 이리들 모여 있는 건가? 비칠 걸음이 끌고 온 자리였지만 호기심이 발동했다.

사람들의 이구동성에 난처해진 우두머리가 제 머리를 긁으며 이렇다 할 대답을 하지 못하고 있자, 소리할 자리를 마련하던 사람들 중 몇몇이 우두머리 곁으로 다가왔다. 언뜻 보아도 훤칠하게 잘생긴 사내들이었다.

"이리들 원하니 맛보기로 조금만 하도록 하죠."

봄바람같이 포근한 음성이었다. 사내의 말이 끝나자 여기저기에서 한숨과도 같은 감탄사가 나왔다. 우두머리가 고개를 끄덕이자 사내들이 가운데에 자리를 잡아 섰다.
"이른 시간이라 소리가 제대로 날지 모르겠습니다."
겸손한 그 말에 둘러선 구경꾼들의 손사래와 함께 가벼운 함성이 나왔다. 목을 가다듬은 다섯 사내들이 서로의 얼굴을 바라보더니 고수의 북소리와 함께 소리가 시작되었다.
"뒤로 일보 후퇴하여 작금(昨今)의 시대를 보니."
"얼쑤~"
"원리, 원칙, 절대 진리란 없는 법!"
"그렇지!"
"지금의 그대 모습은 언제나 반(反)이로구나."
마지막 말을 길게 늘이며 서로 메기고 받는 소리가 끝나자 헌재는 뭔가를 뒤통수로 맞는 느낌이었다. 언제나 반(反)이었다. 그의 모습이 그랬다. 아비에게 반(反)하고, 주상에게 반(反)하고, 지금의 시대를 반(反)하기만 했다. 아직 분칠을 하기 전의 해사한 얼굴에 비친 미소와 정직하게 울리는 목소리가 가슴을 때렸다.
메기고 받는 소리가 끝나자 청아한 목소리의 노랫가락이 이어졌다.
"내가 찾는 것은 무엇인가."
"그저 합(合)을 위한 노력이 아닌가?"
"같은 마음을 모아 외쳐 보게나."
짧은 소리가 끝났다. 여인들은 황홀한 표정을 지으며 소리를 하던 사내들을 하염없이 바라보았고, 구경하던 사내들을 그 노랫말에 고개를 끄덕이며 자리를 떴다. 한 번의 소리로 만족하였는지 많은 사람들이 되돌아갔지만 더욱 설레는 얼굴이 된 여인 대다수는 자리를 지키고 있었다.
그리고 헌재 역시 자리를 뜨지 못하고 있었다. 저리 간단한 진리를 어찌하여 모르고 있었는가? 합을 위한 노력을 하면 되었다. 반대만을 위한 반대가 아니라 자신과 같은 목소리를 모아 합을 향하면 되는 것이었다.

"헛똑똑이였구나. 지금껏 헛똑똑이 노릇을 하고 있었구나."

저 잘났다, 아비에게 반대하던 제 모습이 옹졸하였다. 너무 작은 힘이라 소용없을 것이라 치부했던 마음이 부끄러웠다. 노론과 소론, 그것이 어쨌단 말이냐. 노론도 소론도, 양반도 노비도 결국은 사람인 것이다.

헌재는 몸을 돌려 달리기 시작했다. 비칠거리며 왔던 걸음과 달리 한곳을 향해 똑바로 달려가는 그의 발걸음은 주저함이 없었다. 목표를 정하고 가는 사람마냥 한달음에 감자골로 달려간 헌재는 은검을 찾았다.

하얗게 동이 트도록 잠을 이루지 못한 은검은 결국 날은 지새우고 말았다. 온다 한 시간에 그의 모습이 보일까 싶어 문 밖까지 나가 기다렸지만 그는 오지 않았다. 이럴 양반이 아닌데……. 비록 지조 없다 농을 던지긴 했어도 그는 누구보다도 약조를 잘 지키는 사내였다. 혹시, 제가 그의 정체를 알아차린 것처럼 그 역시 서현의 정체를 알아차린 건가?

경계하는 마음보다 뭉클한 감정이 먼저 올라오는 것을 보니 어지간히 정이 든 모양이었다. 은검은 다시 마을 어귀까지 나가 서성였다. 오늘 보부상들이 여우골을 넘는다 정보를 흘렸으니 섣불리 물건들을 옮기지는 않을 것 같으나 장담할 수 없는 일이다. 시간이 흐를수록 초조하여 괜히 이 손 저 손으로 칼만 옮기고 있었다.

흐린 그의 낯빛이 멀리서 다가오는 헌재의 옷자락을 보고 비로소 환해졌다. 그에게 이리 의지했는가. 그가 다가오자 아닌 척 입을 다물려 했지만 반가움에 지어진 미소는 쉽사리 숨기지 못했다. 다가온 그의 얼굴에도 뜻 모를 미소가 담겨 있었다. 헌재는 마을 어귀까지 나온 은검을 보며 미안하다는 듯 어깨를 툭 쳤다.

"늦었다."

"그러게 말입니다."

"환하긴 하지만 여우골에 가서 움직이기에 나쁘지는 않은 것 같지 않느냐?"

"예."

눈을 맞춘 둘은 누가 먼저라고 할 것도 없이 동시에 산을 향해 움직였다. 빠르게 움직이면서도 둘은 호흡 하나 흐트러지지 않았다. 이동하면서 헌재가 제 생각을 은검에게 말하였다.

"이미 사람들이 발각되었으니, 이번에는 더 많은 사병이 있을 것이다."

"아마 그렇겠지요."

"우린 둘밖에 없으니 서로 의지해야 하는 수밖에 없다."

"……."

"왜 대답이 없느냐?"

어느 사이 여우골에 다다른 헌재가 입을 다문 은검을 삐딱하게 바라보았다. 마주 본 은검의 자세가 바르다. 저를 바라보는 은검의 눈빛에 온기가 담뿍 담겨 있어 헌재는 어쩐지 민망하기까지 했다. 한동안 저를 보던 은검이 천천히 입을 열었다.

"저는 무사라 정치는 모릅니다."

갑자기 정치라니? 무슨 의미인지 몰라 헌재는 의아한 듯 눈을 크게 떴다.

"가장 중요한 것은 사람이라고 생각합니다. 그리고 제가 본 선비님은 꽤 괜찮은 사람이라고 결론 내렸습니다."

믿음이 담긴 그 단호한 말에 헌재가 픽 웃음을 흘렸다.

"지금 나를 연모한다 고백이라도 하는 것이냐?"

쑥스러운 생각에 농을 던졌는데 은검은 웃지 않았다. 갑자기 정치 운운하다니. 저가 노론인 것을 알게 된 것 같았다. 말없이 얽힌 두 사내의 눈빛이 훈훈해졌다.

여우골 중간의 숲길을 따라 올라가니, 지난번 보았던 동굴이 나왔다. 그리고 전보다 훨씬 더 많은 사병의 모습도 보였다. 나무 뒤에 모습을 숨긴 둘은 서로 눈짓을 했다.

"휘유, 엄청 몰려 있군."

"작전이라도 있습니까?"

"글쎄……. 기습을 하기엔 시간이 너무 없는 거 같고, 그냥 맞붙기엔 수적으로 너무 열세지?"

"음……. 그냥 갑시다."

"다 상대할 수 있겠느냐?"

"무사는 말로 싸우지 않습니다."

결연한 눈빛을 한 은검이 눈짓을 하자 그에 응수한 헌재의 고갯짓을 신호로 둘이 동시에 뛰어나갔다. 헌재가 앞에 선 놈을 칼로 베어 버리자 은검이 뒤로 돌면서 다음 놈을 칼로 찔렀다.

갑자기 나타난 두 사람 때문에 상서의 사병들은 처음에는 주춤하였다. 하지만 상대가 두 사람이라는 것을 알게 된 사내들은 한꺼번에 그들에게 덤벼들었다.

얼마나 많은 사병들을 배치한 것인지 베어도, 베어도 끝이 없었다.

어느덧 두 사람의 옷은 땀으로 흠뻑 젖었고, 여기저기 베인 흔적에 피칠 갑이 되어 있었다. 둘이 헉헉거리며 주춤하는 사이, 보부상이 온다는 소문 때문에 손 놓고 있었던 자들이 동굴 안의 물건들을 옮기기 시작했다.

증거물이었다. 박상서의 비리를 밝힐 결정적 단서. 사람들이 물건을 움직이자 헌재가 동굴 입구 쪽으로 몸을 날렸다. 아직 아물지 않은 옆구리가 터졌는지 조금씩 피가 배어 나오고 있었지만 알지 못하였다. 물건들을 옮기는 사내들을 저지한 헌재의 한쪽 무릎이 꺾였다.

앞을 가로막는 칼날을 모두 쳐 낸 은검이 헌재의 곁으로 와 그를 일으켰다. 서로 등을 맞댄 둘의 호흡이 거칠었다. 사내들이 그런 두 사람을 빙 둘러쌌다. 은검은 뒤에서 아픔을 참고 있는 헌재를 안타깝게 곁눈질했다.

"혹 다른 대책은 없었습니까?"

"무슨 대책? 혹시 관군들을 말하는 것이냐? 설마 암행어사 출두야! 하며 나타날 걸 기대하는 건 아니지?"

입가에 걸린 웃음을 보며 은검은 어이가 없었다. 지금 이 상황에서 웃음이 나오다니 제정신이 아닌 양반인 건 확실했다.

"그럼 우리 둘뿐입니까?"

"설마, 여기 오기 전에 손을 써 두었다. 제 시간에 도착하기만을 바랄 뿐이지."

말은 그리했어도 아무 대책이 없는 건 아니니 다소 안심은 되었다. 하지만 그건 나중 일. 지금은 눈앞으로 날아드는 시퍼런 칼날들을 피하는 것이 급했다. 시간이 흐를수록 둘은 뒤로 밀렸다. 뒤로 빼돌리는 물건들을 지키랴, 앞으로 베어 오는 칼날을 쳐 내랴. 둘의 호흡은 갈수록 거칠어지고 있었다.

은검에게 안심하라, 말은 했지만 헌재 역시 초조했다. 과연 제 시간에 관군들이 당도해 줄 것인지도 의심이고, 이마에서 흐르는 땀이 눈에 들어가 자꾸만 시야가 흐릿해지는 것이라 여기고 싶었지만 칼을 든 손이 자꾸 후들거리는 것을 보니 그도 아닌 것 같았다. 부디 손에서 칼이 떨어지기 전에 관군들이 오기를 학수고대할 수밖에 없었다.

반 시진을 넘기고 있었다. 수많은 사람을 대적하는 두 사람의 체력이 조금씩 떨어지고 있었다. 조금만 더, 조금만 더. 둘의 마음은 간절했다.

그때였다. 안개 자욱한 여우골 쪽에서 조금씩 사람들의 소리가 들려오고 있었다. 오늘 넘겠다 한 보부상들인가? 느닷없이 들려오는 사람들의 소리에 상서의 사병들이 긴장한 듯 칼날이 주춤거려졌다.

동이 터서야 방으로 들어선 상서는 지영이 방에서 기다리는 것을 보고는 입가를 씰룩거렸다. 안 그래도 여우골 일을 지시하느라 밤을 새운 그이니 딸인 지영이 반가울 리가 없었다. 목소리에 피곤함이 가득한 그의 미간에 주름이 잡혔다.

"아침부터 무슨 일이냐?"

탐탁지 않아 하는 상서의 물음에도 지영은 여유 있는 웃음을 잃지 않았다. 그녀는 아비의 곁에 바짝 다가앉았다. 그리고 의미심장한 웃음과 함께 넌지시 말을 건넸다.

"여인입니다."

"뭐라?"

딸이 하는 말을 못 알아들은 상서가 귀찮다는 듯 반문했다. 지영의 목소리에 힘이 가해졌다.

"객사에 머무는 좌의정 대감의 아들이라 칭하는 자 말입니다. 사내가 아닙니다. 여인입니다."

"무엇, 이라고? 여인!"

상서의 눈이 등잔만 하게 커졌다. 여인이라니! 대체 그것이 무슨 소리란 말인가? 상서의 얼굴을 본 지영이 설명을 덧붙였다.

"그, 그게 무슨 소리이냐? 여인이라니!"

"제가 어제 직접 확인했습니다. 사내가 아니라 여인입니다."

"그, 그것이 사실이냐?"

여전히 놀란 상서가 말을 잇지 못하자 지영이 먼저 입을 열었다.

"불러서 확인해 보십시오. 계집이 남장으로 하고 좌의정의 아들이라 사칭하고 다녔다면 이는 국법을 어긴 것 아닙니까? 꼬투리를 잡을 수 있을 것입니다."

가뭄에 단비 같은 소리였다. 인신매매를 위해 모아 둔 사람들이 감쪽같이 사라지고, 옮기라 지시했던 물건들은 어찌 됐는지 감감무소식이었다. 불안한 마음에 이방에게 호통만 치고 돌아왔는데, 지영이 뜻밖의 소식을 주니 반갑기 그지없었다.

좌의정의 아들을 사칭하는 자라. 누군지 밝혀야 했다. 그리하면 좌의정에게 그의 체면을 살렸다 주장할 수도 있다. 더 운이 좋으면 만에 하나 제가 저지른 일 때문에 처벌을 받을 상황이 왔을 때 좌의정의 힘을 빌릴 수도 있을 것이다. 불안하여 어두웠던 안색에 한 줄기 희망의 빛이 드리워졌다. 상서는 밖을 향해 소리쳤다.

"당장 객사로 가 좌의정의 아들이라 칭하는 자를 데려오너라."

잠시 후 동헌으로 나가니, 오랏줄에 묶인 서현이 뜰에 놓인 의자에 앉아 있었다. 무슨 생각인지 하얀 낯빛에는 별다른 표정이 없었다. 상서는 너무 태연한 그 태도에 의아한 생각을 품으며 딸 지영과 눈을 맞추었다. 소녀를 믿으소서. 지영은 자신만만한 미소를 지으며 고개를 끄덕였다.

 상서는 다시 서현을 보았다. 긴 창을 든 관군들이 서현의 주변을 에워싸고 있었다. 서현이 먼저 호통을 쳤다.

 "대체 이게 무슨 짓입니까? 감히 주상의 어명을 받든 암행어사를 이리 죄인처럼 묶어 놓다니요."

 "수상한 제보가 들어왔다."

 "그것이 무슨 소리입니까?"

 "그대가 좌의정의 아들이라 했는데, 그 말이 사실인가?"

 "맞소이다. 내가 좌의정 김 정 자, 근 자의 아들, 순천 김씨 10대 손 김진성이오."

 상서는 고개를 갸웃거렸다. 어찌 저리 당당하단 말인가. 지영이 잘못 안 것이냐? 아니면 최후의 발악이냐? 목소리를 가다듬은 상서가 험상궂은 얼굴로 서현에게 호통을 쳤다.

 "네 이놈! 감히 좌의정의 아들을 사칭한 죄가 얼마나 큰 줄 아느냐! 더구나 계집이 사내행세를 하고 다니다니! 국법을 어기고 강상의 도를 어지럽힌 죄, 죽어 마땅하다!"

 "진위도 가리기 전에 죄를 물으시다니, 순서가 틀린 것 같습니다. 제가 좌의정의 아들이 아니라는 증거나 계집이라는 증거를 대시오."

 나직하게 대꾸하는 태도가 여전히 당당하다. 잘못한 것이 없다는 그의 태도에 상서의 마음에 불안함이 스멀스멀 피어났다. 하지만 여기서 물러설 수는 없다. 지영이 잘못 알았을 리가 없었다. 영특하고 절대 손해날 짓을 할 딸이 아니었다. 상서는 자리에서 벌떡 일어서며 서현을 가리켰다.

 "저자의 윗옷을 벗겨라!"

 포졸들이 나서서 옷을 벗기려 하자 그제야 당황한 듯 서현은 몸을 이리저리 비틀며 그들의 손을 피하였다.
"이 무슨 짓이냐? 감히 양반을 이리 대하다니! 부윤! 지금 실수하시는 겁니다!"
서현이 소리를 버럭버럭 지르자 그제야 상서의 입가에 미소가 생겼다. 찔리는 게 있는 모양이구나. 상서는 그들을 재촉했다.
"어서 옷을 벗겨라!"
"놔라. 이놈들! 감히 누구의 몸에 손을 대느냐?"
긴 도포가 벗겨지고, 저고리의 옷고름이 떨어져 나갔다. 속적삼까지 벗겨지려는 찰나였다. 갑자기 동헌의 문이 활짝 열리며 누군가 들어섰다.

밀려오는 사병들을 더 이상 감당 할 수 없었다. 그들의 칼날에 둘은 동굴에서 멀찍이 밀려났다. 그때 아랫길 쪽에서 들려오는 사람들의 소리에 헌재와 은검은 물론 상서의 사병들 또한 긴장하여 잠시 칼날을 멈추었다.
와! 와! 우레와 같은 함성과 더불어 수십의 사람이 우르르 그들 쪽으로 물밀 듯이 몰려왔다. 헌재의 얼굴이 의아함에 찡그려졌다.
"죄인들은 칼을 버리고 국법의 지엄함을 받으라!"
지휘봉인 등채를 높이 들어 명령을 내리는 이는 의금부도사였다. 관군 수십 명이 벌떼처럼 몰려와 제압하니, 제아무리 기세등등한 놈들이라도 관군을 대항할 수는 없었다. 우왕좌왕하는 놈들을 순식간에 제압하여 굴비 엮듯 줄줄이 묶여 땅바닥에 꿇어 앉혔다. 더러 도망가는 놈들도 있었지만 주위를 에워싼 관군에 의해 그들 역시 오라를 받는 신세가 됐다.
그리고 의아한 표정을 짓고 있는 헌재와 은검의 곁으로 다가와 고개를 숙였다. 종5품인 금부도사가 고개를 숙이니 은검의 눈매가 미세하게 찌푸려졌다. 헌재 역시 의아한 것은 마찬가지였다. 은검이 헌재에게만 들리도록 속삭였다.

"어찌 이들이 온 것입니까?"

"나도 모르겠다. 내가 부른 것은 역졸들이었는데 말이다. 마패로 의금부의 관원을 동원할 수는 없지 않으냐?"

둘의 속닥거림은 입을 연 금부도사에 의해 멈춰졌다.

"몸은 괜찮으십니까?"

"뭐, 여긴 어찌 알고 오신 겁니까?"

"어명입니다. 암행감찰 이헌재 나리시죠? 주상 전하께서 기다리고 계십니다."

"주상 전하께서?"

단지 서현의 마패로 역졸을 동원한 것뿐인데 금부의 관원들이 나타났다. 게다가 임금께서 와 계신다니? 놀란 헌재가 입을 벌렸지만 제 할 일은 마쳤다는 듯 금부도사는 고개를 꾸벅 숙이더니 나졸들에게 명령을 내렸다.

"모두 묶어 원주감영으로 이송한다! 동굴 안의 모든 증거품 또한 하나의 소홀함 없이 가져가거라!"

그의 명령에 따라 일사불란하게 움직이는 관원들을 보던 헌재와 은검은 먼저 산을 내려와 감영으로 향했다.

어젯밤 그리 헤어졌으니 녀석의 마음이 많이 심란할 것이다. 그런데 주상까지 이곳에 와 계신다고 하니 기분이 별로 좋지 않았다. 혹여 녀석이 여인임을 알게 되면 그간의 공로는 고사하고 강상의 도를 어지럽혔다 하여 죄를 물을 수도 있었다. 초조해진 마음에 걸음이 점점 더 빨라지고 있었다.

"상처가……."

곁을 달리는 은검의 말에 옆구리에 손을 대니 축축한 것이 배어 나오고 있었다. 이미 많은 양의 피가 나온 것인지 옷자락이 흠뻑 젖어 있었다. 젠장, 이래서 어지러웠군. 헌재는 이를 으드득 갈더니 더욱 빠르게 움직였다.

서현의 옷이 막 벗겨지려는 찰나였다. 감영의 문이 활짝 열리면서 금군들이 무더기로 들어왔다. 창과 칼을 앞으로 겨눈 그들을 본 원주 관군들 역시 처음엔 창과 칼을 앞으로 내밀었지만 다음에 들려오는 말에 혼비백산 들고 있던 무기들을 놓치고 말았다.

"주상 전하 납시오!"

길게 늘어지는 우렁찬 소리가 선화당 뜰을 한 바퀴 휘돌아 나가자 찬물을 한 바가지 끼얹은 것처럼 순간 짧은 정적에 이어 한바탕 소란이 일어났다. 창, 칼을 던지는 쨍그랑 소리와 사람들의 아우성이 뒤섞인 소란스러움도 잠시, 금군의 호위를 받으며 들어서는 임금의 모습에 모두 기겁을 했다.

뜰아래 꿇어앉은 박상서는 눈알을 이리저리 굴렸다. 무슨 일로 주상께서 여기까지 온 것이냐? 제가 한 일을 아시는 건가? 꽉 다문 주상의 입매가 호랑이의 입보다 무서웠고, 지그시 내려다보는 눈매가 매의 것보다 날카롭게 찔러 왔다. 상서는 온몸을 부들부들 떨며 고개를 땅에 처박았다. 간신히 나온 목소리가 풀벌레 소리보다 작아 애처로웠다.

"주, 주, 주상 전하께서 어, 어인 일로 이 누, 누추한 곳에 납시셨습니까?"

"이런 곳이 누추하다. 그럼 일반 백성들이 사는 곳은 어찌 설명할

텐가?"

"예? 아니 소신은 그저……."

농인가? 화가 나신 건지, 아닌지 종잡을 수가 없었다. 뭐가 어찌 돌아가는지 몰라 상서는 그저 고개만 조아렸다.

상서에게 향하던 주상의 눈길이 묶여 있는 서현에게로 향하였다. 몇 놈이 달려들어 마구 파헤친 덕에 서현의 윗옷은 거의 벗겨지기 일보 직전이었다. 왕의 얼굴에 언뜻 당황한 기색이 스쳤으나 찰나의 순간이라 본 이는 아무도 없었다. 허나 임금의 눈길이 서현에게 닿은 것을 본 상서는 기회를 놓치지 않고 고하였다.

"강상의 도를 어지럽힌 자입니다."

"무슨 일이냐?"

"감히 좌의정 대감의 아들이다, 사칭하고 다니는 자입니다. 더구나 계, 계집입니다."

지푸라기라도 잡는 심정으로 상서는 있는 힘을 다해 당당한 목소리를 내려 애를 썼다. 주상 전하께서 무슨 일로 오셨는지 아직 정확하지 않으니 시간을 벌어 볼 생각이었다. 어서 이방이 돌아와야 했다. 빼돌린 진상품을 잘 처리하고 돌아오면 일단 증거는 인멸된 셈이니 고비는 넘길 수 있다. 그러니 이방이 올 때까지 어떻게든 시간을 벌어야 했다. 상서는 떨림을 누르고 고개를 조금 들었다.

"좌의정의 아들이다 사칭한 것도 큰 죄이거늘, 감히 계집이 사내 행세를 하고 다녔으니 이는 국법으로 다스려야 할 것입니다!"

"……."

"전하!"

이렇다 할 답이 없자 초조해진 상서의 목소리가 조금 더 높아졌다. 왕이 손을 들어 그의 말을 저지했다. 뜰에 있는 모든 이의 눈이 왕에게 향하였다.

"저자는 내가 직접 암행어사로 임명한 자이다. 설마 내가 계집을 암행어사로 임명했다고 우기지는 않겠지."

"하오나……."

왕의 강경한 어조에 상서는 찔끔하여 고개를 숙였다. 하지만 이렇게 넘어갈 수는 없다. 이방이 올 때까지라도 버텨야 하는데…….

그때 지영이 상서의 곁에 엎드려 고하였다.

"소녀, 박지영이라고 하옵니다. 제 아비의 말에는 틀림이 없습니다. 소녀가 직접 확인을 했습니다. 틀림없는 계집이옵니다."

자신 있는 지영의 말에 왕의 눈썹이 휘익 올라갔다. 확인까지 했다? 어찌 확인했느냐? 노기가 터져 나오는 것을 안으로 밀어 넣었다. 대신 서현을 노려보았다. 뭘 어찌했기에 들킨 것인가? 책망을 나중에 해도 된다. 우선은 저 녀석을 도와줘야 할 때였다. 허나 어떻게 도와줘야 하는가? 잠시 머뭇거리는 사이 서현이 호기롭게 소리를 질렀다.

"원하면 증명해 보이겠습니다!"

왕의 눈이 가늘어졌고, 상서는 고개를 번쩍 들었다. 자신만만한 말투에 지영 역시 서현 쪽으로 고개를 돌렸다. 무엇을 믿고 저리 자신만만한 것인지 그녀가 당황스러울 지경이었다.

"증명하면 되는 것 아닙니까? 이 오라를 풀어라!"

서현의 말에 주저하던 관군들이 왕의 고갯짓을 보고는 오라를 풀었다. 당당하게 일어선 서현이 반쯤 벗겨진 도포를 벗었다. 옷고름이 뜯겨 나간 저고리도 벗었다. 이제 얇은 속적삼만이 남았다. 모두의 시선이 서현의 가슴을 향하였다. 아직 적삼을 벗지 않았지만 지영의 얼굴에 당황한 기색이 뚜렷했다. 가슴을 감고 있는 무명천이 보이지 않았기 때문이었다.

상서와 지영을 번갈아 보던 서현이 왕을 향하여 고개를 숙였다.

"잠시 무례를 범하옵니다."

적삼까지 벗어 던진 곳에는 사내의 가슴이 있었다. 서도 모르게 자리에서 벌떡 일어선 지영이 말을 더듬었다.

"그, 그럴 리가! 제가! 소, 소녀가 확인했습니다! 분명, 분명 여인이었습니다!"

"소저가 지난 밤 구미호에 홀렸다고 하지 않았습니까? 정신이 오락가락하여 잘못 보신 것 아닙니까?"

생글생글 웃는 진성을 보는 지영은 덜덜 떨리는 두 손을 모아 치마폭에 감추었다. 아비의 곁에 털썩 주저앉은 얼굴이 안쓰러울 정도로 새하얗게 질려 버렸다.

진성이 옷을 다시 여미며 왕에게 허리를 굽히자, 숨을 참고 있던 왕 역시 가늘게 숨을 내쉬었다. 다시 바꾼 것인가? 아주 왕을 갖고 노는구나! 한쪽 입가가 씰룩 올라간 왕은 상서를 향해 나직하게 입을 열었다.

"확실치도 않은 일을 가지고 왕을 능멸하다니. 대체 무슨 생각이었는가?"

"그게……. 죽여주시옵소서!"

"안 그래도 죽일 일이 있을 것 같다."

"예?"

왕은 힐끔 문 쪽으로 보았다. 슬슬 등장할 때가 되었는데……. 우당탕! 요란한 소리와 함께 관군을 밀치고 헌재와 은검이 들어왔다. 적절할 때 나타났군. 왕의 입가에 슬며시 미소가 맺혔다.

갑자기 등장한 두 사내에게 관군들의 창과 칼이 겨누어졌다. 하지만 왕의 손짓이 그들에게 길을 만들어 주자, 둘은 서둘러 안쪽으로 다가왔다. 다가오는 헌재의 눈이 서현에게 고정되었다. 들키지 않은 것인가? 헌데 옷매무새를 정돈하는 그녀의 표정이 뚱하였다. 마치 잘 모르는 사람을 보는 것 같은 표정이었다. 헌재의 혼란스러움은 왕의 음성으로 멈추었다.

"그래, 암행감찰 이헌재. 보고할 것은 가져왔는가?"
"예? 예, 전하."

헌재가 왕에게 허리를 굽히자 상서와 지영의 눈이 단박에 커졌다. 암행감찰이라니? 계집이라 여겼던 저자는 진짜 암행어사고, 떠돌이 무사라 여겼던 저놈은 암행감찰이라고?

"여우골에 빼돌린 진상품이 그 증좌이옵고, 수많은 사람을 인신매매로 팔아 온 문서 또한 확보하였습니다. 또 여우골에서 발견한 시체 역시 조사하시면 다른 범죄의 증좌가 될 것입니다."

"자세한 것은 따로 보고받겠다. 원주부윤 박상서는 들으라."
"예에, 전하."

기어들어 가는 목소리가 사시나무 떨리듯 떨고 있었다. 이리 한꺼번에 터질 것이라고는 한 번도 예상하지 못했기에 정신이 반쯤 나가 있었다.

"소론인 주제에 뇌물은 노론인 병판에게 먹였구나. 무슨 수작을 부리려고 한 것인가?"
"죽여…… 주시옵소서."

체념한 듯 머리를 땅에 박은 상서의 목소리는 거의 들리지 않았다. 보고받은 두루마리를 접은 왕이 진성과 헌재를 번갈아 보았다.

진성과 헌재. 둘을 따로 부른 왕은 자리에 앉아 술잔에 술을 따랐다.

"그동안의 공로를 치하하노라."

"성은이 망극하옵니다."

술잔을 든 진성이 입술을 축였다. 하지만 헌재는 그런 진성을 물끄러미 바라볼 뿐이었다. 헌재의 눈치를 슬쩍 살핀 왕이 진성을 향해 먼저 입을 열었다.

"몰골을 보아하니 고생깨나 한 모양이구나."

"저, 전하."

속으로 뜨끔한 진성이 얼른 고개를 숙였다. 왕의 입가에 야릇한 미소가 잡혔다.

"한양으로 올라오면서 백성들을 다시 돌아보아라. 그리고 느낀 것을 세세히 적어 내야 할 것이다."

"분부 받습니다."

"물러가라."

"예."

진성은 떨리는 손을 추스르며 뒷걸음질을 하여 방을 나섰다. 몇 달 전 궁에서 뵐 때와 다름없는 부드러운 음성이었지만 지은 죄가 큰지라 방을 나선 그는 쉴 새 없이 숨을 들이쉬었다.

방에 남은 헌재는 침통한 표정이었다. 먼저 술을 비운 왕이 헌재의 술잔을 툭 건드렸다.

"어주까지 거부할 셈이냐?"

"어찌 아셨습니까?"

"무엇을?"

"알고도 저를 저……자에게 붙이신 겁니까?"

"그래서 지금 왕에게 따지기라도 할 셈이냐?"

헌재는 싱글싱글 웃는 왕의 얼굴을 노려보았다.

"고약한 취미십니다."

"그거라도 없으면 무슨 재미로 왕 노릇을 하겠느냐. 이제 내 곁으로 올 생각이 들었느냐?"

"조금 후에 가겠습니다."

헌재가 자리에서 벌떡 일어섰다.

"아직 할 일이 남았습니다."

돌아서 나가려던 헌재가 다시 돌아와 단숨에 술잔을 비웠다. 그리고 허리를 숙였다.

"성은이 망극하옵니다."

헌재가 나가자 왕의 입에서 웃음이 터졌다.

"허허허, 엎드려 절 받기로군."

밖으로 나온 헌재는 은검과 걸어가고 있는 진성을 보고는 재빨리 그들 곁으로 달려갔다. 진성의 팔을 잡아당기자 못마땅한 눈빛이 마주했다.

"어디에 있는가?"

"알아 무엇 하려고 하시오?"

"아직 못 한 말이 있다."

진성은 헌재의 손에서 팔을 빼내었다.

"나와 내 누이동생이 누구의 자식인지 알았을 겁니다. 생명의 은인이니 사적으로 감사의 마음을 갖긴 하오만, 그 이상의 인연은 없었으면 합니다."

"너도 소론이니 노론이니 따지길 좋아하는 영감들처럼 고리타분한 생각에 젖어 있는 거냐?"

"싫든 좋든 아버님을 따라야 하니까요. 그럼……."

찬바람을 일으키며 진성이 돌아섰다. 다급한 마음에 다시 그의 팔을 잡았다. 눈살을 찌푸린 진성의 눈에 보인 것은 노론 영수의 외아들이 아니라 연모 때문에 애절한 사내의 눈빛이었다.

"도와다오. 부탁이다."

헌재에게 배운 말 타기를 이렇게 써 먹을 줄은 몰랐다. 마패로 역참에서 말을 빌린 서현은 집을 떠날 때와는 다르게 날렵한 솜씨로 말을 몰았다. 두어 달 만에 온 집이었다. 분명히 반가워야 하는데, 반가운 마음에 앞선 이 갑갑한 기분은 무엇인지 모르겠다. 몇 번의 망설임 끝에 안으로 들어가자 미리 기별을 받은 정근과 연씨 부인이 서현을 맞이하였다.

"소녀, 긴 여행을 마치고 돌아왔습니다."

"그래, 잘 왔다."

"어서 오너라."

반가움에 한달음 서현에게 다가간 둘은 다소곳하게 인사하는 서현을 덥석 안지도 못하고 어정쩡하게 인사를 받았다. 전과 다른 기운이 부부의 손을 막았던 것이었다.

방으로 들어와 큰절을 올리고 자리에 앉은 서현은 눈을 내리깔고 입을 열었다.

"오라버니는 무탈합니다. 이번 일로 많은 것을 깨우친 것 같습니다. 염려 안 하셔도 돼요."

"넌 괜찮은 거냐?"

"아마……. 괜찮을 거예요."

내내 무거워 보이는 기운에 연씨 부인이 걱정스럽게 묻자 대답이 돌아왔지만 희미하게 미소 짓는 딸의 얼굴이 밝아 보이지 않았다. 덩달아 정근과 연씨 부인의 얼굴도 어두워졌다. 더구나 정근은 저와 눈도 맞추지 않는 딸 때문에 불안감이 들었다. 대체 무슨 일이 있었기에 아비와 눈도 맞추지 않는지 정근의 머릿속이 복잡하게 돌아갔다.
"지금쯤 한양으로 올라오고 있을 거예요. 그럼 전 좀 쉴게요."
말끝이 한숨처럼 느껴진 것은 정근만이 아니었다. 연씨 역시 같은 것을 느끼고 있었다. 항상 맑게 반짝거리던 딸의 눈빛이 깊어졌다. 왕성한 호기심으로 늘 종알거리던 분홍빛 입술이 무겁게 닫혀 있었다. 서현이 방을 나가자 슬슬 눈치를 보던 부부는 서로의 얼굴을 보았다.
"무슨 일이 있었던 겝니다."
"그렇지요? 나도 그리 생각하는 중입니다."
"대체 무슨 일일까요?"
"글쎄요. 부인 생각은 어떻소?"
정근은 생각에 잠긴 연씨를 물끄러미 바라보았다. 분이와 헤어지기 전까지의 상황은 자세히 들었다만, 그 이후는 그저 딸의 행적만 알 뿐이었다. 은검 역시 간간이 보내온 서찰에는 별다른 얘기가 없었다. 연씨가 입을 꼭 다문 채 별말이 없자 답답해진 정근이 먼저 입을 열었다.
"돌아보니 제가 생각 것만큼 세상이 만만치 않다는 것을 알게 되어 그런 것 아닐까 싶소만……."
"마음이 깊어졌습니다."
"뭐라 했소?"
마주친 아내의 얼굴은 잔잔히 미소를 머금고 있었다.
"깊어진 마음 안에 많은 것을 담아 온 것 같습니다. 그래서 저 아이의 몸짓이 조심스러워지고, 눈매가 깊어진 것 같습니다."
그러자 정근의 얼굴이 울상이 되었다.
"한데 왜 내 눈을 피하는 것이오."
"아! 그러게요. 그건 모르겠습니다."

"보내 달라 해서 오라비 대신 암행어사도 시켜 주고, 안위를 염려하여 호위무사까지 붙여 줬는데 왜 내 눈을 피하는 거냔 말이오."

말하다 보니 설움이 밀려왔다. 애지중지 고이 기른 딸이다. 남들은 아들이 좋다고 하지만 저는 역시 딸이었다. 애교도 많고 그저 떼를 부려도 어여쁜 딸아이다. 그런데 두어 달 만에 만나 눈조차 마주하지 않는 연유가 무엇이란 말이냐. 고개를 푹 떨어뜨린 정근의 어깨를 연 씨 부인이 쓰다듬어 주었다.

"사정이 있겠지요. 여독이 풀어지면 제가 물어보겠으니 감정을 다스리십시오."

"그래 주겠소, 부인?"

"예. 그러니 너무 서러워 마십시오."

연씨의 말에 정근은 치밀어 오르는 설움을 달래며 긴 숨을 내쉬었다.

방에 들어가 옷을 갈아입는데 문이 열리며 분이가 들어왔다. 다소 야윈 듯 볼이 홀쭉했지만 건강해 보이는 모습에 서현의 눈가에 눈물이 핑 돌았다.

"아가씨!"

"분이야! 이제 다 나은 것이냐?"

"네, 아가씨! 보고 싶어서 죽는 줄 알았습니다! 그리 중한 일에 제가 같이 가지 못해서 얼마나 속상했는지 몰라요."

"잘 끝났는걸. 네가 무사해서 정말 다행이야."

서현의 옷시중을 들며 분이는 궁금한 것을 연신 질문하였다.

"무사님도 잘 있죠?"

"은검이야 여전하지."

"그 선비님도 여전하구요?"

"……."

"아직도 이랬다저랬다 하십니까? 아니다. 온양까지만 동행하기로 했으니 헤어지셨겠네요?"

"아니……."

"네?"

"원주로 생읍지가 바뀌었을 때 다시 만났어. 그래서 같이 백성들을 돌보고 은검이랑 같이 내 일도 도와주고, 주상 전하께서 하명하신 일을 하는데…… 많은 도움을 주셨어."

덤덤하게 말을 잇던 목소리가 잦아들어 간다. 제 아씨의 일이라면 눈치가 백단인 분이가 조심스럽게 서현의 안색을 살폈다. 잠시 못 본 사이 아씨의 얼굴이 달라졌다. 곱기야 예전에도 선녀처럼 고왔지만 지금은 분위기가 달라졌다. 성숙한 여인의 얼굴이 되어 온 주인의 모습에 분이는 서현이 내준 옷을 개키며 곁에 앉았다.

서현은 마치 꿈속의 이야기를 하듯 몽롱하게 말을 이었다.

"아주 잠시 같이한 것인데 어쩐지 오랫동안 알고 지낸 것 같은 기분이야. 그분은 내 이름도 모르는데, 아니다. 진성 오라버니를 만났으니 이제 내가 누구인 줄은 아시겠지."

"여인임을 들켰습니까?"

"그렇게 됐어. 그런데 내가 막 화를 냈어. 여인임을 알고도 왜 말을 안 했냐고, 놀리는 것이 재미있었냐고……. 그 사람의 말을 들어 보기도 전에 그냥 막 화를 냈어. 많이 믿고 의지했는데, 어쩐지 그 사람은 날 안 믿은 것 같아서, 그래서 화가 났어. 그래서 그 사람이…… 보고 싶어. 미안하다고 해야 해서. 그날 화낸 것 미안하다고……."

희미하게 미소 지으며 시작한 이야기 끝에 눈물이 떨어졌다. 새로 입은 비단옷에 점점이 눈물 자국이 생겼다. 그 모습을 보는 분이의 눈에도 덩달아 눈물이 고였다.

"아가씨."

"흑흑흑."

주체할 수 없이 눈물이 떨어졌다. 그 힘든 길을 다녀오면서 참을 수 있었던 눈물이다. 그런데 편한 집에 와서 눈물이 떨어지고 있었다. 마음이 편하지 않아서, 가슴 언저리에 꽉 막힌 것 때문에 숨을 쉴 수 없어서, 눈물이 진정되지 않았다.

제 마음 한 자락 보여 주지 못했는데, 어디 사는 누구인지도 모르는데 그냥 혼자 한양으로 와 버렸다. 더 할 말이 있었는데 하지 못했다. 바보로구나. 정말 바보야. 그리 화를 내는 것이 아닌데……. 내 마음은 그게 아니었는데……. 서현의 서러운 눈물에 분이도 곁에서 훌쩍거리고 있었다.

며칠이 지났다. 가슴의 설움이 진정되었는지 이제 서현이 울지 않는다는 말을 들은 정근과 연씨 부인은 한시름을 놓았다. 무슨 일인지 먼저 입을 열지 않으니 먼저 물어보지도 못하고 발만 동동 구르고 있었는데 눈물을 그쳤다니 떨리는 가슴을 쓸어내렸다.

그런데 그런 딸이 오늘 정근이 퇴청하자마자 뵙기를 청하였다. 괜히 떨리는 마음이 된 정근은 고개를 끄덕였다.

다소곳하게 절을 하고 곱게 앉은 딸을 보는 정근의 눈시울이 시큰해졌다. 어느새 저리 곱게 성장하였을까? 봄꽃이 필 때 집을 나선 딸이 녹음이 짙어지는 지금 완전히 다른 아이가 되어 버렸다. 이제 제품에서 놓아주어야 할 때가 되었음을 알겠다. 코끝이 빨개진 정근은 눈을 깜빡여 물기를 지우고 다정히 딸을 보았다.

"그래, 할 이야기가 무어냐?"
"궁금한 것이 있습니다."
"말하여라."
"사색당파가 무어라고 생각하십니까?"
"뭐?"
"아버님이 생각하는 소론, 노론, 남인, 북인이 무엇이라 생각하시는지 소녀, 궁금합니다."

느닷없는 질문에 정근은 말문이 콱 막혔다. 갑자기 소론이니 노론이니, 그것이 무슨 소리인가? 생전 입에 올리지 않던 정치 이야기에 눈만 동그랗게 뜨고 말을 하지 못하는 아비를 보는 서현의 표정이 처연하다.

"다르게 질문 드리지요. 그럼 백성을 위하는 것은 어떤 것이라고 생각하십니까? 소녀, 짧지만 백성들을 직접 보고, 그들의 이야기를 듣고, 그들의 마음을 만지고 왔습니다. 주상 전하께서 돌보아야 할 그들, 아버님처럼 벼슬을 하는 사람들이 어루만져야 할 백성들을 보고 왔어요."

"서현아."
"그래서! 화가 났습니다."

목이 잠겼다. 울컥 치미는 울분을 삼킨 서현이 정근을 바라보았다. 빨려 들어갈 듯 깊고 고요한 눈망울에 정근의 가슴이 덜컥 내려앉았다.

"소녀, 정치는 모르오나 백성들을 보살펴야 하는 자리임은 잘 알고 있습니다. 부디 아버님께서 처음의 그 마음을 잃지 않으셨으면 좋겠습니다."

애정 어린 눈빛으로 인사를 하고 나가는 딸의 모습을 멍하니 바라보고 있었다. 느닷없이 던진 딸아이의 질문이 목구멍을 꽉 막고 있었다.

"처음의 그 마음……."

눈을 감은 정근의 마음이 혼란스러웠다. 오랫동안 잊고 있었던 무언가가 가물가물하니 마음 한쪽에 맺히는 것 같았다.

밖으로 나온 서현은 눈가에 살짝 고인 눈물을 닦았다. 하늘처럼 존경하는 아버님이다. 저에게 퍼 주신 아낌없는 애정에 감사했고, 나라에 대한 충성 또한 믿어 의심치 않았다. 이번에 원주부윤의 행태를 보기 전까지는 말이다. 서현은 아버지에 대한 마음을 다잡는 듯 저고리 앞섶을 꽉 쥐었다.

"돌아왔습니다."

가늘게 숨을 내쉬는 서현의 뒤쪽으로 귀에 익은 목소리가 들려왔다. 돌아보니 은검이 서 있었다. 얼마 전에 헤어진 모습 그대로 그가 서 있었다. 먼 길을 달려온 사람답게 옷은 먼지투성이였고 얼굴에 피로한 기색이 비치었지만 입가에 은은히 머금고 있는 미소를 보니 무겁게 내리누르던 마음의 무언가가 탁 털어지는 기분이었다.

반가운 마음에 서현은 가까이 다가가 그를 덥석 안았다. 당황한 그가 순간 몸을 움찔거렸지만 뒤로 물러서지는 않았다.

반가의 아녀자가 외간 남자를 덥석 안다니, 누가 본다면 경을 칠 정도로 놀랄 장면이었지만 서현의 마음은 그것이 아니었다. 긴 고생길을 같이한 동무가 무사히 돌아와 주었다. 제가 하지 못한 마무리를 하고 돌아온 벗을 반갑게 맞이해 주는 방법이었다.

"무사히 돌아왔구나. 고마워."

그의 몸에서 나는 먼지 냄새를 맡고 있으니 그간의 일이 주마등처럼 머릿속을 스쳐 지나갔다. 그리고 그 생각의 끝에 선명하게 자리

잡은 한 사내의 얼굴도 떠올랐다.
 가만히 몸을 떼고 은검을 보니 온기가 담뿍 담긴 눈동자가 저를 내려다보고 있었다. 서현이 반가움에 고인 눈물을 닦아 내자 은검은 그간의 일을 간략하게 보고하였다.
 "원주의 모든 일은 다 마쳤습니다. 원주부윤에 대한 처결이 곧 내려질 것입니다."
 "그래? 다친 사람은 없고?"
 그자를 염두에 두고 한 말이겠지.
 "주상 전하께서 오셨습니다."
 "뭐?"
 저도 모르게 큰 소리를 낸 서현은 제 입을 틀어막았다. 그리고 대번 목소리를 낮추었다.
 "주상 전하라니? 거기에 왜 주상 전하가 나타난 것이야? 아무튼 동에 번쩍, 서에 번쩍, 안 가는 곳이 없는 분이로구나. 참 피곤한 임금이시다."
 은검의 입가에 미소가 번졌다. 어쩐지 말투가 헌재와 비슷하게 느껴졌기 때문이었다.
 "오래전부터 원주부윤을 주시하고 있었다 합니다. 이번에 아가씨를 암행어사로 보낸 것은 그것을 확인하는 차원에서였다고 합니다."
 "참으로 고약하신 분이로구나. 미리 귀띔이라도 해 주시지······."
 "진성 도련님과 함께 아가씨가 걸어가셨던 길을 되짚어 왔습니다. 아가씨가 보신 것, 들은 것, 먹던 것. 모두 해 보았습니다."
 "잘 견뎌 내시던?"
 "무엇보다 말수가 줄어들었습니다. 달라지신 것이겠지요."
 "그렇구나. 말 많은 오라버니의 말이 줄어들었다니 뭔가 많이 달라

지셨겠지."

웃음 끝에 그를 보는 서현의 눈빛이 아련해졌다. 정말 듣고 싶은 이야기는 아직 꺼내지도 않았다. 그분은, 그분에 대한 것은 언제 꺼낼 참이냐.

그녀의 마음을 아는지 모르는지 은검은 잠시 뜸을 들이다 입을 열었다.

"진성 도련님은 궁으로 가셨습니다. 마패와 그 밖의 것들을 반납하고, 따로 주상 전하께서 부르셨다고 합니다."

"그래! 그럼 형님은?"

참다못해 서현이 먼저 말을 꺼냈다. 은검의 미소가 눈까지 올라갔다. 그래서 서현의 얼굴이 빨갛게 물이 들었다.

"같이 전하를 배알한다고 하십니다. 암행감찰의 일을 훌륭히 수행한 인재라 상을 주신다고 합니다."

"그래? 혹시⋯⋯. 내 얘기는 안 하셨어?"

"주상 전하께서는 아가씨의 존재를 모르시니까 별말씀은⋯⋯."

"아니, 전하 말고 형님이 내 얘기는 안 하셨냐고?"

답답하다는 듯 서현이 은검의 멱살을 잡아 흔들었다. 놀랐는지 미소가 사라진 은검이 고개를 흔들었다.

"다른 말은 없었습니다."

"제기랄, 입맞춤할 때 확 덮칠걸. 그래서 책임지라 떼쓸걸⋯⋯."

찌푸린 인상으로 낮게 읊조린 서현의 말에 은검의 얼굴이 파리하게 변해 갔다. 왈패 같은 욕설은 둘째 치고라도 입맞춤이라니⋯⋯. 파리하던 얼굴이 열이라도 나는 듯 시뻘겋게 변했다.

서현의 질문에 내내 마음이 무거웠던 정근은 조회 자리에서도 혼자 딴생각에 빠져 있었다. 딸아이가 한 질문의 뜻이 무엇이었을까? 지금까지 제가 고집해 온 소론이라는 것이 무엇일까? 곰곰이 생각에 잠겨 그는 곁에 이조판서가 오는 것도 모르고 있었다.

"무슨 생각을 그리 골똘히 하십니까?"

"아! 이판. 그저 사적인 생각입니다."

"오늘 분위기가 별로 좋지 않습니다."

이판의 말에 정근은 편전을 휘 둘러보았다. 다른 생각에 잠겨 있어 몰랐는데 분명 분위기가 좋지 않았다. 옹기종기 모여 웅성거리는 자들의 낯빛이 어두웠다. 편전을 둘러본 정근이 이판에게 고개를 돌렸다.

"무슨 일이 있는 겁니까?"

"확실치는 않은데······."

말끝을 흐린 이판이 정근의 귀에 입을 바짝 대고 뭐라 소곤거렸다. 얘기를 듣던 정근은 눈살을 찌푸리더니 이를 우지끈 깨물었다. 그러자 이판 역시 못마땅한 듯 입을 열었다.

"박상서, 그자가 기어이 일을 친 모양입니다. 쯧쯧쯧, 그리 자중하라고 일렀건만······."

이판이 혀를 차는데 어지럼증을 느낀 정근이 휘청하였다.

"대감!"

"괜······찮소."

서현의 생읍지가 공주에서 원주로 바뀌었다고 했다. 원주부윤의 행태를 잡은 것이 제 딸이렷다. 그리고 딸아이가 했던 질문들······. 소론인 박상서의 행동을 빗대어 저를 나무란 것이었다.

처음 가졌던 그 마음. 그래서 그 아이의 낯빛이 그리 나빴구나. 제 아비의 행실도 그러했을까 봐. 염려되고 속상한 마음이 그 아이의 마음을 아프게 했구나. 어리다고, 제 품에서 행복하기만 할 거라 믿었던 작은 딸아이가 저도 모르는 새 훌쩍 커 버렸다. 대견함과 동시에 마음이 아려왔다.

"주상 전하 납시오!"

정근의 생각은 긴 외침에 멈추었다.

위엄 있게 자리에 앉은 왕은 제 신하들을 휘 둘러보았다. 끼리끼리 모여 웅성거리던 신하들이 제자리를 찾아 고개를 숙였다. 그들을 보는 왕의 눈빛이 짠하였다. 저들도 백성을 위하는 마음이 있을진대 언제부터 제 이익에만 열을 올리게 되었는지.

경계하는 마음이 사라진 자는 주변을 보지 못한다. 오로지 제 생각에만 빠진 자가 다른 사람을 보지 못하는 것은 당연한 것이었다. 저를 경계해 줄 자. 왕에게는 그런 자가 필요했다. 짧은 생각을 마친 왕의 입이 열리고 옥음이 울려 퍼졌다.

"오늘 중요한 사안이 있기에 가장 먼저 그 일을 처리하겠소. 짐이 얼마 전 비밀리에 암행어사를 파견하였소. 물론 아는 사람은 알고 있겠지만……."

덤덤한 정근과 달리 맞은편에 선 병판은 몸을 가늘게 떨더니 어깨를 움츠렸다. 왕의 목소리가 추상같이 변하였다.

"원주부윤 박상서. 이자는 제 백성을 다른 나라에 물건처럼 팔고, 감히 진상품으로 올라오는 물건들을 가로채서 사사로이 제 이익을 취한 바! 이를 엄중히 경계하여 삭탈관직하여 거제도로 귀양을 보낸다. 그리고 그 식솔들은 평민으로 떨어뜨려야 할 것이다!"

신하들의 웅성거림이 거세졌다. 같은 소론인 이판 역시 얼굴이 새파랗게 질렸다. 무슨 일을 저질렀다는 것만 알고 있었지 인신매매에 진상품까지 빼돌린 줄은 몰랐다. 하지만 뒤이은 왕의 어명은 주위를 삽시간에 고요하게 만들었다.

"박상서가 뇌물을 준 병조판서 하준익, 동일한 죄를 물어 삭탈관직 하고 그 식솔들 역시 평민으로 떨어뜨린다. 그리고 좌의정 김정근과 우의정 이상덕."

뇌물 정도에 삭탈관직이라니. 항의하려던 이상덕은 제 이름이 불리자 무엄하게도 고개를 들어 왕의 눈을 마주했다. 안광이 형형한 왕의 눈이 이상덕을 바라보고 있었다.

"박상서는 소론, 하준익은 노론. 제 식구 감싸기 급급하여 이런 사단을 알아채지 못하고 제 일을 제대로 하지 않은 죄를 물어 근신을 명한다. 어명이 있을 때까지 집 밖 출입을 금한다."

왕의 추상같은 어명에 웅성거리던 사람들은 체념한 듯 눈을 감고 있는 김정근과 수치심에 주먹을 쥐고 부들부들 떨고 있는 이상덕을 번갈아 쳐다보았다. 노론과 소론의 영수가 아무 말이 없자 다른 사람들은 그저 분부 거행합니다, 고개를 숙일 수밖에 없었다.

비어 버린 크고 작은 벼슬자리에 새로 등용된 자들은 남인과 북인이었다. 왕의 용안이 밝아졌다. 이제 막 첫 걸음을 떼었다. 앞으로 해야 할 것이 산더미이다. 힘의 균형을 맞추면 그 덕은 자연스럽게 백성들에게 돌아갈 것이다.

그리고 그 일은 소론과 노론의 아들들이 해 주었으면 한다. 더불어 딸까지 힘을 합하면 더 좋고……. 입가에 빙그레 미소를 짓는 왕을 보는 신하들의 마음은 복잡하기 그지없었다.

서현은 별당 후원을 서성거렸다. 오라비가 돌아왔다. 주상 전하를 따로 뵙고 오는 길이라고 했다. 그리하면 형님도 온 것일 테지? 알려 주지 않아도 심장이 먼저 알고 있었다. 하루 종일 두근거리는 심장 때문에 잠시도 앉아 있을 수가 없어 이렇게 후원을 서성이고 있었다.

오라비에게 물어보았다. 형님은 어디에 있냐고? 언제쯤 올 것 같냐고. 헌데 돌아오는 대답이 없었다. 그저 고개만 저었다. 오라버니의 표정에 마음이 무너지는 것 같았다.

해가 뉘엿뉘엿 지고 있었다. 서현은 노을이 지기 시작하는 붉은 하늘을 바라보았다. 괜한 설렘을 가졌던가? 오라비가 왜 고개를 저은 것일까? 오라버니를 만났으니 우리 집이 어디인지 알 텐데……. 서운한 마음에 입술을 꼭 깨물었다. 그때였다. 굵은 오동나무 뒤쪽에서 기척이 느껴졌다.

"누구를 기다리는 것이냐?"

돌아보지 않아도 누군지 알 수 있었다. 기쁨에 눈물이 터질까 아랫입술을 꽉 물은 서현이 몸을 돌렸다. 붉은 노을을 등지고 그가 서 있었다. 입술에 온화한 미소를 담은 헌재가 그녀를 보고 있었다. 초록색 관복을 입고 사모를 쓴 말쑥한 모습이 낯설었으나 장난기 가득한 눈동자와 저를 향해 다가오는 익숙한 체취는 그였다.

서현의 눈가에 눈물이 그렁거렸다. 너무 세게 문 입술이 얼얼하였다. 웃는 낯으로 다가온 헌재가 한 발 앞에 서서 멋쩍은 듯 눈을 굴렸다.

"이런 모습 어색하네. 나도 그렇고 네 녀석도 그렇고……."

처음 보는 여인의 모습이었다. 도포 자락이었을 때도 그리 곱더니, 여인의 옷을 입은 지금은 눈이 부실 지경이었다. 노을에 비친 서현의 얼굴이 발그레하다. 눈가에 비친 눈물이 반짝거렸다. 헌재는 그녀의 숨결이 느껴질 정도로 가까이 다가갔다. 그리고 천천히 엄지손가락으로 그녀의 아랫입술을 눌렸다.

"피 나겠다."

잇자국이 난 아랫입술을 살살 문지르는데 갑자기 서현이 헌재의 정강이를 세게 걷어찼다.

"아야!"

"대체 왜 이리 늦게 오신 겁니까? 얼마나 기다린 줄 아십니까? 하도 이랬다저랬다 하시니 혹여라도 마음이 바뀐 것인지……. 얼마나 마음을…… 졸인 줄…… 아십니까? 어디 사는 줄도 모르는데, 오라버니는 모른다 고개만 젓고, 저 둔치인 은검은 눈치도 못 채니 대놓고 물을 수도 없고……."

고개를 숙이고 눈물을 뚝뚝 흘리는 서현을 보며 헌재는 문지르던 다리를 놓았다. 그리고 살며시 그녀를 안아 주었다. 속이 상했는지 서현이 몸을 흔들어 그런 헌재의 품을 벗어나려고 하자 더욱 세게 그녀를 안았다.

"미안하다. 빨리 오고 싶었는데 주상 전하를 뵈어야 해서……. 어명이란다."

"주상 전하 밉습니다."

"나도 별로 좋아하진 않는다. 그래도 조만간 우릴 도와주실 분이니 알아서 기어야 하지 않겠느냐?"

헌재의 말에 서현이 고개를 들었다. 볼에 흐르는 눈물을 닦아 준 헌재가 다시 그녀를 안았다.

"보고 싶었다."

분이는 작은 다과상을 준비해서 서현에게 가고 있었다. 집에 돌아왔는데 한 끼도 제대로 식사를 하는 것을 본 적이 없었다. 무슨 마음의 근심이 그리 많으신지……. 오늘도 하루 종일 한 숟갈 뜨는 둥 마는 둥 하는 아가씨를 보니 마음이 아파 그녀가 좋아하는 다식과 식혜를 챙겨 별당으로 가는 중이었다.

"아가씨! 이것 좀 드셔 보세요. 제가……. 오마나!"

신나게 들어오던 분이는 서현의 곁에 서 있는 사내의 그림자에 깜짝 놀라 소리를 질렀다. 그러자 서현이 손을 저으며 옆으로 다가와 소곤거렸다.

"쉿! 괜찮아."

"저자는 누구입니까? 어째서 아가씨랑……."

횡설수설하던 분이의 말을 자른 건 헌재였다.

"네가 덕쇠였구나."

"헉! 선비님? 어째……."

"이제 아픈 것은 다 나았느냐?"

"예에……."

말꼬리를 흐린 분이는 슬금슬금 서현의 곁으로 가서 귓속말을 건넸다.

"들키셨다더니……."

"응, 아주 예전에……."

"괜찮으신 겁니까?"

"보다시피……."

방글방글 웃는 주인의 낯을 본 분이는 헌재에게 허리를 숙여 인사를 했다.

"제 약을 구해 주셨다 들었습니다. 감사합니다."

"뭐 저 녀석이 하도 난리를 쳐서 말이지. 비 오는 날 고생을 좀 했지."

인사치레를 하며 서현을 바라보는 눈빛에 반짝임이 묻어난다. 눈치 빠른 분이는 오호라, 하며 서현을 보았다. 서현의 얼굴도 발그레하게 물이 들어 있었다. 흐뭇함에 웃음이 나려는 입을 꼭 다문 분이는 다과상을 서현에게 내밀었다.

"제가 망보고 있을 테니 하던 거 계속하세요."

"하긴 뭘 해?"

"뭐 얘기를 하시든지, 아니면 다른 걸 하시든지."

말끝에 작게 들린 웃음소리에 서현의 얼굴이 새빨개졌다. 분이가 별당을 나가자 서현은 헌재에게 들고 있던 다과상을 내밀었다.

"그때 죄송했어요."

"그때?"

"제가 여인임을 알았다 했을 때 다짜고짜 화부터 내는 것이 아니었는데, 당황스럽기도 하고 가뜩이나 형님과 은검이 저를 따돌리는 것 같아 화도 나고, 저를 놀리느라 입 다물고 계셨는가 의심도 되고 해서 저도 모르게 말이 마구 나갔습니다. 죄송해요."

"나도 미안했다. 그렇게 생각할 줄 몰랐다. 그저 모르는 척하는 것이 널 돕는 거라 생각해서 그런 것이었는데, 오히려 너를 불편하게 할 줄 몰랐다."

"어쨌든 속인 건 저니까……."

"이미 지난 일이다. 이제 알았으니까 된 것이 아니냐?"

헌재가 웃음을 보이자 서현도 빙긋 웃음을 지었다.

"형님은 이해해 주실 줄 알았습니다."

서현의 말에 헌재가 제 이마를 긁적였다.

"그런데 언제까지 형님이라고 부를 참이야? 그런 옷을 입고 말이다."

"아! 그게 습관이 되어서요."

말해 놓고 보니 저도 호칭을 고치지 않았다. 헌재도 멋쩍게 웃었다.

"하긴 나도 서현 낭자, 보다는 네 녀석이 더 좋구나."

서현의 눈이 동그래졌다.

"제 이름을 아시네요?"

"연모하는 여인의 이름쯤을 모를까. 네가 좌의정 김 대감의 여식이란 소리 듣고 기함하긴 했지만……."

은근슬쩍 말을 꺼냈다. 운을 떼야 했다. 저는 노론이다. 이 조선이라는 나라에서 노론의 아들과 소론의 딸이 만나는 것을 어떤 시선으로 볼지 알기에 선뜻 말이 나오지 않았다. 하지만 그가 겪어 본 그녀는 달랐다. 당파라는, 그따위 것에 굴하지 않을 것이란 믿음이 있었다.

헌재는 노을을 등지고 서 서현을 바라보았다. 붉은 노을처럼 그녀의 얼굴이 붉게 물들어 있었다.

"말할 것이 있다."

"아직도 숨기시는 것이 남았습니까?"

"내 아버님……."

진지한 그의 말에 서현도 덩달아 숨을 죽였다. 뭔가 큰 것이 터질 것 같은 예감이 들어 축축이 땀이 배어 나오는 손을 살그머니 말아 쥐었다.

"내 아버님은 우의정 이상덕이라고 한다."

"우의정?"

"그래."

그녀의 표정이 어두워졌다. 그리고 그가 한 말을 다시 되뇌고 있었다.

"우의정이라면……. 노론이시란 말씀이시네요. 그것도 노론의 영수라는 말이세요."

"그래."

고백을 하고 나니 오히려 마음은 담담해졌다. 차분히 그녀의 반응을 지켜볼 뿐이었다. 제 볼을 부풀려 잠시 생각에 잠겼던 서현이 그와 눈을 맞췄다. 제 마음까지 모조리 비칠 듯 맑은 눈동자였다. 그녀가 입을 열었다.

"상관있으십니까?"

"뭐?"

"노론과 소론. 형님은 상관있으시냔 말입니다."

저절로 입이 벌어졌다. 제 예상과 한 치도 어긋남 없는 반응이었다. 과연 그녀다웠다. 혹시, 라는 마음을 가진 제 자신이 바보같이 느껴질 정도였다.

"상관없다. 내게 중요한 것은 네 녀석이니까."

"그럼 되지 않았습니까?"

생글생글 웃는 서현의 얼굴이, 아무 걱정 없다 달래 주는 그녀의 눈길이 고마웠다. 손을 들어 그녀의 볼을 어루만졌다. 내가 전생에 나라를 구했나 보다. 너처럼 곱고 당찬 여인을 얻었으니 말이다.

서현의 손이 제 얼굴을 덮고 있는 헌재의 손에 포개졌다. 두 온기가 합쳐지니 뜨거움이 배가 되었다. 두 눈빛이 얽히고, 두 숨결이 점차 가까워졌다. 헌재의 입술이 서현의 것에 막 닿을 때였다. 과도하게 높은 분이의 목소리가 들려왔다.

"진성 도련님 아니십니까! 이 저녁에 무슨 일이십니까!"

대답하는 진성의 목소리는 들리지 않았다.

헌재의 얼굴이 물러났다. 아쉬움이 가득한 눈빛이 서현의 눈, 코, 입을 스쳐 다시 눈으로 돌아왔다.

"네 오라비가 눈치가 없구나."

"좀 이기적인 분이긴 하지만 일부러 그러는 건 아닙니다."

"바로 오기는 힘들 것 같다. 내 아버님이 고집이 세시거든."

"형님이 아버님을 닮으셨나 봅니다."

"뭐, 주변 어르신들이 부자가 똑같다고들 하긴 하더구나. 조금만 기다리고 있거라."

"다녀오십시오."

다시 그녀와 눈을 맞추고 웃음 지은 헌재가 담장 쪽으로 갔다.

"어떻게……. 가 버리셨네."

어떻게 집을 나설 건가 물음이 끝나기도 전에 헌재의 몸이 훌쩍 담을 넘어갔다. 그녀는 가슴을 쓸어내렸다. 노심초사했는데, 그의 얼굴을 보고 나자 안심이 되었다. 이제 그녀의 마음에 거리낄 것은 아무것도 없었다.

서현은 별당 정원에 놓인 큰 바위 위에 앉아 오라비를 기다렸다. 그녀가 앉자마자 진성이 들어오는 것이 보였다. 서현이 일어서려 하자 그가 손을 들어 만류했다.

"앉아라. 할 얘기가 있으니."

진성의 낯빛은 원주에서 보았을 때보다 훨씬 생기 있었다. 다른 점이 있다면 늘 입꼬리를 올려 미소를 담고 있던 입술이 일자로 다물려 있다는 것이었다. 눈의 총기는 여전했으나 예전의 반짝거림과는 달랐다. 지금 오라비의 것은 갈고닦아 고급스럽게 연마된 눈빛이었다.

몹시 급했는지 진성은 앉자마자 이야기를 시작했다.

"동행했던 자에 대한 얘기다. 그자에 대해 얼마나 알고 있느냐."

"올라오시는 길은 어떠셨습니까?"

제 질문에 엉뚱한 질문이 돌아왔다. 질문을 던진 서현은 옆의 편평한 바위 위에 올려놓은 식혜 그릇을 들어 진성에게 내밀었다.

"제가 보고, 듣고, 먹었던 것을 밟아 오셨다 들었습니다."

"그랬다."

동생이 건네준 식혜는 시원하고 달았다. 서현은 다소곳이 손을 모으고 진성을 바라보았다.

그리고 말을 이었다.

"처음에 오라버니 대신 암행어사로 나선다고 했을 때 무척 설레었습니다. 집 외에는 아는 곳도 없고, 가 본 적도 없는 제게 그것은 세상을 볼 수 있는 기회였으니까요. 무작정 아버님과 어머님을 졸랐습니다. 제가 가겠다고. 즐겁게 떠난 길은 좋았습니다. 모든 것이 새로웠으니까요. 그래서 처음 그들을 보았을 때는 마음이 아팠습니다. 왜 저리 힘들게 살까? 왜 이리 불쌍한 자들이 많은가? 어째서 임금님과 벼슬아치들은 이들을 이리 내버려 두는가? 그들이 돌봐야 할 백성에게 어찌 이러시는가? 벼슬아치들에 대한 원망도 많이 생겼습니다."

지난 이야기를 하는 동생의 표정이 낯설었다. 둘의 사이가 나쁘다고는 볼 수 없지만 그렇다고 살갑지도 않았다. 어렸을 때는 제가 바깥출입을 하려고 할 때마다 따르겠다고 조르던 동생이 귀찮았고, 커서는 계집이 조신하게 집에 있지 않는다고 타박을 놓았었다.

동생의 목마름은 안중도 없었다. 저는 이기적인 오라비였고 철모르는 한량이었다. 저보다 어른스러운 눈빛과 말투에 그는 묵묵히 서현의 말을 듣고만 있었다.

"그러다 문득 느꼈습니다. 나 혼자 분노한다고 변하는 건 없구나. 내가 잠시 그들을 걱정한다고 해서 달라질 것은 없구나. 내가 가진 힘은 참으로…… 작은 것이구나."

잠시 말을 멈춘 서현이 진성의 눈을 똑바로 바라보았다. 그 눈에 어린 것은 희망이고 따스함이고 애정이었다.

"하지만 작다고 포기하면 안 되는구나. 아무리 작은 힘이라고 해도 포기하면 그것이 끝이구나. 정말 중요한 것은 놓치지 말아야 하는구나. 깨달았습니다."

"정말 중요한 것이 무엇인지 찾았느냐?"

"네."

"무엇이더냐."

"사람이요."

"사람?"

"그들은 측은하게 여기던 것은 저라는 사람이에요. 그들을 도와줄 누군가도 사람이고, 그들도 사람이에요. 모두 똑같은 사람. 제게 가장 중요한 것은 돈이 많거나 적거나, 여자거나 남자거나가 아니라 그저 사람이었어요. 그게 가장 중요했어요. 오라버니는 무엇이 가장 중요한가요?"

뭐가 중요한지 생각해 본 적이 없었다. 소론 영수의 아들이니 재물은 풍족했다. 비상한 머리를 타고나 글줄도 곧잘 익혔다. 아쉬운 것이 없으니 고민할 거리도 없었다. 그래서 저 좋은 것만 하고 살았다. 계집이 좋아 계집을 따라다녔고, 급기야 마음은 둔 여인을 만났다 생각하여 과부니 뭐니, 가문이니 뭐니 생각지 않고 그저 저 좋을 대로 했다. 그리고 그 대가를 톡톡히 치르고 난 지금 약간 철이 든 것 같았다.

진성은 여동생을 바라보았다. 맑고 순수한 강한 힘이 느껴졌다. 저보다 낫구나. 그의 입가에 빙그레 미소가 그려졌다.

"그래서 그자가 어떤 배경을 가졌어도 상관없다는 말이냐?"

"그 사람은 좋은 사람이니까요."

확신에 찬 여동생의 말에 진성도 고개를 끄덕일 수밖에 없었다. 동생에게 더 이상 소론, 노론을 따지는 것은 의미 없는 일이었다.

14장

 촛불이 일렁거림에 따라 그림처럼 앉은 상덕의 그림자도 같이 일렁였다. 근신이라니. 집 밖 출입을 금한다는 주상의 명에 충격이 컸다. 감히 눈을 들어 왕의 눈과 마주했으니 말이다.
 헌재가 오늘 주상을 뵈었다는 얘기를 듣자, 며칠 전 제가 주상과 독대했던 것이 생각났다.

 화를 넘어 분노가 치밀었다. 제 힘으로 만든 주상이었다. 반대 세력을 모두 견제하고 제가 피를 흘리며 만들어 드린 자리였다. 토사구팽(兎死狗烹). 이제 사냥이 모두 끝났으니 사냥개는 필요 없다는 뜻인가.
 왕의 침전에 들어섰을 때도 여전히 남아 있는 분노로 인해 손끝이 부들부들 떨렸다. 허나 그를 대하는 주상의 얼굴은 명경같이 맑았다.
 "어서 오세요."

"신 우의정 이상덕, 전하를 뵈옵니다."

목소리의 떨림이 감춰지지 않았다. 그만큼 주상에 대한 배신감과 분노가 컸기 때문에.

"많이 서운하십니까?"

"신이 어찌 전하에게 그런 감정을 가질 수 있겠습니다."

왕의 입가에 미소가 맺혔다. 아니다 하면서 단어 하나하나에 서린 감정이 고스란히 느껴졌기 때문이었다. 저가 옳다고 믿는 것에 대해서는 누가 뭐라든 소신을 굽히지 않는 것. 헌재가 딱 제 아비를 닮았다. 그래서 저 부자가 좋은 것이다. 앞에 놓인 차를 상덕에게 내밀며 왕은 제 잔을 빙글빙글 돌렸다.

"그대를 처음 만난 것이 아마……."

"춘추 9세셨습니다."

왕의 말이 흐려지자 상덕이 덤덤하게 기억을 상기했다. 왕이 웃음과 함께 말을 이었다.

"네, 9세였지요. 기억합니다. 찬선이니 필선이니 따위의 직책 없이 그저 말동무나 해 주게, 라며 선왕께서 하명하셨지요. 그때 그대는 이립(而立:30세)이 갓 넘었었지. 스무 해나 차이 나는 어린 왕자의 말동무가 되느라 얼마나 답답했을꼬."

"전하는 총명하셨습니다. 비록 9세의 어린 춘추셨으나 행동거지, 말 한 마디가 의젓하셨으며 모두의 모범이 되셨습니다. 장차 다음 보위를 이으실 만한 충분한 재량을 가지고 계셨습니다."

말 한 마디, 한 마디에 진심이 실려 있었다. 왕은 잠시 생각에 잠긴 듯했다. 20년 전 허리춤에도 오지 않는 어린 왕자의 모든 질문에 대답을 해 주던 충실한 신하를 그려 보았다.

그리고 지금, 여전히 충성스런 신하를 바라보았다. 상덕은 고개를 숙인 채 왕의 다음 말을 기다리고 있었다. 왕의 목소리가 온화한 봄바람 같았다.

"그 9세의 어린 왕자가 이제 한 나라의 군주가 되었습니다."

상덕은 고개를 들었다. 존경의 빛, 여전한 신뢰의 눈빛이 상덕의 흔들리는 눈동자와 부딪혔다.

"더구나 군주가 된 지 벌써 십 년이 지났습니다. 그대가 처음 보았던 어린 왕자는 이제 없습니다."

왕의 말이 무슨 의미인지 알 것 같아 상덕은 저도 모르게 이를 물었다.

"선왕 때부터 그대의 충심은 변함이 없었습니다. 그건 내가 잘 압니다. 하지만 삼십 년입니다. 강산이 세 번 바뀐다는 세월이지요. 모든 것은 바뀌게 마련입니다. 고여 있는 물은 썩기 마련이고, 흐름을 막으면 결국 둑은 터질 수밖에 없어요. 순리대로 흘러가게 해야지요."

상덕의 눈꺼풀이 파르르 떨리며 감겼다. 왕의 마지막 말이 귓가에 살며시 들어왔다.

"세자가 올해로 7세가 됩니다. 그대만큼 훌륭한 스승이 필요하다고 생각합니다."

가늘게 숨을 내쉰 상덕은 감고 있던 눈을 떴다. 아직도 왕을 9세의 어린 왕자라고 생각하고 있었는가? 왕의 자리에 올라서셨음에도 불구하고 여전히 어린 왕자라고만 생각했었나 보다. 이마를 짚은 손에 힘이 없었다. 상덕의 회상은 문밖에서 들리는 소리에 멈추었다.

"소자 들어갑니다."

말이 끝나자마자 문이 열리고 공복 차림의 헌재가 들어섰다. 뭔가 불편한 낯빛이었지만 두 손을 모으고 절을 올리는 모습이 제법 공손했다. 상덕은 입을 꽉 다물고 못마땅함을 감추지 않았다. 절을 올린 헌재가 무릎을 꿇고 앉았다. 그 모습을 본 상덕이 엄하게 입을 열었다.

"무엇을 잘못했기에 무릎까지 꿇느냐?"

"마음속 깊이 잘못한 것은 생각나지 않으나 부모님의 마음에 근심 걱정을 안겨 드린 것은 자식 된 도리가 아님을 알기에 이리 앉았습니다."

눈을 비껴 바라보며 퉁명스럽게 답하는 것에 뒷목을 잡을 지경이었다. 두 해 만에 집에 들어와 말하는 거라고는……. 상덕은 몸을 옆으로 조금 비틀어 앉았다. 진심이 아닌 녀석에게 진심으로 대할 필요는 없었다.

"이제 집에 들어온 거냐?"

"아마도요."

"무슨 대답이 그런 것이야?"

"일단 한 가지만 해결되면 저도 제게 주어진 본분에 충실하며 사람처럼 살아 볼 작정입니다."

"한 가지?"

아들의 말이 흥미를 일으켰다. 집에 들어온다는 말도 놀랍거니와 주어진 본분에 충실하게 살겠다는 말은 더욱 놀라웠다. 주상은 세자의 스승으로 아마 아들 녀석을 생각하고 있는 것 같았다. 문제는 저놈이 그 명을 고분고분 따르느냐 하는 것인데, 먼저 말을 꺼내다니 당연히 흥미가 일었다. 몸을 바로 돌린 상덕은 아들을 물끄러미 바라보았다.

두 해 전 말도 없이 집을 나가 버린 녀석을 주상이 잡아다 온양현감으로 앉힌 일은 알고 있었다. 어디 있는지 아니 말썽만 피우지 않으면 된다. 시간이 지나면 알아서 들어오겠지. 그저 지켜보고 있었다.

그런데 이번 원주부윤 사건을 마무리한 사람이 헌재라는 것을 알고 사실 조금 놀랐다. 더구나 파직된 그 자리에 헌재가 임시 대행까지 했다는 소리를 들었을 때는 왕의 의도가 무엇인가, 속으로 고심하기도 했었다.

제 사람으로 만드실 생각이신가? 노론을 위해서도, 제 가문을 위해서도 좋은 일이라 생각했다. 왕과 독대를 하기 전까지는 말이다.

상덕은 툭 말을 뱉었다.

"그 한 가지가 무엇이냐?"

"혼인하고픈 여인이 있습니다."

"뉘 집 여식이더냐? 아니다. 떠돌다 만난 천한 것만 아니면 누구라도 괜찮다. 네놈을 붙들어 놓을 재간이 있는 계집이라면 너보다는 나을 테니 누구라도 좋다."

"지체 높은 집안의 귀하고 총명한 여인입니다."

헌재의 말에 상덕이 콧방귀를 뀌었다. 제 놈이 언제 그런 여인을 만날 새가 있었단 말이냐. 그나마 제 얼굴로 들어오는 선 자리도 마다했던 놈이 말이다.

"누구냐?"

"좌의정 김정근 대감의 여식입니다."

상덕은 눈을 끔뻑거렸다. 그리고 손가락으로 귀를 후벼 팠다. 뭔가 헛소리를 들은 것 같은데……. 동그래진 눈으로 아들을 보자 녀석이 고개를 끄덕거린다.

"저, 저놈이!"

단단한 흑단으로 만든 고급스런 목침이 날아갔다. 날아온 목침을 가볍게 한 손으로 잡은 헌재가 제 옆에 잘 갈무리를 했다.

"네놈이 미쳤느냐! 누구의 여식이라고!"

"제 마음을 잡은 여인입니다. 그거 하나로 저는 이미 되었습니다. 그 여인의 배경이 아닌 마음 하나만 보았으니까요. 부모님도, 금상께서도 잡아 주지 못한 제 마음을 단번에 잡은 여인입니다."

"저, 저놈이······. 저놈이!"

화도 나지 않았다. 말도 안 되는 말에 주먹을 부들부들 떨고 있는데 문이 스르르 열렸다. 부자의 고개가 문 쪽을 향했고, 헌재의 몸이 반사적으로 움찔 옆으로 움직였다.

"오랜만이구나, 아들."

"어머니."

"이야기 도중에 죄송합니다, 대감. 제가 이 아들 놈을 데려가도 되겠는지요?"

"제발 데려가시오. 가서 마음대로 하시오."

상덕이 관자놀이를 손으로 누르며 대답하자 헌재의 몸이 긴장으로 인해 저절로 경직되었다. 마주친 어머니의 눈동자가 번쩍거렸다.

"내일 아침 일찍 홍련으로 오너라."

홍련(紅蓮). 붉은 연꽃은 어머니의 당호였다. 어여쁜 이름과 다르게 어머니가 홍련이라고 이름 붙인 곳은 어머니의 개인 수련장이었다.

헌재의 어머니, 유씨 부인의 집안은 대대로 무인 집안이었다. 위로 오라버니가 셋, 아래로 남동생이 둘. 여아가 귀한 집에서 태어난 유씨 부인은 어릴 적부터 장군이었던 아버지를 비롯해 오라버니와 남동생과 뒹굴며 자라 왔다.

검술은 웬만한 사내들에게 지지 않았고, 활 솜씨 또한 움직이는 표적을 맞출 정도로 뛰어났다. 헌재의 무술 실력은 타고난 것도 있지만 어머니의 혹독한 수련 덕분이었다.

하얀색 무복에 짙은 푸른색 건을 맨 유씨 부인은 아들이 대련할 준비가 되길 기다리고 있었다. 푸른색 건에 수놓인 붉은 연꽃이 오늘따라 유난히 붉어 보였다.

관복을 벗은 헌재는 동저고리 차림에 하얀 건을 이마에 매었다. 오른손을 뒤로 돌려 묶은 그는 불만이 어린 표정으로 어머니를 보았다.

"왜 이번엔 신발까지 벗으라 하신 겁니까?"

"두 해 동안 집 밖을 떠돌았으니 얼마나 험한 일을 겪었을까. 그만큼 실력도 늘었을 것 아니냐. 좁은 수련장에서 나무 막대나 치는 어미와 같겠느냐? 이래야 공평하지."

"그건 아니라고 보지만, 아무튼 제가 이기면 제 원대로 해 주셔야 합니다."

"입으로 승부하느냐? 하얍!"

헌재의 준비가 끝나자마자 유씨 부인의 목검이 날아들었다. 쐐액! 바람을 가르는 소리가 무시무시했다. 재빨리 몸을 옆으로 뺀 헌재는 어머니의 목검을 옆으로 쳐 냈다. 양손을 모두 사용하긴 하지만, 왼손만으로 칼을 쓰는 것은 부자연스러웠다. 더구나 오른손을 뒤로 묶인 상태라 운신이 불편했다.

그런 아들의 사정은 아랑곳하지 않은 어머니는 다시 목검을 휘둘렀다.

"오른쪽이 빈다! 그동안 수련을 게을리했느냐?"

"그러는 어머니는 수련만 하셨나 봅니다! 빈틈이 없으신대요?"

"네놈이 부족한 것이다!"

탕! 탕! 무쇠 나무로 만든 목검이 부딪히며 쇳소리를 냈다. 정신없이 들어오는 목검을 막아 내느라 헌재는 뒤로 죽죽 밀려났다. 모자간의 대련이라고 하기에는 목검에 실린 살기가 장난이 아니었다.

집 안에서 부리는 하인들의 반은 수련장에 모인 것 같았다. 발칙하게도 상전의 승부에 돈을 걸고 있었다. 일단 유씨 부인이 이긴다에 많이 모인 것 같았다. 저것들이! 발끈한 헌재가 발을 굴러 어머니의 어깨를 타고 몸을 회전하여 어머니의 뒤쪽에 섰다. 유씨의 입가가 비틀어졌다.

"감히 부모의 몸을 타고 넘다니. 불효막심한 놈 같으니."

"승부입니다. 이 승부에 제 인생이 걸렸는데 그 정도는 봐주시죠?"

비장한 아들의 눈빛에 유씨 부인의 눈빛 또한 불을 뿜었다. 아들의 인생이 걸렸다. 결코 봐줄 수 없는 일이었다.

"타앗!"

탁! 탁! 탕! 휘릭! 헌재의 검이 유씨 부인의 검을 감아 날려 버렸다. 그리고 묶인 제 오른쪽 겨드랑이에 어머니의 팔을 끼워 결박한 헌재의 검이 유씨 부인을 안아 뒷목을 겨누고 있었다. 저보다 머리 두 개는 작은 어머니를 옴짝달싹 못하게 묶은 헌재가 씨익 승리의 미소를 짓고 있었다.

"제가 이겼죠?"

"불한당 같은 놈. 기어이 어미를 이겨야 속이 시원하겠냐?"

"승부는 승부니까요."

잠시 헌재를 노려보던 유씨 부인이 머리로 냅다 아들의 턱을 들이받았다.

"어이쿠!"

"그래, 네놈이 이겼다."

"대체 정경부인이나 되시는 분이 어찌하여 아들 턱을 들이받으십니까?"

"밖에서는 우아한 정경부인이니 걱정 말아라."

유씨 부인이 손목을 조이고 있는 끈을 풀어내며 도도하게 수련장을 나서자 둘러선 하인 대부분이 아쉬움을 토해 내었다.

"이번엔 마님이 이기실 줄 알았는데……."

"암만 그래도 도련님이 최고지."

하인들의 말도 어이없었다. 기강이 무너졌다. 대놓고 상전의 승부에 돈을 거는 집은 우리 집밖에 없을 것이다.

하지만 슬며시 웃음이 나왔다. 어머니가 승부를 걸어오신 것은 모든 일을 어머니가 맡으셨다는 것이고, 제가 이겼으니 승부를 목숨같이 여기시는 어머니께서 두말은 안 할 것이다. 예상보다 일이 쉽게 풀릴 것 같았다.

서현의 표정이 밝아진 것 같았다. 그래서 정근과 연씨 부인은 서현을 앞에 앉혀 놓고 이야기를 꺼낼 참이었다. 왕으로부터 근신 명령을 받은 지금, 이 일은 좋은 계기가 될 수도 있었지만 딸의 성정으로 보아하니 그도 순탄치만은 않을 것 같았다.

서현은 두 분이 나란히 앉아 입만 달싹이는 것을 보고 눈치를 살폈다. 저에게 꺼내기 꺼려지는 이야기가 무엇일까? 더구나 어머니는 내켜 하지 않는 눈치였다. 아버지에게 약간 등을 돌리고 앉은 어머니의 모습에 서현은 무슨 일인지 궁금증이 커져 갔다. 뜸을 들이던 정근이 드디어 입을 열었다.

"이제 여독은 풀렸느냐?"

"네. 잘 쉬어 이제 괜찮습니다."

"그래, 다행이구나. 험, 험."

괜한 헛기침이다. 부인의 눈치를 슬쩍 살핀 정근의 눈이 딸을 향했다. 예쁘고 총명한 딸이 완전히 성숙한 여인이 되어서 돌아왔다. 눈가가 촉촉해지려고 했다. 눈을 끔벅인 정근은 메려는 목을 가다듬고 본론을 꺼내었다.

"매파가 들어왔다."

"네?"

"너와 혼인하고 싶다는 청이 들어왔구나. 이판의 자제니라."

"혼인……이요?"

서현의 낯빛이 창백하게 변하였다.

연씨 부인은 그럴 줄 알았다는 듯 반쯤 몸을 돌려 앉았다. 씨도 안 먹힐 것이라고 누누이 말씀드렸건만 남편은 일단 말이라도 꺼내 보자 했다. 서현의 얼굴이 싸하게 변하자 연씨 부인은 알아서 하시라 남편에게서 눈을 돌렸다.

딸의 눈치를 살피던 정근은 다시 입을 열었다.

"네 나이가 벌써 열여덟이다. 언제까지나 이 집에서 살 수 없는 일이지 않느냐? 이판의 자제라면 나도 몇 번이나 보아서 어떤 자인지 안다. 다소 고지식한 면이 없지 않지만, 그만하면 인물도 좋고, 인품도 좋은 자이다. 더구나 같은 소론이니 지금 아비의 상황에서는 아주 좋은 기회가 될 수도 있구나. 어떠하냐?"

세운 무릎 위에 두 손을 곱게 포개어 앉은 서현이 아버지를 지그시 바라보았다. 초롱초롱 늘 빛나던 딸의 눈동자에 성숙함이 더해져 빨려 들어갈 듯 깊어진 눈동자가 다른 여인을 보는 것 같았다. 나직하지만 청아한 음성이 딸의 입에서 나왔다.

"몇 달 전의 저라면 응당 아버님의 말에 따랐을 것입니다. 헌데 지금은 그럴 수가 없습니다. 제 마음이 너무 깊어져서, 너무 넓어져서 예전보다 많은 것을 담아 버렸습니다. 이런 마음으로는 아마 누구에게도 가기 어려울 것 같습니다."

누구에게도 가기 어렵다니! 시집을 가지 않겠다는 말인가? 딸의 말에 정근은 물론 연씨 부인마저 기함을 하였다. 어찌 자식 된 도리로 혼자 살겠다는 말을 할 수 있다는 말인가! 부모의 떨리는 마음을 알았는지 서현의 입가에 미소가 생겼다.

"걱정 마세요. 홀로 늙겠다는 말이 아닙니다. 저를 받아 주실 분, 제가 함께하고 싶은 분이 있긴 있으니까요."

"뭐라? 대체 그자가 누구란 말이냐?"

정근과 연씨는 눈을 동그랗게 뜨고 두 귀를 쫑긋 세워 딸을 보았다. 고운 입술이 열리며 폭탄이 터져 나왔다.

"우의정 댁 아드님이십니다."

이럴 줄 알았다. 뒤로 넘어간 아버님과 벌린 입을 다물지 못하던 어머니. 휴우. 죄송한 마음이야 이루 말할 수 없지만 그래도 잘하였다. 언젠간 말을 해야 할 일이었다. 그림처럼 앉아 있는 서현의 머릿속은 바쁘게 돌아가고 있었다.

이미 말을 꺼냈으니 부모님께서도 생각이 많으실 것이다. 평소 제 편을 들어주시던 어머니도 이번만은 쉽게 그녀의 편에 설 수 없으실 것이다. 우의정의 아들이다. 아버님의 반대편에 선 분의 아들이니 당연히 아니 될 것이다.

조급해하지 않는다. 진심을 가지고 기다리면 될 것이다. 온 마음을 다해 원하여 바깥세상을 볼 수 있는 기회를 얻게 되었고, 많은 것을 보고, 듣고 스스로를 크게 키워 왔다. 이번 역시 다르지 않다. 그분을 믿으니까 믿고 기다리면 된다. 그리하면 진심이 닿을 것이다.

"서현아, 안에 있느냐? 오라비다."

서현의 생각은 진성의 목소리에 멈추었다. 그녀는 일어나 진성을 맞이했다. 서현의 폭탄선언을 들은 듯 진성의 얼굴에도 긴장감이 서려 있었다. 그는 잠시 누이동생을 바라보고만 있었다.

"결국 말씀드렸구나."

"네."

"네 배포가 큰 것을 알고 있었지만……. 나보다 낫구나."

"성균관에 들어간다는 얘기 들었습니다."

"그래, 들어가기로 했다. 이제야 사람구실을 하는 것 같다."

오누이는 서로 마주 보며 웃었다.

서현은 눈부시게 아름다웠다. 제 누이가 이렇게 어여뻤던가? 본디 고운 얼굴이었는데 마음의 아름다움까지 더해 빛을 발하고 있었다. 진성의 얼굴에 잔잔한 웃음이 번졌다.

"널 도울 수 있으면 좋을 텐데……."

진성의 말에 서현도 웃었다. 오라비의 진심이 느껴졌다.

"마음만으로도 충분합니다."

"그자도 너에 대해 말을 한 모양이더구나. 지금 집에 감금되어 있다고 하더라."

진성의 말에 서현의 눈동자가 흔들렸다.

저녁 식사를 마친 한가로운 시간이었다. 슬슬 더워지기 시작하는 날씨에 마루에 걸터앉은 머슴들은 새끼를 꼬고 있었고, 방문을 조금 열어 놓은 것으로 위로를 삼은 여종들은 저마다 바느질거리를 들고 있었다. 두런두런 이야기를 나누는 자그마한 말소리 사이로 귀에 거슬리는 소리가 간헐적으로 들렸다.

쾅! 쾅! 콰캉! 며칠 동안 광의 문짝을 부서져라 두드리던 소리가 힘이 빠졌는지 그 간격이 뜸해졌다.

"여십시오! 아버님! 비겁하십니다. 어서 열어 주십시오. 이러는 법이 어디 있습니까? 제발 열어 주세요!"

며칠 광에 갇혀 문을 두드리던 헌재는 힘이 빠지는지 문 앞에 털썩 앉아 버렸다. 홍련에서 어머니와 대련을 한 후, 이겼다고 방심한 것이 화근이었다. 목검을 내려놓기도 전에 머슴들이 우르르 달려들어 그를 광에 처넣었다. 더구나 오른쪽 팔을 묶어 놓은지라 변변히 대항조차 하지 못한 그는 짐짝처럼 광에 던져졌다.

"이것들, 나가면 다 죽었어."

이를 부드득 갈아 보았자 지금은 할 수 있는 게 없다. 먹으면 힘이 넘친다고 어제 오늘 광에 들인 것이라고는 물 두 대접과 주먹밥 두 덩이가 다였다. 그나마 한 대접은 제 분에 못 이겨 발광하던 헌재의 발에 차여 엎어져 버렸으니, 그가 이틀 동안 먹은 것이라고는 물 한 대접과 주먹밥이 전부였다.

하도 소리를 지르고 손과 발로 문을 차서 손에서 피가 맺히고 체력이 바닥이 났다. 목도 쉬어, 이제 더 이상 소리를 지를 기운도 없었다. 지친 헌재는 바닥에 벌렁 누워 숨을 고르다 미친 사람처럼 히죽 입꼬리를 올렸다.

어차피 서현에게 가는 길일 뿐이다. 그 길이 가시밭이든 불밭이든 무슨 상관이랴. 그 끝에 그 녀석이 있으면 그것으로 족하다. 녀석의 얼굴을 떠올리자 입이 계속 히죽거리며 웃음을 뱉어 냈다. 한참을 웃던 그가 끙 소리를 내며 몸을 일으켰다. 조금이라도 빨리 녀석의 곁으로 가야 했다. 벌써 얼굴을 본 지 며칠이나 되었다.

"나갈 만한 길이 있을 텐데……. 아이고, 배고파라."

광 내부를 샅샅이 훑던 그가 배를 움켜쥐었다. 아무리 그래도 끼니마저 굶기는 부모가 어디에 있단 말인가. 주린 배를 움켜쥔 헌재는 나갈 방도를 찾고 있었다. 그렇게 또 하루가 지나가고 있었다.

 분이는 불안한 눈으로 계속 주위를 살폈다. 이른 아침이다. 우의정의 집이다 보니 그곳을 드나드는 모든 사람들은 주목을 받는다. 더구나 장옷을 뒤집어쓴 과년한 처자가 그 앞에 서자 지나는 사람들의 이목이 집중되는 것은 당연했다. 분이는 장옷으로 단단히 얼굴을 가렸지만 두 눈동자는 불안하게 계속 움직이고 있었다. 서현이 분이에게 눈짓을 하자 문을 두드리려던 분이가 서현의 곁으로 되돌아왔다.
 "진짜 여기에 들어가실 거예요?"
 "그러려고 왔잖아."
 "여기 어딘지 아시죠?"
 "알아. 그분이 계신 곳."
 말릴 수가 없다. 우의정 대감 집이 아니라 그분이 계신 집이란다. 숨을 크게 들이쉰 분이는 문을 두드렸고, 곧 머슴이 달려 나왔다.
 "무슨 일이요?"
 "우의정 대감을 뵈러 왔습니다."
 앞에 선 여인이 슬쩍 몸을 돌리자 뒤에 선 여인이 대답을 했다. 높임말이지만 결코 자신을 낮추지 않은 단아한 말투의 여인이었다. 사내도 아닌 여인이라……. 어찌할까 고민하던 머슴은 마주친 여인의 눈빛에 흠칫 놀랐다. 그저 바라보기만 하는 여인의 눈빛이 어찌 저리 강할까. 온화하면서도 거역할 수 없는 눈빛이었다. 흡사 마님의 눈빛을 보는 것 같아 머슴은 문을 열고 허리를 숙였다.
 "따, 따르시지요."

"고맙소."

방문 앞에 선 머슴이 큰 소리로 안에 고했다.

"대감마님, 손님이 오셨습니다."

이른 시간에 찾아온 손이라. 상덕은 몸을 일으켰다. 헌데 여인이었다. 그것도 어린 처자였고, 처음 보는 얼굴이었다. 상덕의 미간에 주름이 잡혔다.

서현이 먼저 허리를 숙여 인사를 올렸다.

"이른 시간 무례를 하게 되어 송구합니다. 소녀, 좌의정의 여식 김서현이라고 하옵니다."

"무례인 줄 알면서 이 시간에 온 것이라면 아주 중요한 일이겠지."

불쾌함이 확 올라왔다. 제 아비와 어떤 사이인 줄 알면서 이른 아침에 찾아온 저 아이가 괘씸했다. 더구나 헌재를 흔들고 있는 아이였다. 하필 김정근의 여식이라니. 안타까움과 속상함에 말투가 험악하게 나갔다. 서현을 쏘아보는 눈빛이 매서웠다.

상덕의 말에 심장이 조여졌다 풀어졌다. 박대를 당할 것이라고 예상하고 온 길이었다. 이 정도는 견뎌야 했다.

상덕은 서현을 안으로 들일 생각이 없는지 그대로 마루에 서서 말을 이었다.

"볼일이 뭔가?"

마당에서 벌을 서는 것처럼 선 서현은 속으로 숨을 쉬었다. 단단히 마음을 먹고 왔지만 막상 상덕을 대하니 심장이 바들바들 떨리는 것 같았다. 장옷 안에 맞잡은 두 손을 꽉 쥔 서현은 고개를 약간 숙인 채로 대답을 올렸다.

"이 댁 아드님께서 제 것을 가져가신 것이 있어서 왔습니다."

"헌재가? 그래서 따지러 왔는가?"

"아닙니다. 부디 잘 간직해 주십사, 청하러 왔습니다."

"그게 대관절 무엇인고?"

"제 마음입니다."

상덕은 놀라움에 벌어지려는 입술을 당겨 이로 꽉 물었다. 과년한 처자가 부끄러움도 모르는가! 아침부터 사내의 집을 찾아온 것도 정숙하지 못하거니와 제 마음을 가져갔다는 말을 뻔뻔하게 한단 말인가! 불쾌함을 그대로 목소리에 담아내었다.

"참으로 수치를 모르는 자가 아닌가? 여인이 사내의 집을 찾는 것도 법도에 맞지 않거늘 부끄러운 말을 입에 담다니. 모범을 보여야 할 반가의 여식이 할 행동거지가 아니구나. 오늘 일은 좌의정의 낯을 보아 그냥 넘어갈 터. 다시는 이 집 출입을 하지 마라."

작지만 노기가 깃든 음성이 마당으로 내려왔다. 움찔 몸이 흔들렸으나 서현은 꿋꿋하게 버텼다. 그리고 공손하게 허리를 숙였다. 분이의 부축을 받으며 문을 나섰지만 정신은 이미 저 멀리 원주까지 갔다 온 듯 혼미했다. 문을 나서서야 다리에 힘이 풀려 몸이 휘청거리자 분이가 잽싸게 그녀를 붙잡았다.

"에구, 아가씨 괜찮으셔요? 전 심장이 졸아붙어서 딱 죽는 줄 알았습니다. 살 떨리게 무서운 양반이네요."

"그리 말하지 마. 저분도 그저 한 자식의 부모님일 뿐이니까……. 나 좀 잡아 줘. 주저앉겠다."

"그러니까 그냥 집에 계시지 왜 여길 옵니까! 본전은커녕 오지 말라, 엄포만 들으셨잖아요."

속상한 분이와 달리 서현의 입가에는 미소가 어려 있었다.

"그래야 그분이 힘을 내시지."

갇혀 계신 분을 내가 구해 낼 도리는 없잖아. 그냥 이렇게라도 서현은 여전히 당신을 믿고 기다립니다 알리고 싶었어.

눈물을 글썽이는 분이를 향해 서현은 웃어 주고 집으로 걸음을 옮겼다.

서현이 다녀간 것을 모르는 헌재는 광을 살펴보다 허탈하게 웃었다. 예전에 몇 번 갇혀 보아 안다. 그때는 분명 나갈 구멍이 있던 곳이었다. 아마 그 이후로 대대적인 보수공사를 하신 모양이었다. 쥐새끼 한 마리 빠져나갈 구멍이 없었다.

"이씨, 그냥 부수고 나갈까?"

―"무슨 힘으로 부수려고?"

화가 나서 확 내뱉은 말에 문밖에서 답이 들려왔다. 어머니 유씨 부인이었다. 헌재는 불만을 가득 담아 어머니에게 항의했다.

"대련에서 이기지 않았습니까? 그런데도 가두다니요. 너무하십니다."

―"대련에서 이기면 무엇을 해 주겠다. 내가 약조라도 했느냐?"

"그건······."

이런 아무런 약조 없이 한 대련이었다. 그냥 두 해 만에 돌아온 아들을 혼내 주려는 것뿐이었나 보다. 이런 머저리. 헌재는 제 머리를 쾅 쥐어박았다.

문밖에서 혀 차는 소리가 들렸다.

―"쯧쯧쯧, 아직도 머리보다 몸이 먼저 움직이니 어찌 많은 사람을 거느릴 수 있겠느냐."

"휴우, 어머니에게는 아직 멀었나 봅니다."

―"고운 아이더구나."

화제가 바뀌었다. 고운 아이라니, 누구를 이르는 것인가? 헌재는 쥐어박던 손을 멈추고 문을 바라보았다.

―"난 마음에 드는구나. 그 강하고 소신 있는 태도가 마음에 들어. 방해는 안 할 터이니 네놈이 알아서 잘해 보거라."

"그 녀석이 여길 왔습니까? 정말 왔습니까?"

―"고운 여인더러 그 녀석이라니……. 그래, 왔었다. 아침 댓바람부터 와서 아버님 심기가 아주 불편하시다."

"혹여 아버님이 녀석에게 상처를 주진 않으셨나요? 그 녀석 괜히 강한 척만 하지 속은 진짜 여린 녀석인데……. 아버님 성격에 말씀을 곱게 하진 않으셨을 테고……. 저 좀 내 보내 주세요. 어머니."

애가 달았다. 여길 찾아오다니. 서현의 소식을 들어 반갑기야 말로 다 할 수 없지만 그녀가 혼자 감당했을 시련이 눈에 선히 보이는 것 같아 마음이 아팠다. 문을 두드리며 애원했지만 어머니는 벌써 가셨는지 대답이 없었다.

"어머니! 어머니! 문 좀 열어 주세요! 아버님!"

쾅! 쾅! 있는 힘껏 문을 발로 찬 효과가 있었던 걸까? 문이 삐거덕 하며 열렸다. 반색을 한 헌재가 밖으로 나가자 집의 머슴들이 우르르 모여 있었고, 그 가운데 아버님이 계셨다. 제 힘으로 연 것이 아니었구나. 어찌 되었든 열렸으면 된 것 아닌가. 헌재는 두 손을 모으고 상덕에게 고개를 숙였다.

"이제 다 풀리셨습니까?"

"고얀 놈. 감히 내게 이런 일까지 겪게 하다니……."

두 주먹을 꽉 쥔 상덕은 몹시 분한 듯 온몸을 바르르 떨고 있었다. 서현이 다녀가서 분이 더하신 건가? 모두 밀치고 그냥 확 뛰쳐나갈까 고민하던 헌재는 갑자기 머슴들이 저를 빙 둘러싼 후 몸을 돌려 울타리를 만드는 것을 보고 의아해했다. 뭐하는 짓이야?

"오냐, 어명이니 할 수 없지. 하지만 일단 너 좀 맞아야겠다!"

두툼한 몽둥이를 천으로 감싸서 가져왔다. 손바닥에 침을 퉤 뱉은 상덕이 사정없이 헌재를 향해 몽둥이를 내려쳤다. 퍽! 퍽! 퍽! 천으로 감싼 몽둥이와 몸이 만나니 둔탁한 소리가 났다.

"억! 이게 무슨 짓입니까?"

"뭐? 짓? 감히 부모에게 못 하는 말이 없구나. 에잇!"

"악! 이유나 알고 맞겠습니다! 윽! 무슨 연유인지 말씀이나 해 주시란 말입니다!"

서너 대 맞고 나니 등과 허리가 욱신거려 저도 모르게 날아오는 몽둥이를 손으로 잡았다. 상덕의 눈이 뒤집어질 듯 하얗게 변하였고, 헌재는 아차! 했지만 일단 잡은 몽둥이를 어쩌겠는가. 눈을 피하지 않고 같이 노려보는 두 부자의 눈빛에 머슴들이 만든 울타리가 조금씩 무너지고 있었다. 괜히 곁에 있다 불똥이 튈까 두려운 놈들이 슬금슬금 흩어지려고 하고 있었다.

그러나 다행히 상덕의 분이 다소 풀렸는지 몽둥이에서 먼저 손을 떼었다. 씨근거리는 숨 사이로 툭, 그러나 훨씬 노기가 가라앉은 목소리가 나왔다.

"입궐하라는 어명이다."

"입궐이요?"

이제야 주상께서 나서 주시는가? 든든한 지원에 헌재도 한시름 놓았다. 그래서 아버님께 조금 죄송했다.

편전에 앉은 왕은 헌재를 보며 아쉽다는 듯 고개를 흔들었다. 그러자 헌재의 입에서 가느다란 한숨이 나왔다.

"우의정이 많이 늙었구나. 고작 눈가의 멍 자국이라니……. 난 어디 한 군데라도 부러질 줄 알았는데 말이다."

"뭔가 아쉽다는 말투십니다."

"어디라도 부러져야 또 부평초처럼 떠돌지 못하니 하는 말이니라."

진심을 담은 왕의 말에 헌재는 어련하시려고요, 라며 작게 중얼거렸다. 허허, 웃음 지으며 수염을 쓰다듬던 왕은 헌재를 지그시 내려다보았다. 느낌으로 알 수 있었다. 불충한 나의 신하가 이제야 내 곁에 머무르려고 하는구나. 천천히 상소문들을 보며 명을 내렸다.

"아직 마땅히 내릴 관직이 없으니 오늘부터 세자의 말동무나 하여라. 나를 닮아 영민한 아이니 제대로 된 대답을 내려야 할 것이야."

"분부 받듭니다."

"어째 고분고분 대답이냐?"

"곁에 머물겠다 마음을 보여 드렸습니다. 더 이상 딴죽을 걸면 아니 되지요."

"딴죽? 고얀 놈. 허허허."

헌재가 부드러운 눈빛을 던지고 편전을 나섰다. 저에게 거는 기대가 얼마인지 모르지 않는다. 그 그릇을 다하지 못할까 봐, 아버님과 맞서 이길 재간이 없을까 봐 주상 곁에 머물지 못하였다. 허나 이제 두려워하지 않는다. 부딪히지 않으면 그 가능성조차 가늠할 수 없다. 일단 부딪혀 보는 거다. 그래서 안 되면…… 다른 방법을 찾으면 되는 것이다.

편전을 나선 헌재는 동궁으로 가 세자를 찾았다. 허나 동궁은 비어 있었다. 지금 중궁전에 계시다는 내관의 말에 헌재는 난처한 듯 이마를 긁적거렸다.

"중전마마께서도 한 말씀하실 텐데……."

부창부수라. 대전마마와 내전마마. 두 분은 늘 헌재만 보면 애잔한 눈빛을 보내며 닦달이시다. 언제 돌아올 것이냐고. 아직도 마음을 못 잡았냐고. 다행히 이번에는 전하의 곁에 머물 생각으로 왔으니 제발 잔소리가 짧길 바라며 중궁전에 들어섰다.

다른 누군가도 있는 듯 댓돌 위에는 세자마마의 신 말고도 여인의 신이 있었고, 간간이 웃음소리가 문을 넘어 나왔다. 지엄한 궁에서 문 밖까지 웃음이 넘나들다니. 신기한 일이라 헌재는 곁의 상궁을 보았다. 공주마마께서 계시다는 상궁의 말에 그래서 웃음소리가 들리나 보다 하였다.

"마마, 우의정 이상덕 대감의 자제 이헌재 드옵니다."
"들라 해라."

방에 들자 웬 여인의 뒷모습이 먼저 보였다. 그리고 중전마마 곁에 이제 막 열 살이 되신 공주마마와 일곱 살의 세자마마께서 앉아 계셨다.

"어서 오세요."

중전의 목소리는 밝았다. 아니 웃음마저 담뿍 머금고 있었다. 주상보다 한 살 위이신 중전은 눈가에 주름이 곱게 잡힌 얼굴로 웃고 계셨다. 헌재는 들어가 고개를 숙였다.

"신 이헌재, 중전마마를 뵈옵니다."
"오랜만입니다. 앉아요."

웃는 낯빛과 다르게 그를 맞이하는 목소리가 건성이었다. 뭔가 다른 곳에 정신이 팔려 있는 것 같았다. 인사를 마친 중전의 눈이 다시 앞을 향하였고, 그에 맞춰 공주마마의 채근하는 소리가 들렸다.

"그래서? 그래서 그 고약한 영감은 어찌 되었누?"
"여인으로 변장한 암행어사가 그를 잡아 혼을 내주었다고 합니다. 그의 곁을 지키는 무사가 그의 재산을 모조리 압수하여 원래 주인들에게 돌려주었고, 부당하게 노비가 된 자들을 풀어 주었습니다. 물론 둘은 무사히 그 고을을 빠져나왔고요."

"와! 진짜 후련하다. 그런 나쁜 놈들은 다 옥에 처넣어야 해!"

"세자, 말에 예의를 차리세요."

"네, 어마마마."

너무 신이 난 나머지 흥분한 세자의 말에 중전은 짐짓 꾸짖는 척했으나 그녀 역시 흐뭇했는지 입가의 웃음은 거두지 못하고 있었다. 얼마나 재미났는지 상궁들의 시선도 앞에 앉은 여인에게 쏠려 있었다.

여인의 조금 뒤에 앉은 헌재는 누구인가 궁금증이 돋았다. 그리고 그 야무진 뒤통수가 어쩐지 낯익어 눈을 가늘게 하였다. 그러자 중전이 다시 헌재에게 눈길을 주었다.

"아! 처음 뵙는 분이지요? 좌의정 대감의 여식입니다. 공주의 말동무 스승이 되어 달라 청하여 왔습니다."

"좌의정 대감이요?"

헌재의 놀란 음성과 동시에 여인이 몸을 돌렸다. 서현이었다. 환한 해보다 밝게 웃음 짓는 그녀의 얼굴을 본 순간 엉덩이가 들썩거렸으나 간신이 좌정한 헌재는 마주 웃음 지었다. 혹여 제 아버님 때문에 마음 상하지 않았을까 노심초사하였는데 이리 빨리 얼굴을 마주하다니 다시 한 번 성은에 감읍하였다.

헌재는 세자와, 서현은 공주와 한 시진 정도 이야기를 나눈 후 중전마마의 배려로 향원정에서 다시 만났다. 긴 나무다리를 건너 정자로 향하면서 둘은 눈이 마주치면 웃음 지을 뿐 말없이 그저 걷기만 했다. 긴 다리를 건너 정자에 닿자 시원한 바람이 살랑살랑 불어왔다. 한참 만에 헌재가 먼저 입을 열었다.

"이곳에서 볼 줄 몰랐다."

"저도요. 아까 중궁전에서 형님의 이름을 듣고 자리에서 튀어 나갈 뻔했습니다."

 마음이 고스란히 느껴지는 말에 헌재는 웃었다. 참 내숭이란 걸 모른다. 그래서 좋다. 헌재는 서현의 손을 잡고 연못을 바라보았다. 수면은 잔잔했고, 색이 고운 잉어들이 한가로이 헤엄을 치고 있었다.

 "전하께서 사흘에 한 번, 공주마마의 말동무를 하라 어명을 내리셨다고 합니다. 혹시 제가 오라버니 대신 암행어사를 한 것을 알고 계신 걸까요?"

 조심스러운 서현의 말에 헌재는 고개를 흔들었다. 내숭이 없는 건 좋은데 눈치도 없다. 들키기는 애초에 들켰구먼. 일부러 둘을 궁으로 불러들이신 거다. 양가의 반대는 불 보듯 뻔한 것. 저가 집에 갇혀 있는 것 또한 알고 계셨을 것이다. 임금이라 해도 사가의 혼인에 왈가왈부할 수는 없는 일이니, 주상 전하께서 머리를 쓰신 것이다. 이렇게라도 둘이 일단 만나라고. 그러니 야반도주 같은 것은 꿈도 꾸지 말라고. 헌재를 붙들어 놓으신 것이다.

 헌재는 서현을 물끄러미 바라보았다. 총명한 것 같은데 어찌 이럴 때는 아둔해 보이는지. 고개를 바짝 디밀고 바라보는 헌재 때문에 서현의 얼굴에 붉은 연꽃이 핀 것 같았다.

 "어, 어찌 그리 보십니까?"

 "주상께서 아셨다면 넌 강상의 도를 뭉개 버린 벌을 받아야 할 터인데. 과연 아셨을까 모르셨을까?"

 "그렇죠? 아셨다면 저를 이리 두지 않으셨겠지요? 그러니 모르시는 게 분명합니다. 다행입니다."

 둔탱이. 주상께서 모르는 게 확실하다 안심하는 서현을 보니 웃음이 절로 났다. 그 모습이 아이처럼 천진하고 웃는 모습이 너무 고와 그녀를 끌어당겨 품에 안았다.

궁 안이다. 혹시 누가 볼까 봐 서현은 주위를 두리번거리며 몸을 빼려 했다. 그러자 그녀를 안고 있는 팔에 힘이 더해졌다.

"형님, 누가 봅니다."

"걱정 마라. 주상 전하의 하해와 같은 성은으로 지금 이곳에는 우리 둘뿐이다."

"네?"

헌재의 품에 안겨 눈만 빼고 이리저리 보니 인기척이라고는 조금도 들리지 않았다. 배시시 웃음이 나왔다.

"아무도…… 없군요. 정말."

헌재가 서현을 품에서 떼어 능글맞게 웃자 서현은 웃음을 멈추고 당황하여 말을 더듬었다.

"또, 또 그리 보십니다. 음흉하게……."

"음흉이라 함은 네 녀석에게 해당되는 말이 아니더냐? 아무도 없다는데 어찌 그리 좋아하느냐? 혹 딴마음을 품고 있음이렷다."

"네에? 괘, 괜히 생사람 잡지 마십시오. 좋아하긴 누가 좋아한다는 말입니까?"

"아니면 아니지 성은 왜 내느냐? 역시 수상해."

헌재가 계속 놀리자 입술을 꽉 깨문 서현은 헌재의 정강이를 냅다 걷어찼다. 억! 소리와 함께 헌재는 몸을 구부려 정강이를 감쌌다.

"계속 놀리실 거면 오늘은 이만 가겠습니다. 사흘 후에 뵙지요."

"아니다. 안 놀릴 테니 가지 마라."

서현의 엄포에 기겁한 헌재가 허둥지둥 그녀의 손을 잡았다. 눈을 흘기던 서현은 찡그리고 있는 그의 얼굴을 보고 슬며시 얼굴을 폈다. 너무 세게 찼나? 그리고 쪼그려 앉아 헌재의 정강이를 더듬었다.

"많이 아프십니까? 좀 보여 주셔요."

도포 자락을 걷고 여깁니까? 하며 더듬는 서현의 손길에 팡! 이성이 날아갔다. 바지를 입었다고는 하나 홑겹의 비단 조각일 뿐이다. 섬세한 녀석의 손길이 고스란히 다리에 느껴졌다.

"어딥니까? 여기가 아프십니까? 아니면, 여기입니까?"

"여……기."

가쁜 숨 사이로 간신히 목소리가 나왔다. 서현은 고개를 갸우뚱거렸다. 제가 찬 곳은 다리인데 어찌하여 가슴이 아프다고 하는가? 몸을 일으킨 서현은 헌재의 가슴에 손을 올렸다.

"여기가 아프시다고요? 제가 찬 곳은 여기가 아닌데요?"

"하아, 네 녀석이 내 심장을 쥐었다 폈다 하니 가슴이 아플 수밖에. 덕분에 조만간 비명횡사할 듯하구나."

"농이라도 그런 소리 마십시오."

이번에 기겁한 사람은 서현이었다. 단박에 걱정으로 물든 서현의 눈빛에 헌재는 따뜻한 웃음을 지었다.

"그래, 안 한다. 널 두고 아무 데도 가지 않는다."

웃음을 띤 여인의 얼굴이 참으로 고왔다. 내 여인이라 더 고왔다. 갸름한 여인의 얼굴을 쓰다듬는 사내의 손길이 뜨거웠다. 오늘만큼은 진정 주상의 은혜에 감읍, 또 감읍할 따름이다. 아무도 없는 곳의 향기 나는 정자다. 그 향기가 정자에서 나는지 내 여인에게서 나는지는 알 수 없으나 그것이 무에 그리 중할까?

헌재는 향기에 취해 가만히 고개를 숙였다. 마중하는 입술이 떨리고 있었다. 내 마음만큼 떨릴까. 두 입술이 겹쳐지며 향기는 배가 되었다. 바람이 불어와 두 사람을 포근히 감싸 안았다. 그 속에서 둘은 오래도록 서로의 향기에 취해 있었다.

15장

 아직 근신하라는 어명은 풀리지 않았으나 세자와 공주의 문제로 김정근과 이상덕은 오랜만에 입궁을 했다. 한날한시에 둘을 부른 주상 전하의 성심이 참으로 궁금하였으나 둘은 내색하지 않고 강녕전 앞에 서 있었다. 먼저 이상덕이 안으로 들었다.
"어서 오세요."
"신 이상덕 주상 전하를 뵈옵니다."
 절을 하는 모습이 여전히 딱딱하다. 왕은 빙긋 웃음 지었다.
"아직도 화가 풀리지 않은 것이오."
"망극한 말씀 거두소서. 어찌 신이 화를 내겠습니까?"
 허나 앞으로 나온 입을 다 감추지는 못하였다. 서운하겠지. 강산이 세 번 바뀔 동안 선왕과 제 곁에서 보필해 준 충직한 신하다. 이제 할 일 다 했으니 뒤로 물러나라는 말이 어찌 서운하지 않을까? 하지만 그 충직한 마음을 알기에 돌려 말하지 않은 것이다.

"그 말 믿습니다."

"……."

"미리 말한 대로 그대의 아들을 세자의 스승으로 삼을 것이오. 부러 직책을 내리지 않았소. 직책에 얽매이지 말고 하고 싶은 말 모두를 세자에게 해 주길 바라서였소."

"총명한 놈이니 알아서 할 것입니다. 염려 놓으소서."

"그대도 이제 염려를 내려놓으세요."

"……."

"자식 걱정이야 끝도 없겠지만 제 앞가림은 충분히 하는 나이가 되었잖소. 이제 그만 놓아주구려. 그렇게 오랫동안 잡고 있으면 나는 법을 잊을지도 모릅니다. 훨훨 날 수 있게 그만 날개를 놓아주세요."

왕의 앞을 물러난 상덕은 희미하게 한숨을 내뱉었다. 주상의 마음은 이미 굳건하였다. 제가 만든 주상이었고, 여전히 충심을 바칠 주상이었다. 상덕은 지그시 눈을 감았다. 이제 정말 내려놓아야 할 때인 것 같았다.

상덕에 이어 김정근도 주상을 알현하였다.

"신 김정근 주상 전하를 뵈옵니다."

"참으로 총명한 자식을 두셨소."

주상의 말에 정근은 눈을 도로록 굴렸다. 진성의 얘기겠지? 진성의 얘기일 거야.

"과찬이시옵니다. 아직 배울 것이 많은 아이입니다."

"세상을 보는 눈이 남달랐소. 온양에서도 그랬고, 원주에서도 그랬고……."

"전하."

머리를 바닥에 박은 정근의 목소리가 떨렸다. 은검이 보고한 바 서현이 온양행궁에서 왕을 배알했다고 했다. 그리고 원주에서 왕을 마중한 사람은 진성이라고 했다. 헌데 온양과 원주, 모두를 거명한 연유라면……! 알고 계시다. 서현과 진성을 바꿔치기 한 것을 알고 계시다. 정근은 떨리는 손을 관복 아래 감추었다.

왕의 목소리가 꿀처럼 달콤하게, 하지만 비수처럼 날카롭게 귀를 파고들었다.

"두 아이 모두 내 백성이고 내 신하요. 둘을 모두 품을 수 있다면 좋겠소."

강녕전을 나서는 정근은 다리가 후들거려 잠시 걸음을 멈추었다. 알고 계시다. 헌데 덮어 두신단다. 대신 협박을 하셨다. 대가가 무엇인가? 왕이다. 정치하는 자는 결코 공으로 무엇을 내주는 법이 없는데……. 휘청거리는 걸음을 간신히 끌고 가는데 앞에 이상덕의 모습이 보였다. 설마 저를 기다린 것인가? 흥 하며 지나치려는데 상덕이 먼저 입을 열었다. 곱지 않은 말투였지만 자존심은 충분히 굽힌 말투였다.

"주상 전하의 성심이 무엇인지 아시겠소?"

"알고도 남음이오. 그건 왜 물으시오?"

"그럼 신하 된 도리로 져 드려야 하나……."

혼잣말하듯 중얼거리는 상덕을 보는 정근의 눈길은 여전히 곱지 못하다. 서현이 암행길에 이자의 아들이 동행했다 들었다. 다행히 무슨 일은 없었지만 두 달 가까이 사내와 붙어 다녔다는 말을 듣고 기함을 했다. 감히 금쪽같은 우리 딸과 동행이라니! 생각 같아서는 당장이라도 이자의 아들, 이헌재를 데려다 물고를 내고 싶지만 참아야 했다. 아무도 모르는 일인데 긁어 부스럼을 만들 필요는 없지 않은가.

먼 하늘을 보는 상덕의 얼굴이 쓸쓸해 보여 정근은 부르르 끓어오르려던 화를 삭였다. 그리고 나란히 서서 그가 보는 하늘을 보았다. 오시를 넘긴 하늘을 푸르고 뜨거웠다. 마치 아이들의 얼굴처럼. 정근이 먼저 말을 꺼냈다.

"하늘이 맑군."
"티끌 하나 없는 것이 아름답구먼."
"늙었나 보네. 하늘을 다 쳐다보고."

정근의 말에 상덕이 씁쓸한 웃음을 머금었다. 늙었다. 자식들이 그리 컸으니 늙었지.

"참 오랜 세월 앞만 보고 달려온 기분일세."
"무슨 말이 하고 싶은 건가?"
"우리도 한때는 마음이 맞았던 적도 있었는데 말이야. 안 그런가?"

상덕의 말에 정근은 생각에 잠겼다. 그랬던 적도 있었다. 막 대과에 급제하여 성균관에 있을 때, 비록 당파는 다르지만 의기투합한 적도 있었다. 아주 까마득한 옛날 일처럼 느껴지지만 그랬던 적이 분명히 있었다.

마주친 두 쌍의 눈동자가 아련히 옛날을 회상하고 있었다. 그랬는데. 이 나라를 위해 이 한 몸 부서져도 좋다, 결심한 적이 있었는데 언제부터 일신의 안위만을 그리 챙겼는가. 제 식구 감싸기에 급급해서 다른 것을 보지 못한 것이 언제부터인가. 부끄러움에 얼굴이 뜨거워진다.

그때처럼 둘은 같은 생각을 하고 있었다. 이제 물러날 때가 되었구나. 이 나라를 올바로 세울 젊은 누군가가 필요하구나. 그들은 바로 우리의 아이들이구나.

회상을 하던 것이 겉으로 드러나니 자연스럽게 예전처럼 반말이 나왔다.

"아들이 이번에 성균관에 들어간다 했지? 모르는 거 있으면 우리 아들에게 물어봐 줄까?"

은근히 자랑하는 말투에 정근은 비위가 상했다. 더구나 서현이 혼인하겠다고 선언한 놈이 아니더냐? 안 그래도 괘씸한 마음이 가득했는데 누구에게 뭘 물어봐?

"성균관이 뭐 그리 대단하다고……. 만날 떠돌아다니던 한량 같은 자네 아들에게 배울 게 있을까 모르겠군."

"뭐? 우리 헌재가 어때서? 자네 아들은 차석이지만 우리 헌재는 장원급제를 했어. 더구나 성균관에 있을 때 신하들과 강론까지 벌인 수재일세. 이제 겨우 성균관에 들어가는 햇병아리 같은 자네 아들과는 비교조차 거부하겠네. 어흠."

"뭐라? 햇병아리? 그렇게 잘나서 겨우 온양현감으로 내려간 건가?"

"그거야 마음을 못 잡으니 전하께서 친히, 손수 잡아 내리신 벼슬 아닌가? 아니, 주상 전하께서 그리 마음 쓰는 인재가 어디 흔한가?"

"아하, 마음을 못 잡는다. 사내가 되어서 큰 뜻을 품지 못할망정 제 마음 하나 다스리지 못하니 어찌 천하를 호령하겠는가. 안 봐도 어떤 인물인지 훤하네. 흥."

정근은 상덕이 반박하기 전에 먼저 몸을 획 돌렸다. 은검을 통해 헌재가 어떤 인품을 가진 자인지는 벌써 들어 알고 있었다. 은검은 빈말을 하지 않는 자이다. 더구나 입이 무거워 필요한 말 이외에는 따로 사족도 달지 않는 자이다. 그런데 마치 제 정인을 자랑하는 것 마냥 헌재에 대한 칭찬이 끝도 없었다. 그가 중간에 멈추게 하지 않았다면 아마 날밤을 새도 모자랐을 것이다.

그것이 더욱 괘씸했다. 노론의 아들이란 것도 마음에 안 드는데, 그리 잘난 놈이라니. 더구나 사흘에 한 번 궁에 들러 한 시진 공주와

놀아 주고, 한 시진은 궁에 머무르라는 어명을 듣고 확신했다. 주상께서 둘의 뒤를 봐주시는구나. 공부도 끝났는데 쓸데없이 한 시진씩이나 궁에 머무르게 하다니. 언뜻 들리는 말로는 헌재가 세자와 공부를 하는 시간도 같다 들었다.

임금이 월하노인을 자처하고 나서는데 신하 된 도리로 거역할 순 없는 일이다. 뒤에서 발끈한 상덕이 부르는 소리도 못 들은 척 집으로 돌아온 정근은 급히 서안을 작성했다. 서안을 보는 정근의 얼굴에 비장감이 돌았다.

"그리 호락호락 내 딸을 이헌재 네놈에게 주지 않을 것이다. 암! 그렇고말고."

이틀이 지났다. 세자가 검술을 보여 달라고 해서 맛보기로 조금 보여 줬더니 저에게도 검을 달라고 했다. 아직 어린 세자이기에 목검을 주었더니 장차 한 나라의 군주가 될 몸이라며 진검을 달라 큰소리를 치신다.

"위험해서 아니 되십니다."

"싫어. 나도 진검을 달라고, 거기 허리에 차고 있는 거 달라니까?"

주상 전하의 명은 잘도 거역하던 헌재였지만 어린 세자의 청은 거역하기가 어려웠다. 헌재가 머뭇거리는 것을 느낀 세자는 잽싸게 헌재의 허리춤에서 칼을 빼어 들었다.

스르릉. 맑은 쇳소리가 나고 햇빛에 반사된 검에서 눈부신 빛이 쏟아졌다.

"와아! 멋지다."

눈이 휘둥그레진 세자는 홀린 듯 검을 보다가 기쁜 표정을 짓더니 칼을 휘둘렀다. 새액! 바람을 가르는 소리가 제법 날카로웠다.

"별거 아니네. 얍!"

제 키만 한 칼을 휘두르는 모습이 불안했다. 아니나 다를까. 칼의 무게를 이기지 못해 휘청거리던 세자의 손에서 칼이 미끄러지며 회전했다. 날카로운 칼끝이 세자를 향하자 놀란 헌재가 세자를 감싸 안았다.

"괜찮습니까. 스승님?"

저 때문에 헌재가 다쳐 세자는 몹시 미안한 얼굴이었다. 다행히 손등을 살짝 스쳤을 뿐 크게 다친 상처는 아니었다. 헌재는 세자를 보며 웃었다.

"괜찮습니다. 별거 아닌 상처니 걱정 마세요."

"그래도 아플 텐데……."

"그럼 오늘 수업은 조금 일찍 마쳐도 될까요?"

치료하고 가라는 의원의 말을 듣는 둥 마는 둥 치료에 필요한 것을 보따리에 싸 들고 향원정으로 향한 헌재는 서현이 언제 올까 목을 길게 뺐었다. 다쳤다고 하면 분명히 치료를 해 주겠지. 저를 걱정하며 조물조물 손을 만지겠지. 후후. 절로 나오려는 웃음을 참으려 입술을 꼭 붙여 보았지만 비어져 나오는 웃음을 막지는 못하였다.

수업이 조금 일찍 끝난 관계로 서현을 기다리는 시간이 길게 느껴졌다. 중전마마께서 보내신 다담상 앞에 앉아 차를 마시며 밖을 보았다. 아직도 오지 않는다. 손등이 쓰려 왔다.

"빨리 치료해야 흉이 안 질 텐데……."

괜한 생각을 하며 정자 밖으로 고개를 뺐었다. 얼마나 기다렸을까? 인기척이 들려왔다. 헌재는 자리에 앉아 아픈 척 얼굴을 찡그리고 있었다. 익숙한 향기와 함께 비단이 땅에 끌리는 소리가 들려왔다.

"벌써 오신 겁니까?"

"왜 이리 늦은 게야. 기다리지 않았느냐."

투정 섞인 헌재의 말에 서현은 웃음이 나왔다.

"어찌 어리광을 부리십니까?"

"어리광이라니! 나 다쳤다."

"네? 어디요? 어디를 다쳤습니까?"

예상대로 서현은 얼굴에 근심을 담아 헌재에게 다가왔다. 헌재는 입을 삐쭉 내밀며 다친 손등을 내밀었다.

"어쩌다 이리되셨습니까?"

"세자마마와 검술을 연습하다 이리되었다. 아프다. 살살 만져라."

잔뜩 엄살을 부리며 서현의 곱고 따뜻한 손길에 흐뭇해하고 있는데, 난데없이 굵직하고 귀에 익은 목소리가 들렸다.

"검 좀 쓴다는 양반이 겨우 일곱 살 되신 세자마마와의 검술에서 부상을 당했다는 말입니까?"

비꼬는 말투의 정직한 음성. 헌재는 불길한 기운을 느끼며 정자 입구로 고개를 돌렸다. 이런! 은검이 반듯한 자세로 서 있었다. 어버버. 입을 벌린 헌재가 서현을 보자 그녀도 난처한 표정을 지어 보였다.

"그것이……. 아버님께서 입궐할 때는 꼭 은검을 대동하라 하셔서. 주상 전하의 허락도 떨어졌고……."

"대체……."

기막혀 하는 헌재는 아랑곳하지 않고 은검이 성큼 그의 곁으로 다가와 서현이 잡고 있던 손을 낚아챘다. 그리고 헌재가 아프다고 항의를 하든 말든 상처를 유심히 살펴보았다. 이윽고 그는 아무것도 아니라는 듯 특유의 무표정을 짓고는 보따리를 풀어 약을 바르기 시작했다.

"아야."

"깊은 상처는 아닙니다. 며칠 약 착실히 바르고 물만 닿지 않는다면 흉도 지지 않을 가벼운 상처이니 엄살 부리지 마십시오."

"대체 여기에 왜 네가 있는 것이야?"

"워낙 믿음이 부실한 양반이라 허튼짓할까 봐 걱정이 되어 왔습니다."

"네가 걱정할 일이 아니다!"

"그럼 누가 걱정할 일입니까?"

"그게……"

말려 들어갔다. 걱정할 일 자체가 없다고 해야 하는데……. 헌재는 눈을 부라리며 은검을 노려보았지만 그는 코웃음도 치지 않았다. 깨끗한 무명천으로 손을 꽉 묶으며 은검이 헌재에게만 들릴 정도로 낮게 말을 건넸다.

"아가씨에게 손가락 하나 까딱해 보십시오. 그 손모가지가 무사하지 못할 터이니……."

그리고 한쪽 입꼬리를 슬쩍 올리는 것이 아닌가? 웃어? 감히 양반을 협박하고 웃어? 화를 내야 하는데 처음 보는 놈의 웃음에 왠지 정이 간다.

둘 사이의 미묘한 공기를 감지한 서현이 냉큼 그 사이에 앉아 부러 밝은 목소리를 냈다.

"이왕 이렇게 셋이 모인 거 우리 놀이나 할까요? 뭐가 좋을까? 윷놀이 어때요? 아니면 투호?"

"이놈과 놀이를 하라고? 그냥 검술을 겨루는 건 어떠하냐?"

"못 할 것 없지요. 아무래도 제가 좀 더 세니 몇 수 양보하겠습니다."

"어허! 양보? 그건 내가 해야지. 손등이 조금 다쳤다만 네놈을 상대하는 데는 아무 지장이 없을 것이다."

"언제나 말만 앞세우는 양반이라 믿음이 가지 않지만 어디 한번 해 볼까요?"

"그럴까?"

두 사내는 서로의 눈을 노려보며 자리에서 벌떡 일어섰다. 그 덕에 사이에 끼어 앉아 있던 서현은 뒤로 엉덩방아를 찧고 말았다. 울상이 된 서현이 으르렁거리는 두 사내에게 소리를 질렀다.

"또 시작이십니까? 그만하십시오!"

서현의 말에 두 사내의 고개가 한 방향으로 돌아갔다.

"이놈이 먼저 시작했다."

"무사는 청해 온 대련을 거절하지 않습니다."

"오냐. 어디 해 보자."

"두말하면 입 아프죠."

맙소사, 은검까지 물러서지 않는다. 약속한 한 시진은 거의 다 되어 궁을 나가야 하는데 은검과 헌재의 기싸움은 끝날 줄을 몰랐다. 말 타기가 아니라 무예를 배워 둘 것을……. 그래서 이 두 사내를 꼼짝 못 하게 해 둘 것을……. 허리춤에 양손을 짚은 서현이 두 눈을 부릅떴다.

"몇 가지 선택을 하십시오! 첫째, 화해하고 사이좋게 지내십시오."

대답이 없다. 사이좋게 지내기를 싫다는 말이지.

"둘째, 둘이 정식으로 대련하십시오. 판단은 제가 하겠습니다."

"넌 은검 편이지 않느냐? 싫다."

헌재가 고개를 홱 돌리며 대꾸하자 더 열이 났다. 여기서 네 편, 내 편이 어디 있는가!

"셋째, 제가 그냥 나가겠습니다."

말려도 듣지 않은 두 사람에게 화가 난 서현은 정자를 나와 버렸다.

"네, 네. 둘이 어디 잘 싸워 보십시오. 저는 싹 빠져 드릴 테니 승부를 내 보시라고요."

멱살까지 잡고 있던 둘은 서현이 화를 내며 가 버리자 서로의 눈치를 보았다. 그리고 누가 먼저라고 할 것도 없이 바로 서현의 뒤를 따랐다.

"그렇다고 가면 어찌하냐? 같이 가자꾸나."

하며 그녀의 손을 잡는 것과 동시에 은검이 헌재의 팔을 잡아 뒤로 꺾었다. 언젠가와 똑 같은 상황에 헌재는 숨도 못 쉬고 팔, 팔만 외치고 있었다.

"어디에 손을 댑니까?"

"내 여인이다. 잡지 못할 것이 어디 있느냐?"

"아직 아무런 언약도 하지 않은 것으로 알고 있습니다. 혼인하여 신방에 들어가기 전까지는 아가씨의 머리카락 하나도 건드리지 못합니다."

"이놈이! 아야! 이거 놔라! 팔 부러진다!"

헌재와 은검의 옥신각신을 보던 서현은 기묘한 기분에 휩싸였다. 셋이 함께한 시간이 그리 많지 않은데, 이렇게 함께하니 더없이 익숙하고 편했다. 이것도 나쁘지 않네.

오늘따라 하늘은 더욱 푸르렀고, 바람 한 점 없는 날씨가 청명하니 좋았다. 둘의 다툼을 보는 서현의 입가에 빙그레 미소가 고였다.

〈암행어사 출두야? (完)〉

작가 후기

 연재보다 수정이 어렵고, 수정보다 후기가 어렵다.
 어디선가 들은 말입니다. 연재 속도가 더딘 저는 이 글을 반년 넘게 잡고 있었습니다. 완결만 하면 좋겠다, 라는 생각은 수정을 하면서 바뀌었고, 수정만 끝나면 살 것 같다, 라는 생각은 후기가 더 어려워! 라는 생각으로 바뀌었습니다.
 진행되는 모든 것은 어려운 모양입니다. 하지만 힘들어하던 시간들이 이제 마무리가 되었습니다. 그리고 가장 어려운 부분이 남았죠. 바로 독자들의 평가를 받는 것입니다.
 쓰는 내내 저는 참 재미있고 행복했습니다. 등장인물들이 가볍다, 라는 말을 들었지만 제 마음이 가볍고 싶어서 그저 재미있게 쓰고 싶었습니다. 이 책을 읽는 독자들 역시 재미있네, 라는 생각 한 조각을 가질 수 있다면 저는 더 즐거울 것 같습니다.
 서현이, 헌재, 은검……. 반년 이상 제 머릿속에 자리 잡고 있던 이 친구들이 오래도록 사랑받았으면 좋겠습니다.

 항상 엄마의 글을 응원해 주는 딸과 아들. 집안이 지저분해도 참아 준 남편에게 감사합니다.
 언제나 저에게 큰 지지를 보내 주시는 친정엄마도 사랑합니다.
 그리고 글을 쓰면서 알게 된 많은 분. 일일이 이름을 거론할 수 없을 만큼 많은 분들을 알게 되어 가장 행복합니다. 그리고 부족한 제 글을 교정 보시느라 수고하신 주 팀장님……. 고맙습니다.

 저는 행복해지기 위해 책을 읽고, 글을 씁니다. 그리고 제 글로 인해 많은 분이 좀 더 즐거웠으면 좋겠습니다.

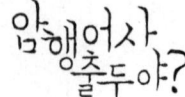

1판 1쇄 찍음 2013년 3월 27일
1판 1쇄 펴냄 2013년 4월 3일

지은이 | 김서현
펴낸이 | 정 필
펴낸곳 | 도서출판 **뿔미디어**

편집장 | 이재권
기획 · 편집 | 주종숙
편집디자인 | 이진선
관리, 영업 | 김기환, 임순옥

출판등록 | 2002년 9월 11일 (제1081-1-132호)
주소 | 부천시 원미구 상3동 533-3 아트프라자 503호 (우)420-861
전화 | 032)651-6513 / 팩스 032)651-6094
E-mail | scarlets2012@hanmail.net
카페 | http://cafe.daum.net/scarletR

값 9,000원

ISBN 978-89-6775-245-3 03810

※파본은 구입하신 서점에서 교환하여 드립니다.

※이 책은 (도)뿔미디어를 통해 독점 계약되었습니다.
저작권법에 의해 보호를 받는 저작물이므로 무단 전재와 무단 복제를 엄금합니다.

Scarlet
스칼렛

Scarlet
스칼렛